生日
パーティー

ユーディト・W・タシュラー　浅井晶子 訳

誕生日パーティー

今でも目を閉じると、すべてが蘇ってくる。
干上がった田。バッタンバン近くの村を横切る通り。
灼熱の地平線に浮かぶ黒衣の男たち。
私は十三歳だ。私は独りだ。
目を閉じたままでいると、あの道が見えてくる。
集団墓地がどこにあるのか、私は知っている。
モンの病院の裏だ。
手を伸ばすだけでいい。
墓穴は私のすぐ前にある。

リティ・パン（『消去』より）

プロローグ

ガーディナーさんへ！

僕のパパは、もうすぐ五十歳の誕生日パーティーをします。というか、パパは本当はパーティーはしたくないんだけど、ママがやると言っているのです。みんながなにかプレゼントをすることになっています。僕は、ガーディナーさんをつれていって、おどろかせたいと思っています。

六月十七日に、うちに来てくれませんか？　どうかお願いします。パーティーは次の日の、六月十八日土曜日です。週末のあいだ、うちに泊まってください。もっと長くいてくれてもいいです。

どんな人なのか、会えるのがとても楽しみです！

よろしくお願いします。

ヨナスより

親愛なるヨナスくんへ
失礼ですが、もしかしてメールアドレスを間違えたのではありませんか？　あなたのことも、お父さんのことも、私は存じ上げません。
T・ガーディナー

ガーディナーさんへ！

僕のパパは、昔、ガーディナーさんをかかえて、何日もかけてジャングルを歩いた人です。もう何十年も前のことです。その話はよく聞きました。話してくれたのは、ママとおばあちゃんだけですけど。このふたりのことも、ガーディナーさんはよく知っているでしょう。パパは、あまりその話をしたがりません。僕も、僕のきょうだいも、とても残念に思っています。パパは、昔の話をするのはエネルギーのむだ使いだと言います。それに、もうあまりよくおぼえていないのだそうです。もしガーディナーさんが来てくれたら、パパも話をしてくれるようになるかもしれません。そうだといいなあ。パパが思い出すのを手伝ってください。

ヨナスより

ヨナスくんへ

あなたのびっくりプレゼント、お父さんは本当に喜んでくれると思いますか？

心をこめて

ガーディナーさんへ！

ガーディナーさんに会ったら、絶対によろこんでくれます！　ママもよろこびます。ママにとってもびっくりプレゼントです。

どうか来てください。お願いします！

ヨナスより

ヨナスくんへ
きょうだいは何人ですか？　皆さんの歳は？　どこに住んでいるのですか？
心をこめて

ガーディナーさんへ！

お姉ちゃんのレアが二十歳、お兄ちゃんのジモンが十八歳です。僕はもうすぐ十二歳です。僕たちが住んでいる家は、ガーディナーさんが子供のころ、二年間住んでいた家のうらにあります。もしよければ、うちに来たときには、ガーディナーさんが昔使っていた部屋に泊まってください。来てくれますか？

ヨナスより

ヨナスくんへ
わかりました。うかがいます。いつそちらに着くか、正確な日時はまたお知らせします。
お姉さんとお兄さんにもどうぞよろしく。
親愛の情をこめて
T・ガーディナー

二〇一六年六月十七日　金曜日

キムが家を出て、作業小屋へ向かったのは、夜が明けるころだった。ドアを開けると、かすかにきしむ音がした。キムは、いますぐ蝶番(ちょうつがい)に油を差そうかと考えたが、そのためには家へ戻って、地下室にある道具箱から油を取ってこなければならない。心を決めかねて、片足は小屋のなか、もう片足はまだ外に置いたまま、キムは一瞬動きを止めた。ここ最近、こういうことが増えている。ときには何分間もじっと立ったまま、動けなくなるのだ。そんなときは、頭がからっぽになったような気がする。よく考える能力、素早い決断を下す能力が、なくなったかに思われる。

キムは向こうにある池に目を向けて、深呼吸した。なんの物音も聞こえない。鴨たちはまだ眠っているのだ。キムはそっとドアを全開にすると、電灯をつけた。天井からぶら下がっている古臭い木製のランプが、不気味な光を投げかけた。

小屋の一隅には正方形の机があり、ビニール製のテーブルクロスがかかっている。机の下には、蓋つきの木箱と、ブリキの桶がある。キムは机を持ち上げて、小屋の中央に置いた。紐を付けて壁のフックに引っかけてある手斧、棒、角材を机の上に並べ、木箱を机の左側の床に置き、蓋を開ける。木箱のなかには、机にかかっているのと同じビニール製のテーブルクロスが張られている。さまざまな果物の模様のクロスで、強烈な黄ばみと染みがこびりついている。

　キムはいったん小屋を出て、池のほとりに向かった。数日前に選び出した雄鴨は、まだ眠っていた。素早く、だが優しく、キムはその雄鴨に手を伸ばした。左手で両脚を、右手で羽をつかむ。そしてほんの数メートル先の小屋まで運んでいく。小屋のなかに入ると、羽から手を放し、いまや激しく羽をばたつかせている鴨の頭を下にして、逆さ吊りにした。そして右手で棒を握ると、鴨の頭を叩いた。一連の流れるような動きだった。

　気を失った鴨を、キムはそっと机の上に寝かせ、角材の上に首を載せると、手斧をつかんだ。狙いを定めた一撃で、鴨の頭を落とす。頭はごろりと机の上に転がり、テーブルクロスの色あせたナシの模様の横で止まった。キムは手斧を置くと、鴨の胴体を持ち上げ、箱に入れて、いったん蓋をした。すべてにかかった時間は、三十秒足らず。蓋をした箱のなかで、頭を失った鴨が暴れ始めた。


　何年か前、上のふたりの子供が、キムが鴨を殺す場面を目にしたことがある。キムは見せるつもりはなかった。子供たちは何日も前から見せてほしいとしつこくせがんでいたが、普段なら子供に甘いキムも、頑として譲らなかった。それまでずっと、すべてを――羽根をむしり、内臓を取り出し、肉を各部位に解体する作業さえ――子供たちが学校や幼稚園から帰ってくる前に終わらせるようにしてきた。子供たちは、鴨肉料理が皿に載って目の前に出されても、それを庭の池で泳いでいた馴染みの鴨と結び付けて考えることはなかった。キムはすべてを、子供たちの目からは隠しておきたかった。のんびりと池で泳ぐ鴨が皿の上の料理に変わるまでの過程を知っているのは、自分ひとりであるべきだと思っていた。鴨をさばいた日に台所に立って、鴨のカスレ（鴨のモモ肉と白インゲン豆の煮込み）や、鴨肉入り焼きそば、鴨胸肉のオレンジソース、鴨のフライと野菜炒め、リンゴ入り赤キャベツ添えの鴨モモ肉などを料理するのも、キム本人だった。それ以外のときには、料理を自分の仕事だとは思わないというのに。

子供たちには、自分と同じ気持ちを味わわせたくなかった。子供のころのキムは、目の前にある肉料理がついさっきまで可愛がっていた大好きな鴨のうちの一羽だと思うと、とても耐えられない気がしたものだ。それに、手斧が振り下ろされ、目から光が消えた鴨の頭が転がる光景は、いずれにせよ子供が見るべきものではないというのが、キムの意見だった。

だが、娘のレアと息子のジモンは、父親を出し抜いて、目覚まし時計をかけて起き出すと、キムが家を出た数分後に、やはりこっそり家から忍び出てきた。そして、キムが気を失った鴨を机の上に載せて、斧を手に取ったまさにその瞬間、作業小屋のドアを開けたのだった。キムは一瞬、鴨を――頭を落とす前に――木箱に入れてしまおうかと考えた。そしてふたりの腕をつかんで、家まで引きずり戻すのだ。キッチンのテーブルで、「可哀そうな動物」をめぐる不毛な議論をする気はなかった。だがこのままでは、おそらくその議論に行きつくのは避けられない。その点は確かだった。もしかしたら、ふたりはその結果、菜食主義者になると言い出すかもしれない。それは、肉をよく食べるキム一家においては、遅かれ早かれ喧嘩の種になるだろう。妻のイネスはきっと、初めのうちは子供たちの思いつきを支持して、ふたり用に別の食事を用意する。だがいずれはやる気を失うだろう。そして不機嫌になり、子供たちばかりでなく、キムにまで――なんといっても、イネスの目には本当に悪いのはキムだと映っているのだから――愚痴を垂れ流すだろう。「出されたものを黙って食べるか、それが嫌なら自分で作りなさい」と、きっぱり言えばいいものを。キムは家庭内の緊張も喧嘩も望まなかった。そういったこととはどう向き合ったらいいのかわからず、常に避け続けてきた。

　結局、好むと好まざるとにかかわらず、子供たちには見せるしかないのだろう。そのときのキムは、ふたりのティーンエイジャーを力ずくで家まで引きずり戻し、彼らのヒステリックな抗議を聞く羽目になるのも、同様に気が進まなかった。聞きながらも、頭のなかでは、木箱のなかで意識を取り戻した鴨のことを考えてしまうに決まっている。アドレナリンまみれの肉は、キムの口には合わない。それに、鴨が恐怖心を抱いていると思うと、とても耐えられなかった。キムは怒りの目でふたりをにらみつけ、軽く首を振ったが、結局なにも言わなかった。

　ふたりは一歩前に出てきた。ジモンは、まるで共犯者のようにキムにウィンクを送ってきた。「俺たちは男だから耐えられるよね？」というような意味だろう。そして、冗談めかして姉のレアの目を両手で覆う。だがレアは無造作にその手を払いのけた。キムは深呼吸をひとつすると、手斧を持ち上げ、鴨の首の上に振り下ろした。ジモンがにやりと笑い、レアはどこか呆然と、切り落とされた頭を見つめた。キムは手斧を放すやいなや、その頭を布で覆った。そして目にも留まらぬ素早さで、死んだ鴨の胴体を木箱に入れて、蓋をした。ところが、胴体が激しく動き出し、羽をばたつかせる音が聞こえてくると、ジモンまでもが目を見開いた。

「まだ生きてるじゃん」ジモンがつかえながら言った。

「やだ」レアが戦慄（せんりつ）の表情でつぶやく。

「もう生きてない。これはただの筋肉の収縮だ。脳はもう死んでる」キムはそう説明した。

音はなかなかやもうとしなかった。キムはふたりをドアのほうへと押していった。

「もしも箱に入れなかったらどうなるの？」ジモンが訊く。

キムは答えをためらった。「走り回る。もしかしたら、飛ぼうとするかもしれない」

ふたりの子供は箱と父親をかわるがわる見つめた。

「後で羽根をむしるのを手伝いたいか？」キムは訊いた。

「わからない。手伝うかも」ジモンは肩をすくめながらそう言うと、家を目指して駆けていった。

その後をレアが追う。まるで逃げるように。

その後、家族そろっての朝食の席で、レアとジモンは母親に、頭のない鴨が箱のなかで立てる音のほうが、頭の切断そのものよりもずっと恐ろしかったと話した。そして翌日、ふたりは鴨の肉を食べるのを拒否した。そのせいで、末っ子のヨナスももちろん食べるのをやめた。兄と姉がやることはなんでも真似するのだ。それから一年以上、キムは鴨をさばかなかった。子供たちの首尾一貫性のなさをよく知っていたので、じっと待った。そして、クリスマスに再び鴨の肉を出したとき、子供たちはなにも言わずに食べた。


一年に二、三回、キムは鴨をさばく。クリスマスの前、自分か妻の誕生日の前、そしてときにはほかの機会、たとえば友人たちを食事に招待したときなどだ。ほかの誰かに頼んでさばいてもらうこともできるが、そのためには、生きた鴨をそこまで運んでいくか、他人に鴨のところまで来てもらうかしかない。キムはそれが嫌だった。鴨をこちらの世界からあちらの世界へと旅立たせる前に、不要なストレスを与えたくはなかった。鴨にはなにも感じてほしくない。ただ眠りから二度と目覚めないまま、逝ってほしかった。

何年も前に、池のすぐ裏にこの小屋を建てたのも、それが理由だった。鴨を気絶させる前に、長い道のりを運んでいきたくなかったのだ。

それに、毎回新たにさばく場所を準備して、また片付けるのも手間だった。結局、小屋を建てる最後の一押しになったのは、義母のモニカが家の大掃除を始めて、古い家具を一掃したことだった。少年時代をともに過ごしながら、ここ数年、または数十年にわたって屋根裏部屋にしまいこまれていた古い家具が家の前に積まれているのを目にしたとき、それらが粗大ゴミになってしまうのはもったいないと思ったのだ。

特に、台所にあった机とビニール製のテーブルクロスは、捨てるに忍びなかった。机はかつて、家の中心だった。最も重要なことが、この机のまわりで繰り広げられた。食事をするのも、宿題をするのも、勉強も、ゲームも、おしゃべりも、この机が舞台だった。キムはまだよく憶えていた。机はビニールのテーブルクロスで床上四十センチまで覆われていたために、誰ひとりこの机の姿を直接目にしたことがないという事実を、自分がどれほど奇妙に思っていたかを。ショートパンツを穿いているときは、テーブルクロスの冷たくてべたべたした素材が膝(ひざ)にあたって、気持ちが悪かったものだ。薄黄色のクロスを、留め金が二十センチ間隔で机に固定していた。クロスにはリンゴ、ナシ、サクランボ、アンズ、プラムの模様が、毎回そのとおりの順番で一直線に並んでいた。最初キムは、クロスに描かれた果物をどれひとつとして知らなかった。さらに、どこのアンティークショップに持って行っても喜ばれそうな木製のランプ。当時は居間の天井からぶら下がっていた。ふたりの男、ふたりの女から成る四体の木彫りの人形が、並んだ蛍光灯のあいだに座り、足をぶらぶらさせながら、厳しい目で居間を見下ろしていた。居間のどこにいようと、この人形たちに見張られているような気がしたものだ。当時、この人形のことがキムは怖かった。だから居間にはいたくなかった。

「この机とランプとテーブルクロス、もらってもいいかな？」キムは義母にそう尋ねた。

「こんな古いもの、どうするの？」義母が訊き返した。

「池の裏に小さな小屋を建てようと思って。鴨をさばく前に、毎回庭の納屋を片付けなくてもいいように」

一週間のうちに、キムは小さな小屋を建て終えた。かつての台所の机を、古くて黄ばんだビニールのテーブルクロスで覆った。この机が、これからは作業小屋の中心となるのだ。この机の上で、キムの鴨たちは息を引き取ることになる。そのときにはもうわかっていた——これから鴨をさばくたびに、十四歳の自分がこの机の前に座っていたときのことを思い出すだろうと。あのとき、机の向かい側にはモニカが座っていて、キムに優しく微笑みかけていた。隣に座っていたのは、ふたりの少女だ。ひとりは興味津々でキムを見つめ、もうひとりは絶望の眼差しをキムに投げかけていた——見知らぬ外国の料理を飲み下すことができずに。

カンボジア　メイ家

ぼくは想像を絶することをしてきた。

誰にも話したことはない。愛する人や身近な人にさえ。人から悪人だと思われるなんて耐えられない。ましてや怪物だと見られたら。妻や子供たちに過去を知られるのが怖い。もしそんなことになったら、どうしたらいいんだろう。とても考えられない。そうでなくても、ぼくは凄まじく恥じている。後悔と自分への憎しみで、眠れない夜が続く。喉が締め付けられて、ほとんど呼吸ができない。そんな夜には家を出て、あたりを歩き回って、なんとか心を鎮めるしかない。

これまで誰かにクメール・ルージュのことを尋ねられたときはいつも、幸いなことに父の死後は鴨農場に送られた、と答えてきた。その農場ではひとりきりだった――これがふたつ目の幸運だと、何度も強調した――、ぼくのことをスパイしたり密告したりする人間は誰もいなかった、と。ぼくの仕事は鴨の世話をして、さばき、肉を近くの労働収容所へ届けることだった。肉は調理されて、収容所の看守たちの食事の質を向上させた。看守たちはぼくの届ける鴨肉が大好物でした、と、ぼくはいつも話を締めくくって、笑った。内心では恥じ入りながら。ずいぶん前から、もう尋ねる人もいない。いずれにしても、これまで尋ねてきたのも子供たちだけで、大人や老人は最初からあの悲惨な時代について話すのを避けている。皆、わずかなりとまともな日常生活を取り戻すことしか考えていない。

日常生活を取り戻すために、ただ口をつぐんでいる人もいれば、別の話を考え出す人もいる。ほかにどうしろというんだ？　ぼくたちは皆、この先もなんとか生きていかねばならないのだ。

二〇一六年六月十七日　金曜日

キムは鴨の血を抜いて、箱から取り出し、小屋の端から端へと張り渡した紐に肢から吊り下げて、その下にブリキの桶を置いた。そして池へ行って、二羽目を連れてきた。妻のイネスからは、二羽さばくよう頼まれている。余れば冷凍すればいいんだし、と。キムは、明日予定されている誕生日の食事会には、やはりふたりで決めたよりもたくさんの客が招待されているのだろうと、予想していた。

できることなら、この週末を飛び越えてしまいたかった。

キムの五十歳の誕生日については、すでに冬のあいだから議論が始まっていた。その日をいつもの誕生日と同じように、家族と夕食のテーブルを囲んで過ごしたい、もちろん義母のモニカとそのパートナーであるアレクサンダーも一緒に、というキムの希望に、イネスは満足しようとしなかった。イネスにとって、五十歳という節目の誕生日を友人たちとともに祝うことは、よい結婚生活を送っていると周りに印象付けるために必要なことなのだと、キムは理解していた。イネスはなかなか諦めようとせず、家族のほかに六人の客を招きたいと言い張った。長い論争の果てに、キムは負けを認めた。少なくとも、イネスが挙げた六人は、キムにとっても好ましい人たちであり、さらに彼らにはいくばくかの恩もあった。イネスの人選は巧妙だった。その点は認めざるを得ない。

キムは鴨の羽根をむしり、内臓を取り出し、毛焼きをすることにした。七時には終わらせたいと思っていた。イネスが家族五人そろって朝食を取ろうと言い張っているからだ。だがキムは、レアとジモンが時間通りに起きてくるかは怪しいと思っていた。ジモンは二週間前に大学入学資格試験を終えたところで、それ以来毎日、昼まで寝ている。レアは昨夜の一時にウィーンから戻ってきたばかりだ。キムがそれを知っているのは、その時間に階段から足音が聞こえたからだ。

キムは最初の鴨を洗剤を垂らした湯に一瞬浸してから、椅子に座って、羽根をむしり始めた。

七時少し前に作業小屋の掃除を終えると、キムは羽根をむしって内臓を取り出した鴨を持って、家へ戻った。キッチンのガラス扉が開いていて、怖いもの知らずのツグミたちに交じって、一羽の鴨がテラスを歩き回っているのが見えた。ポリーだ。ポリーはいつも池から出て、怖がりもせずに家の近くまで寄ってくる。そんな光景を見るのが、キムは好きだった。どこか平和な雰囲気を醸し出す光景だからだ。家のなかで一番好きな場所はキッチンだ。特に朝早く、誰にも邪魔されず、ひとりでキッチンにいられるときが好きだった。今日、テーブルにはすでに朝食の準備が整っている。普段より豪華だ。オレンジジュース、半熟卵、焼き立てのゼンメル（オーストリアの典型的な丸いパン）、ボウルに盛り付けたフルーツサラダ。

バスルームで手を洗っていると、寝ぼけ眼のレアがよろめきながら近づいてきて、キムを抱きしめた。

「ハッピー・バースデイ、パパ」レアはキムの首筋にそうささやきかけた。

娘のくしゃくしゃの髪がキムの頬と顎をくすぐる。娘の身体は引き締まって筋張っていながら、抱き心地のよい柔らかさもあった。できることなら、このまま娘を放したくなかった。レアは、キムが抱きしめられてうれしいと思う、ただひとりの人間だ。だが、その身体はあまりにあっけなく離れた。

「五十歳ってどんな感じ？」とレアが訊く。

「四十九歳と変わらないよ」そう言って、キムは誇らしさにはちきれそうになりながら、レアを見つめた。この世にレアほど愛する人間はいない。レアが家に戻ってくる週末には、いつも太陽が昇ったように感じられる。

「朝ご飯をパスしても怒らない？」とレアが訊いた。「昨日遅かったから、もう少し寝たいの。ママはきっと怒らないと思うけど」

「よく寝るといい」キムは微笑みながら言った。

レアはキムにキスをすると、バスルームから出ていった。ドアのところで、もう一度手を振って。キッチンへ戻ると、イネスが誕生日おめでとうと言って、キムを抱きしめ、キスした。どこか緊張しているように見える。そして、キムの五十歳の誕生日には一緒に朝食を取ると約束したにもかかわらず、レアとジモンがまだぐっすり眠っていると文句を言った。

「寝かせておけよ」とキムは言った。「夕食は一緒なんだから」

玄関のドアが閉まる音がしたと思うと、ヨナスが息を切らして駆けこんできた。

「こんなに早くからどこに行ってたの？」とイネスが訊く。

「ちょっと庭を見てきただけ」

「なにを見てきたの？」イネスがさらに訊く。

ヨナスはその質問を一蹴するかのように、手をひらりと動かした。おそらく兄がしているのを見て真似たのだろう。それからテーブルにつくと、パンにヌテラ（ヘーゼルナッツをベースにした甘いペースト）を塗り始めた。

「ちょっと、そこの坊ちゃん」とイネスが言う。「ちゃんと礼儀正しく、お父さんにお誕生日のお祝いを言わないの？」

「おめでとう、そこのおっさん」とヨナスは言うと、パンにかぶりついた。

「今日は特別にクールに決めたいってわけ？」イネスが訊く。

「まあね」ヨナスはそう答えると、口をもぐもぐさせながら、キムに向かって言った。「クールっていえばさ、すっごいびっくりプレゼントを用意してあるんだよ、パパ！　きっと白目むくよ。興味ある？」

特に興味はなかったが、キムはヨナスを真似て「まあね」と答えた。するとヨナスは満足げにうなずいた。

ヨナスはなにか手作りのプレゼントを用意したのだろうと、キムは考えていた。

「ただ、これだけは言っとくけどね、僕の思いつきなんだからね。レアは自分で思いついたみたいに言ってるけど」ヨナスは胸を張った。「本当は全部ひとりで準備したかったんだけど、車がないとだめだったから」

「レアが今日、そのプレゼントを車で取りにいくってこと？」キムと違ってそのプレゼントとやらに興味津々らしいイネスが訊いた。

「ううん」ヨナスはパンを口に詰め込んだまま答えた。「昨日ウィーンから運んできて、それで……」そこで言葉に詰まり、赤くなる。十二歳の少年にとって、秘密をひとりで抱えたままでいるのはまだ難しいのだ。

イネスが笑った。「で、いまはどこにあるの？　レアの部屋？」

「違うよ」ヨナスは怒ったように言った。「隠したんだ。絶対に見つけられないよ。もうあれこれ訊くのやめてくれないかな」

「心配しないで。探したりしないから」イネスはヨナスをなだめながら、その手を撫でた。

ヨナスをもう何か月も前から夢中にさせ、その心をかき乱す謎めいたプレゼントとはいったいなんなのか。それを知ろうとレアの部屋を探るのを諦めるには、イネスはうんと自制心を働かせなければならないだろうと、キムにはわかっていた。イネスはずっと、子供たちがなにも教えてくれないことに苛立っていたのだ。普段なら、すべてを采配し、支配下に置くのはイネスだというのに。

三十分後、イネスとヨナスは家を出た。近くの小さな町にあるギムナジウム（大学進学を目指す生徒のための学校）に通っているヨナスは、スクールバスの停留所へ。イネスのほうは自転車で、勤め先の小学校へ。

キムも着替えをして、八時ごろ車に乗り込んだ。清々しく冷たい空気に心地よく包み込まれる。これからのドライブが楽しみだった。車をガレージから出すと、一方通行の細い道を通ってP村を抜け、連邦道に入った。長距離の移動には電車を好むイネスとは逆に、キムは車を運転するのが好きだった。車を走らせていると、自分ひとりの小さな、とても親密な宇宙にいて、そこからこの世界を眺めつつ移動しているような気がする。しかも、その世界と接触する必要なしに。音楽を聴くことは滅多になかったが、ときどきオーディオブックをかけた。一番好きなのは歴史の専門書だ。とはいえ、本当に好きなのは静寂のなかにいることだった。運転と、周りの景色とに気持ちを集中させて、頭に浮かんでくるさまざまな思考に身を任せる。考えるのはほとんど仕事のことだ。長いあいだ車を運転しながらじっくり考えた結果、ものごとが明快になることも多かった。

道が空いていれば、目的地である農家には二時間で着くだろう。今日は、改築予定のその農家の下見をすることになっていた。事務所のパートナーであるトーマス・ヴァイスが取ってきた仕事で、キムは改築プロジェクトの見積もりを出すために、実地調査をすることになっている。キムが知っている限りでは、もうひとつ別の建築事務所もこの仕事を狙っているらしい。だが心配はしていなかった。トーマスの予想——「まあもらったようなもんだ」——では、契約を獲得するのはこちらの事務所だ。そしてキムはその予想を信じていた。トーマスは人に対して鼻が利く。

初訪問の日を自分の誕生日にしたのは、意図的だった。言ってみれば自分へのプレゼントのようなものだ。二十一年前から建築家として働いてきて、十年前に独立した。この仕事を始めたときから、新しいプロジェクトを検討し、場合によっては新しい顧客となる人たちと知り合う段階が、仕事の最も面白いところだと思ってきた。初めのうちは、まだすべてが可能だ。未来の建築主の口からさまざまな夢が熱狂的に飛び出し、宙を舞う。だが、夢を現実に移す段階になると、ほとんどの場合、雰囲気は変わってくる。面倒な役所での手続き、予想しなかった困難、建築会社との衝突、施工業者との議論、予算の心配などが、遅かれ早かれ、ほとんどの建築主の心を折る。建築現場の雰囲気は、建築主の腹の据わり方にかかっている。そして、建築主に度量がない場合には、トーマスの働きに。それこそがトーマスの仕事だった。つまり、キムが設計——原案から、建築許可を取るための案を経て、細かな細部までを詰めた最終案まで——と工事の監督に専念できる環境を作り出すことが。トーマスは仲介者であり、セールスマンであり、マーケティングの専門家であり、製図工であり、秘書であり、会計係であり、顧客サービス係であり、コンピューターの専門家だった。

ふたりは長年、リンツの大手建築事務所で机を並べて働いていたが、それほど親しい間柄ではなかった。キムより六歳下のトーマスは大学を中退していたため、事務所では雑用係だった。キムのほうは、個人住宅の建築や、古い建物の改装など、上司たちが「面白みがない」と判断した小さなプロジェクトを担当していた。なんの名声ももたらさないため誰もやりたがらない仕事は全部、キムに回ってきた。大学時代の成績もごく平凡だったキムは、仕事を始めてからも、やはり自分のことを平凡で取るに足らない存在だと思っていたが、それで満足だった。スター建築家になりたいとは思わなかった。そういうタイプではない。キムはただ家族を養っていければじゅうぶんで、実際、養っていくことができていた。イネスと義母モニカの芸術的ともいえる説得のおかげで、大学を中退せず、無事に卒業できたことを、キムは幸運だと思っていた。勤勉で、謙虚で、おまけにどんなに扱いにくくケチな建築主とでもうまく付き合える才能を持ったキムは、事務所の皆に好かれるか、そうでなければ、その存在自体を見過ごされるかのどちらかだった。

ある年のクリスマスパーティーで、キムとトーマスは、互いの住まいがそれほど離れていないことを知った。トーマスは妻と娘とともに、キムが住むP村の隣村に住んでいたのだ。それ以来、ふたりはときどき一緒に通勤するようになった。

「一緒になにかやらないか」しばらくたったある日、トーマスがそう提案した。「俺たち、いいチームになれると思うんだ。お前は設計をして、俺は外回りやその他の雑用をやる」

四か月後、ふたりは事務所を借りて、お披露目パーティーを開いた。事務所はP村の、現在は使われていない水車小屋にあった。水車小屋の所有者であるアルトゥール・ベルクミュラーは、年金生活に入る前は建築家で、キムのよく知る人物だった。大学時代、二度の夏休みに、ベルクミュラーのもとで働いたのだ。当時から、何十年か前には人々が穀物を挽(ひ)いていた場所で働いているのだと思うと、心が躍った。小屋は、森に覆われた山のふもとにあることから、山の水車小屋(ベルクミューレ)という名を持っていた。目の前には小川が流れており、かつてはそこで水車が回っていた。いまでは岸辺の木々や茂みが、暑い日には心地よい日陰を作ってくれる。キムはアルトゥールとともによくそこに座って、大学でのあれこれの専攻の意義について議論したものだった。

　トーマスとキムは、アルトゥールの事務所の内装を一新した。そして二〇〇六年に、独立して仕事を始めた。この一歩を、キムはもっと困難なものだろうと想像していた。だがふたりの小さな事務所は、滑り出しから上々だった。都会とは違って、田舎では競争もそれほど激しくなかったのだ。ふたりはまずは個人住宅の建築と、古い建物の改装、特に農家の改装を専門にして、徐々に名前を売っていった。やがて、幼稚園や旅館や余暇施設といった、より大きなプロジェクトも手掛けるようになった。トーマスとともに働くことも、キムの当初の心配をよそに、なんの問題もなかった。トーマスはキムとはまったく違う人間だった。開放的で、外向的で、熱血型。小さな台所と、会議用の机を置いた広いアトリエのほかに、ふたりはそれぞれ、明るくて広々とした個室を持っていた。キムの部屋は表側にあり、窓からは小川が見える。キムはこの部屋にいるのが好きだった。

　かつての自分が想像することさえできなかったほど、多くのものを手に入れた。夢だった職業につき、一国一城の主になり、充実した家庭生活を送っている。三人の健康な子供を持ち、自分で設計した大きな美しい家に住んでいる。そして最近、ウィーンにアパートも手に入れた。そこにはいま、娘が暮らしている。こうした物質的な富――ある程度の安心と安定をもたらしてくれる富――

が自分にとって重要であることを、キムは自覚していた。

それでもキムは、かつての身も心も恍惚とさせる高揚感をなつかしく思っていた。かつて、二十年前にも、十五年前にも、いや、十年前にもまだ、長いドライブをするたびに感じたあの高揚感。仕事も、事務所も、すべてがまだ始まったばかりで、刺激に満ちていたころ。すべてがまだ建設途上で、子供たちは幼く、家の中にも外にも完成させねばならない箇所が山のようにあったころ。過去に焦がれる気持ちは、尽きなかった。なにもかもこれでよかったんだと、声にまで出して、自分に言い聞かせてきたにもかかわらず。最近、そうすることが増えていた。声に出して、すべてこれでよかったんだ、と自分に言い聞かせることが。

かつての高揚感はやってこないまま、キムは車を降りた。とはいえ、目の前の光景には、一瞬で、かつてないほど心を奪われた。古い農家、その背後に広がる牧草地、森、小高い山々。そして地平線にはアルプスが、くっきりとした輪郭で威容を誇っている。若い所有者もとても好感の持てる人物だった。彼はキムとともに敷地を歩いて、計画しているプロジェクトについて語った。下見もはかどり、三時間後にはキムは再び車に乗り込んで、輝くような陽光のもと、帰路についた。午後、事務所の前に車を停めた。ちょうど建物の前の芝生を刈っていたアルトゥール・ベルクミュラーが、嬉しそうに手を振った。

「完璧な労働の一日だったな」二時間後、家に帰るために再び車に乗り込むと、キムは自分に向かってそう言った。「さて、家族そろっての夕食が楽しみだ」

カンボジア　七〇年代　メイ家

一九七九年二月、ぼくはタイの難民キャンプで、とある男の姿を再び目にした。ぼくと同じようにクメール・ルージュの一員だった男だ。ぼくたちは同じ隊に所属していた。男の名前はソン。この男を追って、ぼくはタイまで何日もジャングルを歩き続けたのだ。

そこはオーストラリアやニュージーランドやアメリカ合衆国やヨーロッパの国々へのビザを申請するための事務室で、ソンはぼくからほんの数メートル前に、ぼくに背中を向けて並んでいた。申請用紙を配る女性にソンがどんな作り話をするのか、ぼくは興味があった。というのも、ぼくもこの数日、自分の作り話に磨きをかけてきたからだ。ソンは難民キャンプのバラックの番号、名前と年齢を告げて、簡潔にこう話した。「ぼくは教師の息子です。両親と兄弟姉妹はクメール・ルージュに殺されました。この四年間、ポーサットの近くにあるコミューンにいて、田んぼで働いていました」

ソンの話に真実などなにひとつないことを、ぼくは知っていた。ソンは二十歳ではなく、二十三歳だし、田んぼで働いてなどいなかった。ぼくと同様、田んぼの横に立って、銃を手に、照り付ける太陽のもと、人をまるで家畜のように働かせていたのだ。皆、たいていは前かがみになって、休憩時間もなく働かされていた。誰かが米粒を服に忍び込ませるのを見つけたら、処分をどうするかは、ソンの一存で決まった。正と不正を区別する裁判などない。あるのはただ、ソンの気まぐれのみだった。慈悲心を発揮して、軽い罰――何度かの殴打――で許してやることもあった。だが、寛大な処置が何度か続くと、ソン自身が疑惑を招くことになる。

それを別にしても、ソンは基本的にいつも、寛大な処置を取りたがらなかった。ソンは人を苦しめるのが好きだった。人を殺すのが好きだった。ソンは人を跪かせ、頭を垂れるように命令する。そして斧の背面で頭蓋骨を砕く。跪くという行為は、死を意味していた。最上層部から、処刑のために弾薬を無駄遣いすることは固く禁じられていた。この命令をソンは、ポル・ポト政権の初期に、上司たちから屈辱的な方法で叩きこまれた。それ以来、斧を使った殺人に専念してきた。ソンの才能は、たったの一撃で急所に当てることができる点にあった。跪く人は、苦しまずに死んだ。ソンはいつも自慢していた――俺は誰も苦しめない！　ほかの人間はたいてい、斧を二度振り上げなければならなかった。おまけに、ぼくが墓穴に落とした人が――それがぼくの仕事だった――まだ死んでおらず、穴の底からぼくに向かって呪いの言葉を吐くこともあった。ソンは〈同志・手斧芸人〉という名で呼ばれていた。

ぼくにもあだ名があった。ぼくたち同志は、通常はあだ名で呼び合った。クメール・ルージュ以前の古い生活を思い出させるものはすべて、嘲笑の対象だったからだ。最初の一、二年、ぼくは冗談交じりに〈同志・タコ〉と呼ばれていた。ぼくが父と同じように、とてもおいしいタコのグリルを作ることができたからだ。最後の年には、皆がぼくをこっそりと〈同志・ナイフ職人〉と呼んだ。処刑を命令されると、斧よりも父から受け継いだフィッシュナイフを使うほうを好んだからだ。斧は殺人の道具としてはあまりに粗野で無骨だった。

難民キャンプの事務室で振り向き、ぼくを見たソンは、最初はわけがわからないという顔をした。それから恥ずかし気にうつむいた。ぼくはソンの顔に、もうひとつの感情を認めた——恐怖だ。ぼくたちはひとことも言葉を交わさなかった。ソンは申請書に記入するための机に向かうと、大儀そうにどさりと椅子に座った。あれほど器用に斧を振り回した手が、震えながらペンと書類を握りしめていた。ソンが字を書けないことを、ぼくは知っていた。ぼくはこっそり事務室を抜け出した。ぐずぐずしている時間はない。

ぼくはソンに割り当てられたバラックに入って、彼のわずかな持ち物を漁った。探しものを見つけるのに、長くはかからなかった。ソンは丸めた服のなかに、ぼくの父のナイフを隠していた。ぼくはナイフを手に取った。足音が聞こえてきたので、ぼくはドアの背後に身を潜めた。ドアが大きく開く。ぼくはソンがなかに入り、ドアを閉めるまで待った。ぼくの目の前に立ったソンは、驚いたようにぼくを見つめた。ぼくはソンに近づくと、その喉を掻き切った。あまり深くは切りつけなかった。ソンが血を失いながらゆっくりと死んでいくように。ソンが床に倒れ、空気を求めてあえぐあいだ、ぼくはずっとその目を見つめていた。

「これは俺の家族と、フランスさんの家族の復讐だ」とぼくは言った。

ソンがこと切れると、ぼくはバラックを出た。ナイフはシャツのなかに隠した。しばらくしてから、川に捨てた。

ソンは、ぼくが自ら望んで殺した最初の、そしてただひとりの人間だ。

二〇一六年六月十七日　金曜日

なんと子供たちは、テヴィを招待していた。びっくりプレゼントとは、テヴィのことだったのだ。イネスにとっては、思いもかけないことだった。

かつて友人だったテヴィがテラスに姿を現したとき、イネスはほんの一瞬、言葉を失った。テヴィの隣には、顔いっぱいに輝くような笑みを浮かべたヨナス。その後ろにはレアとジモン、そしてイネスの母モニカがいる。母はいちごトルテを抱えていた。イネスは無理やり、冷静な外見を保とうとした。それが功を奏して、すぐに自分を取り戻した。呆然としたのは、ほんの数秒間のことだった。

イネスはテヴィのほうへ両手を差し出し、「テヴィ！」と呼びかけた。「信じられない！」

ふたりは固く両手を握り合い、互いに満面の笑みを向けた。

「会えてうれしい」テヴィは強いアメリカ英語なまりのドイツ語でそう言った。握り合った手を最初に放して、相手を激しく抱き寄せたのは、テヴィのほうだった。

キッチンに駆け込んだヨナスが、父親の手を引っ張ってテラスに出てきたのは、ちょうどふたりの女が固く抱き合っているときだった。テラスのドアのほうを向いていたイネスは、夫を視界にとらえた。その顔に、まずは戸惑いが浮かぶのが見えた。キムのいるところからは背中と髪しか見えない女性が誰なのか、とっさにはわからないだろうと、イネスは確信していた。テヴィが顔をわずかに横に向けたせいで、それが誰かを悟ると、キムはその場に根が生えたように立ち尽くした。イネスは息子のヨナスの目に勝利の笑みを、夫の目には愕然（がくぜん）とした戸惑いを認めた。そのどちらにも胸を衝かれて、イネスの目にも涙が浮かんできた。

この週末を飛び越えてしまいたい、とイネスは思った。

テヴィがイネスから体を離して、ゆっくりと振り向く。モニカとレアとジモンはすでに、持ってきた料理を準備の整ったテーブルの上に置いて、期待に満ちた目でキムを見つめている。ヨナスがキムの腕をつかんで、興奮した声で言った。「これが僕のプレゼントだよ。僕が思いついたんだ、テヴィ・ガーディナーさんを招待するって。ね、パパ、嬉しい？　嬉しい？」

キムは機械のようにうなずいた。そして一歩テヴィのほうへと踏み出し、言った。「ええと、何年ぶりかな？」キムはテヴィの手を取ろうとしかけたが、思い直したようで、結局ぎこちなくテヴィを抱きしめた。同じようにぎこちなく、テヴィも抱擁に応えた。抱擁を解くと、キムはヨナスに言った。「大成功だよ、本当にびっくりした。本当に、とても信じられない」

イネスにとってはありがたいことに、モニカがその場の指揮を執ってくれた。全員に席につくよう促し、ひとりひとりにワインをつぐ。ヨナスにもほんのちょっぴり。短いが愛情のこもった挨拶でモニカが音頭を取り、全員が乾杯した。それからもモニカは、グリルにステーキを載せながら、ヨナスがほんの一、二週間前に秘密を打ち明けてくれたこと、昨日レアがテヴィをウィーンの空港へ迎えにいき、夜遅くに一緒にＰ村へとやってきたことを、嬉しそうに、延々と話し続けた。

テヴィと向き合う席に座ったイネスは、こっそりと彼女を観察した。誰がどう見ても、疑いの余地なく美しい人だ。四十歳より上には見えない。皺のないなめらかな肌は、ボトックス注射の成果でしかあり得ないだろう。黒いブラウス、明るい色のエレガントなパンツ、大きな輪のイヤリング、ブレスレットは、どれも高価な品に見える。オリーブ色のコーデュロイスカートとクリーム色のノースリーブのブラウスという恰好の自分が、みすぼらしくさえ感じられた。きっと肌は張りがなく、腕はぶよぶよに見えるだろう。客が来ると知っていたら、別の服を着たのに。家族だけの夕食だと思っていたのだ。なにしろ誕生日パーティーは明日なのだから。パーティーは土曜日のほうがいいという理由で、そう決めたのだった。娘のレアは、イネスがまだ見たことのないエレガントな緑色のワンピース姿だ。髪はアップで、化粧をしている。娘に対する怒りがこみあげてきそうになる。事前にちょっと言ってくれるのが、フェアというものではないか？

「ねえ、ママ、今日はうんとシックな恰好にするべきよ」と、ウィンクしながら言ってくれてもよかったではないか。それなのに、見殺しにするなんて。

もう何か月も前から、なにか秘密があることはわかっていた。だがイネスが期待していたのは、替え歌だとか、詩だとか、寸劇といったものだった。去年の夏、一番の親友の誕生日パーティーで、彼女の子供たちが自作の劇を上演した。ユーモラスであると同時に感動的な劇で、イネスは思わず涙ぐんだほどだった。そこで、学期休みに、自分の子供たちにもこうほのめかしておいたのだ。

「パパが六月十七日に五十歳になるでしょ。だから、ちょっとしたパーティーをして驚かせようと思うんだけど。それで、あなたたちにも協力してほしいの。ううん、絶対に協力して。なにか素敵なプレゼントを考えて。たとえば歌とか、詩とか、絵とか」ジモンは呆れたように天を仰いで、顔くりするよ！」

をしかめた。レアのコメントはこうだった——「ちょっとママ、やめてよ。パパはきっと、びっくりパーティーなんてされても嬉しくないって。パパがどういう人かは知ってるでしょ」末っ子のヨナスだけが、やる気満々で嬉しそうに、こう言ってくれた。「僕、なにか考えてみる」

イースターの休暇で実家に戻ってきたレアを、ヨナスは最初の晩に自分の部屋に引き入れた。その数分後、レアがジモンをも引っ張り込んだ。三人は夜中まで、ヨナスの部屋でなにやら相談していた。翌日、ヨナスが言った。「パパの誕生日プレゼント、完璧なのを考えた。きっとママもびっくりするよ！」

イネスの胸は期待で膨らんだ。ほかの人間を自分の熱狂に巻き込むヨナスの才能を信頼していた。特に今回は、ヨナスの頼みならいずれにせよ断ることなどできない姉と兄が相手なのだ。それにヨナスは、舞台に立つのが好きだ。学校でも演劇のコースを取っている。イネスは三人の子供たちを誇りに思っていた。皆に子供たちを見せびらかしたい気持ちがあり、心のなかではすでに、子供たちが上演する劇を見てパーティーの客たちが相好を崩すようすを思い浮かべていた。

だがいま、現実のびっくりプレゼントに失望したことを、イネスは認めざるを得なかった。二杯目のワインをグラスにつぐ。ワインの効果が次第に出てきたのか、徐々に心のざわめきは収まり、穏やかな気分が戻ってきていた。新しい状況に対処しなくては。テヴィの滞在はそれほど長くはないだろうと、イネスは思った。きっと週末のあいだだけだろう。それに、テヴィがどんな人生を送ってきたのか、興味があるのも事実だ。結婚指輪をしている。ということは、結婚しているのだ。子供はいるのだろうか？　どんな仕事をしているのだろう？

目下のところ、その場のスターはヨナスだった。テヴィのEメールアドレスをどうやって見つけたかを、詳しく語っている。

「そんなに難しくなかったんだよ。グーグルに〈カンボジア〉と〈テヴィ〉って入れて検索したら、すぐにいくつかサイトが出てきたんだ。でも昔の話ばっかりでさ。ジェイク・エドワーズっていう写真家と一緒に働いてたって話。だから今度は、そのジェイクって人にメールを書いたんだ。英語でだよ。テヴィさんのメールアドレスを教えてくれませんかって。でも返事がなくてさ。だから、二週間たって、もう一回書いたんだ。今度は長めのメールを――ほんとマジで、グーグル翻訳があってよかったよ！――メールには、僕が誰で、どうしてメルアドがいるかってことを説明した。そうしたらすぐに返事が来たんだ。だから僕は、テヴィさんに」ここでヨナスはテヴィに笑いかけ、テヴィも微笑み返した。「パパの誕生日パーティーにご招待しますっていうメールを書いたんだ。そしたらテヴィさんの返事がさ、〈あんた誰？〉って感じで」

全員が笑った。

「そんなふうには書いてないけど」とテヴィが言う。

「で、僕はもっかい初めから全部説明したんだ。そうしたら、来てくれるって！」ヨナスは話し続ける。「レアとジモンに話したのは、その後だからね」

「あんたの素敵な思い付きには、ほんと感心したわよ、弟くん」レアはそう言って、ヨナスのほうに身を乗り出すと、頬に音を立ててキスをした。ヨナスが顔をしかめる。

「私のほうは、Eメールにほんとにびっくりしたわ」テヴィが言った。「ちょうどスターバックスにいて、順番を待ってるときに、携帯でメールをチェックしたの。そうしたら、ヨナスっていう人からメールがあって。でも苗字もなにもないのよ。ちょっと担がれてるのかとも思った。だって、メールアドレスが、〈ヨナスがバカをやる〉（jonasmachtfaxen）なんだもの」

再び全員が笑った。

「いまだにあのバカっぽいアドレス使ってるの？」イネスが訊くと、ヨナスは余裕の表情で肩をすくめて見せた。

「二通目のメールでようやく、ヨナスがあなたたちの息子だってわかったの」テヴィが言った。「だったら、招待を受けるしかないじゃない。あなたたちにも、お子さんたちにも興味があったし。あなたたちが結婚したことは知ってた。モニカが結婚式の後、伯母のマリーに結婚通知と写真を送ってくれたから。でも、子供ができたのは知らなかった。それに、今回の旅行のついでに、ベルリンにいる仲のいい友達を訪ねようとも思ってるの」

ステーキが焼き上がり、モニカがテーブルに運んできた。皆が食事を始めた。

「で、キムは本当に建築家になったのね」テヴィがキムに言った。「大学を卒業できるとは思ってなかった。おめでとう、頑張ったのね。私には無理だった」

家のあちこちに感嘆の眼差しを投げながら、テヴィは続けた。「レアが今日の朝、教えてくれたんだけど、この家、あなたが全部自分で設計したんですってね。素晴らしい家ね。それに庭にある池も。本当に素敵なところに住んでるのね。牧歌的で――なんだか羨ましいくらい」

「レアと私とで、今日の朝、全部見せてまわったのよ」とモニカが言った。

イネスは、かつての友人テヴィが、自分抜きで自分の家を歩き回った――おそらくは寝室にも足を踏み入れた――と思うと、急に嫌な気分になった。

テヴィは皆の話によく耳を傾ける、感じのよい客だった。キムの仕事に興味を示し、いつ独立したのか、誰と働いているのか、これまでどんなプロジェクトを手掛けてきたのか、そのうち一番好きだったのはどれか、と尋ねた。それにキムの鴨のこともあれこれ質問した。何羽いるのか、ふたつの池の水をきれいに保つのは難しいか、など。訊かれたことに答えながら、少しずつ硬さがほぐれてきたらしい夫の様子に、イネスは安堵の息をついた。

その後、テヴィはイネスのほうに向きなおり、ふたりはイネスの学校での仕事のことを話した。

「昔から先生になりたがってたものね」テヴィが言う。

「ううん、それは違う！」イネスは笑った。「十歳のときは、女優になりたかったもの」

「でもその一年後には、小学校の先生になるって言ったじゃない」テヴィが言う。

「ママはもうすぐ校長先生になるんだよ」ヨナスが誇らしげに言った。

「おめでとう」テヴィが微笑んだ。

イネスは自分が酔いかけているのを感じて、グラスに水を注いだ。深酔いする余裕はない。パーティーのためにまだ準備しなければならないことがあるのだ。いつの間にか、食事はデザートまで進んでいた。皆が「ハッピー・バースデイ」を歌うなか、キムがいちごトルテを切り分けて、一切れずつ皿に載せていく。

キムが自分から話題を振る気配がなく――イネスはずっと待っていたというのに――、かといって振らないのも不躾に思われ、おまけに興味もあったことから、イネスはついにテヴィの生活について尋ねた。

テヴィは、ボストンに住んでいること、八年前に結婚したことを語った。夫のベンはハーヴァード大学で歴史を教えている。専門は東南アジア史。ふたりはとある会議で知り合った。子供はいない。テヴィは欲しかったが、授からなかった。テヴィよりもベンのほうが先に気持ちを切り替えた。ベンはテヴィより十歳上で、最初の結婚でできた子供がふたりいる。冬のあいだ、三か月から四か月、テヴィはカンボジアで過ごす。クリスマスと学期休みには、夫も一緒に。これまでテヴィはいくつもの非政府組織（NGO）でボランティア活動をしてきた。ここ十年は、バッタンバン地域に自分で児童養護施設を作った。六歳から十八歳まで、百人の子供が暮らしている。

　テヴィは熱狂的に語った。児童養護施設には、付属の幼稚園と、六歳から十歳までの子供用の学校がある。それより年上の子供たちは近所の公立学校に通っている。成人に達して施設を出て行く子供たちは、職業訓練の場や通える大学を探してもらえる。大学生には奨学金が用意される。愛情あふれる触れ合いと、教育機会の提供が、施設での生活の基礎となる理念だ。テヴィは、彼女が特に心に留めている子供たちのことも語った。一年の残りの期間は、アメリカ中を回って、児童養護施設のための資金集めをしている。ほとんどの場合、講演がその手段だ。学校に招かれることもある。

「どんな講演なんですか？」ジモンが訊く。

「カンボジアについて」とテヴィが答える。「カンボジアの歴史について。特にクメール・ルージュについて、クメール・ルージュがなにをしたかについて。たいていは、私自身の子供時代のことを話すの。大切なのは、すべてを過去にしてしまわないこと。若い人たちにも知ってほしいの」

「すごい」とレアが言う。

「パパは子供のときのこと、ぜんぜん話してくれないよ」とヨナスが言う。

「そうなの？」テヴィがキムを見て、訊いた。「どうして？」

キムは肩をすくめるだけで、なにも言わなかった。居心地が悪そうなのは、見るからに明らかだ。

「ねえ、憶えていないかもしれないけど、キムは昔からずっと、その話をするのを嫌がってたじゃない」イネスは言った。「トラウマとの付き合い方は、人によって違うのよ」

キムは不機嫌な顔つきで首を振った。イネスにまるで子供のようにかばわれるのをキムが嫌がることは、イネス自身がよく知っていた。

「でも、みんなカンボジアに行ったことはあるんでしょ？」テヴィが子供たちに訊く。

三人は首を振った。

「子供たちが自分のルーツを知らずに育つなんて、よくないと思う」テヴィが言う。「で、あなたのほうは」と、キムに向き直る。「あれからまたカンボジアに行った？」

「いや、行ってない」そう言ったキムの声には怒りがあった。

レアが微笑んで助け舟を出した。「いつかみんなで父を説得するつもり。テヴィさん、もしよければ、明日、子供時代のお話を聞かせてくれませんか。私たち、すごく興味があります。ね？」

レアはジモンとヨナスに目を向ける。ジモンはうなずき、ヨナスは盛大な「うん！」で答えた。

「喜んで」とテヴィが答えた。

モニカが立ち上がり、食器を片付け始める。テヴィもやはり立ち上がった。「申し訳ないんだけど、疲れてるの。明日のパーティーのときには元気でいたいし」

「パーティー？」とキムが訊く。

「夕食に友達を何人か招いただけよ」イネスは素早く割って入った。

時計を見ると、すでに真夜中近かった。テヴィが礼儀正しく、イネスには食事の、子供たちには招待の礼を言い、モニカには、家に泊めてくれてありがとうと言った。

「ここに来られて本当に嬉しい」テヴィはそう言ったが、その言葉はよそよそしく、ぎこちなかった。

立ち去りかけたテヴィは、突然またキムのほうを振り返った。「あ、そういえば、忘れるところだった。まだだいぶ先のことだけど、誕生日おめでとう！」

「え？」ヨナスとレアが同時に訊き返し、ほかの皆もあっけにとられた。

テヴィが笑う。「やだ、あなたの誕生日が本当は今日じゃないことさえ、みんな知らないの？」首を振りながら、キムにそう訊く。そして全員に向かって手を振ると、暗闇のなかに姿を消した。しばらくして、古い家の二階に明かりがともるのが見えた。

イネスが寝室に入ると、キムがベッドの端に腰かけ、肘を膝に突いてうなだれていた。夫が憐れだった。テヴィの登場は、きっとキムにとってもショックだったに違いない。だが同時に、イネスは夫に怒ってもいた。いったいどんな理由があって、誕生日のことでこれまで真実を話さずにいたのだろう？　自分は二十年以上も妻でいながら、知りもしなかったのだ。テヴィがあの爆弾発言をしたとき、イネスもほかの皆と同様に、不意打ちを食らって驚いた。それが自分の表情から丸わかりであったことに気づいたときには、すでに遅かった。本当なら、テヴィの前では、夫のことをすべて知り尽くした妻でいたかった。つまり、夫が隠し事をしようなどとは思わない妻でいたかった。

「今日はびっくりだったわね」明るい口調を保とうと努力しながら、イネスは言った。「まずテヴィがやってきたと思ったら、次に、あなたが五十歳になるのは本当は秋なんだって知らされるんだから」

キムは掛布団の下に潜り込み、ひとことも発しなかった。

イネスは突然、深い疲労を感じた。今日もまた、夜遅くなった。もちろん、子供たちが父親に、誕生日が嘘だとはどういうことかと詰め寄ったからだ。知ってしまえば、他愛のない話だった。だがそれだけに、自分が知らなかったことが、余計に恥ずかしく思われた。自分はテヴィの前で、何も知らない馬鹿な女の役を演じることになったのだ。

これから十八時間もしないうちに、八十人の招待客がやってくる。イネスは、人を招いたりしなければよかったと思った。長いあいだ眠れないまま、寝返りを打ち続けた。

一九七四年―一九八〇年

父が母を捨てたのは、イネスが四歳のときだ。

パイロットだった父が家族と過ごす時間は、それまでも決して長くはなかったが、それでもイネスは父がいなくなって寂しかった。父がアパートの階段を上ってくる重い足音が聞こえなくなったことが寂しかった。仕事に出かけてから三日目か四日目にようやく家に帰ってくる父の足音を、イネスはわくわくしながら待ち構えていたものだった。玄関の鍵が回って、ドアが勢いよく開く瞬間を。父は素敵な制服姿で、小さな旅行鞄を手に持ち、疲れた顔で微笑みながら、狭い住居に足を踏み入れる。父が低い声で、「さあ、パパのお姫様はどこかな?」と言うあいだにも、イネスはすでに父に駆け寄っている。父はイネスを抱きあげて、ぎゅっと抱きしめる。イネスは顔を父の肩と首におしつけ、広くて大きな世界の香りを胸いっぱいに吸い込むのだった。

母はすっかり変わってしまった。父が去ってから何週間も、夜中に母の泣く声が聞こえた。昼間の母は、蒼白で悲し気な顔で、ぼんやりと台所のテーブルの前に座っているか、ベッドに横になっていた。母がもとの母に戻るまで、長い時間がかかった。イネスが父に会うことはすっかり稀になった。父はドイツのミュンヘンに引っ越して、すぐに新しい家庭を築いたからだ。父が家を出てから一年後、イネスに異母弟ができた。さらにその二年後には二人目が。父を訪ねるたびに、イネスはたとえようもない嫉妬を覚えた。

その後、イネスが小学校一年生のとき、母は法学部に通うとある大学生と知り合った。一か月後、その学生が家に引っ越してきた。それまでは町はずれの小さなアパートで、ほかの男性ふたりと同居しており、大学まで毎日一時間半かけて通っていたのだ。その大学生は、ユーモアのある魅力的な男性で、おまけにイネスのことも好きになってくれた。イネスは彼を、神かなにかのように崇めるようになった。イネスは幸せだった。ついに自分にも、学校へ迎えにきてくれるパパができたのだ。母はまるで花が開いたように、図書館に勤める傍ら、イネスが生まれたときに中退した大学に入りなおし、再び美術史を学び始めた。

イネスが九歳のとき、母の恋人は大学を卒業した。盛大なパーティーが開かれた。それからほんの一、二週間後、彼は大きな弁護士事務所に就職し、それからさらに一、二週間後、イネスと母の人生から姿を消した。アパートに置いてあったわずかな私物を取りにくることさえなかった。まるで、それまでの人生を完全に捨て去ってしまいたいかのようだった。それまで、家庭には緊迫感も喧嘩も、なにもなかった。少なくともイネスはなにも気づかなかったし、母に尋ねても、そんなものはなかったと言った。

恋人に捨てられた後、母の心はぽっきりと折れてしまった。ベッドの中で泣くばかりで、泣きやんだときには、ぼんやりと宙を見つめていた。母は仕事をクビになり、家は汚れていった。イネスは母の隣に横たわって、母の肩をゆさぶり、怒鳴った。「ねえ、元気出してよ、私のために！」

学校でも、友達の前でも、イネスはすべてがいつもどおりであるかのように振る舞った。自分で買い物に行き、たまにオムレツや目玉焼きを作ったが、たいていはパンにヌテラをべっとりと分厚く塗って食べた。ヌテラを塗ったパンは、イネスの朝食であり、昼食であり、夕食であり、さらに一日に何度も食べるおやつだった。それまでもぽっちゃりした子供だったイネスは、数週間で本物の肥満児になった。

クリスマスの二日前、祖母のマルタがふらりと訪ねてきた。イネスは祖母のことをほとんど知らなかった。母は十年前に祖母と喧嘩をして故郷のP村を出てから、ほぼ連絡を取ってこなかったのだ。喧嘩の原因を、イネスはおおまかにしか知らなかった。なんでも、祖母はかつて料理店の主人で、村に二軒ある店のうちの一軒を所有しており、店は祖母の素晴らしい料理の腕のおかげで大繁盛していたという。祖母は、娘のモニカにいつか店を継いでほしいと思っていたが、モニカがそれを嫌がって、ウィーンに出たということだった。

一年に二、三回、母が祖母に電話をかけるか、祖母からかかってきた。だが、イネスと母がP村を訪ねるのはクリスマスのときだけで、それもほんの短い訪問だった。毎回、祖母と少し親しくなれたような気がしたときには、もうウィーンに帰る日なのだった。

事情をなにも知らずにいた祖母は、アパートのなかをゆっくりと歩きまわった。その様子をじっと見つめていたイネスには、祖母の目のなかで戦慄が文字どおりどんどん大きくなっていくのがわかった。

「どうしておばあちゃんに電話しなかったの？」厳しい声で祖母は言ったが、イネスが答えずに肩をすくめると、今度はこう尋ねた。「いつからこんなふうなの？」

「そんなに前からじゃないよ」イネスは事態を軽く見せようと、そう言った。

祖母はイネスを検分するように、じっと見つめた。

「とりあえずは、ふたりともうちに来なさい」祖母が言った。「荷物をまとめて」

結局それは「とりあえず」では終わらなかった。クリスマス休暇の後、イネスは文字どおりまったく新しい人生を歩むことになったのだ。母が元気になるまで祖母のほうがウィーンに来て一緒に暮らしてほしいというイネスの懇願、哀願も、祖母にはどこ吹く風だった。P村の小学校の四年生クラスに転校手続きをしたから、クリスマス休暇が終わったらそこに通いなさいと、まるでついでのように言われたとき、イネスは怒り狂ったが、祖母は優しく、だが頑として、落ち着いた態度を崩さなかった。

イネスは泣き喚いた。祖母が憎くてしかたがなかった。いったいなんの権利があって、こうもあっさりとイネスのことを、イネスの人生を決定してしまうのだろう？　イネスは窓際の小さな鉢植えをつかむと、壁に叩きつけた。

「いますぐ喚くのをやめて、片付けなさい」祖母はそう言って部屋を出て行き、わざとらしく念入りにドアを閉めた。

新しい学校へ転入する前の晩、祖母はソファに座るイネスの隣に腰を下ろすと、腕をそっとイネスの肩に載せた。イネスは祖母から少し体を遠ざけた。祖母の年寄りくさい匂いに耐えられなかったし、それまで一度も祖母と体を触れ合わせたことがなかったのだ。キスも、抱擁もしたことがない。すべてイネスが拒んできたからだった。

「あんたにとっては楽じゃないよね。わかってるよ」マルタは言った。「でもね、お母さんがまた元気になるまでには、すごく時間がかかりそうなんだ。お医者さんもそう言ってる。おばあちゃんは、町の狭いアパートでは暮らせない。たとえ少しのあいだでも無理。それに、ここで家と庭と動物たちの世話をしなくちゃならないし。それからお母さんだって、あの恋人のことを思い出させるものがあんまりない環境にいるほうが、早くよくなると思う。そうすれば、あとはここの自然に任せておけば大丈夫」

実際、母は春にはずいぶん元気になった。薬のおかげなのか、祖母の世話のおかげなのか、それとも単に、あらゆる傷を癒すという時間のおかげなのかは、誰にもわからなかった。イネスは子供らしい意地と頑固さで、きっと薬が効いたに違いない、それなら町にいても同じことだった、と主張し続けた。そうではないことをようやく認めたのは、ずっと後になってからだった。母を癒したのは、よく散歩に行く森だった。母になついてどこへでもついてまわる、忠実なシェパード犬ゼンタだった。そしてなにより、祖母の献身的な介護だった。祖母は常に、患者であるモニカが、一日中なにかしら軽い家事をしているように気を配り、午後にだけ、ほんの少し昼寝をさせた。祖母と母は一心同体となった。ひとりが導き、ひとりがしがみついた。孫のイネスはふたりに嫉妬し、自分はないがしろにされていると感じた。

イネスがこれ以上なく苦しんでいることには、誰ひとり気づいていないようだった。イネスにとって、祖母の家は居心地が悪く、いまでは吐き気が抑えきれないところまできていた。母が育ち、いま三人で暮らしている家——二階には母とイネス、一階に祖母——は、とても古く、ほとんどの家具がぼろぼろだった。二階の各部屋の床には使い古したみすぼらしい絨毯(じゅうたん)が敷かれ、浴室にはシャワーがなく、代わりにあるのは、染みだらけの古めかしい浴槽だった。祖母は常に掃除をしていたが、部屋はどこも埃っぽく感じられた。いたるところに黄ばんだレースが敷かれ、レースと同じくらいたくさんの植物や鉢植えが置かれているにもかかわらず、イネスにはなにもかもが冷たく感じられた。イネスはいつも凍えていた。

年が明けてから、イネスはＰ村の小学校に通っていた。だが、クラスで十九人目の生徒だったので、ふたり用の机にひとりで座っていた。休み時間には、女子生徒たちが遠くからイネスのほうをちらちら見ては、ひそひそ話を始める。ウィーンの学校の先生が恋しかった。年配の穏やかな男性で、イネスはお気に入りの生徒だったのだ。それに、図書館や、町の喧騒（けんそう）、毎週通っていた工作教室が恋しかった。なによりも、友達が恋しくてしかたがなかった。

イネスは何週間にもわたって、授業についていこうと必死で頑張った。特に算数を。新しい学校の授業は、以前通っていた都会の学校よりも進んでいて、担任の女性教師もずっと厳しく、要求が高かった。できない生徒は黒板の前に呼び出されて、そこで文章問題を解かなければならなかった。教師が言うには、これは生徒の学力を伸ばすためということだった。イネスは週に何度も黒板の前に立たされた。それは、これまで味わったことのないひどい屈辱だった。汗がだらだらと流れ、顔は真っ赤になった。できれば地の底に消えてしまいたかった。それまで優秀な成績しか取ったことのなかったイネスが、突然、クラスの平均にさえ届かなくなってしまった。劣等生の仲間入りをするのは、悲惨だった。イネスは毎朝、激しい腹痛を抱えて登校した。

とはいえ、辛いのは学校だけではなかった。以前の、温かで、陽気で、創造力豊かな母が恋しかった。イネスのためにお話を創ってくれたり、一緒に工作をしたり、朝起こすときに背中をさすってくれた母が。いまのような憂鬱でぼんやりとした状態の母を見て、イネスは初めのうち悲しんでいたが、やがて怒りを覚えるようになった。弱い母にはうんざりだった。

祖母の誕生日パーティーで――招かれた人たちのうち、イネスが会ったことがあるのは近所の女の人だけで、あとは誰ひとり知らなかった——ひとりの年配の女性が、母に向かってずけずけと言った。「ねえ、男にまた急に捨てられるなんて、今度の理由はいったいなに?」

母はなにも言わず、ただ顔を真っ赤にしてうつむいた。そこで質問をした女性は、今度はイネスのほうを向いて、頬をつねった。「ねえ、あなたの男運は、お母さんやお祖母さんに似ないといいわねえ」そう言うと、女性はけたたましく笑った。

「その恥知らずな口を閉じてな。じゃなきゃすぐにうちから出てけ」祖母が女性にそう言った。

部屋でひとりきりになると、イネスは恥ずかしさと怒りで泣いた。そして、決して祖母のように下品で粗野な言葉を吐く人間にはならないと誓った。なにより、決して母のような惨めな人間にはならないと。自分の人生をしっかり自分で舵取りできる大人になるのだ。


わずかとはいえ、都会よりも気に入った点もあった。たとえば、暖かい季節になると、窓を開けて寝られることだ。イネスは早朝の鳥の声が好きだった。それに、家の前のひなたに座って、本を読んだり、ぼんやりしたりするのも好きだった。それに、祖母は素晴らしい料理人で、イネスはいつも、ウィーン風子牛のカツレツ、アプフェルシュトゥルーデル（薄い生地でリンゴを巻いた菓子）、トプフェンシュトゥルーデル（アプフェルシュトゥルーデルと同じ生地でフレッシュチーズを巻いた菓子）、ブフテル（パン生地にジャム、スモモのムースなどを練りこんで焼いた菓子）のバニラソースがけ、スモモのコンポートを添えたカイザーシュマーレン（オーストリアやドイツ南部で好まれるパンケーキ）といったおいしいものをたっぷり食べられた。学校から家へ帰る途中、イネスは毎日、今日のご飯はなんだろうと考え、そう考えるだけで口に唾が湧きあがってくるのだった。その結果、イネスの体重は以前よりさらに増えたが、そんなことはどうでもよかった。イネスはほとんど恍惚として食べ物を口に詰め込み、その瞬間だけは苦しみを忘れた。だが、孤独を慰める一番の助けになってくれたのは、二匹の猫だった。茶色の雄猫と、灰色と白の子猫で、イネスは何時間もこの二匹とたわむれた。子猫のほうは、イネスのベッドで眠るほどだった。ウィーンのアパートでは、ペットは大家さんから禁止されていた。

それでもイネスは、どうしても都会に戻りたかった。春になって、母の具合が少しずつよくなってくると、遅くとも夏休みには戻れるのではないかと期待した。秋には一番の親友と一緒に、ふたりで選んだギムナジウムに入学したかった。ところが、五月末のある晩、母がイネスに折り入ってふたりきりで話があると切り出し、もう町には戻らないことにしたと告げた。この田舎に残りたい、ここが居心地がいいから、ウィーンの賃貸アパートは引き払って、こちらで仕事を探す、と。イネスにとっては世界の終わりだった。何日も部屋に閉じこもって、ひとことも口をきかなかった。騙されたという思いと、孤独。ふと気づくと、自殺を考えていることもあった。母がいつものように森を散歩している途中で、首を吊って森の端の木からぶら下がっている娘を発見するところを思い描いた。その光景を見て母が感じるであろう痛みも、その後に襲ってくるであろう良心の呵責(かしゃく)も、全部自業自得だ、とイネスは苦々しく考えるのだった。

夏になると、一週間、ウィーンの友達の家に行かせてもらえた。だがイネスはすぐに、自分がいなかった半年のあいだになにかが変わったことを悟った。友達の態度はよそよそしくなっており、かつての親しさは戻ってこなかった。その理由は二日目に明らかになった。イネスの代わりができていたのだ。以前の学校の同級生——イネスは昔からそれほど親しくなかった——が訪ねてきて、三人でプールに行った。その同級生とイネスの友達はおそろいのブレスレットをしていて、しょっちゅう抱き合ったり、触れ合ったりしながら、イネスにはわからないことを話し、イネスの知らない男の子たちとおしゃべりしていた。イネスは深く傷ついた。

友人宅での滞在の後、イネスはそのまま列車に乗って、父親とその家族のもとへ向かった。だがそこでも、やはり惨めな思いを味わうことになった。ウィーンの友達の家にいるときよりもさらに強烈に、自分はよそ者なのだと感じた。イネスはずっと、父抜きで、父の新しい妻と、ふたりの異母弟と過ごさねばならなかった。父はイネスのために休暇を取ってくれさえしなかった。イネスは、お小遣いと引き換えに、一日に何時間か、幼い弟たちのベビーシッターをしてくれないかと頼まれた。弟たちは生意気で、わがままで、イネスを振り回した。耐え難いほど暑かったが、弟たちとプールに行くことは許してもらえなかった。ふたりが溺れないように見張っているのは、イネスには荷が重いと思われたのだ。結局イネスたちは、うだるように暑い家のなかに閉じ込められて過ごした。

イネスは、お金で雇われた使用人ではなく、家族の一員になりたかった。苛立ちが募った。もともとの計画では、父が時間を作ってくれて、最後の二週間、一緒にギリシアへ旅行に行くことになっていた。まだ一度も飛行機に乗ったことがなかったイネスは、とても楽しみにしていた。ところが父は、一か月前にすべてをキャンセルしていた。勤務シフトに変更があったという理由で。そういうわけでイネスは、海辺に寝転がる代わりに、ふたりの甘やかされた悪ガキにブロックを投げつけられて過ごす羽目になったのだった。三週間の滞在が永遠にも思われた。父とその家族が、イネスが帰ったあとに四人でギリシアへ家族旅行に行くと知ったとき――下の弟がぺらぺらとしゃべった――、イネスは息ができなくなるほど傷ついた。気分はどん底まで落ち込み、夜には泣きながら眠りについた。父の家での滞在が残り数日になったころ、イネスは、P村の古い家に帰るのを自分が楽しみにし始めていることに気づいた。庭が、静けさが、二匹の猫が、犬が、手間暇かけて美しく設(しつら)えられたテーブルの上で湯気を立てる料理が、恋しかった。駅に迎えにきてくれた祖母と母の姿を見たとき、イネスはもう少しで泣きながらふたりの腕に飛び込むところだった。だがぐっと我慢した。本心をさらしてふたりを喜ばせるつもりはなかった。

イネスがいないあいだに、母はウィーンのアパートを引き払っており、祖母は二階の浴室を改装させていた。その夏の残りを、イネスは、部屋の模様替えをしたり、野原に敷いた敷物の上に横になって、本を読んだりして過ごした。これまでもずっと本を読むのは好きだったが、この夏、イネスはついに本格的に本の世界を発見した。次から次へとむさぼるように本を読み、物語の世界に浸って、そこに慰めを見いだした。九月になると、村の中学校(ハウプトシューレ)の一年生（小学校卒業後、進学校であるギムナジウムに進学しない生徒が通う学校。一年生は日本の小学校五年生に相当）になり、母は隣村の医院で働き始めた。日々の生活は、少しずつ落ち着いていった。都会でのかつての生活をいまだに恋しく思ってはいたし、ギムナジウムに行きたいとも思ってはいたが——町の友達と電話で話すときに、田舎の中学校に通っているとは、恥ずかしくてなかなか言えなかった——、なんとか現実と折り合いをつけられるようになった。

イネスは物静かな一匹狼になった。

カンボジア　七〇年代　メイ家

母が末の弟を産んですぐに死んだのは、ぼくがまだ幼いころだった。最初はなにもかも順調だった。ぼくは、すぐ下の弟やほかの子たちと一緒に、村の広場でサッカーをしていた。産婆に小屋から追い出されたからだ。遠くから、母が近所の女の人に支えられて小屋のなかをぐるぐる歩き回るのが見えた。それからしばらくすると、小屋のなかからうめき声、叫び声が聞こえてきた。それでも、ことさら怖いとは思わなかった。村にはたくさんの小屋がぎっしりと立ち並んでいたから、これまでにもこういったお産の様子は見たことがあったのだ。村の子供たちにとって、お産は自然なこと、いわば生活の一部だった。村ではほとんどの女が、家で子供を産んだ。ひとつには、伝統を守るためだ。お産のあいだは村の女たちがご先祖様の霊を呼び出し、お産の後には胎盤をバナナの葉にくるんで、三日間、新生児の隣に置いておき、その後土に埋めるのだ。とはいえ、もうひとつ、シハヌークヴィルの病院に入院するお金など、いずれにせよないという理由もあった。

あの日の夜、産婆が父とぼくたちを呼び集めた。そして父にひとつの包みを手渡した。布に包まれたちっぽけな赤ん坊だった。だが産婆は、ぼくたちを小屋に入れてはくれなかった。なんだか不安そうだった。ぼくたち父子は、三人で入口の前に座って、飽きもせずに小さな生き物を眺めていた。赤ん坊は眠ったまま、ちっぽけな顔を何度もゆがめて笑顔に近い表情を作るので、ぼくも弟も面白くてたまらなかった。

それからいくらもしないうちに、慌てたようすの産婆が父をケップの町へ行かせた。助けを呼ぶためだ。産婆が父になにを言ったのかはよくわからなかったが、すぐに医者を連れてこなければ、母が失血死するだろうということだけは理解できた。胎盤がはがれなかったか、はがれたとしても一部だけだったのだとわかったのは、何年も後になってからだ。父は近所の人からモペット（ペダルのついた小型オートバイ）を借りた。父のものは古くてガタがきており、速度が出なかったからだ。ぼくたち兄弟をそこに残して、父は出発した。産婆の脇をかすめて母のもとへ駆け寄ったぼくは、驚愕のあまり飛び上がりそうになった。母は目を閉じたままじっと横たわっており、周りには血でべっとり濡れた布が散らばっていた。すぐに産婆に追い出されたぼくは、弟とともにドアの前に座って、父を待った。

全身ガタガタと震えながら、ぼくは涙をこらえた。弟の前ではしゃんとしていなければ、と思った。母さんを死なせないでください、と、心のなかでご先祖様の霊に祈った。母のいない人生なんて、とても想像できなかった。何時間もたったころ、父がようやく戻ってきた。父は絶望で両手を握りしめながら、医者はここへ来るのを拒んだと言った。医者が前払いを求めた診療代は、父が一年かかっても稼げないほどの大金だった。金の代わりに魚で支払うという父の申し出を、医者は鼻で笑ったという。長年フランスの大学に留学していたその医者は、裕福な人間しか診察しないことで有名だった。産婆は険しい顔で父を見つめ、辛そうに首を振った。それがなにを意味するのか、ぼくにはわかっていた。苦悩で心臓がぎゅっと縮み上がった。だが同時に、別の感情も湧きあがった。抑えることのできない怒りと深い憎しみだ。父の大きなナイフで医者の身体を切り刻み、快感を覚える自分の姿を想像した。

父は米酒を持って、海岸にある自分の船に引きこもってしまった。ところが、近所の女の人に「もうすぐお別れだから」と言われて、探しに行ってみると、父はそこにはいなかった。弟はすでに友達の家に預けられ、そこで眠っていた。ぼくは絶望の淵をさまようように海岸中を走り回り、喉が張り裂けるほど父を呼んだ。だが結局、父を連れずに小屋へ戻り、息を切らし、泣きながら梯子(はしご)を上った。母は朦朧(もうろう)としており、蒼白な顔がやけにちっぽけに見えた。母はぼくの手を握ると、微笑みかけてくれて、こうささやいた。「お兄ちゃん、弟たちの面倒をよく見てあげてね」それから母は意識を失い、そのまま目を覚まさなかった。そして一時間後、息を引き取った。

母の死で、ぼくの小さな世界は、まるで一撃のもとに暗闇に包まれたかのようだった。真夜中に、弟の穏やかな規則正しい寝息が聞こえてくると、ぼくは布団のなかで泣いた。狂おしいほど母が恋しかった。ぼくに注がれる母のまなざし、おとぎ話を語り聞かせてくれるときの母の声、母の笑い声、ぼくに触れる母の手。母には、その朗らかさで周囲まで染めてしまう才能があった。母がそこにいるだけで、すべてがより明るく輝いて見えた。それに母は、家のなかの一切を取り仕切っていた。家計も含めて。村のほとんどの家庭がそうだった。伝統的には夫に従属するとされる妻たちだが、実際にはあらゆる分野で実権を握っており、発言権を持っていたのだ。母はそれまで、酒もカードゲームも決して嫌いではない父を、うまく操縦していた。愛情に溢れた優しい妻で、村のほかの女たちのように、父を他人の前で罵(ののし)ったり、悪く言ったりは決してしなかった。だから父は、母のことを尊重し、優しく接するだけでなく、母のことを愛してさえいた。とはいえ、ふたりは恋愛で結ばれた夫婦ではなかった。親戚が仲介したお見合い結婚だった。さらに、教師の娘だった母は、読み書き計算ができた。父はそれをことのほか誇らしく思っていた。

母の死後、父は浴びるように酒を飲み始めた。ぼくは、これ以上我慢できないと思うと、酒の瓶を隠した。すると父はぼくを殴った。村の女たちは、父がそんなふうに自堕落な生活を送り、息子であるぼくたちの面倒を見ないと言って罵った。すると父は、なんとかまた少し気力を奮い立たせるのだった。ぼくたちは、よくお腹を空かせるようになった。父がぼんやりとひなたに寝そべるばかりで、魚も蟹も家に持ち帰らず、ましてやカンポットやケップの町に売りに行ったり、通りに並べて売ったりもしなくなったからだ。ぼくたちの家族は、それまでも貧しかった。それでも、お腹を空かせたことはなかった。母はいつも、質素な材料で素晴らしい料理を作ってくれた。それに、小屋はいつも清潔だった。なにより、母がそこにいた。働き者で、陽気で、一日中ぼくたちのことを考え、面倒を見てくれた母が。母が亡くなった後、ぼくは別の種類の貧困を知った。それは救いのない貧困だった。ぼくを惨めな、世をすねた人間にした貧困だった。

赤ん坊はおとなしく、ぼくたちを困らせることはあまりなかった。善人で、おまけに母のことを高く買ってくれていた教師が、赤ん坊を学校に連れていくことを許可してくれた。そこでぼくは、赤ん坊を母が生前に編んだ籠に寝かせて、その籠を、上の弟と自分の席のあいだに置いた。上の弟もやはり一緒に学校に連れていったのだ。まだ学校へ上がる歳ではなかったが、弟はそれでも授業を注意深く聞いていた。教師の説明を信じられないほど素早く理解して、あっという間に読み書き計算を覚えてしまった弟に、ぼくはおおいに驚かされた。

赤ん坊は、何週間も名無しのままだった。ぼくと弟は、彼を「小さい弟」と呼んで、まるで人形のようにあちこち連れまわした。父は赤ん坊には声もかけなかった。ちらりとも目をやらなかった。母は、男の子がふたり続いた後だけに、生まれてくるのは娘だと思っていたため、もしもまた男の子だった場合にはなんという名前をつけるか、考えてさえいなかった。村の女たちが、三男にいい加減ちゃんと名前をつけろとしつこく言いたてたので、父はぼくに、名前を考えてほしいと頼んできた。ぼくは弟と相談して、「ムニー」という名前に決めた。ぼくたちは数時間おきにムニーを村のロンという名の女性のところへ連れていった。ロンは母の数日前に子供を産んでいて、ムニーに乳を与えてくれた。ぼくたちはそのお礼に、ときどき貝や魚を持っていったが、ロンはたいてい受け取ってくれなかった。逆にぼくたちに同情して、しょっちゅう食べ物をくれた。そして、赤ん坊に乳がいらなくなるまで、手元に置いて育ててもいいと言ってくれた。けれどぼくは嫌だった。生後の数週間を除けば、ムニーをロンの家に泊まらせたことはなかった。弟たちの面倒を見ると、母に約束したのだ。だからぼくには責任があった。

　こうして、ひと月、またひと月と時がたった。学校へいくのは、どんどん難しくなっていった。下の弟が這(は)い這いをするようになり、そのうち歩き出したせいだ。また、父のモペットが完全に壊れて、魚をレストランやホテルへ卸すことができなくなり、家の暮らしはますますひどくなった。ぼくは毎日午後、魚の腸(はらわた)を取り、ぶら下げて、干し魚を作った。貝やイカやエビを村の本通りで売ったりもした。そんなとき、ふたりの弟はぼくの隣に座って、遊んでいた。上の弟が下の弟に本を読んでやることもあった。上の弟は貪欲(どんよく)な読書家で、学校の先生がたくさん本を貸してくれたのだ。先生はぼくには、もう教えることがないと言った。けれどぼくは、これからも学校へ通わせてほしいと懇願した。一日を弟たちと一緒に過ごしたかった。どうせすぐにぼくは漁師になって、父とともに小さな漁船で働くことになるだろう。それはよくわかっていた。村にいる限りほかの可能性などないし、だからといって出て行くこともできない。弟たちの側にいたいからだ。村の男たちのなかには、町へ出ていって、ホテルや、米製品の加工工場や、鶏肉加工工場などで働く者も大勢いた。「リセ」と呼ばれる町の上級学校へ行けるのは、裕福な家庭の子供に限られていた。ぼくは、下の弟がリセに通える年齢になるまで村に留まり、それから弟ふたりを連れて首都プノンペンへ出ようと考えていた。

　弟たちには、いずれぼくよりもいい暮らしをさせたい。そのために一生懸命働こうと思った。母もきっとそう望んだだろう。魚やほかのものがよく売れた日には、稼いだお金の一部を父に見つからないように隠した。ぼくと弟たちとが首都で生活を始めるときの足しにするためだ。とはいえ、狭くて汚い小屋で、すっかりしょぼくれてしまった酒浸りの父と暮らす生活がこのままあと何年も続くかと思うと、逃げ道がないのがわかっていたせいもあって、絶望的な気分になることもしょっちゅうだった。

　ところがある日を境に、すべてが変わった。ひとりの男が学校にやってきて、先生となにか言葉を交わしたのだ。話をしながら、その男は何度もぼくと弟たちのほうを見るので、ぼくはなんなんだろうとあれこれ考えた。先生が役所に通報して、ぼくたちはこれから孤児院に引き取られるのだろうか。それとも父がぼくたちを捨てたくて、金持ちの男に売ったのだろうか。そういう話は、それまでにも聞いたことがあった。近くの村に住む物乞いの女が、わずかな金と引き換えにふたりの子供を外国の男に売った。その男は、子供たちにおぞましいことをしたという。ふたりの子供のうち、女の子のほうが男から逃げて、村に戻ってきたが、男に連れ戻されてしまった。父がそんなことをするはずがない、父は弱い人ではあっても、根は優しいし、ぼくたちを愛してる、とぼくは考えた。でも、酔っぱらっているときの父がなにをしでかすかなど、誰にもわからない。

男は、教室から出て行く際にも、ぼくにもう一度、真剣な、好奇心に満ちた目を向けた。

ぼくは不安になった。

一九八〇年

十月初旬、夕食時に、イネスの母モニカがカンボジアからの難民家族の話を始めた。モニカが働く医院の院長であるヴィマー先生から聞いたのだという。

難民たちは、壊滅的に破壊しつくされた故郷から逃げて、ジャングルを抜け、タイへたどり着いた。そしてタイの難民キャンプで、亡命申請が受理されるのを待った後、二か月前、バンコクからウィーンへ飛行機でやってきた。総勢二十三家族で、子供もいる。オーストリアは彼らを受け入れる民間家庭を探し始めた。できれば、しばらく彼らの面倒を見られる家庭が望ましい。すでにほとんどの家族の受け入れ先が決まったという。

問題は、とある八人家族だった。三十代半ばの両親、父方の祖母、五人の子供から成る家族だ。この一家は、オーストリアに到着直後、アメリカ合衆国に近い親族がいることを知った。一年前からアメリカに暮らしていて、すでにそこで生活基盤を築いているという。この親族が、自分たちの家族として一家がアメリカに移住できるよう、申請をしてくれた。ところが、申請は——当局も後から知ったのだが——八人家族のうちの六人分しかされなかった。親族は、子供たちのうち年長のふたり——十四歳の男の子と十二歳の女の子——の移民申請をせず、アメリカに引き取ることを拒んだのだ。

難民の世話をする職員が、いったいどうしてなのかと一家の両親を問い詰めると、夫婦は突然、そのふたりは自分たちの実子ではないと言い出した。子供たち本人は実子だと言い張ったが、それでも、オーストリアがとても気に入ったからアメリカには行きたくない、もう両親なしでも暮らしていける年齢だ、と主張した。どちらの側も頑なに自説を曲げようとせず、それでも特に敵対しているようには見えないのが、職員には謎だった。いずれにせよ――と、ヴィマー先生は話を締めくくった――一家は次の土曜日、ふたりの子供をオーストリアに置いたまま、シカゴの親戚のもとへと旅立つ予定だ。だが残される男の子と女の子は未成年なので、里親を見つけなければならない。もしも里親が見つからなければ、否応なく児童養護施設で育つことになるだろう。

イネスは興味津々で話を聞いた。

「信じられない」祖母のマルタが言った。

「どうして国がぼろぼろになっちゃったの？」イネスは訊いた。

母のモニカの説明によると、ポル・ポトという名の残虐な独裁者とその手下であるクメール・ルージュという兵士たちが、四年にわたってカンボジアの国を統治していたのだという。

「その四年間に、すごくたくさんの人たちが亡くなったの。正確な人数はまだわからないけど、百万人以上だろうって。みんな、労働収容所で、飢えや病気で亡くなったり、処刑されたりしたの。ポル・ポトは、カンボジアに新しい社会を作ろうとしたの。自給自足をして、なにもかもみんなで分け合う、完全な農民の国。そこでは、お医者さんや教師よりも、ただの農民のほうが価値のある人間だってことになってたの。眼鏡をかけてるとか、読み書きができるっていうだけの理由で殺された人もいたんですって。都会では住民が家を追い出されて、全員が田舎で農業をしたり、労働収容所で働かされたりしたんだけど、食べるものはほとんどなかった。医療も崩壊して、お金も底を突いた。刑務所で拷問されたり処刑されたりした人もたくさんいた。一年前に、ベトナムがクメール・ルージュの政権を倒したんだけど、いまでもカンボジアは混乱したままなのよ」

「クメール・ルージュってどういう意味？」とイネスは訊いた。

「〈クメール〉はカンボジアに住む人たちのこと」と母は答えた。「〈ルージュ〉は赤っていう意味で、共産主義がシンボルにしてる色なのよ」

共産主義とはなにか、イネスもぼんやりとは知っていた。何週間か前、祖母がテレビのニュースを見ながら、説明してくれたのだ。話が終わると、母はイネスに地図を見せて、カンボジアがどこにあるかを示した。その晩イネスは、延々と質問を続けた。

その後、部屋に引き上げてからも、イネスは、両親に難民受け入れ施設に置き去りにされることになるふたりの子供のことを、考え続けずにはいられなかった。両親は子供たちと一緒に、残酷な政権が支配する国で生き抜き、戦争を潜り抜け、ともに逃げてきたはずだ。それなのに、アメリカには連れていきたくない？　それとも、ふたりは本当に両親の実の子供ではないのだろうか。だとしたら、ふたりの本当の家族はどこにいるのだろう？　離れ離れになったのだろうか。それとも、まさか死んでしまった？　なにもかもが、悲劇的な物語のようだった。イネスが読んだ本のなかではなく、現実の世界で起きた悲劇だ。正直なところ、イネスはこの話をもっと詳しく知りたくてたまらなかった。

週末になると、母がイネスに、ふたりきりで森を散歩しようと言った。ふたりは家の裏の野道を辿って、森へと向かった。母の一番お気に入りの散歩ルートだ。秋の太陽は低く、木々のこずえを通して深緑色の苔に落ちる陽光が踊っているように見えた。なにもかもが暖かな金色の光に包まれていた。母がどうしてこれほど森を愛するのか、イネスは初めてわかったような気がした。

「あのね、イネス、あのカンボジアから来たふたりの子の話なんだけど、あれからずっと、頭から離れないのよ」母がおずおずと切り出した。

「私も」

「え、ほんとに？」母が嬉しそうに驚きの声を上げた。

イネスはうなずいた。

「ねえ、もしふたりをうちに引き取りたいって言ったら、どう思う？」母が尋ねた。

一瞬、イネスは息を呑んだ。何か月にもわたって、娘の世話をすることもできないほど弱っていた母が、見知らぬ子供をふたりも受け入れようとするとは。イネスは何分間も、黙ったまま母の隣を歩いた。なにを言えばいいのかわからなかった。まさか祖母と母がそんなことを考えていたとは、夢にも思わなかった。このふたりにとって、とりわけ祖母にとっては、なにより大切なのは静かな生活だろうと考えていたのだ。その次に来るのが庭、ペットと家畜、毎晩のニュース、ひとりでやるトランプ占い、近所の女の人とたまに一緒に飲むコーヒーだ。話を聞いて、イネスはふたりを見直した——同時に、少し嫉妬も覚えた。イネスひとりでは足りないということだろうか？

「ねえ、どう思う？」母が訊いた。「家は広いし、どっちにしても半分空いてるじゃない。それに、ふたりの面倒を見る時間だってたくさんある。最初の一年はいっぱい面倒を見てあげなきゃいけないだろうけど、ふたりとももう小さな子供じゃないから、その後はほとんど手はかからないはず。

それになによりも、善い行いだと思わない？　でも、もちろんおばあちゃんも私も、イネスにうんと言ってもらいたいの」

　母はもどかしげに上着のポケットをさぐって、一枚の写真を取り出すと、イネスに手渡した。

「ヴィマー先生が、ふたりの写真を貸してくれたの。先生の妹さんが撮ったんですって。難民受け入れ施設で働いてるの。このふたりの名前は、キムとテヴィ」

　イネスは立ち止まり、写真を眺めた。少年と少女がベンチに座って、内気そうな、だが真剣な目でカメラを見つめている。年齢の割には痩せていて、小柄だ。もし事前に本当の歳を知っていなければ、二歳は下だと思っただろう。

　イネスは母に写真を返すと、少し考える時間が欲しいと言った。だが、一時間後に自分の部屋に戻り、ベッドに寝転がって本を読もうとしたときには、もう答えは出ていた。ふたりの子にうちに来てほしかった。これまでもうじゅうぶんひとりで部屋に寝転び、本を読み、あれこれ悩んできた。たいていは憂鬱な気分で。本のなかだけでなく、現実生活でなにか刺激的なことを体験してみたかった。そして、ふたりの難民の子と一緒に暮らすことは、祖母がカード占いをするのを眺めたり、雑草を抜くのを手伝ったりするよりも、刺激的な体験だと思った。イネスは階段を駆け下り、テラスで飼い犬のゼンタの毛にブラシをかけている母を見つけた。

「私も、その子たちにうちに来てほしい」イネスは言った。

　母はゼンタを放すと、笑いながらイネスを抱きしめ、ゆっくりと左右に揺すった。その晩、祖母はお祝いと称して、イネスの大好物を作ってくれた。スモモのコンポートを添えたカイザーシュマーレンだ。三人は長いあいだテーブルを囲んで、熱に浮かされたようにいろいろな計画を練った。

ふたりにドイツ語を教えるのに一番いい方法はなにか、どの部屋をどんなふうに設えるか、ふたりと一緒にどこへ遠足に行くか。

翌週、古い家のなかは大忙しで、活気に溢れた。母は広い寝室から狭い部屋へと移り、大きくて不格好なダブルベッドは、祖母が庭で手ずから斧を振るって、薪にした。塗装工が来て、広い寝室の壁と天井を塗りなおし、村の家具職人に注文した二台のシングルベッドがほんの数日で運ばれてきた。イネスも、手伝えることはなんでも手伝った。カーテンを選び、絵を壁に掛けた。気分が上向きになるのが自分でもわかった。いつも鼻歌を歌っていた。

週末、母とイネスは祖母の車、古いゴルフに乗って、ふたりのカンボジア人を迎えに、ザルツカンマーグートへ向かった。

モニカの日記より　一九八〇年十月―十二月

今日、ヴィマー先生が私に、イネスのことで話があると言った。先生には先週、イネスが辛い思いをしている話をした。そのときには少し泣いてしまって、後から恥ずかしかった。イネスはこの何か月かで、すっかり変わってしまった。生き生きした元気なあの子は、どこかへ消えてしまったようだ。以前はとても社交的な子で、放課後にも友達と一緒に遊ばずにはいられないという感じだった。なのにいまは、いつもひとりで部屋に閉じこもっている。ほとんど話さないし、もう笑うこともない。いつも黙々となにかを食べてばかり。そのせいで私は、とてつもない罪悪感を抱えている。

ヴィマー先生は、最後の患者さんが帰るのを待って、私を部屋へ呼び入れた。話があるという。私は急に、ものすごく怖くなった。きっと試用期間が終わったから、解雇されるんだ――そう思った。ところが先生は、二か月前からタールハムの難民一時受け入れセンターに暮らしているという、ふたりのカンボジア人の子供のことを話し始めた。（妹さんがそこで福祉委員として働いているんだとか。）先生の話は一時間近くかかったけど、実を言うと、楽しかった。先生は声がよくて、聞いていて気持ちがいいし、おまけに話の内容は興味深かった。これまでカンボジアのことなんてほとんど知らなかった。締めくくりに、先生は「そのふたりの子を受け入れてくれる家庭を探しているんです」と言った。そして私のほうに奇妙な視線を送ってきた。先生がなにを言いたいのかに私がぼんやりと気づき始めたところで、先生もはっきりと口に出した。「それを聞いて、モニカさん、すぐにあなたのことを考えたんですよ。これは、そのふたりの子だけでなく、娘さんの問題の解決にもなるのでは？」

＊　＊　＊

母とヴィマー先生の提案について話し合った。母はすぐに大乗り気になった。イネスには絶対にいい影響があるわ、それにこの古い家にも少し活気が欲しいところだしね、と言った。全力であんたに協力するわ、と。

イネスのためばかりじゃなく、カンボジアのふたりの子供のことが私の頭から離れない。ヴィマー先生がふたりの写真をくれた。途方に暮れたような目をしていて、見ると悲しくなる。

＊　＊　＊

夕食のとき、イネスにキムとテヴィの話をした。母も一役買って、初めて話を聞くふりをしてくれた。イネスは興味津々だった。いずれにせよ、関心は持ってくれたようだ。

＊　＊　＊

子供たちをうちに引き取るという「私の」アイディアをイネスにぶつけてみる前に、まずは私自身が覚悟を決めなくては。覚悟はできているか？　わからない。もしも重度のトラウマを抱えた子供たちだったらどうしよう？　それに、病気だったり、暴力的だったりしたら？　もしも私がいっぱいいっぱいになってしまったら？　一度引き取った子たちを、ごめんなさい、やっぱり違った、残念ながら欲しかった商品じゃありませんでした、なんて言って簡単に施設に戻すわけにはいかないんだし。

＊　＊　＊

散歩をしながら、イネスに計画を話してみた。一日か二日、考えてみていい？　イネスはそう訊いた。でも、それから一時間もしないうちに、賛成だと言いにきた。それどころか、ふたりが来るのが楽しみだと言う。

＊　＊　＊

やることがたくさんありすぎて、猫の手も借りたいくらい。カンボジアの歴史と文化についての本を読む。部屋の準備をする。今日は、里親申請のために、母とふたりでリンツの青少年局に行った。午前中ほぼまるまるかかった。ヴィマー先生はこのために休みをくれた。先生は本当にいい人だ。月曜日の朝に、決心したと話すと、先生は満面に輝くような笑みを浮かべた。そして、なにか必要なことがあったらいつでも言ってください、どんなことでも、と言ってくれた。

＊　＊　＊

今日、母に怖くはないのかと訊いてみた。なにが？　というのが母の答えだった。大変かもしれない、子供たちとうまくやれないかもしれない、と私は答えた。でも母は笑い飛ばした。愛情たっぷり、それにおいしいご飯、それでなんとかなるよ、と言う。本当にそうだといいけど。

＊　＊　＊

イネスと私とで、朝食の後すぐに、ふたりを迎えに出発した。着いたのは十時ごろだった。ふたりは旅の準備を整えて、施設の建物の前に立っていた。たくさんの人が周りを取り囲んでいた。でもふたりのことはすぐにわかった。ヴィマー先生から外見を聞いていた妹さんが隣に立っていたせいもあるけれど、それだけじゃなくて、ふたりが写真に写っていたのと同じ服を着ていたからだ。男の子のほうは、サイズが大きすぎる緑のセーター。女の子のほうは、サイズが小さすぎるピンクのセーター。それにジーンズ。ふたりとも、ビニール袋をふたつ、両手にぶら下げている。袋の中身は、慈善団体から寄付された古着だ。ふたりの持ち物はそれがすべてだった。

男の子はやせっぽちで、ひょろひょろしていた。すごく短く刈った太い髪、どちらかといえば平たい鼻、高い頰骨、問いかけるような大きな瞳、ミルクコーヒー色の肌（ミルク少なめ）。背丈はイネスと同じくらいだったけど、幅はイネスのほうが三倍から四倍はある。このふたりが並んだところは、なんだかグロテスクな光景だった（こんなことを書くなんて、自分で自分が恥ずかしいけど）。男の子は十四歳には見えなかった。十二歳にさえ見えない。女の子のほうは、肩までのまっすぐな髪、ヨーロッパ人風の鼻、ミルクコーヒー色の肌（ミルク多め）。イネスより頭ひとつ分小さくて、九歳くらいに見えた。

私は最初に男の子のほうに握手の手を差し出し、それから女の子とも握手した。なんだかふたりとも、私と握手をするのを嫌がっているような気がした。私の手のなかのふたりの手は、力なくだらんとしていて、小さかった。男の子が小声で、たどたどしく言った。「あなたの家、住む、ありがとう」彼は同じことをイネスにも言おうとしたが、どうやら事前に暗記しておいたらしい文章から、私に言ったときとは別の部分が抜けてしまい、「あなたに住む、できる、ありがとう」になった。女の子のほうは、ただ「ありがとう」としか言わなかった。ふたりとも不安そうだった。私がヴィマー先生の妹さんと言葉を交わすあいだ、ふたりは周りを取り囲んだ人たちに別れの挨拶をしていて、胸の前で手を合わせ、ひとりひとりに頭を下げていた。相手も同じことをしていた。

家への道中、ふたりは後部座席に黙って座り、外を眺めていた。キムは、難民受け入れ施設から遠ざかるにつれて、そわそわし始めた。バックミラーで、キムがもぞもぞと体を動かしたり、何度も振り返ったりするのが見えた。でもそのうちまた静かになって、窓からじっと外を眺め始めた。

一度テヴィが、ほんの一瞬、キムの手を握った。するとキムはテヴィのほうを向いて微笑んだ。会話はなかなか成立しなかった。カンボジアは昔フランスの植民地だったと本で読んだので、私はさびついたフランス語の知識を引っ張り出してきて、訊いてみた。パルレ・ヴ・フランセ・アンプ？（フランス語が少しは話せる？）するとキムが首を振って、言った。ベター・イングリッシュ！（英語のほうがいい！）それからふたりはまた黙ったまま、窓から外を見続けた。

家では母がご馳走を用意して待っていた。ハンバーグ、マッシュポテト、ミックスサラダ、デザートにはフルーツサラダ。食事が終わると、ふたりはこちらを向いたまま後ずさりで台所を出ていった。両手を顎の前で合わせて、少しうつむいて。クメールの文化では、特定の人に尻を向けるのは非礼にあたるのだと、イネスに説明してやらねばならなかった。イネスはふたりに、家のなかと庭のすべてを見せてまわった。テヴィは猫に心を奪われたようだった。キムのほうはゼンタを気に入って、なかなか撫でるのをやめなかった。ゼンタに顔を舐められて、笑った。午後、子供たち三人は庭でかくれんぼをして遊んだ。イネスはずっとふたりに話しかけていた。ゆっくり、標準ドイツ語で、正しい文法で。ずいぶん頑張っていた。「遊ぶ、したい？」「お腹、すく？」みたいな話し方をするのは、事前に禁じておいたのだ。母と私はテラスに座って、子供たちが遊ぶのを見ていた。

英語での意思疎通はうまくいく。ふたりとも、タイの難民キャンプにいるとき、一年間、英語で授業をする学校に通ったのだという。（一家は当初はオーストラリアへの移住を希望していたのだが、意外なことにオーストリアへ亡命することになったのだ。）ドイツ語ももうかなりわかるようになっているけど、まだ話す勇気が出ないようだ。なにか訊かれたときの返事に、四つの単語を使うだけ。はい、いいえ、いい、よくない。どの単語も、母音を長く伸ばして発音する。はあい、いいいいえ、いいいいいい、よおおくなああい。

夕食の後、イネスがボードゲームの大きな箱を取ってきた。誕生日に母からもらったものだ。ふたりは、〈メンシュ・エルゲレ・ディッヒ・ニヒト〉と〈ミカド〉と〈ドミノ〉を知っていた。施設で職員と一緒にやったのだという。五人そろってミカドをやった。キムが二回とも勝った。キムは器用で、手の動きが信じられないほど落ち着いている。

まだ十時にもなっていないけれど、死ぬほど眠い。長い時間運転すると疲れてしまう。あのふたりはもうぐっすり眠っている。さっき、様子を見に、こっそり部屋へ行ってみた。イネスはまだ起きていて、しばらくのあいだ隣に寝てほしいと頼んできた。もう長いあいだ、あんなふうに甘えてきたことはなかったのに。イネスは私に体をすり寄せて、囁いた。

「あのふたりが来てくれて嬉しい」

＊　＊　＊

テヴィは小学校四年生、キムは中学校一年生に編入した。キムの席はイネスの隣だ。それを聞いて、最初は喜べなかった。イネスは隣の席の女の子と、この何週間かでようやく仲良くなってきたところだったからだ。キムとテヴィが来る前、その子は一度うちに遊びにも来てくれた。だから私は、ふたりのあいだに友情が育つんじゃないかと期待していたのだ。キムだって男の子の隣に座ったほうがいい、どうせ家ではずっと私たち女に囲まれているんだから、と思った。でもイネスはどうしてもキムの隣に座りたがった。使命感を抱いているようだ。午後にはふたりで一緒に宿題をやっている。私はそのあいだ、テヴィの側で手助けをする。キムは勉強熱心だけど、テヴィは逆だ。女の子ふたりが遊びに行った後、私はキムとその日の復習をする。キムがそうしたいと言い張るからだ。

女の子ふたりは仲がよくて、空いた時間はいつも一緒にいる。それが本当に嬉しい！　イネスは二日目にはもう、小さくて着られなくなった服を全部テヴィにプレゼントした。テヴィはうっとりして、一枚残らず試着していた。そして大きな鏡の前で何度もくるくる回っていた。まるで、鏡に映っているのが自分だと信じられないみたいに。そんな姿を見ていると、我慢できなくなって、写真を撮らずにはいられなかった。テヴィは、まだ大きすぎる服も含めて、全部を受け取ると、棚に丁寧にしまった。イネスとテヴィはお互いの髪をセットし合い、複雑な編みこみを作ったり、私の化粧品で化粧をしたりして、ほんのささいなことでくすくす笑い合っている。テヴィが飽きもせずにしげしげと眺めているものだから、イネスはバービー人形までプレゼントした。テヴィは何時間も床に座り込んで、人形の服を着せ替えては、小さな靴やスカートやワンピースを愛（いと）おしそうに撫でている。ずっとなにか囁きながら人形と遊ぶテヴィに、本音では自分はもう人形で遊ぶような歳じゃないと思っているイネスも付き合っている。

キムとは、先週の水曜日に一緒に服や身の回りのものを買いに行った。キムは遠慮深くて、選んだのはジーンズ一枚と、フランネルのシャツ一枚、セーター一枚、それに靴下と下着を数枚だけだった。もっと買いなさいと私が言っても、頑として断った（まあ、私にももう余裕はないけど）。

最初の数日は、キムも女の子たちと一緒にいて、ふたりが遊ぶのを眺めていた。でもいまは、教科書を何度も何度もめくって、中の絵や図をじっと眺めているか、そうでなければ近所を歩き回っている。とはいえ、その前にいつも私と母に、なにか手伝うことはないかと訊くのを忘れない。ニード・ヘルプ?(手伝い、いる?)と訊かれるけれど、ほとんどの場合、私たちは首を振る。そうすると、キムは出かけていく。たいていは、ゼンタが後をついていく。外でキムがなにをしているのかは、よく知らない。ときどき、あまりに長く留守にしたりすると、心配になることもある。でもキムはいつも夕食前にはちゃんと戻ってくる。汗だくで、息を切らして、七時きっかりにテーブルにつく。母が時間どおりに食事を始めることにうるさいのを知っているからだ。私がキムの手を見て、目で合図をすると、キムは立ち上がって、浴室へ手を洗いに行く。

このあいだの日曜日、イネスはついに好奇心を抑えられなくなった。(初日からもう、質問したくてうずうずしていたのだ。)そしてふたりに、どうして家族と一緒にアメリカへ行かなかったのか、と尋ねた。まずはドイツ語で訊いた。でもふたりは、なにを訊かれているのかわからなかった。または、わからないふりをした。そこでイネスは今度は英語で質問した。ホワイ・ノット・ゴー・トゥー・アメリカ・ウィズ・ファミリー?(どうして家族とアメリカ行かない?)外交術に優れたテヴィが、微笑みながら答えた。ウィー・ラヴ・オーストリア・モア(オーストリアのほうが好き)。ふたりの口から、それ以上のことは聞けなかった。イネスはもっと突っ込んで訊こうとしたけれど、私がやめるようにそれとなく合図した。遅かれ早かれ、ふたりは私たちに心を開いて、すべて話してくれるだろう。

＊　＊　＊

昨日は夜中に目が覚めた。テヴィが大声で叫んだからだ。イネスも目を覚ましたけれど、またベッドへ行かせた。キムがテヴィのベッドの横にしゃがみこんで、小声でなにか話していた。可哀そうなテヴィは汗まみれで、寝間着がびしょ濡れだった。私は棚から新しい寝間着を取り出して、テヴィの着替えを手伝った。ねえ、テヴィ、どんな夢を見たの？　と訊いてみた。あいつら、みんなを殴り殺した、と言って、テヴィは泣いた。斧で、みんなを殴り殺した。キムがまたカンボジア語でテヴィにささやき始めた。私には、キムはこう言った。「大丈夫、また寝て」

＊　＊　＊

イネスは今日、国語で「優」をもらってきた。「素晴らしい体験」という題名の作文で（なんと豊かな国語教師たちの発想力！）、キムとテヴィが家にやってきたこと、一緒に過ごした最初の一週間のことを書いたのだ。感動的な作文だった。少しも通俗的なところがなくて。イネスのことが誇らしい。

テヴィは少し風邪気味だ。急に寒くなったから、無理もない。寒さはふたりには辛いだろう。でも、そう訊くと、ふたりともそんなことはないと言う。どんなことにも、大丈夫、大丈夫、と言うし、どんなことにも大げさなほど感謝を表す。ときどき、本当はどうなのか、正直に話してほしいと思うこともある。たとえばテヴィは、よく夜中にひどい夢を見て、寝たまま叫んだり泣いたりしている。

ふたりとも不気味なくらい、いい子で、おとなしくて、遠慮がちだ。

＊　＊　＊

今晩、キムが死んだ鴨を持って帰ってきた。頭がなくて、きれいに羽根をむしられた鴨。キムは誇らしげにそれを台所のテーブルに置くと、「明日、鴨、ぼく料理する」と言った。

そこからがもう大変。特に母が大騒ぎを始めて、落ち着かせるまでに時間がかかった。母は、キムが鴨を盗んできたんじゃないかと思ったのだ。お小遣いで買ったのかもしれないじゃない、と私は言ったけど、それはむしろ、私自身の疑念を抑え込むためだった。キムはひとこと、「プレゼント」と言っただけだった。それがどういう意味なのかは、よくわからなかった。キムがプレゼントされたということなのか、それとも、キムから私たちへのプレゼントという意味なのか。私たちが質問攻めをやめないので、キムは今度はこう言った。「農家」けれどそこでおしまいで、それ以上はどうしても聞き出せなかった。キムは鴨をそのまま冷蔵庫にしまうと、手を洗って、夕食のテーブルについた。（スパゲッティ・ボロネーゼ、キムの一番好きな料理のひとつだ。）母が鴨を冷蔵庫から取り出して、ラップでくるみ始めたが、途中で急に手を止めて、言った。「このあたりで鴨を飼ってるの、ひとりだけだよね。ケーラーのとこのヨハネス。あんた、キムと一緒に行って、この鴨、返してきたほうがいい」

そういうわけで、夕食の後、私は鴨をまたしても冷蔵庫から取り出して、キムに言った。「一緒に来て。人に会いにいくから」キムはなにも言い返すことなく立ち上がって、私のあとに続いた。イネスとテヴィも一緒に行きたがったけど、私が許さなかった。キムが本当に盗みを働いたのだとしたら、彼が恥をかく場に、ふたりに居合わせてほしくはなかった。車のなかで、私は自分がどれほど緊張しているかに気づいた。キムのほうは、膝に鴨を載せて、落ち着き払って助手席に座っていた。どうかキムが泥棒じゃありませんように、どうか、どうか。私はそればかりを念じていた。もしキムが鴨を盗んだとしたら、これほどの失望はない。そう考えた瞬間、自分のことを馬鹿、と叱りつけた。最初はなにもかもうまく行きすぎだと戸惑っていたくらいなのに、こんなちょっとしたことで、とたんに震えあがるなんて。いったいなにを期待してたの？　遅かれ早かれ問題が出てくることなんて、最初からわかりきってたじゃないの！　いま大切なのは、この問題をうまく解決することだけ。

ケーラー農場に車を乗り入れると、キムはにっこり笑って、「そう、そう！」と言った。車を降りて、牛乳保管所へ向かう。ドアは開けっ放しで、ちょうど誰かが床に水を撒いて掃除しているところだった。キムは、まるで赤ちゃんかなにかのように、鴨を両手で抱いていた。牛乳保管所にいたのはヨハネスで、私を見ると嬉しそうに言った。「なんだ、モニカじゃないか、来てくれて嬉しいよ！」心のこもった言葉だった。それからヨハネスはキムに向かって、親し気に言った。視線を鴨に向けながら。「もしかして、別の鴨のほうがよかったか？」

突然、喉が締め付けられるような気がした。（P村に戻ってきてから、地元のほとんどみんなが向けてくれるこういう親切と好意に、しょっちゅう気づかされる。誰ひとり——まあ、ミッツィ叔母さんを除けばだけど、叔母さんはP村に住んでるわけじゃないし——私や母に意地悪な言葉をにやにやしながら投げつけてくる人はいない。キムとテヴィのこともそうだ。たくさんの人が、この何週間か、いろいろな物を持ってきてくれた。服、靴、おもちゃ、通学鞄、自転車、それにスキーウェアとスキー板、スキーブーツまでもらった。それから黒い革ジャケット。キムはこのジャケットをもう脱ごうとしない。それくらい気に入っている。）

「てことは、この鴨、キムがあなたから買ったの？」私は訊いた。「いや」ヨハネスは驚いたように答えた。「あげたんだよ。さばくのを手伝ってくれたから」自分の耳が信じられず、私は訊き返した。「さばくのを手伝った？　さばいたってなにを？　豚？　牛？」「いやいや」ヨハネスが答えた。「うちは、牛や豚は自分ではさばかない。精肉業者に来てもらってるよ。キムは昨日、鴨を三羽さばいてくれたんだ。羽根をむしって、内臓も取ってくれた。実は俺、とても自分ではやれなくてさ。キムはプロみたいな腕前だったよ。素早くて、無駄がなくて。だから一羽あげたんだ」

　そのとき初めて、キムがこれまでにもよくこの農場を訪れていたことがわかった。ヨハネスの話によれば、ある日キムが鴨の池のほとりに座っているのを見かけたのだという。それから、鴨の餌やりや、ときには家畜小屋の掃除なんかを手伝うようになった。けれどキムは牛にはそれほど興味を示さなかった、とヨハネスは言った。どちらかといえば牛を怖がっているみたいだった。でも鴨の扱い方はよく心得ていた。

　私はなんと言っていいのかわからなかった。恥ずかしくてキムに顔向けできなかった。盗みを働いたかもしれないなんて、疑ったりして。それにヨハネスにも顔向けできなかった。私たちがやってきた理由を、どうやら見抜いたみたいだったから。でもようやく、手遅れになる前に、猜疑心の塊だと思われることなくこの場を切り抜ける方法を見つけた。「あら、やだ」私はヨハネスに言った。「肝心なことを忘れるところだった」そして車へ駆け戻って、トランクから赤ワインを一瓶取ってきた。（今日、仕事の後にあれこれ買い出しをしておいてよかった。ワインにビール、トイレットペーパー、洗剤が、まだトランクに入ったままだったのだ。）

私はヨハネスに瓶を差し出して、言った。「鴨をもらったお礼に」

「そんなことしなくていいのに」ヨハネスは断ったけれど、最後には受け取ってくれた。たぶん、私の気を楽にしてやろうと思ったんだろう。

車に戻ると、私はキムに訊いた。「どうしてそんなに鴨のことに詳しいの？」キムは窓から外を見たまま、「ロング・ストーリー（長い話なんだ）」と言った。「でも聞かせてほしいな」と私は食い下がった。けれどキムは首を振って、突然とてつもなく悲しい顔をした。

家に帰ると、私はキムを抱きしめた。最初、キムはびくりと体を震わせた。触れられるのがあまり好きではないし、カンボジアではそういう習慣がないからだ。でも結局は抵抗せず、抱きしめさせてくれた。それに私は、謝罪もした。キムは、私の「アイ・アム・ソー・ソーリー！（本当にごめんなさい！）」がなにを指しての言葉なのか、わからないふりをしていた。でも私の疑念を見破っていたことは間違いない。ヨハネスと同じように、キムも私の恥の意識を軽くしてくれようとしたのだ。

＊　＊　＊

今日、生まれて初めて直火であぶった鴨を食べた。ものすごくおいしかった。母でさえ認めたくらいだ。キムは水を得た魚のようで、テヴィもようやく、いつもよりはたくさん食べた（普段は雀の涙ほどしか食べない）。イネスは、十一月に戸外で食事をするのを面白がっていた。母はワインを飲みすぎて、フレディー・クヴィン（オーストリアの歌手、俳優。一九三一年生まれ）の「夜のメロディ」を歌い出した。母が歌うのを聴くなんて、いつ以来だろう。（正直言うと、感動して、涙をこらえるのに苦労した。）イネスもかなり驚いて、「ちょっと、おばあちゃん、結構うまいじゃない」と言った。「でも、歌うならもうちょっと楽しい歌にして」私はイネスに、おばあちゃんが昔はよく歌っていたことを話した。料理店の客たちからよく、歌ってと頼まれていたのだと。イネスはなかなか信じられないようだった。ここで母が「二本の煙草がマンハッタンを行く」を歌い、それを聴いたキムがうっとりと、「煙草が吸いたくなるなあ」と言った。

　イネスがびっくりしてキムを見た。実を言えば私もびっくりした。キムが煙草を吸っているところなんて、とても想像できない。キムもテヴィも、実際の年齢よりもずっと幼く見えるのだ。「私に言わせりゃ、吸えばいいよ、少年」母がそう言って、立ち上がった。「ひと箱だけ、部屋にまだあるんだ。取ってくる。今日みたいないい日には、私も一本吸いたいからね」私は反対だと、怒って背中に呼びかけたけれど、無駄だった。キムと母は、本当に煙草を吸った。それがキムの初めての煙草でないことは、見ればわかった。クールなおばあちゃんに驚きっぱなしのイネスに、母は、昔はたくさん吸っていたんだと話した。「だってね、煙草の煙でいっぱいの料理店で働くには、自分でも煙草を吸ったほうが楽なんだよ」おまけに、「あんたのママだって、しばらく吸ってたことがあるんだから」と言った。イネスは疑わしそうに私を見つめた。キムが二本目に火をつけようとしたけど、私は許さず、煙草を取り上げて、自分で吸った。母が笑った。そして、「さあ、そろそろやめにしようか」と言って、煙草の箱を火に投げ入れた。

＊　＊　＊

母がイネスとテヴィと一緒に、午後いっぱいかけて、ヴァニレキプフェル、リンツァーアウゲン、ココスブッセル（いずれもオーストリアの伝統的な菓子）を焼いた。テヴィは生地を食べ過ぎて、夜には気分が悪くなった。

＊　＊　＊

初雪！

まだパジャマで裸足のまま、キムとテヴィは庭を走りまわった。テヴィは両腕を大きく広げて空を見上げ、くるくる、くるくる、何度も何度も回って、最後には地面に倒れこんだ。キムは最初、息を吞んで戸口に立っていたけど、それからゆっくりと階段を下りていった。そして手で雪をすくって、うっとりと眺めた後、食べてみたり、顔にこすりつけてみたり。そのあいだずっと、どうかしたみたいに笑っていた。

朝食の後、イネスとテヴィは雪だるまの家族を作った。テヴィは「雪だるま」をフランス語でなんというか知っていた。「ボノム・ド・ネージュ」キムはどうしてもスキーを覚えると言って、一日中、家の裏の丘で、登っては滑り降りる、を繰り返した。最初から、滑り降りるほうが登るよりもうまく行った。正面を向いたまま登ろうとするので、何度もずり落ちてしまうからだ。私は、スキー板を横向きにして傾斜と平行にしたほうが簡単なのだと、やって見せた。最後にはテヴィも少しやってみたが、すぐに丘を登るだけの根気をなくした。

＊　＊　＊

今日は歯医者に行った。もう、ひどいなんてもんじゃなかった！

テヴィの歯には穴がふたつあったけど、こちらはすぐに充塡し終わった。テヴィはこれまでにも歯医者にかかったことがあったようで、椅子に座って、おとなしく口を開けて、なにも抵抗しなかった。私はただ手を握っていてあげるだけでよかった。

ところがキムの場合は全然違った。まず、どうしても椅子に座りたがらない（ものすごく疑い深そうに椅子をじろじろ観察した）。やっと座ったと思ったら、完全にパニックに陥ったみたいで、歯医者から目をそらさない。頭をのけぞらせて口を開けようとしない。キムがあんな怖がりだとは思わなかった。「弱虫」と、イネスが笑いながら言った。私は女の子ふたりを診察室から追い出して、病気の牛を相手にするみたいに、キムに話しかけた。そしてやっとのことで、口を開けさせることができた。キムはその後のレントゲン撮影のあいだも、おとなしく我慢していた。乳歯がまだ二本、下顎に残っているから、抜かなくてはいけない、でないと大人の歯が生えてこない、とシュタットラー先生が言った。そもそも二本ともぼろぼろで、化膿しているから、と。先生が注射器を持って近づくと、キムはまた暴れ出して、椅子から飛び降りた。先生はかなり気を悪くして、

「大きな病院に連れていったほうがいい」と、うなるように言った。「そこなら、こういうのは全身麻酔でやってくれるんじゃないですか」

キムをもう一度椅子に座らせるために、私はそれはもう必死で説得した。最後にはかなり激しく怒鳴りつけてしまった。それくらい追い詰められていた。そのあいだ、先生（腕組み）と助手（呆れ顔）はずっとそばに立って、私たちの英語とドイツ語がぐちゃぐちゃに混ざり合ったやりとりを聞いていた。ついにキムがまた椅子に座ると、シュタットラー先生は二人目の助手を呼んだ。そして、先生が歯を抜き終わるまで、私と助手ふたりの三人で、ずっとキムを押さえつけていた。永遠に終わらないような気がした。あの気難しい老先生（子供のころから好きになれなかった）は、わざと施術を長引かせて楽しんでいたんじゃないかと思えてならない（まあ、不公正な見方かもしれないけど）。早くして、と思わず怒鳴りつけるところだった。

ふたりでよろめきながら待合室へ戻ったとき、キムのシャツは汗でぐっしょり濡れていた。みんなにじろじろ見られた。時間がかかりすぎだといって怒った人もいた。私たちは逃げるように歯科医院を出た。車へ向かう途中、テヴィがキムの手を取って、ぎゅっと握りしめた。イネスはキムに助手席を譲った。家に帰ると、キムはベッドに倒れこんで、一時間後には嘔吐した。その晩はずっと、話しかけられる状態じゃなかった。

でもまだ治療は終わっていない。虫歯で穴がふたつ開いていて、充填しなくてはならないのだ。ひとつはかなり大きい。ヴィマー先生に相談して、キムに安定剤を出してもらおう（あと、私にも）。

＊　＊　＊

今朝、キムがまだ浴室を使っているときに、朝食を食べていたテヴィが言った。「キムは夜中に悪い夢を見て、目を覚ましたよ」

「どんな夢を見たの？」とイネスが訊いた。

テヴィのたどたどしいドイツ語を要約すると——「椅子に縛られて、針を持った男が来る。針が腕に刺さる。針からは管がぶらさがっていて、そこから体中の血が全部袋に流れ込む。そして死んでしまう」

＊　＊　＊

中学校の校長先生が、慈悲深いことに、お許しをくれた。（交渉がどれほど大変だったか！）クリスマス休暇の後、キムは中学二年生に進級、テヴィは中学一年生に進学することになった。イネスとテヴィは、隣どうしの席に座ろうと、もう決めている。

＊　＊　＊

今日はケーラー農場にクリスマスツリーをもらいにいった。ヨハネスがどうぞと言ってくれたのだ。ヨハネスは毎年、所有する森で何本か木を切ってくる。珍しく母まで一緒に来た。母は、絶対に居間のテーブルに載るくらいの小さな木がいいと言い張った。床に置かれた巨大なツリーからあちこちに葉が落ちるのが耐えられないのだ。でももちろん、子供たちは一番大きな木を選んだ。（母「私の気をおかしくさせようっていうんだね」）ツリーを選んだ後、ヨハネスと奥さんのアンナが、プンシュ（蒸留酒と香料などを混ぜて作るリキュール）とクッキーを振る舞ってくれた。ふたりには三歳と一歳の男の子がいて、とてもかわいい。弟のほうはすぐにイネスの膝によじ登って、イネスの髪をいじり始めた。

巨大なツリーは車に入りきらなかった。屋根に持ち上げて縛り付けるのも大変だ。だからヨハネスがトラクターに載せて、うちまで運んでくれた。キムはトラクターを運転させてもらった。

＊＊＊

子供たちと私とでちょうどツリーの飾りつけをしているところに、ヴィマー先生がやってきた。三人の子供たちそれぞれに、小さなプレゼントを用意して。母が受け取って、ほかのプレゼントが置いてある地下室に隠した。先生が一緒に散歩に行かないかと誘ってくれたので、私たちはふたりで森を歩いた。（木々の上に積もったきらきら輝く雪の美しさといったら！）先生は、別れた元奥さんと一緒にザルツカンマーグートに住んでいる子供たちのことを話した。先生に離婚歴があるとは知らなかった。驚きがあまりにも顔に出すぎていなかったならいいんだけど。

最後に先生は、私にも小さなプレゼントをくれた。

＊　＊　＊

昨日――あんなに素敵なクリスマスイブ、いつ以来だろう。

イネスは『クッラ・ギュッラ』シリーズの全六巻本（スウェーデンの作家マルタ・サンドワル＝ベリストレム著）を一番喜んだ。キムは（中古の）自転車、テヴィは新しい冬のコートとマフラーと帽子。三人から母には、きれいな鉢植えの花（白いクリスマスローズ）。私にはイネスが手編みのマフラー（どうして毛糸が必要だったのか、ようやくわかった）をくれた。キムとテヴィも、一通の封筒と、それぞれ自分で描いて額に入れた絵をくれて、私を驚かせた。テヴィの絵には私たちの家が描いてあって、その隣にみんなが――ゼンタと猫のミーツェとフローラも――一緒にいる。庭にはありとあらゆる花が咲いていて、（巨大な）太陽が輝いている。空は真っ青だ。キムのは――美術の授業で描いたもので、先生もすごく褒めてくれた――どちらかといえば抽象画で、流れるように交差するさまざまな幾何学模様と幾何学体から成る空想上の大きな建物の絵だ。

封筒には手紙が入っていた。ふたりがとびきりのきれいな字で書いたもの。まずはテヴィが数行（数えきれないほどのシールで飾り付けてある）、それからキム。（テヴィ「私たちを受け入れてくれて、ここに住まわせてくれて、本当に本当にありがとう。それに、マルティナやイザベラのママみたいに厳しくなくて、ありがとう」キム「ぼくたちの感謝の念は永遠です！　あなたは最高のお母さんです」）私は危うく泣いてしまうところだった。

ヴィマー先生のくれた小さな包みには、とても素敵な長いネックレスが入っていた。私が孔雀石を好きなことに、気づいてくれていたんだ。夜更けまで母とふたりで起きていた。母は上等のボルドーワインを一本開けた。それからさらにもう一本。最後にはふたりともかなり酔っぱらった。私はこの機会を利用して、今日まで私のためにしてくれたことすべてにお礼を言った。「あんた、酔っぱらうといつもセンチメンタルになるね」と母は言った。「昔からそうだった」

今日は少し頭が痛い。明日はみんなでスキーに行く。

＊　＊　＊

ローベルトから電話で、私がイネスを彼から遠ざけていると非難された。クリスマスにミュンヘンに行かないと決めたのはイネス自身なんだと言っても、信じようとしなかった。だからイネス本人に電話に出てもらった。一分後、イネスがこんなふうに言うのが聞こえてきた。「ううん、パパ、休みのあいだに何日か、パパのところに行きたいとは思ってるよ。でもキムとテヴィも一緒じゃなきゃダメ」

＊　＊　＊

昨日の晩はゲームナイトということで、ドミノ（テヴィの一番好きなゲーム）、ミカド（キムの一番好きなゲーム）、ミューレ（イネスの一番好きなゲーム）、メンシュ・エルゲレ・ディッヒ・ニヒト（キムはこのゲームを無意味だと言う）をやった。家の前で花火があがり始めると（大晦日の晩には市民が花火をあげる習慣がある）、テヴィが驚いて飛びあがり、それから泣き始めた。それくらいびっくりしたのだ。隣に座っていたイネスがテヴィをぎゅっと抱きしめて、キムがカンボジア語でなにか言った。でもなにを言ったか、私たちに教えてはくれなかった。私たちはお互いに新年おめでとうと挨拶をして、〇時十分過ぎにベッドへ行った。

　昔から大晦日は好きじゃない。

カンボジア　七〇年代　メイ家

学校にやってきて先生と話しながら、ぼくと弟たちのほうを見ていた男は、ケップでホテル〈フランジパニ〉を経営する「フランスさん」だった。次の日に、先生がそう教えてくれた。

半分フランス人の血が流れているという理由で、彼のことはみんなが「フランスさん」と呼んでいた。とはいえ、見た目はクメール人だ。ただ、よくよく見てみると、小さな違いがわかる。少し明るめの肌の色、細めの鼻。でもそれも、たとえば中国人の祖母からの遺伝だと言われても納得できる程度のものだった。フランスさんの評判はよく、みんなに好かれていた。彼が〈フランジパニ〉を経営してはいても、その所有者ではないという事実も一役買っていたのかもしれない。そのおかげで皆が彼を、ある程度自分たちの側の人間だと見なしていたのだ。フランスさんはホテルで大規模なパーティーを開き、客たちに寄付を頼んでいると言われていた。すさまじい額のお金が集まり、フランスさんはそれを注意深く管理して、貧しい家庭や才能ある若者たちに、月々の助成金や奨学金として配っているというのだ。ぼくはずっと、そんな話はただの噂だと思っていた。フランスさんを直接目にしたこともなければ、フランスさんから援助を受けている家族に会ったこともなかったからだ。ただそういう話を耳にすることはあった。近くの村に住む女の人が、夫を亡くした後、六人の幼い子供を育てるためにフランスさんからお金をもらっている。長いあいだ失業していた男の人に、フランスさんが自身の所有するコショウ農園での仕事を世話してやった……そういった話だ。ぼくは、フランスさんがぼくたちのことも援助してくれるのだろうかと考え、そうでありますようにと祈った。

数日後、なんと本当にフランスさんがぼくたちの小屋にやってきて、父と話をした。ぼくはこっそりと耳を澄ましていたけれど、会話はぼくが期待していたのとはまったく違う方向へ進んだ。自分の名前はヘン・チャンだと自己紹介をしたフランスさんは、「奥さんが亡くなってから、困っておられると聞きました。だからこれから毎月いくらいくらお支払いしましょう。ご家族が暮らしていけるように」とは言わず、代わりにこう切り出した。「ご主人はいい魚介類を釣ってくるらしいですね」

父は目を見開いてフランスさんを見つめた。ぼくは顔がにやけるのを抑えられなかった。

「〈フランジパニ〉にいい魚を卸してくれる人を探しているんです」フランスさんは続けた。「ご主人にお願いしたいと思うんですが。一日おきに、うちにとれたての魚介を入れてくれませんか」

フランスさんが支払うという金額を聞かされると、父は口をぽかんと開けた。おまけに、モペットとクーラーボックスまで貸してもらえるという。最後にフランスさんはぼくのほうを向いて、ケップにあるリセへ通いたいかと訊いた。ぼくが入学できるよう、手配してくれるというのだ。けれどぼくは、弟たちがいるからそれは無理ですと答えた。父が働きに出ているあいだ、ぼくが弟たちの面倒を見なければならないから、と。

「なにか方法を考えてみよう」とフランスさんは言った。

その二日後、〈フランジパニ〉ホテルの従業員がモペットを届けに来てくれた。ぼくたちはそのマシンをしげしげと眺めた。ヤマハの新しいモデルを近くで見るのは初めてだった。モペットを届けてくれた若い男はソンと名乗り、ぼくたち村の少年とおしゃべりをして、ひとりひとりをヤマハに乗せて村を一周してくれた。なんとぼくには、自分で運転までさせてくれた。その後、フランスさんがソンを迎えにやってきて、帰る前にぼくを連れ出し、少しあたりを歩いた。そして、ホテルで催される大きなパーティーに来て、客たちの前で自分と弟たちのことを話す気はあるか、と尋ねた。その後にフランスさんがみんなに寄付を頼むのだという。

「もちろん、君がよければだけどね」と付け加える。

よければ、どころの話じゃない。ぼくは行ってみたくてたまらなかった。

寄付金はヤマハの購入代金に充てられるだけでなく、父にも小屋を修繕するために一定額が渡されるという。なにより、集まった寄付金は、ぼくが通うケップのリセの学費になる。そして後々は弟たちの学費にも。フランスさんは学校の先生から、ぼくたちが勉強好きで、物覚えも早く、さらに知的好奇心旺盛であると聞いていた。そしてぼくに、リセを出ればどんな可能性が開けるかを話してくれた。

「たとえば教師になれるよ」とフランスさんは言った。

ぼくがいつか子供たちに勉強を教える仕事に就くことは、母の望みでもあった。

「この村で、お父さんが仕事をしているあいだ、弟さんたちの面倒を見てくれる人を探そう。ちゃんと面倒を見てもらえるように、じゅうぶんなお金を支払う。君はケップの寄宿舎に暮らすんじゃなくて、毎日夕方には家に帰る。食事は放課後に〈フランジパニ〉で取ればいい」フランスさんはそう言った。

ぼくは呆然としていた。誰かにこれほど気にかけてもらうことなんて、母が死んでからはまったくなかった。ぼくは隣を歩くフランスさんをじっと見つめて、どうしてそこまでしてくれるんだろうと考えた。見返りになにが欲しいんだろう？　それまでぼくの周りにいたのは、ムニーに乳をやってくれたロンを除けば、長いあいだ援助をした後、やがてお返しを求めてくる人たちばかりだった。この数年間、なにかとぼくたちを助けてくれた村の女性たちは、そのうちしょっちゅう父のところへやってきては、魚介類を要求するようになっていた。

ホテルでパーティーが開かれる晩、フランスさんはぼくを迎えに来て、フランスさんの家へ連れていってくれた。彼には娘が三人と息子がひとりいて、皆が興味津々でぼくのことを見つめていた——一番上の娘を除いて。ソピエップという名前のこの子のことが、ぼくは一番好きになった。三番目の娘テヴィは、ぼくの側を通り過ぎるとき、顔をしかめて、「魚臭い」と言った。それを聞いて父親のフランスさんが叱ったので、テヴィはぼくに謝る羽目になった。生意気そうな目でぼくを見つめて、謝罪の言葉をつぶやいたが、心から言っているのでないのは明らかだった。

フランスさんの家に似た屋敷は、これまでも外からなら見慣れていた。海沿いでは珍しくない。ケップやカンポットやシハヌークヴィルのような町やその郊外には、フランス風の屋敷が立ち並んでいる。豪華で色鮮やかな邸宅だ。外国人も含めた商人や、軍隊の将校や、王族といった裕福な人たちは、そういう屋敷に暮らしている。そういう人たちは、内陸部より海辺の気候を好むのだ。これはフランス植民地時代から変わらない。だからこそぼくたちも、ほかの地方の住民、特に北東部の住民よりも恵まれた暮らしをしているのだと、先生に教わった。上流階級の人たちが海辺で休暇を過ごしたり、海辺で暮らしているおかげで、ぼくたちの地方にはほかよりも多くの仕事と「アンフラストリュクテュール（インフラ）」があるのだという。この言葉がどういう意味かも、先生から教わっていた。

「でも、ぼくたち貧乏じゃないですか。貧乏な人、たくさん知ってますよ」とぼくは言った。

「わかってるよ。でも貧乏にだって違いがあるんだ。信じてくれ」と先生は言った。「たとえばモンドルキリとかラタナキリみたいな地方では、獣みたいに森のなかで生活している人もいるんだよ。字も読めないし、ほとんど草の根ばかり食べて生きているんだ。家も、道路も、ガスコンロも、モペットも、それに本や、ほかにもたくさんのものを、見たことさえない。学校という言葉がどういう意味なのかも知らない。彼らにとって大切なのはただ、飢え死にしないことだけだ。でも我々の地方では、飢え死にする人はいない。誰でも仕事がある——もちろん、仕事をする気があることが前提だがね。それに、子供はみんな小学校へ通えるだろう」

ある意味では先生の言うとおりだと、ぼくにもわかっていた。母がまだ生きていたころ、父は魚介類をいろいろなレストランに売っていて、ぼくたちはなに不自由なく暮らしていけた。食べ物はじゅうぶんにあったし、広々とした清潔な小屋で眠れたし、服も清潔だった。でも、上の学校へ行けるだけのお金や、ましてや大学へ行くためのお金など、父にはどうやっても稼ぎ出せなかっただろう。進学はずっとぼくの夢だったけれど。

いずれにせよ、ぼくはああいう屋敷をなかから見たことは一度もなかった。驚きのあまり口もきけないほどだった。台所だけでも、ぼくたちが暮らす小屋よりも広いのだ。自分がちっぽけな気がして、居心地が悪かった。いたるところに大きな重い家具が置いてあったが、なにに使われているのかよくわからない。ぼくたちの小屋は、床に竹のマットが敷いてあって、そこに座って食事をする。宿題をするための背の低い机がある。ガスコンロとわずかな食器類は、小さな戸棚にしまってある。母が手ずから模様を描いた木の箱がいくつかあって、そこにぼくたちの服や、持っているわずかなおもちゃや本が入れてある。寝るときに使うハンモック——下の弟はたいていぼくと一緒に寝る——は、昼間は壁に掛けてある。

フランスさんの家の浴室で、ぼくは生まれて初めて泡の立った大きな白い浴槽に入った。ソピエップが椅子の上に服を置いてくれた。風呂から出ると、長ズボンに脚を押し込もうと悪戦苦闘した。生まれてこのかた、裾の短いズボンしかはいたことがなかったからだ。今度もソピエップが彼女の部屋で、ぼくの髪を櫛でとかしてくれて、彼女がポマードと呼ぶなにかで撫でつけてくれた。ぼくの髪に触る前には、「いいかしら?」と訊いてくれた。ぼくはソピエップの落ち着いた動きが好きになった。彼女に触れられるのは心地よかった。母が死んでから、ふたりの弟以外にぼくに触れてくれた人はいなかった。そのうちフランスさんが部屋に入ってきて、パーティーについてぼくと少し話すと、最後にこう言った。「いつもの君のままでいいんだからね」家を出る前には、サンダルまで履かされて、車に乗るまでに三回連続でつまずく羽目になった。車の後部座席に、三人の女の子に挟まれて座った。一番下の男の子は、助手席でお母さんの膝に乗った。ソピエップからいい香りがすることに、ぼくは気づいた。

車を降りると、突然、ぼくには荷が重すぎると思った。フランスさんに満足してもらえないんじゃないかと、怖くなった。ホテルの庭園はたくさんのランタンで照らされていて、優雅な服を着た人たちが続々とやってきていた。ソピエップがホテルのなかを案内してくれた。そこはぼくにとって、まったくの異世界だった。やがて、小さな舞台の上で、フランスさんの隣に立ったぼくは、心臓がどくどくと鼓動するのを感じていた。それくらい緊張していた。フランスさんはぼくのことを話した。フランスさんの口から自分の生活と自分の家族のことを聞くのは、なんだか不思議な気分だった。

「この少年は、末の弟が生まれたときに、母親を亡くしました」と、フランスさんは言った。そして続けて、ぼくがとても賢いこと、村の学校に六年通ったあと、ケップのリセへ進学する可能性が開かれるべきであること、それに、すぐ下の弟もとても賢くて、五歳ですでに読み書きを覚えたことを話した。それからフランスさんは、ぼくにマイクを手渡した。ぼくはそれを両手でしっかりと握りしめた。そして自分の名前、年齢、弟たちの名前、学校で一番好きな科目を言い、本を読むのとサッカーをするのが好きだと話した。皆が拍手をした。ソピエップが舞台へ上がってきて、ぼくの手を取ると、大きなテーブルへと連れていってくれた。テーブルを囲んでいたのはソピエップのお母さんと、妹弟、そして一組の夫婦だった。禿(は)げ頭の大柄な男と、太った女だ。

「ふたりとも、父のいい友達なの」と、ソピエップがぼくの耳元でささやいた。

フランスさんはそれからもまだ延々と演説を続けた。教育について、職業訓練について、それがカンボジアの子供たちにとってどれほど大切かについて。ソピエップの妹たちと弟が、お腹がすいたと騒いでいたけれど、ぼくはフランスさんの言葉を聞こうと頑張った。フランスさんの演説は、ところどころ、聴き手の道徳心に訴えるお説教のように聞こえた。

「私たちには責任があります！」と、フランスさんは何度も繰り返した。「その責任を自覚し、決して目をそらしてはなりません！」

そしてフランスさんは、招待客たちに潤沢な寄付をしてくれるよう頼んで、演説をしめくくった。食事は「ビュッフェ」から取った。ソピエップが教えてくれた言葉だ。たくさんの料理の重みでたわんだテーブルの前に立ったぼくは、自分の目を疑った。フランスさんがやってきて、ぼくの肩に手を置くと、うまくできたと褒めてくれた。その後、ぼくはソピエップと一緒にテーブルからテーブルへと渡り歩いた。皆がぼくと直接言葉を交わす機会を持てるように。ソピエップはずっと、優しく励ますように微笑みかけてくれていた。ぼくが緊張のあまりなにを言っていいかわからなくなると、助け舟を出してもくれた。ほとんどの人は、ぼくに、将来どんな仕事につきたいかと訊いた。そんなときぼくは、胸を張って「教師です！」と答えた。なかには、もっと詳しく知りたがる女の人たちもいた。「なんの先生になりたいの？　小学校の先生？　それともリセの先生？」ほかにも、どこで働きたいかと訊く人もいた。どれもぼくにはわからなかった。するとソピエップが代わりに、「それはこれから考えていきます」と答えてくれた。

テーブルに戻ると、禿げ頭の大柄な男がぼくに、カンボジアの未来になにを望むか、と質問した。ぼくはそれにも答えを持ち合わせていなかった。するとソピエップが微笑みながらぼくを見つめて、言った。「私たちみんなが望んでるのと同じこと。そうでしょ？　平和と、みんなが幸せに暮らせること」ぼくはうなずいた。

しばらくすると、フランスさんの家族はホテルの従業員ソンの運転で、家へ帰っていった。ぼくとソピエップはまだパーティーに残ることを許された。ソピエップがフランスさんの一番お気に入りの子供で、妹ふたりが姉に嫉妬しているのは、見れば明らかだった。特に下の妹のテヴィは、母親に車へと引っ張っていかれながら、怒って手足をばたばたさせていた。年配の夫婦とテーブルを囲んでいるのは退屈だったので、ソピエップとぼくは庭園をぶらぶらしながら、客たちを眺めた。いまでは酔っぱらっている人もいたし、踊っている人も多かった。ぼくたちはビュッフェからアイスクリームを取ってくると、プールの端に並んで腰を下ろした。たくさん食べたせいで気分が悪かったけれど、ぼくはアイスクリームも残さず食べた。それどころか、皿までなめた。ソピエップが笑いながら真似をした。ぼくは何度も、ソピエップを横からこっそり盗み見ずにいられなかった。これほどきれいな女の子は見たことがなかった。膝丈の白いワンピースに、花の飾りがついたピンク色の革サンダル。髪は背中で波打っていて、顔もクメール人のそれとは違っていた。あまり平たくなくて、目も大きく、鼻も細い。ソピエップは、まるでぼくが彼女と同等の人間であるかのように話をしてくれた。貧しい漁師の息子であるぼくと、ホテル経営者の娘である自分とが、まるで長年の友達であるかのように。映画館で見た映画のこと、読んだ本のこと、行ってみたい国のこと、好きな音楽のことを、ソピエップは話した。ぼくと同じように、彼女もビートルズが好きだった。

やがて、フランスさんがぼくたちに、二杯の甘いカクテルを持ってきてくれた。ウィンクしながら、少しアルコールも入ってるよ、と言うと、しばらくのあいだぼくたちの隣に腰を下ろした。チャビー・チェッカーの「レッツ・ツイスト・アゲイン」がかかると、フランスさんは立ち上がり、ソピエップに深くお辞儀をして、その身体を勢いよく持ち上げた。踊るふたりを見るのは、この上ない幸せだった。ふたりとも輝くような笑顔だったからでもある。ほんの一瞬、この家族の一員になりたいと思った。歌が終わったときには、残念なくらいだった。まだ何時間でもこのふたりを見ていたかった。ソピエップはぼくのところに戻ってきた。フランスさんは誰かに呼ばれて、ぼくたちに手を振って去っていった。次のツイストがかかると、ソピエップはぴょんと立ち上がって、ぼくに踊り方を教えると言い張った。

そのうち、ソピエップはぼくと並んでロッキングベンチに座り、そこで眠り込んだ。ソピエップの頭がぼくの肩に落ちてきた。彼女を起こしたくなかったので、ぼくは動くことができず、じっと座ったまま、ソピエップの髪の香りを吸い込んでいた。

パーティーが終わると、フランスさんはぼくも一緒に家に連れ帰ってくれた。ぼくは生まれて初めてベッドで寝た。慣れないせいで変な感じがして、あまりよく眠れなかった。次の日の朝は、台所でみんな一緒に朝食を取った。バゲット、バター、ジャム、蜂蜜、ハム、目玉焼き。あんな朝食は初めて見た。うちではいつも、朝は通学前に片手いっぱいほどの冷たい米か、前日の残りのスープを食べるだけだった。ぼくはゆっくりと食べた。まだパーティーの食事でお腹がはちきれそうだったので、あまりたくさんは食べられなかった。ぼくの席はソピエップとフランスさんのあいだで、向かい側には妹ふたりと、息子を膝に乗せたお母さんが座っていた。みんな陽気で、にぎやかに、楽しそうにおしゃべりしていた。ぼくの家の雰囲気がたいてい重苦しいのとは逆だ。下の妹のテヴィが、食事のあいだじゅうぼくをじっと見つめているので、ぼくはなにか間違ったことを言ってしまわないかと心配になった。

食事の後、フランスさんとぼくは車に乗り込んだ。ソピエップがお別れを言いに来てくれないので、ぼくはがっかりした。ところがそこに、手に鞄を持ったソピエップが駆けてきた。そしてその鞄を、「これ、お昼ご飯、母から」と言って、手渡してくれた。おまけに、一緒に行くと言って、車に乗り込んでぼくの膝をまたぐと、フランスさんとぼくのあいだに座った。ソピエップに一緒に来られるのは恥ずかしかった。ぼくの暮らしをソピエップに見られたくなかったのだ。車のなかでは、ラジオで音楽を聴いた。ビートルズの「レット・イット・ビー」がかかると、ソピエップは音量を上げた。そして父娘は一緒に歌い出した。すると突然、ぼくにも勇気がわいてきて、一緒に歌うことができた。車はぼくの小屋の前までは行かず、村の手前で停まった。ぼくは、そうしてくれたフランスさんに感謝した。ソピエップは素早くぼくの頬にキスをした。ぼくは車を降りた。遠ざかっていく車の窓から身を乗り出して、ソピエップはぼくに手を振った。長い髪を風になびかせて。細くて白い手が、掌をぼくのほうに向けて、ひらひらと動く。ソピエップはぼくになにかを叫んで、笑ったけれど、ぼくには聞こえなかった。そのときには、車はもうずっと遠ざかってしまっていたから。ぼくはよろよろと父の小屋へと入っていった。その日も、その翌日もずっと、ソピエップのことが頭から離れなかった。

カンボジア　七〇年代　チャン家

テヴィはケップの町の中心から少し離れたところで育った。海が近く、すぐ隣はマングローブの林だった。

　子供時代を過ごした町のことを考えるとき、最初に思い出すのは、父が家族とともに過ごす時間のあった晩のことだ。そんなときは、みんなで海岸沿いを歩いて、町まで行った。両親は手をつなぎ、子供たちはその前や後ろを走って。弟のアルンとテヴィとは、おもちゃの馬にまたがってぴょんぴょん飛ぶ。姉のソピエップとチャンナリーは、ときどき凧を揚げる。すでにすごくお腹が空いているときには、一家は二台のモペットに分乗していくこともあった。一台に父が弟とテヴィとを乗せ、母は後ろにふたりの姉を乗せて。

　町はいつも賑やかだった。昼間の暑さがやわらぐと、町中が起き出すからだ。なにもかもが陽気で色鮮やかに見え、誰もが少しだけお洒落をしていた。女性たちの多くは色とりどりのサロンを巻き付けていた。西洋風の服を着ている人もいた。ミニスカートや、鐘のような形のジーンズ。男性たちの場合は逆に、サロンを着ているのはむしろ少数で、年配の人に多かった。ほかはみんな、ズボンとお洒落なシャツ姿だ。若者たちはエルヴィス・プレスリーのように髪をうしろになでつけている。それぞれが仲間同士で固まってモペットの横に立ち、フランス製の煙草を吸ったり、おしゃべりしたり、笑ったり、若い女性たちを目で追ったり。あちこちで、小さなトランジスタラジオやカセットレコーダーから音楽が流れている。ロックンロール、ツイスト、ポップソング。カンボジア人は、西洋の音楽も、伝統音楽のモホリも同じように愛していた。祭りのときは、モホリの調べに乗って民族舞踊を踊る。テヴィの両親は、ときどきロックンロールやツイストに乗って踊った。若くして結婚したころ、父が母に教えた踊りだ。テヴィは両親が踊るのを見るのが好きだった。ふたりともとても上手で、たまらなく格好良かったからだ。踊りが終わると、周りの人たちが拍手し、両親はふざけてお辞儀をするのだった。

通りでは食べ物が売られていた。バナナの葉に載せたフィッシュ・アモック（ココナッツクリームを使った魚のカレー。バナナの葉にくるんで蒸し煮したもの）、鶏肉や牛肉入りのスープ麺、新鮮なトマトを添えたロックラック（炒めた牛肉をレタスなどの上に載せた料理。ライムとコショウのソースで食べる）、かりっと揚げた鴨肉を載せた焼きそば、煎りゴマやココナッツスライスを添えたライス、ほかにもいろいろなおいしいもの。果物もたっぷりあった。マンゴー、パパイヤ、サポジラ（メキシコガキ）、ロンガン、ジャックフルーツ。一家はいつもなにか食べるものを買うと、公園や海岸や、ときには単に道端のデッキに座って、あたりの様子を眺めながら食べた。特に、昼間はホテル〈フランジパニ〉で食事をする父は、この典型的なカンボジア風の食事様式を楽しんでいた。父はたいてい、屋台の店主が求める額の倍を払った。そしてデザートに、テヴィと姉弟たちはアイスクリームを買ってもらった。夜になると、両親は子供たちを寝かせてから、しばらくテラスで過ごした。開いた窓からテヴィの耳に、ふたりのくぐもった話し声と、波の音が聞こえてくるのだった。

一家が暮らしていたのは木製のベランダのついた黄色い家で、典型的なフレンチコロニアル様式だった。父がフランスのモンペリエ出身の商人から買った家だ。この商人は、カンボジアで何十年も熱帯地方の木々をフランスへ輸出していたが、引退して故郷のフランスへ帰ったのだ。

テヴィはこの家を愛していた。一階には玄関ホールがあって、絨毯を敷きつめた階段が上階へと続いていた。広々とした台所からは、ガラスドアを通ってベランダへ出られる。居間には父が母の三十歳の誕生日に贈ったテレビが置かれている。それに、子供たちは父と一緒でなければ入ってはならないとされている、小さな書斎。洗濯やアイロンがけのために使われる、いわゆる家事室。それにトイレ。二階には寝室が三つと、客間、そして広い浴室があった。天井からは、金具を使って廊下に梯子を降ろすことができた。梯子を上ると、屋根裏だ。ここは子供たちが遊ぶとき以外は、ほとんど使われていなかった。一度テヴィが、急な梯子から落ちて右腕を折ったことがあり、その後、屋根裏で遊ぶのは禁止された。とはいえ子供たちは、その禁止命令を長くは守らず、こっそりと梯子を上っていた。屋根裏の明かり取りの窓からは、はるばると海を見晴るかすことができた。子供たちは、漁船が遠ざかっていったり、戻ってきたりするのを眺めた。別の窓からは、遠くに広い道が見えた。テヴィと弟のアルンは、町を出たり入ったりする車やモペットや自転車や牛が引く荷車などを数えて過ごした。

モンスーンの季節には、母が自分で洗濯物を屋根裏に干した。近くの村に住んでいて、家事や庭仕事を手伝ってくれるジウト・モックという素朴な女性が、どうしても急な梯子を上りたがらなかったからだ。代わりにジウト・モックは、玄関ホールに洗濯物を干したため、衣類にはよく食べ物の匂いがついた。玄関ホールから台所へ続くドアが、いつも開け放してあったからだ。母はジウトに小言を言ったが、ジウトはただ肩をすくめるばかりだった。ただ、一度だけ、ジウトは危うく解雇されそうになったことがある。父が仕事の後、母のブラウスの匂いをかいで、こう言ったのだ。

「君は焼き魚のいい匂いがするね。つまみ食いが待ちきれないよ！」

テヴィも姉や弟たちも、笑いがとまらなかった。だが母は恥ずかしがった。というのも、父はそのとき友人を連れてきていたのだ。父はそういう冗談が大好きな、朗らかな人だった。テヴィは、物静かな母よりも、父のほうをより愛していた。

家のどの部屋にも、チーク材やバンキライ材（東南アジアの熱帯木材。きわめて硬質で耐久性が高い）の趣向を凝らした家具が置かれていた。どれも熱帯地方の木々を扱う材木商が故郷のフランスで造らせ、再び船でカンボジアへと運びこんだものだ。テヴィは弟と一緒に、白い蚊帳を吊った重厚な幅の広いベッドで寝ていた。窓からはマングローブ林の向こうにある海岸まで見渡すことができた。窓際には白い蘭の鉢が置かれていた。明るい色の木の床には、ほかにも、玩具が収められた重い箪笥、衣装戸棚、それに机がひとつと椅子が二脚置かれていた。テヴィと弟が一番好きな遊びは、テーブルをひっくり返してシーツをかぶせ、「船旅」をすることだった。その船でふたりは、会ったことのない祖父の祖国であるフランスや、崇拝し、すべての歌を覚えているビートルズの故郷イギリス、ハリウッドスターとジーンズとスニーカーの国アメリカへ行くことを想像した。

子供たちは二言語で育った。とはいえ、いまではある種の階層の人間たちのあいだでは、かつての宗主国の言語を習得することを嘲笑する傾向があった。やがて父も、時がたつにつれて、フランス語にあまり力を入れなくなったせいで、ふたりの姉は流暢なフランス語を話す一方、テヴィと弟のアルンはほんの数語しか話せなかった。母はそのことで、ときどき父に文句を言った。母はどうやらなにかを恐れているようで、フランスへ移住したがっていたのだ。だが父は聞く耳を持たなかった。

「戦争はもうすぐ終わる」一九七四年の半ば、テヴィは父がそう言うのを聞いた。「戦後には、国を再建するのに皆が手を貸さなければ」

それを聞いた母は、軽蔑するように鼻を鳴らした。「再建って！　まだ破壊されていないものがあるとしても、クメール・ルージュが権力を握ったら、全部壊しちゃうに決まってるじゃない」

母がなにを言いたいのか、テヴィにはわからなかった。なにがもう破壊されてしまったというのだろう？　町はまだいつもどおりで、壊れたものなどなにひとつないというのに。

「アメリカが我々を見捨てるはずはない」父はそう答えて、再び新聞に顔を埋めた。

戦争とはどういうことか、とテヴィが尋ねると、父は、ロン・ノル大統領率いるカンボジア政府が、権力を奪取しようとするクメール・ルージュという名の共産主義グループと闘っているのだと説明してくれた。クメール・ルージュは国のために善良な目的を持っていると主張してはいるが、いまでは多くの人がそれを疑っているという。

「その目的とやらを達成するために、もう支配下におさめた西部地方で、すごく残酷な振る舞いをしているっていう噂があるのよ」母が口をはさんだが、父がすぐに「ただの噂だ」と言って黙らせた。

テヴィはさらに訊こうとしたが、父はもうなにも話そうとしなかった。父は子供たちと政治の話をするのを嫌がった。子供たちを不安に陥れたくなかったのだ。

テヴィの父ヘン・チャンは、フランス人とクメール人の血を半分ずつ引いていた。父親はフランスのルーアン出身で、植民地府の役人としてバッタンバンに駐在していた。バッタンバンで具体的になにをしていたのかは、誰も知らない。ヘンは自分の父親についてはあまり語りたがらなかったからだ。遺伝子の強さでは母親が勝ったらしく、ヘンはクメール人にしか見えなかった。ヘンは子供時代をカンボジアで過ごしたが、十歳のとき、父親にあっさりフランスへと連れていかれた。だがフランスには決してなじめなかった。八年間学校に通った後、パリ大学で医学を学び始めた。子供たちに、どうしてヨーロッパが好きじゃなかったの、と訊かれると、ヘンはこう答えた。「寒すぎたんだよ！」そして下唇をだらりと垂らして、馬のように「ブルルル、ブルルル！」といなないて見せる。すると子供たちは笑って、真似をするのだった。それでも、ソピエップ、チャンナリー、テヴィの三姉妹は、パリは天国のような素敵なところに違いないと想像していた。

ヘンは父親の意思に反して二年で大学を中退し、一九六〇年にカンボジアへ戻った。カンボジアはもはやフランスの保護国ではなかったが、いまだに輸出部門では多くのフランス企業がゴム、魚、熱帯木材、米、果物を扱っていた。シハヌークヴィルで船から降りたその日から、ヘンは母方の姓と、生まれたときに母親が与えてくれた名前を名乗ることにした。その名前がヘン・チャンだ。

マルセイユで船に乗り込んだときには、カンボジアでどうやって生計を立てていくか見当もつかなかったヘンだが、船旅のあいだに、とある裕福な老婦人と知り合った。貴族階級に属するクメール人で、国家元首シハヌークのまたいとこにあたる女性だった。ヘンの魅力に感銘を受けた老婦人は、あっという間に決意を固め、ケップにあるホテルの経営を引き受けないかともちかけた。

ホテル〈フランジパニ〉は、老婦人が夫とともに、五〇年代初頭に建設したものだった。当時ケップの海岸は、都会の暑さを逃れて海辺で静養する外国人や裕福なクメール人のあいだで人気があった。ケップからシハヌークヴィルまで東西に延びる海岸は、国内外のメディアに「東南アジアのコートダジュール」と呼ばれていた。そして、ケップの町のことを「ケップ・ダジュール」と呼ぶ人も多かった。〈フランジパニ〉の設計をしたのはフランスのスター建築家で、建設には費用と労力が惜しみなく投入された。創業当初は大変順調だったが、老婦人の夫がすぐに興味をなくして、首都へ戻りたがった。そこで支配人を雇って経営を任せたが、その男は二年間、仕事にまったく意欲を見せず、売上を着服し続けた挙句、タイへと逃げてしまった。

ヘンは、ホテル経営の経験などまったくないことを隠さずに打ち明けたが、それでも老婦人は提案を取り下げず、ほかに選択肢のなかったヘンは、結局引き受けた。そして新しい挑戦に全力で打ち込んだ。まずは、ホテルの所有者である老婦人に、ホテルを拡張することを断念させた。スイート四十室、大きなテラス付きのレストラン、バー、イギリス式の芝生とヨーロッパとカンボジアの美しい花々が咲き誇る広大な庭園、その庭園の中央にあるプールという現在の設備に手を入れて、町で最も素晴らしいものにしていくべきだ、と。〈フランジパニ〉を軌道に乗せ、海岸で一番のホテルにするために、ヘンは我を忘れて働いた。

二年後、虫垂炎でプノンペンに運ばれたヘンは、病院で若い看護師ボファに出会った。ボファの家族はコンポンチャムのとある村の出身だった。裕福な親戚のおかげで、ボファは首都で教育を受け、看護師になることができた。患者だったヘンは、病床でボファをデートに誘ったが、看護師としてプロ意識の高いボファはきっぱりと断った。ヘンは驚いたが、そこにも好感を持った。

「パパは、女の人に断られるのに慣れてなかったのよ」テヴィの母は、子供たちにふたりの出会いのことを話すとき、微笑みながらそう言った。そんなとき父は毎回、ウィンクしながらこう付け足すのだった。「たしかに、パパの誘いを断ったのはママが初めてだったな。ケップ中の女の人はみんな、パパを追いかけまわしてたからね！」

テヴィは、女性たちに追いかけまわされる父の姿を、ありありと思い描くことができた。

退院した後も、ヘンは数日プノンペンに留まり、毎日のように若き看護師ボファに花を持っていった。ヘンがケップへ帰る前日、ボファはついに根負けし、ふたりは一緒に映画に行った。二週間後、ヘンは再びプノンペンに戻ってきて、また何日か滞在した。ふたりは毎日のように会った。それから三週間後、ヘンはボファに結婚を申し込んだ。カンボジアでは、恋人同士が何年も結婚せずに交際を続ける習慣はなかった。家族が決めた結婚であろうと、恋愛結婚であろうと。結婚する前にすでに互いに飽きて、相手をうっとうしく思うようになっては元も子もないというわけだ。特に恋愛結婚の場合は皆、初期の情熱の勢いを借りて結婚という賭けに踏み切ることが多かった。

ふたりは〈フランジパニ〉で結婚式を挙げた。一か月後、新妻は妊娠した。

一九六三年に長女のソピエップが生まれたとき、父は二十三歳、母は二十二歳だった。翌年、早くも次女のチャンナリーが続いた。当初、一家はホテルのなかの小さな住居に暮らしていた。母もまたホテルに愛情を注ぐようになっており、各スイートを自分の好みで内装するのを楽しんだ。

一九六七年に、父は町はずれの黄色い家を買った。元の所有者はホテルの常連客だった。父は子供たちが、贅沢が日常であるホテルのなかで育つのを避けたかったのだ。だが母にとっては、昼間のみならず、たいていの日は夜中まで、ひとりきりで子供たちの面倒を見る生活への移行は、楽ではなかった。とはいえ、夫の望みに従うのは、彼女にとって当然のことだった。

テヴィは三月一日に生まれた。小柄で華奢（きやしや）な母の身体に出産は大きな負担で、特にテヴィ――四人姉弟のなかで一番大きな赤ん坊だった――を産む際には、危うくテヴィともども死ぬところだった。そんな母が四度目の妊娠をしたとき、父は不安のあまりパニックに陥ったが、一九七二年に生まれた末の弟アルンは小柄な赤ん坊で、お産もそれまでで一番楽だった。アルンが母の一番のお気に入りだったのは、そのせいかもしれない。

ホテルの経営は順調だったが、それはなによりもヘン個人の努力のたまものだった。所有者の老婦人はそれをよくわかっていて、莫大な額の報酬を与えることで、その努力に報いた。テヴィの父は、人を惹きつける魅力と才能を備えた人だった。おまけに、目の付け所がよかった――フェット・ドゥ・シャリテ（チャリティーパーティー）を催したのだ。ホテルの客たちは皆、パーティーで思う存分楽しみたいと思っていたが、それにも増して、良心の呵責を鎮めたいと考えていた。国民のほとんどは相変わらず貧しかったからだ。

パーティーは毎週末開かれた。宿泊客だけが参加できる、テラスでの小規模なパーティーと、外部からも参加を申し込める、ホテルの庭園での豪華絢爛（けんらん）なパーティーとが、交互に催された。ヘンは常に斬新な案を思いついたので――客たちが与えられたテーマに沿った扮装で参加するパーティー、楽しいゲームや芝居、皆で一緒に練習するダンスなどのサプライズが用意されたパーティー――、やがて〈フランジパニ〉でのパーティーは素晴らしいと有名になった。はるばるプノンペンからやってくる客もいたほどだ。パーティーの始まりに、ヘンは新しい、または継続中のチャリティー企画を紹介し、寄付を募った。集まった金は、村に学校を建設して教師を雇ったり、農業を支援したり、才能ある若者を町の大学へ進学させたり、自身ではどうしようもない原因で困窮した子だくさんの家庭を長期的に支援したりといったことに使われた。やはりパーティーの始めに、事業の責任者が企画の進み具合について報告して、スライドを見せたり、ときには支援を受ける当事者が自分の体験を語ったりした。特にフランスの企業や、バカンスに来たフランス人は、驚くほど気前がよかった。まるで、かつての宗主国の国民として、心の平安を金で買おうとするかのようだった。

だが一九七三年の終わりごろには、ホテルの状況にも変化が出てきた。パーティーの回数は減り、開催されるものも、以前より質素になった。ヘンは、豪華なパーティーはもう時流にそぐわないと考えたのだ。だがそれでも、富裕なクメール人たちは――外国人のバカンス客は激減したため、いまではクメール人の客が大多数だった――パーティーが開催されなくても、陽気に、派手に遊び続けた。一種の終末ムードが漂っていた。もはやこの国の富は搾りつくされたこと、それだけでなく、国は破滅の淵にいることを直視したくない外国人ビジネスマンたちもまた、いまだに海辺でバカンスを楽しんでいた。ときどきアメリカ合衆国海軍の将校や、カンボジア政府の高官も、休日を過ごしにホテルへやってきた。

一九七五年四月、クメール・ルージュは政府軍に最終的な勝利を収めた。すでに何年も前から地方部を広範囲にわたって支配していたクメール・ルージュは、こうして都市をも手中に収めた。最後まで残っていた外国人たちも、逃げるように国を出ていった。テヴィの両親は、何日間もぴりぴりと張りつめていた。間近に迫っていたクメール正月を祝うパーティーが初めて中止になり、子供たちはがっかりした。一度テヴィは、母が泣きながら父に哀願する声を聞いた。「お願いだから、フランスへ行きましょうよ」けれど父は、小声でこう言うばかりだった。「だめだ。それだけはだめなんだ」

クメール・ルージュの兵士が家のドアを乱暴に叩いて「開けろ！」と怒鳴った朝のことを、テヴィは細部にいたるまではっきりと憶えている。ちょうど一切れのマンゴーを手にしていて、べたべたした果汁が指から皿へと滴り落ちていた。一家は台所で朝食を取っているところだった。テヴィは両親に挟まれて、椅子に正座していた。それは本当なら弟のアルンの椅子だった。だがアルンが母の膝によじ登ったので、テヴィはその機会を逃さず、テーブルの下をくぐって、弟の椅子に這い上がったのだった。姉ふたりが咎(とが)めるように首を振ったが、テヴィは舌を出して見せた。父がマンゴーの皮をむいて、それぞれに大きな一切れを渡してくれた。テヴィに手渡す際には、ウィンクをしてくれた。

玄関ドアの音に、両親はびくりと体を震わせ、顔を見合わせた。そして父がゆっくり立ち上がり、椅子を引くと、重い足取りで台所を出ていった。母の顔には涙が流れていた。父が鍵を回してドアを開ける音、誰かと話す声が聞こえた。しばらくすると、父が家族を呼んだ。テヴィたちは立ち上がり、玄関ホールへ行った。ふたりの若い男——片方はまだ子供のように見えた——が戸口にもたれかかって、勝ち誇ったようににやにや笑いながら、一家を無遠慮に見つめていた。ふたりともだぶついた黒い服を着て、首に赤いチェック柄のスカーフを巻き、汚れた足にはゴムサンダルを履いて、肩から機関銃を下げていた。テヴィはこのふたりに見覚えがあるような気がして、どこで会ったのだろうと考えた。だが思い出せたのは、年上のほうの兵士のことだけだった。父のホテルで働いていた男だった。名前は思い出せなかったが、父にいろいろ心配をかけていたことは知っていた。年下のほうの兵士のことは、いくら考えても思い出せなかった。父はチャリティーパーティーのために、これまでたくさんの子供たちを家へ連れてきたから、この少年もそのなかのひとりなのかもしれなかった。

「一時間以内に家を出ることになった」父がそう言った。

母が押し殺した悲鳴を上げた。母の目の中に恐怖を見てとったテヴィの全身が震え始めた。

「持っていくのは本当に必要なものだけだ」と年上の兵士が母に言った。「三日たったら戻ってこられるんだからな」

「どこへ行けっていうの?」母が尋ねた。

「町から出るんだ。田舎に親戚がいるなら、そこへ行け」と年上の兵士が言った。「一時間たったら様子を見に戻ってくるからな。時間を無駄にするなよ」そう言って、兵士は背を向けた。

「どうしてこんなことするの?」ソピエップが兵士の背中に呼びかけた。金切り声になっている。

兵士は振り向くと、興味深そうにソピエップを見つめ、ゆっくりと近づいていった。そしてソピエップの目の前で立ち止まり、その顔をじっと覗き込んだ。「俺たちにはそうする力があるからだよ」兵士はにやにや笑いながらそう言った。「それに、お前たちはもう上等な人間でもなんでもないからだ」

兵士は家を出ていった。

父はドアを閉めると、急いで服を何枚か鞄に詰めるように、ほかにもそれぞれがひとつだけ好きなおもちゃを持っていっていい、と言って、子供たちを部屋へ行かせた。ソピエップが、妹弟たちが合理的な荷造りをするように、つまり、ズボン、シャツ、薄手のセーター、レインコート、スニーカーといった軽装を鞄に入れるように、目配りする役目を与えられた。それから父は、母を台所へ引っ張っていった。テヴィは両親のあとをついていった。

「いまの、誰?」テヴィは訊いた。

「クメール・ルージュの兵士だ」父が答えた。

それを聞いて、テヴィは驚いた。兵士というのは、軍服を着て黒い編み上げ靴を履いた、威厳のある人のことだと想像していたからだ。だがあのふたりの若い男は、テヴィの目には、粗野で汚れ放題の農家の少年にしか見えなかった。

「クメール・ルージュが戦争に勝ったの?」

父がうなずいた。

「私たちのこと、どうするつもりなの?」テヴィはさらに質問した。湧きあがってくる涙を必死にこらえながら。

「わからない。でも心配することはない。大丈夫だから。あの人たちは、この国を平和にしたいと思ってるんだ」

テヴィは子供部屋へ行き、アルンとふたりで好きなものを手あたり次第にベッドの上に積み上げながら、泣き続けた。慣れ親しんだものたちを、できる限りたくさん持っていきたかった——もう長いこと一緒に遊んでいなかったとはいえ、いまでも大好きなテディベア、色鮮やかなワンピース、お絵かき帳にお絵かきペン、黄色い長い髪の人形、音楽のカセット——全部置いていくなんて、とてもできない。だって私のものなんだから! ここに置いていったら、どうなってしまうかわからない、とテヴィは思った。しばらくすると、ソピエップがやってきた。手には旅行鞄とリュックサックを持っていて、てきぱきと荷造りを始めた。雨の後でもすぐに乾く薄手の服を注意深く選んで、畳んでいく。ワンピースとおもちゃはそれぞれひとつにしなくてはいけない、とソピエップは言った。テヴィは食ってかかったが、ソピエップは頑として譲らず、結局テヴィは花柄のワンピースと人形を姉に手渡した。

一時間後、テヴィは家中を部屋から部屋へと歩き、声に出さないまま祈った。どうかすぐに戻ってこられますように！　テヴィはほんの七歳だったとはいえ、我が家を永遠に失ってしまったことを、ぼんやりと予感していたのだった。

旅行鞄や袋やトランクを山のように持って、一家は家を出た。両親は大型トランクに、水の瓶、米の袋ひとつ、たくさんの缶詰、ガス調理器と食器を詰め込んでいた。一家の車に、何人もの兵士たちがのんびりもたれかかって、煙草を吸っていた。

「歩いていくんだ」兵士たちのひとりが言った。「ほかのみんなと同じようにな」

そう言って兵士は、顎を通りのほうへしゃくった。父は呆然とその兵士を見つめた。だが若い兵士はあざ笑うように唇を捻じ曲げた。と思うと、突然顔をこわばらせて、唾を吐いた。

一家は歩き出し、マングローブの林を抜けて大通りへと出る道を上っていった。後ろからは兵士たちがついてくる。途中で、やはり家を追われた近所の人たちに大勢出会った。

ところが、怒鳴り声をあげていた兵士たちは考えを変えたらしく、テヴィの家族ともうひと家族とを、海岸へと追い立て始めた。その家族を、テヴィはよく知っていた。両親の友達だったからだ。テヴィたちはそれから何時間も海岸に座り、兵士たちから食べ物と飲み物を受け取った。両親は、子供たちが海に背を向けて座り、振り返らないよう、ずっと気を配っていた。テヴィはやがて眠り込んだ。銃撃音が聞こえたとき、テヴィの恐怖感は限界に達した。海のなかでなにが起きているのか、自分の目で確かめたかった。だが父がテヴィを押さえつけた。テヴィの目に入ったのは、父の戦慄の表情だけだった。やがてあたりは暗くなった。一家はその夜を海岸で過ごした。その次の日も。どれほどの時間がたったのかもはやわからなくなったころ、別の兵士たちがやってきて、テヴィたちを見張っていた兵士たちと激しい口論を始めた。

家を出ていくようにとテヴィ一家に命令した兵士が、ひどく殴られた。もうひとりの、まだ子供のように見える兵士のほうが、一家のところへやってきて、大通りまで自分についてくるようにと言った。一家は立ち上がり、荷物を持った。テヴィは、父が何度も何度も、一緒に海岸へ連れてこられた友人一家のほうを振り返るのを見た。それに、一家を先導する年下の兵士が、父にたくさんの助言をする声を聞いた。

モニカの日記より　一九八一年一月―一九八二年九月

母と私の最初からの予感は当たっていた。キムとテヴィを連れて一緒にオーストリアへやってきたナート一家は、やはりふたりの本当の家族ではなかった。

キムの話では、ナート一家がジャングルのなかでふたりを合流させてくれたのだという。そして難民キャンプにつくと、とっさの思い付きで、ふたりを実の子供として申告してくれた。ふたりが将来的に西洋で暮らすチャンスを得られるように。子供のいる家族は、亡命申請時に優先されるのだ。逆に、親のいない子供が亡命を認められるのは、あらかじめ養親が見つかった場合に限られていたけれど、ある程度大きな子供に養親が見つかることは稀だった。タイにあった難民キャンプとカンボジア国内には、将来への展望がほとんどないまま、何千人もの孤児が暮らしていた。

私たちは、少しずつ話の全体像をつかんでいった。きっかけになったのは、難民パスポートの申請だったらしい。ふたりとも、姓の欄に「ナート」と書くのをためらい、それが本当の名前ではないことを告白して、もう一度本名を名乗りたいと告げた。「私たち、送り返される？」テヴィが不安そうに訊いた。テヴィはそれだけを心配していた。私はふたりに何度も何度も、そんなことにはならないと約束しなければならなかった。

なんとふたりは、実の兄妹でさえなかった。それを聞いたときは、さすがに私も驚いた。どうして驚いたんだろう？　それは自分でもよくわからない。ふたりのあいだに流れる信頼感は兄妹愛なんだと、自動的に思い込んでいたからだろうか。（まあ、無理もない。私はひとりっ子だし、イネスもそうだから。）ふたりはお互いにすごく労り合って、愛情深く接している。

　キムの本当の苗字はメイで、テヴィの苗字はチャン。テヴィは海辺の町ケップで生まれた。キムはケップとカンポットのあいだにある小さな漁村に生まれた。キムの父親は漁師だった。

　ふたりとも家族をなくしていた。それも、ひとり残らず。テヴィは両親と姉ふたりと弟をなくした。キムも、父親と息子三人という家族のなかで、ただひとりの生き残りだった。母親は末っ子を出産した時に亡くなった。テヴィの家族は、マラリアで亡くなった弟を除けば、皆がクメール・ルージュに殺されたという。斧の背面で殴り殺されたというのだ。キムの家族がどうして亡くなったのかは、聞かせてもらえなかった。キムはそのことは話したがらなかった。

　テヴィは、惨劇を実演して見せた。イネスが目をまん丸に見開いて硬直していたので、なんとか止めようとしたけれど、無駄だった。「跪かされるの」とテヴィは言った。「それで、兵士が斧で後頭部を叩くの。そうすると、跪いた人は前に倒れて、穴に落ちる。跪くっていうのは、死ぬって意味だった」

　テヴィは被害者の役を演じて、床に跪き、頭を垂れた。それからぴょんと立ち上がると、引き出しからお玉を持ってきた。それを両手で持って、さっきまで跪いた自分の頭があった場所をめがけて勢いよく叩きつけた。私は文字通り息もできなかった。実演を終えると、テヴィはまたテーブルに戻ってきた。

　テヴィとキムは、もともと知り合いだったわけではなかった。ふたりは一九七八年に偶然出会い、一緒にベトナム軍とクメール・ルージュとの戦争から逃げた。そしてタイとの国境に広がるジャングルを抜ける途中で、ナート一家に拾われたのだった。

テヴィと一緒に台所から出ていくとき、イネスが訊いた。「でも、ふたりはどこでどうやって知り合ったの?」キムはまだ私の向かいに座って、お茶を飲んでいた。ドアの向こうから、テヴィの声が聞こえてきた。「キムはね、私の命を救ってくれたの。キムが死体でいっぱいの穴の横を通りかかったとき、私もその穴のなかにいたの。でもまだ生きてた。キムが私を穴から引っ張り出して、鴨農場に連れていってくれた。キムはそのとき、そこで働いてたの。私は重い病気で、身体がすごく弱ってたんだけど、キムが鴨の肉を食べさせてくれた」

＊　＊　＊

イネスにブレーキをかける必要があった。あの子は興味津々なうえに、悲劇的な物語に弱い。テヴィとキムに子供時代のことを尋ねてばかりいる。家族のこと、クメール・ルージュ時代の体験のこと。ふたりが負担に思っているのがわかる。テヴィさえ。(キムはもともとなにも話さない。)テヴィが喜んで話したがるのは、一九七五年四月以前のことだ。どうやら幸せな幼年時代を送ったようだ。父親は半分フランス人で、ケップのホテルを経営していた。家族がどうして殺されたのか、テヴィは知らない。「理由なんて言わないの、ただ殺すだけ」とテヴィは言った。

＊　＊　＊

いまのところ、新しいクラスは順調だ。キムの好きな科目は歴史と技術、テヴィの好きな科目は英語と体育と裁縫。テヴィは編み物や縫物がすごくうまい。母がミシンの使い方を教えると、ある日の午後、自分のワンピースを作ってしまった（まだ改善の余地はいくらかあるけど）。

ふたりの学習の速さは信じられないほどだ。言葉だけじゃなくて、なにもかも。それに、適応の速さも。まるでスポンジみたいにすべてを吸い込んでいく。決してわがままも言わないし、反抗もしない。うちに来たばかりのころに、イネスがテーブルの準備をしたり、食事の後片付けで食器洗浄機に食器を入れたり、取り出したりするのを見ると、ふたりともすぐに真似をした。イネスが部屋を片付けているのを見ると、ふたりも片付けた。イネスが朝食に紅茶を飲んで、コーンフレークを食べると、ふたりも同じようにした。（でもキムのほうは、すぐにまたパンと蜂蜜とココアに戻した。）テヴィは母の「あれまあ！」という口癖を真似するので、最初のころはみんな大笑いだった。キムは私の口癖「ほら、いいから」をよく使う。

ふたりとも、母と一緒に教会での礼拝に二度行った。でもそれっきりだった。特に興味が持てなかったようだ。イネスから聞いたところでは、学校ではふたりともかじりつくように先生の言葉を聞いて、びくびくしながら、なにもかもを正しくやろうと気を張っているらしい。

＊＊＊

今日、誕生日のリクエストが母と私のもとに届いた。テヴィ（あと三日で誕生日だ）は、チョコトルテとローラースケート、イネスはマラコフトルテ（スポンジ生地に、リキュールに浸けたビスキュイを並べたウィーン菓子）と乗馬レッスン五回、キムはチーズクリームトルテと新しいスニーカー。さらにテヴィとイネスは、四月初めにクラスの女子全員を招いて、庭で合同誕生日パーティーを開くことに決めた。

＊＊＊

イネスはこの半年で七キロも痩せた!!

＊＊＊

今日、ウィーンから難民パスポートが届いた！

夕食のとき、母がゆっくりとカトラリーの引き出しを開けて、私にウィンクした。そして封筒を二通取り出して、テーブルに載せると、「手紙が来たよ」とキムとテヴィに言った。ふたりは封筒を開ける勇気が出ずに、畏敬の念に打たれたみたいに、それをじっと見つめていた。そもそもふたりが郵便を受け取ったのは、これが初めてだった。でもふたりとも、そのまま黙って食べ続けた。

「ほら、いいから。開けなさいよ」私はふたりに言った。「なにぐずぐずしてるの?」

「ぼくたち、送り返されるの?」キムが小声で訊いた。

「馬鹿なこと言うんじゃないよ」母が言った。「きっとあんたたちの旅券だよ。パスポート! これで夏には旅行ができるよ」

「私が代わりに開けてもいい?」イネスが訊いた。テヴィがうなずいた。

イネスは封筒を破って、灰色のパスポートを取り出すと、表紙を開いて、読み上げた。「テヴィ・チャン、一九六八年三月一日生まれ」それから全員にテヴィの写真を見せて、じゃじゃじゃじゃーん、と言った。テヴィは歓声をあげてパスポートを受け取り、表紙にキスをした。

それからイネスは二通目を開けて、パスポートを取り出し、読み上げた。「キム・メイ、一九六六年六月十七日生まれ」そしてまた全員に写真を見せた。キムはパスポートを胸に抱きしめた。

ふたりの喜びようといったら! 何度も何度もパスポートを手に取って、開けて、眺めて、撫でまわしていた。信じられないといったようすで。母がお祝いに、バナナとミカンとオレンジのチョコレートフォンデュを作った。「これで本当に旅行ができるの?」ふたりとも、十回はそう訊いた。その晩はずっと、夏休みにどこへ旅行に行くかを相談した。イネスはギリシア、テヴィはパリ、キムはイタリアがいいと言った。

＊
＊
＊

先週の土曜日には、女の子が十四人、誕生日パーティーにやってきた。庭に敷いた敷物の上に座って、何時間も着替えをしたり化粧をしたり。そのうち五人は、イネスの部屋に敷いたマットレスに泊まっていった。(どちらにしても、テヴィはもうだいぶ前から、ほとんどの晩はイネスの部屋で寝ている。) 夜更けまで部屋から笑い声が聞こえてきて、寝られなかった。しかたがないので居間へ下りていって、カウチで寝た。

＊　＊　＊

キムは木が好きじゃないようだ。それとも、森のなかの暗さが嫌なんだろうか？　いずれにせよ、キムは私の愛する森にちっとも足を踏み入れたがらない。とても残念。日曜日の午後に散歩やサイクリングに行くとなると、キムは毎回、野原を通る道を提案する。私が森へ行くことを思いついたりしないように。先週はキムも説得に負けて、森へ行ったけれど、ものすごく嫌そうで、ひとことも口をきかなかった。野原に戻ってきたときには、ほっと息をついたように見えた。でもその話はしたくない、と、面倒くさそうに手を振って、拒絶した。キムが森でなにかひどい体験をしたのか、ぜひ知りたいと思うけれど、しつこく問いただしたくはない。時間を与えなければ。いつか話してくれるかもしれない。そうだといいのにと、心から思う。

＊　＊　＊

夜中に愛するゼンタが死んだ。

二週間前からすごく具合が悪くて、もうほとんどなにも食べずに、昼間は庭のメギの木の下に、夜は台所の椅子の下に丸まっていた。最後の二日はもうまったく外に出ず、まったく食べなかった。

すっかり落ち込んでしまった母は、ゼンタをどうしても庭に埋めると言い張った。本当は禁止されていたけれど、キムが家の裏に穴を掘って、私たちはゼンタが使っていた古い毛布で死骸を包んで、埋めた。イネスとテヴィは花輪を墓穴に投げて、ふたりで作った詩を朗読した。母の頼みでキムが十字架を作って、地面に挿した。

＊　＊　＊

今日はキムの十五歳の誕生日のお祝いだった。キムは友達をふたり招いた。マルティン（同じクラス）と、その兄のクリスティアン。三人ともケーキを三切れずつぺろりと平らげたので、母は大喜びだった。クリスティアンはテヴィに少し気があるみたいだった。その後、三人は自転車で屋外プールに行った。テヴィも一緒に行きたがったけれど、イネスが嫌がったので（男の子の前でビキニになるのが恥ずかしかったらしい）、結局テヴィも家に残った。

キムの帰りは遅かった。顔が緑色で、気分が悪そうだった。母と私に、実は初めてビールを試してみたのだと打ち明けた。「ビールってひっどい味だね」と言った。「ビールが嫌いじゃあ、本物のオーストリア人には一生なれないね」母がそう言って笑った。

ヴィマー先生が私に、これからは友人としてファーストネームで呼び合おうと提案してきた。先生のことをアレクサンダーと呼ぶのに慣れなくて、ついつい呼び間違えて、しょっちゅう「ヴィマーせん……じゃなくて、アレクサンダー」と言ってばかり。

＊　＊　＊

通知表の日！

イネスは体育の「良」以外は全教科で「優」だった。体育教師にものすごく腹を立てている（私も）。テヴィとキムも、今回は、全教科で成績をつけられた――前回の一学期分の通知表とは違って。ふたりとも国語が「要努力」だっただけで、あとは全教科「優」か「良」か「可」だった。三人とも私の自慢の子供だ。

＊　＊　＊

夏が終わろうとしている。月曜日にはまた学校が始まる。

キムはよくマルティンとクリスティアンと一緒にプールやサッカー場で過ごし、三週間もケーラー農場で干し草作りを手伝った。イネスとテヴィはほぼ二週間ミュンヘンに滞在して、嬉しそうに戻ってきた。（幸いなことに、イネスにとっては去年より居心地がよかったみたいだ。）ローベルトが時間を作って、イネス、テヴィ、それに彼のふたりの息子と、シュヴァルツヴァルトで何日かキャンプをしたらしい。

あとは私たち家族で十日間、イタリアのグラードで過ごした。最初に目の前に海を見たときのキムとテヴィの感激ぶりは、信じられないほどだった。テヴィは「こんにちは、海（ボンジュール・メール）！」と叫んで、嬉し涙を流しながら、私たちみんなを順番に抱きしめた。キムは「やっとだ」と言った。ふたりとも延々と海から出ようとせずに、小さな子供みたいに水を跳ね上げて遊んでいた。子供たちは毎日のように、砂でいろいろな建物を作ったり、穴を掘って自分で埋まってみたり。そうでないときは日陰に寝そべって、イネスが『アンクル・トムの小屋』を朗読した。

母と私は最初、子供たちには海辺での休暇は退屈なんじゃないかと心配していたけれど、まるっきり逆で、三人ともももっと長くいたいと言うほどだった。

＊　＊　＊

今日は記念日。キムとテヴィがうちに来てからちょうど一年。お祝いに、母がふたりの一番の好物を作った。鶏肉のクリーム煮、ライスと野菜添え。デザートにはチョコレートムース。

キムは一年間で十一センチも背が伸びた。テヴィは八センチ。でも、変わったのは外見だけじゃない。ふたりとも、この地方の方言で友達とふざけ合っている。それに、最初のころほどは子供っぼくも、お行儀よくも、おとなしくもない。たまに不平を言うこともある。特にテヴィは「部屋を片付けなさい」とか「そろそろテスト勉強を始めなくていいの？」と言われると、ぶつぶつ言い出す。ふたりとも、思春期にさしかかったごく普通のティーンエイジャーだ。それがとても嬉しい。

＊　＊　＊

テヴィの伯母がルーアンにいた!!!

テヴィが延々とパリ、パリと言い続けるので、今年の休暇はフランスへ行くことにしたのだ。まずは数日パリで過ごして、その後、気分次第でノルマンディーかブルターニュへ向かうという計画だった。子供たちは三人とも、また海へ行きたがったからだ。

パリでは中心街のホテル〈ギャル・デュ・ノール〉に泊まって、五日間、街中を歩き回った。母でさえ、ときどきふうふう言いながらとはいえ、子供たちと同じように、観光名所や料理に感動していた。（私はもともと、十八歳で初めて来て以来、パリが大好き。）

すごく、すごくいろいろな場所へ行った。エッフェル塔、凱旋門、シャンゼリゼ通り、ノートルダム、サクレクール、ポンピドゥーセンター、リュクサンブール公園、ルーヴル美術館、それにもちろん、テヴィがどうしても行きたがったソルボンヌ大学。お父さんが二年間、ここで医学を勉強していたのだ。その後、故郷があまりにも恋しくなって、カンボジアへ戻ってきた。テヴィにはバッタンバンの植民地府の高官だった祖父がいたが、一度も会ったことがない。

「たぶんもう亡くなってると思う」とテヴィは言った。

「ほかにフランスに親戚はいるの？」と母が尋ねたが、テヴィはほとんどなにも知らなかった。

「父は親戚のことは一度も話してくれなかったから」とテヴィは言った。「本当に一度も。ずっとうちの大きな秘密だったの。私が知ってるのは、父がパリで大学に通ったことと、その前に何年か、ルーアンのオージェっていう家族のところで暮らしたってことだけ。でもそのオージェ家と親戚なのかどうかも、さっぱりわからないの。ルーアンで父はリセに通った。私が知ってるのはそれだけ」

「そのルーアンにいる人たちを見つけよう。それか、せめてその人たちを知ってた誰かを」と、キムが言った。

突然、冒険が始まった。キムとイネスのほうが、テヴィ本人よりも乗り気だった。テヴィは、もしかしたらなにか嫌な事実を知ることになるんじゃないかと、不安そうだった。

「たぶん、私の祖父って悪いやつだったんだと思う。だって、そうじゃなかったら、父は祖父の話をしてくれたはずだもん」などと言ったかと思えば、「ねえ、私としてはこのまままっすぐ海に行くほうがいいんだけど」とも言った。

でもキムが頑として譲らなかったので（ほら、いいから。なにも見つからなかったとしても、楽しいじゃないか！）、そのうちテヴィも興味を持ち始めた。私たちはまるで探偵気取りで、ルーアンまで行った。なんとも言えないわくわくした気分に、みんながとらわれていた。（実は私は、親戚なんて見つからないと確信していたのだけど。とても現実的だとは思えなかった。なにしろテヴィが知っていることは本当にわずかで、断片的で、いろいろな点で矛盾していたから。）

ルーアンの町の地図を買った。中央郵便局の電話帳で、「オージェ」という名前を探した。この名前で載っていたのは三人だけで、私たちはその三人の住所を書き留めると、地図で場所を探した。そのうちひとりは、少し郊外に住んでいた。

最初に訪ねたのはシャルル・オージェという人で、すぐに人違いだとわかった。テヴィと私（多少なりともフランス語ができるのはこのふたりだけ）が前に押し出された。後ろには母、イネス、キムが並んで、ずっとくだらない冗談ばかり飛ばしていた。私は、出てきた老紳士に事情を説明した。といっても、しどろもどろで、とてもじゃないけど楽じゃなかった。テヴィがときどき言葉を挟んだ。私たちは、カンボジア、親戚、植民地府の役人、しばらくここに住んで学校に通った息子、といった言葉をたどたどしく並べていった。オージェ氏は私たちを不審の目でじろじろ眺めて、気の毒そうに首を振った。ふたり目（ジャン・オージェ）もやっぱりハズレだった。

そこで三人目（マリー・オージェ）を訪ねた。そこまで行く車のなかで、テヴィはトイレに行きたくて切羽詰まっていた。目的の家は通りに直接面していなくて、細い小道を入った少し引っ込んだところにあったので、すぐには見つけられなかった。正面から見ると、古い木々に囲まれて、目立たない家だった。（ところが中は宮殿みたい。）

テヴィと私が玄関ドアまで行って、ほかの三人は車のなかで待っていた。呼び鈴を鳴らすと、六十歳くらいの女性が出てきた。ここで私が言ったのは、ひとこと。「この子にお手洗いを使わせてやってくれませんか？」横でテヴィは切羽詰まってそわそわと足踏みしていた。カンボジアのことは、後から訊こうと思っていた。女性はテヴィにトイレの場所を教えて、自分は急いで台所へ戻った。コンロになにかかけていたようだけど、なんと言ったのかはよくわからなかった。私は開けっ放しの玄関口で待っていた。キムとイネスが車から降りて、私のところへ来た。私たちの目の前に延びる廊下は、むしろホールという感じで、内装も趣味がよく、壁には上から下までぎっしり額入りの白黒写真が掛けてあった。それを眺めていたキムが、驚愕の顔で私を手招きした。そのとき、テヴィが廊下の奥にあるトイレから出てきた。そしてゆっくりと私たちのほうへやってきた。やはり壁に掛かった写真を眺めながら。ちょうどキムが私に、四人の若者——そのうちひとりはカンボジア人に見える——が写った写真を指さして見せたとき、さっきの女性がまた戻ってきた。その同じ瞬間、テヴィがとある写真の前で唐突に足を止めると、叫び声をあげて、両手で口を覆った。そして、激しく泣きじゃくり始めた。身体を丸めてしゃくりあげるテヴィを、私たちはどうしても泣き止ませることができなかった。

あれからもう三日たつ。あれ以来、私たちはここにいる。マリー・オージェが、彼女の家で何日か過ごすよう勧めてくれたのだ。とても親切で心の温かい女性で(おまけに教養もある。大学で語学を教えている)、ついに姪に会えたのをとても喜んでいる。マリーとテヴィは、いくら見つめても足りないという感じでお互いに見つめ合い、延々と話をしている。テヴィのお父さんはフランスでの名前をアンリ・オージェといって、マリーの異母弟だった。マリーがアンリに最後に会ったのは、一九六〇年の秋。アンリがフランスを去るときに別れを告げた相手は、マリーひとりだった。ふたりは仲がよかったけれど、親族のほかの人たちとアンリはうまく行っていなかった。アンリとマリーは文通を続け、アンリはときどき家族の写真を送ってきた。最後の手紙と写真は一九七五年三月のもので、その後アンリからの音信は途絶えた。一九七九年に赤十字を通して行方を捜索したものの、成果はなかった。

壁に掛かっていたその写真を見て、テヴィはすぐに、それが自分たち家族のものだとわかったのだった。それは一九七五年の三月一日、テヴィの七歳の誕生日の写真だった。テヴィは戸外に置かれたテーブルについている。テヴィの右には弟のアルン、左にはふたりの姉ソピエップとチャンナリー。父親はテヴィのすぐ後ろに立って、両手をテヴィの肩に置いている。母親がその隣に立っている。

＊　＊　＊

一昨日、フランスから戻ってきた――三人で。旅行がこんな結果に終わるなんて、考えもしなかった。

家のなかが静かだ。なんと昨日の夜は号泣してしまった。

キムとテヴィはルーアンに残った。マリー・オージェが、母と私にこう言ったのだ。「できれば姪を手元に置きたいと思っています。姪も同じ気持ちです。でも彼女は、気まずくて、おふたりに直接話を切り出せずにいます。私もとても感謝しています。あの子はおふたりがしてくださったことに、心の底から感謝していま す。それに、キムとテヴィは、ふたりがこれからも一緒にいたいと望むなら、引き離すべきではないと思います。キムのほうはまだ決心がついていなくて、ここに残るかオーストリアに戻るかは、夏休みの終わりに決めたいと言っています。養育権の手続きは、きっと問題なく済むでしょう。テヴィが私の姪であることは証明できますから。それに、教育省にはいい友人がいるんです」

マリー・オージェのこのちょっとした演説を聞いたとき、私がまっさきに考えたのは、どうして探偵ごっこなんて馬鹿なことをしちゃったんだろう、だった。なにもしなければ、こんなことにはならなかったのに！　でも次の瞬間、そんな心の狭いことを考えた自分が恥ずかしくなった。

最後の二日は、誰にとっても辛かった。なんだか、誰もがやましさを感じているみたいだった。特に私に対して。テヴィが親族を見つけたのを私は喜んでいたし、ひとりでオーストリアに残りたくないというキムの気持ちも理解できた。これまでにイネスといくら親しくなったといっても、キムにとって妹のような存在はやはりテヴィなのだ。それでも私は、悲しみで麻痺したようだった。

ふたりに、やっぱり一度一緒に家へ帰って、落ち着いて友達にお別れを言ったり、荷造りをして、ちゃんとけじめをつけたほうがいいのではないかと話した。「ちょっと性急すぎると思わない？」と訊いてみた。

テヴィは私とその話をするのを気まずく思っているのがわかった。何度も何度も、「ごめんなさい、でも私の伯母さんなの、伯母さんなの！」と言うばかりだった。

私のほうも何度もテヴィを落ち着かせて、気持ちはわかる、と言ってやらねばならなかった。キムは妙に静かで、どうすればいいかわからず途方に暮れた様子だった。テヴィが言うには、まず第一に、あと数日で残りの親族、つまりマリーの兄弟とその家族――テヴィには男三人、女ふたりのいとこがいる――がテヴィに会いにやってくる、第二に、あとほんの四日でリセの新学期が始まる、ということだった。結局私はテヴィに、荷物を送ると約束した。テヴィは送ってほしいお気に入りの服を数え上げた。別れ際には、みんなが泣いた。キムを除いて。

帰路は最悪だった。イネスは後部座席に座って、ひとことも口をきかずに、こわばった顔で窓から外を見ていた。

＊
＊
＊

キムが戻ってきた。

昨日の夜中、しれっと浴室の開いた窓から入りこんできた。泥棒だと思った母が、危うく頭にフライパンを叩きつけるところだった。キムは疲れ果てていて、とにかく眠らせてほしいとしか言わなかった。リンツからうちまで、何時間もかかってヒッチハイクしてきたという。パリからリンツまでは、列車で来た。マリー・オージェが切符を買ってくれた。「電話してくれれば、迎えに行ったのに」と私は言った。でもキムは、「面倒をかけたくなかったから」と言った。

朝食のとき、イネスはものすごく驚いて、なんとキムの首に抱きついた。そして「どうして向こうに残らなかったの？」と訊いた。

キムは肩をすくめた。「また全部ゼロから始めるなんて、どう考えても嫌で嫌で嫌で。それに、この家には男手がいるよね」

カンボジア　七〇年代　メイ家

〈フランジパニ〉でのパーティーの後、ぼくの人生は変わった。もうこれまでほど不幸でもなくなったし、自信もついた。

毎朝、本通りまで歩いて、そこから町行きのバスに乗るようになった。先生の説明はすべて、スポンジのように吸収した。特に興味があったのは、歴史と地理と英語だった。ほんの一、二週間後には、ぼくはもうクラスで最優秀の生徒になっていた。

ソピエップとは定期的に会っていた。火曜日には同じ時間に授業が終わるので、帰り道が分かれるところまで、一緒に歩くのだ。ぼくは〈フランジパニ〉へ行って、厨房で昼ご飯を食べさせてもらう。ソピエップはお母さんが待つ家に帰る。

毎週金曜日にはフランスさんが友達——ぼくもパーティーで知り合った禿げ頭の男——と一緒にホテルのテラスで昼食を取った。その後ふたりは葉巻をくゆらせながら、ラミー（二人から六人でするカードゲームの一種）をした。昼食前、友人が来るのを待つあいだ、フランスさんはまず厨房へ来て、しばらくぼくの隣に座ってくれた。禿げ頭の友人は、シェフに料理してほしい魚介類を直接指し示すために、いつも厨房へ入ってくる。禿げ頭が魚介をどう料理してほしいかをシェフに説明し終えて、ぼくに「漁師の親父さんによろしくな！」と声をかけると、フランスさんもぼくに「またな」と言って、友人の後からレストランへと戻っていくのだった。

フランスさんと一緒に過ごすこの数分間は、楽しい時間だった。フランスさんは親切で穏やかな人だったけれど、いつもどこか悲しそうだった。会うたびに、それが目についた。ぼくに対しても、ぼくを連れて帰れるよう時間を合わせて魚を届ける父に対しても、フランスさんは決して上から見下ろすような態度を取らなかった。通りで魚を買うとき、売り手のぼくたちのことをまるでゴミかなにかのように扱う裕福なクメール人もいたというのに。フランスさんとぼくは、学校で習ったことや、他にもいろいろなことを話した。ぼくの意見に、フランスさんは本当に興味を持っているようだった。何年にもわたってこの国で起きている内戦のことも話した。何年も前から、「クメール・ルージュ」と呼ばれる革命的な共産主義ゲリラグループが、政府軍と戦っていた。国のかなりの部分がすでにクメール・ルージュの支配下にあり、土地や私有財産の強制集団化が進められていた。この国の貧困層は、どんどんクメール・ルージュ支持にまわっていた。もはやなにも失うものなどない人々だ。そしてカンボジアには、そんな人は山のようにいた。クメール・ルージュは、ロン・ノル率いる政権の腐敗と人民からの搾取だけでなく、そのアメリカ合衆国寄りの姿勢をも非難しており、政権打倒を目指していた。国は人民のためにのみ存在するべきであり、決して外国の政治の駒にされたり、ほんの少数の都会の寄生虫たる実業家——外国人であろうとカンボジア人であろうと——に搾り取られるだけの存在であってはならない、というのが、彼らのモットーだった。正直に言えば、ぼくはこのモットーに心惹かれていた。貧しい人民のため、その幸福のために勇敢に闘う革命家たちのイメージにも。フランスさんは、そんなぼくの気持ちをよくわかってくれた。彼もまた、カンボジアがもっと公正な国になることを夢見ていた。ただフランスさんは、クメール・ルージュが勝利を収めた場合、どのような行動に出るかに懸念を抱いていた。フランスさんには首都にたくさんの友人がいて、彼らから、クメール・ルージュが占領地域で専制的な政治を敷き、残虐な振る舞いに及んでいると聞かされていたからだ。どうやらクメール・ルージュにとって、ひとりひとりの人間の命にはあまり価値がないようだ、と。

「そんなの、革命家を貶めるための噂ですよ」ぼくは憤慨してそう言った。

「君の言うとおりだといいと思うよ、心からね」とフランスさんは答えた。

以前、娘のチェンダーと一緒にぼくの末の弟にも乳をやってくれたロンが、引き続き弟の面倒を見てくれることになっており、謝礼として月々じゅうぶんな額を受け取っていた。弟は喜んでチェンダーと遊んでいた。上の弟が、村の学校が終わった後、下の弟を迎えにいく。そしてふたりとも、ロンの家で昼食を食べさせてもらう。夜には父がぼくたちみんなのために料理をした。父は酒をやめた。せいぜい、友人とカードをするときに、たまに米酒を一杯楽しむ程度になった。もし酒への依存をやめられなければ、フランスさんが寄付金からの月々の支払いを止めるだろうとわかっていたからだ。もし父がまた酒に溺れるようなことがあれば知らせるよう、フランスさんがロンに言い含めているのを、ぼくも知っていた。

父はここ数年の荒れただらしない生活から立ち直り、またぼくたちとサッカーをしたり、子供のころの話をしてくれたり、ぼくたちに本を朗読させて耳を傾けたりするようになった。父は文字が読めなかったからだ。さらに父は、小屋を修繕して、寝室をひとつ増築した。発電機を手に入れ、小屋の床下には自家用の水道も引いたので、もう村の井戸まで水くみに行く必要もなくなった。ときどきフランスさんが家を訪ねてきた。毎回、なにかちょっとしたおみやげを持って。ぼくたちの服や、末の弟のおもちゃ、ぼくたち上のふたりのための本など。そしてしばらくうちで父やぼくたちと話をした後、帰っていった。ぼくは、フランスさんにぼくらを訪ねるような時間があることに驚いたが、従業員のソンが、ホテルはもう以前のようには繁盛していないと話してくれた。内戦が激化して以来、世情が不安定なのだ。

父に迎えにくる時間がないときには、フランスさんの指示で、ソンがぼくを家まで送ってくれた。ソンは最初に新しいモペットをうちに届けてくれた従業員だ。あのときの新しいヤマハは、父が酒を飲まず、勤勉に働こうと努力した一番の理由だった。ヤマハを取り上げられるのが怖かったのだ。息子のぼくたちも、やはりあのモペットを愛していた。モペットでいろいろな場所へ遊びにいくのが楽しかった。村から離れた静かな場所にある砂浜、海沿いのいろいろな町、山。日曜日ごとに、ぼくたちはせっせとヤマハを磨いたものだった。

ソンはホテルで、いろいろなものの修理や清掃などの仕事をしていた。それに、客の車を駐車して、トランクをスイートへ運んだり。それは「コンシェルジュ」という仕事だったが、ソン自身はこのフランス語をうまく発音できなかった。ソンは小柄で筋肉質で、髪は短く刈り上げていた。歩くときには、右脚をわずかに引きずる。そのことを尋ねてみると、ソンは、何年か前に故郷のコンポンチャム地方でアメリカ軍の爆撃に遭い、怪我をしたのだと教えてくれた。家族はその爆撃で死んだのだという。傷がどうにかこうにかふさがると、ソンは爆撃から逃げる何千もの人たちとともに、プノンペンへ向かった。プノンペンは、爆撃を受けた地方からの避難民が押し寄せるためにひどい住宅難で、通りで寝起きし、仕事も見つからず、物乞いをするしかない人が大勢いた。とある遠い親戚がソンに、海沿いのどこかの町へ行くようにと勧めてくれた。海岸部では事態はまだそれほど切迫しておらず、爆撃もないし、仕事の口も多い、と。その助言に従い、一九七一年初頭、ソンはより人間らしい暮らしを望んで、ケップへとやってきた。最初は思っていたよりも大変だった。寝泊まりする場所がなかったので、砂浜で寝た。傷が再び炎症を起こした。ある日、炎症のせいで高熱を出していたソンを、フランスさんがホテルのビーチの近くで見つけ、とっさの判断で従業員宿舎へと運び込んだ。医者が傷の手当をしてくれて、それからほんの一、二週間後、ソンは〈フランジパニ〉でコンシェルジュとして働き始めたのだった。

ソンはどういうわけか、やたらとぼくに近づいてきた。ぼくがひとりで昼食を取っているときなど、ソンのほうにも時間があれば、隣に座ってくる。ただ、フランスさんが一緒にいるときだけは、姿を見せなかった。ソンの一番お気に入りの話題は、カンボジアの惨憺(さんたん)たる政治状況だった。ソンはほとんど読み書きができなかったが、その代わりと言うべきか、話はうまく、説得力があった。ソンの語りは、どこかお坊さんの説法のようだった。ぼくたちの国の歴史をよく知っており、ここ数年の政治は方向性を間違えていると、唾を飛ばして力説した。ノロドム・シハヌークを嫌っていて、彼は自分を神のように崇める民衆のことをまったく気にかけていない、と言った。それに、ロン・ノルのことも、贅沢な生活に溺れてアメリカと同盟を結ぶ腐敗した大統領だと非難した。アメリカは、カンボジアとベトナム国境地帯におけるベトコン（南ベトナム解放民族戦線。共産主義ゲリラ組織で、ベトナム戦争時、南ベトナムでサイゴン政権および米軍と闘った）の武器補給基地を破壊するために、年に何千発もの爆弾を国の北東部に落としている。地域は荒れ果て、いつ果てるとも知れない難民の大群が首都へと押し寄せている。ソンはさらに、カンボジア人の富裕層のことを蛭(ひる)と呼んで、国のほぼ全員の貧困の原因だと罵倒した。ソンは、誰も飢えることがなく、誰かがほかよりも恵まれていることなどない理想の世界像に心酔していた。ごくたまにしかないことだったが、ぼくを家へ送ってくれるときにも、やはりこういう話題を持ち出した。そのことしか頭にないようで、子供たちに次の食事を与えられるかどうかという暮らしをしている田舎の人民を犠牲にして生きる、教育を受けた豊かな都会人に対する憎悪を、延々と吐露し続けた。

「お前、一度も考えたことないのか？　どうしてフランスさんと家族がお屋敷に住んでるのに、お前の家族はみすぼらしい小屋に住んでるのかって。どうしてあいつらは毎日ご馳走を山のように食ってるのに、お前は親父の釣ってきた魚しか食べられないのか。どうしてあいつの子供たちが当たり前のようにいい学校に通って、いつも上等の服を着てるのに、お前たちはボロ服でうろついてるのか」

これまで、そんなふうに考えたことは一度たりともなかった。どんな境遇に生まれるかは神々がお決めになったことだ、と、母はいつも言っていた。与えられた境遇のなかで精いっぱい頑張り、神様やご先祖様の霊に喜んでもらえる人生を生きるのが、ひとりひとりの使命なのだと。ところがソンは、ぼくのなかにこれまで知らなかった感情を少しずつ呼び覚ます術を心得ていた。その感情とは、嫉妬だ。ぼくはフランスさんやその周りの人たち——ホテルの客や友人たち——を、別の目で見始めた。

ソンはぼくに、こういったテーマに親しむための集まりに週に二回参加していると打ち明けた。その集まりを、ソンは「サークル」と呼んだ。「サークル」のことを話すときのソンは、まるで自分の自由時間を使って参加しているこの活動のことを、仕事仲間だけでなく、なによりフランスさんに知られてはならないとでもいうように、声を潜めた。ぼくはソンの話に興味を持った。いろいろな話を読んだり聞いたりするのは、ぼくの趣味でもあった。それに、フランスさんやホテルの客や上司たちの目をまっすぐ堂々と見るソンの態度も気に入っていた。ほかのクメール人は、決してそんなことはしない。話しかけられると下を向き、卑屈な態度を取る人がほとんどだった。とはいえ、ソンには嫌な点もあった。ソンはぼくの目には、ずる賢い男にも見えたのだ。一度フランスさんから自転車のチェーンを買うようにとお金を預かったのに、その金を盗まれたと嘘をつくのを見たことがあった。それに、自分の部下のことをいじめていた。おまけに決してほかの人の前ではやらず、いつも隠れてこっそりいじめていた。ただぼくの前でだけは、ソンは自分のしていることを隠そうとはしなかった。

あるときソンはぼくに、母が死んだときのことを詳しく尋ねた。そこでぼくは、診療費を前払いで要求し、魚での支払いでは足りないと言って往診を拒んだ強欲な医者のことを話した。話しているうちに、腸が煮えくり返るのを感じた。ぼくたち家族の生活は、フランスさんがパーティーで寄付を集めてくれて以来、いい方向へと変わったとはいえ、母の死のことを考えるのは、まだ身を切られるように辛かった。物質的な面では暮らしは好転していたけれど、それで母の不在が埋まることは決してないだろう。ぼくはいまだに、簡単に運命を変えることができたはずの医者に、憎しみと怒りを感じていた。すると、ソンが笑い出した。

「なんだよ、あの医者の先生はお前の親父の魚が大好きだってのにな!」とソンは言った。

「どういうこと?」

「あいつ、毎週金曜日に〈フランジパニ〉に来て飯を食ってるじゃないか。サバとタコが特に好きだろ」ソンはそう答えた。「フランスさんの一番の友達だよ。それに近所に住んでるんだ」

「あの人が、あの医者？」ぼくが驚いて訊くと、ソンはうなずいた。
「なんて顔してるんだ！」ソンは笑いすぎて息もできないほどだった。

驚愕のあまり、ぼくは口もきけなかった。

ソンはあの禿げ頭に盗みの現場を押さえられたことがあり——何人もの客の車からガソリンを抜いて自分の缶に入れていて、ホテルで大騒ぎになり、ソンは危うくクビになるところだった——、それ以来彼を毛嫌いしていたので、ぼくはそれから数日後、厨房のシェフに、あの禿げ頭は本当に医者なのかと訊いてみた。するとシェフはうなずいた。

それ以来、ぼくは金曜日には、〈フランジパニ〉で昼食を取るのをやめた。母を見殺しにした男の姿を見るなんて、耐えられなかったからだ。ぼくの顔に表れた憎しみに、ほかの人も気づくんじゃないかと怖かった。吐き気に襲われるんじゃないかと怖かった。フランスさんにも失望した。もちろん、フランスさんはなにも知らないのかもしれない。それでも、あんな下劣な男と友人だという事実は消せない。突然ぼくは、フランスさんと彼の援助とを別の目で見るようになった。おそらくぼくはフランスさんにとって、客たちの前で慈善事業の英雄を演じて見せるための道具に過ぎなかったのだ、と思うようになった。

とはいえ、勇気がなくてフランスさんに直接問いただすことができなかったぼくは、姿を隠すようになった。そしてフランスさんを軽蔑するようになった。あの医者と友達だということで、フランスさんもやはり人民から容赦なく搾取する階層に属しているのだと、ぼくは思い知った。それまでは、フランスさんのことが好きだから、目をそむけていただけなのだ。フランスさんが自分たちの仲間だなどと、どうして思ったりしたのだろう？　フランスさんだって、ぼくたちがよだれを垂らして見つめるような贅沢三昧の生活を送る連中と少しも違わないじゃないか、とぼくは思った。

ちょうど同じころ、ソピエップが火曜日に学校からホテルへ向かう道の途中までぼくと一緒に帰るのをやめた。ぼくを見ると赤くなり、友達の女の子たちのほうへ戻ってしまうようになったのだ。そして女の子たちは、ぼくのほうを見てはくすくすと笑った。どうやら、ぼくたちの友情のせいで、ソピエップは友達にからかわれたようだった。それがわかっていても、ぼくはやはり傷つき、ひどく馬鹿にされたような気がした。それが最後の一押しとなって、ぼくはフランスさん一家との一切の関わりを断つことにした。そこで、学校から帰るための別の交通手段を探し始めた。それはすぐに見つかった。上級生たちがモペットを持っていて、放課後にぼくを乗せていくことに同意してくれたのだ。彼らはぼくの村の近くに住んでいた。こうしてぼくは上級生たちと友達になった。夜に待ち合わせをして、トランジスタラジオを持って砂浜に座り、音楽を聴きながら煙草を吸った。年上の彼らは、女の子たちを目で追っていた。ぼくにとって、別の時代が始まった。もう〈フランジパニ〉へは行かなかった。フランスさんが一度ぼくたちの家を訪ねてきたけれど、ぼくは友達の小屋に隠れて、姿を見せなかった。

それからほんの一、二か月後、ホテルは閉鎖され、父はまた通りで魚を売るようになった。ヤマハは返さなくてもいいことになった。クメール・ルージュの勝利は目前だと言われており、かつてのホテルの客のほとんどが外国へと逃げていった。フランスさん一家もやはり逃げたのだろうか、とぼくは考えた。

それから数か月たったある日、再びソンがぼくの前に姿を現した。いかにもついでに来たという感じで、校門にもたれてぼくを待っていて、アイスクリームを奢(おご)ってやると言った。ソンがここ最近どうしていたのか興味があったので、ぼくはついていった。ふたりで公園に座ると、ソンは半年前に正式にクメール・ルージュの一員になったと語った。そしてぼくに、国の歴史と共産主義者の哲学を教える二週間のサークルに参加する気はないかと尋ねた。サークルはプノンボコーの山のなかで行われ、終わった後に参加者がどんな道を行くのも自由だという。

ぼくはためらうことなく承諾した。失うものなどなにもなかった。弟たちもいまではじゅうぶん成長していて、しばらくのあいだはぼくがいなくても大丈夫だろう。上の弟は責任感が強く、下の弟の面倒をかいがいしく見てくれていた。ぼくが一日の大半をケップのリセで過ごすあいだに、弟ふたりは互いに深い絆を結んでいた。

ぼくは革命の一部になりたかった。自分と弟たち、そしてこの国の貧しい人たちに、よりよい未来を望んでいた。みすぼらしい小屋で細々と生きていくのは、もうたくさんだった。裕福な人間たちと同じ条件を手に入れたかった。

カンボジア　七〇年代　チャン家

通りを大勢の人が歩いているのが、遠目にもわかった。人の群れが、ゆっくりとした流れになって、町の外へと向かっていた。皆、運命に身を委ねて諦めたような、おとなしい顔をしていた。家財道具を黙々と運び、目立たないよう気をつけている。逆らう者も、抵抗する者もいない。テヴィと家族もそこに合流した。人の群れが一家を呑み込み、先ほどの若い兵士の姿も、突然見えなくなった。

両親を見失うまいと、テヴィはふたりの間を必死で歩いた。母や父を泣きながら呼びつつさまよう子供が大勢いたからだ。なかにはまだほんの幼い子もいた。聞こえてきた周りの人たちの会話の断片が気になって、テヴィは耳をそばだてた。なぜ家を出なければならなかったのか、いつ戻れるのか、と尋ねる子供たちに、親たちが答えていた。とある父親は、アメリカ軍がもうすぐ町を爆撃に来るだろうから、素早い避難指示は適切だった、と褒めていた。

「三日たったら戻れるよ」と、その父親は子供に言い聞かせていた。「そう言われただろう」

テヴィも父に、三日で戻れるというのは本当なのかと訊いてみた。

「本当かどうかは怪しいな」と父は言った。

すると、ひとりの年配の女性が振り向いて、怒った目でテヴィ一家をにらむと、「じゃああんたたちは、クメール・ルージュが嘘をつくと思ってるの？」と厳しい声で尋ねた。

そのせいで一家はしばらく立ち止まり、女性が視界から消えるまで待った。皆が歩きに歩いた。太陽が容赦なく照り付ける。テヴィの口のなかはからからだったが、水が欲しいと頼んでも、両親はなかなかくれなかった。

「もうすぐあげるから」父と母は交互にそう繰り返すばかりだった。

ところが、弟のアルンが水をねだると、母はすぐに応じた。一度など、弟を抱き上げて、こっそりと水の瓶を持たせてやった。それに気づいたテヴィは怒りの叫び声をあげて、ふたりに駆け寄り、瓶を奪い取った。それ以来、テヴィは母から決して目を離さず、腹を立てたまま、すぐ隣を歩いた。そんなテヴィの手を父が取って、大好きなメルヘンのひとつ『眠りの森の美女』を、小声で語り聞かせてくれた。途中、知り合いにも会ったが、皆がテヴィ一家を知らないふりをした。誰も挨拶をせず、うなだれたまま歩き続けるばかりだった。ときどきジープが追い越していった。若い男たちが乗っている。皆が黒い服を着ていて、機関銃を手にしている者もいた。「勝利！　民主カンプチア万歳！」と大声でわめく者もいた。ひとりの老女がついにそれ以上歩けなくなって、道の真ん中にしゃがみこんだ。すると一台のジープが道端に停車して、ふたりの若い兵士が飛び降り、老女の家族に、歩き続けるよう命じた。

「母を置き去りにはできない」と一家の父親が言った。

「俺たちが面倒を見る」兵士のひとりが言った。

それでも一家の父親は頑として先へ進もうとせず、何度も命じる兵士とのあいだに騒動が持ち上がった。

「面倒を見るって、どう見るんだ?」一家の父親はそう尋ねるのをやめなかった。

するとふたりの兵士は、意識を失った老女の両わきを持ち上げて、道の周囲に広がる野原へ引きずっていった。老女の頭がぐらぐらと揺れ、足からサンダルが落ちた。素足が地面を引きずられていき、砂ぼこりが舞った。一家の父親はあとを追っていって、兵士たちに大声で詰め寄っている。テヴィは気になって、彼らを見つめていた。父に手を引っ張られたが、首だけ回して、見つめ続けた。兵士たちが立ち止まり、老女を地面に落とした。そしてひとりがベルトからピストルを抜いて、老女の頭を撃った。それから目の前に立っている一家の父親の胸を。テヴィは叫び声を上げ、テヴィの父も戦慄のあまり思わず「ああ!」と声をもらした。テヴィは再び前を向き、歩き続けた。機械的に一歩一歩、足を動かした。ジープがテヴィの横を通り過ぎるとき、年配の兵士がふたりの若い兵士を叱る声が聞こえてきた。「弾を節約しろと言っただろう、馬鹿者が!」誰もが黙々と先を急いだ。頭を上げたテヴィが目にしたどの顔にも、恐怖、絶望、戦慄が貼り付いていた。しばらくしてから、テヴィは先ほどの老女の家族を目で探したが、どこにも見つからなかった。

その晩、ようやく涼しくなってきたころ、一家はほかの何百という家族とともに、道端で夜明かしの準備をした。母がガス調理器で米を炊くあいだ、父は周囲の人たちを訪ねてまわった。以前ホテルで働いていた年配の夫婦のところでは、長い時間話し込んでいた。テヴィはそこへ走っていったが、追い返された。それからすぐ、父は家族のもとへ戻ってくると、「ちょっとそこまで歩かないか」と言った。

ほかの避難民たちから離れたところまで来ると、父はもう一度あたりを見回してから、真剣な顔で家族に言い含め始めた。「これからパパが言うことは、とても大事なことだ。いいか、これまでの生活のことは全部忘れるんだ。特に、フランス人の血を引いていることは、絶対に口にしちゃだめだ。我が家は貧しい労働者の一家だ。パパは港の魚肉加工工場で働いている。ママはお金を余分に稼ぐために、通りでスープを売っている。ママはコンポンチャムにある村の出身、パパはコッコンの村の出身だ。うちはとても貧しくて、一部屋きりのアパートに暮らしている。学校にはほとんど通ったことがない。お前たちはフランス語を話せない。いいか？　ちゃんと覚えておくんだ。いまパパが言った以外のことを話そうなんて、絶対に考えるんじゃない。絶対にだ」

父は自分の描いたシナリオを、家族に暗唱させた。アルンにいたっては、二度も復唱させられた。テヴィにはもう、わけがわからなかった。パパが貧しい工場労働者？

一家はそれから少し米を食べて、横になった。疲れ切っていたテヴィはあっという間に寝入ったが、すぐにまた目を覚ました。お腹が鳴るし、身体を洗う場所がどこにもなかったので、全身が痒かったのだ。テヴィはじっと横になったまま、家のこと、友達のこと、玩具のこと、海のことを考えまいと頑張った。そして、不安と空腹を忘れて、もう一度眠ろうとした。けれど本当に眠れたのは、明け方になってからだった。ソピエップに起こされたときには、すっかり疲れ果てていた。

三日後、一家はとある十字路に着いた。クメール・ルージュの兵士が大勢立っている。なかには女性兵士もいたが、全員が同じに見えた。女たちも男と同様に黒いズボンとシャツを着ていて、髪は短く、暗い目つきだった。十字路では、一家族ずつが持ち物とともに進み出て、検問を受けていた。ほかの兵士たちより少し年長の男女ふたりの兵士が、間に合わせに造られた机――車のタイヤを重ねた上に板を置いたもの――の前に座って、厳しい眼差しで、名前、職業を尋ね、大きなノートにすべてを書き留めていた。

テヴィ一家は何時間も列に並んだ。順番が来るまで、両親は目の前の光景を注意深く見守っていた。とある夫婦が職業を告げた。夫はシハヌークヴィルの医師で、妻は看護師だった。夫婦は右へ行かされ、ふたりの幼い子供とともに、牛が引く荷車に乗り込むよう命じられた。別の夫婦は学校の教師だったが、やはり子供たちとともに荷車のほうへ行かされ、乗り込むよう命じられた。一方、養鶏場で働いていた家族は左へ行かされた。四人の子供がいる別の家族も、父親が教育のない職人、母親が工場労働者で、やはり左へ行かされた。

ついに順番が来て、テヴィ一家は机の前に進み出た。いまでは家族全員が、鞄に詰めた服のなかで一番質素なものを身に着けていた。父は軽い木綿のスカーフ——クロマー——を頭に巻いて、視線を落とし、やや前かがみで進み出た。顔には砂と泥をこすりつけてあった。

「ヘン・チャンです」父は言った。「三十五歳。魚肉加工工場の工員です」

「ボファ・リムです」母が言った。「三十四歳。ソムロー・ムチュー（酸味のあるスープの総称。酸味はレモングラスなどでつける）を作って通りで売っていました」

父が子供たちを順番に指し、姓名のみならず、世代名も一緒に紹介した。家族のなかで同じ世代に属する男は、全員同じ世代名を持っている。世代名の後に個人名が来る。女も同様だ。テヴィたち三姉妹は、全員ソックという世代名を持っていた。弟にも個人名アルンの前にピッチという世代名があり、もしもうひとり男兄弟がいたなら、その子もやはりピッチという世代名を持つことになっただろう。

「ソック＝ソピエップ・チャン、十二歳。妹と弟の面倒を見て、ときどき魚工場の手伝いもしていました。ソック＝チャンナリー・チャン、十歳。ソック＝テヴィ・チャン、七歳。ピッチ＝アルン・チャン、三歳」

「どこで暮らしていた？」女性兵士が尋ねた。

「ここ数年はケップで。その前はシハヌークヴィルで」父が答えた。

「その町は、また昔のようにコンポンソムと呼ぶ」女性兵士が言った。「わかったか、同志？」

父がうなずいた。

「出身は？」男性兵士が訊いた。

父がコッコン地方の小さな村の名前を言った。

「田舎にまだ親戚はいるか？」男性兵士が尋ねた。

父はうなずいた。兵士は父に、持ってきた荷物を机の上に置いて、開けるようにと命じた。父がかがんで鞄や袋やトランクを開けるのを、女性兵士は注意深く観察していた。

「とてもきれいな指だな、同志」女性兵士が言った。「普通の労働者の指には見えない」

「そうなんです、うちの人は見栄っ張りで」母が口をはさんだ。そして下卑た笑顔を作った。「毎晩、寝る前にココナッツの油を手に塗るんですからねえ」

女性兵士が嘲るような笑い声をあげた。

「見栄っ張りというのは、悪しき性質だ」男性兵士が厳しい声で言った。「これからは改めるんだぞ、同志」

父はぼそぼそと賛同の言葉をつぶやくと、立ち上がった。そして、頭を垂れ、肩を落として立った。テヴィは、全身が恥辱でいっぱいになるのを感じた。こんなのは自分の知っている父ではない。父はいつも誇り高い男だった。背筋を伸ばして、まっすぐな優しい目で相手を見つめたものだ。同時にテヴィは、心の中で怒り狂ってもいた。父に、そして自分自身に——家族みんなを救うために父がそうするしかないのをわかっていて、それでも父を恥ずかしく思う自分に。それに、この事態のすべてに怒っていた。テヴィの人生を一瞬で根底から変えてしまった、黒い服を着て暗い顔をした若い男や女たちに。なにもかも説明のつかないことばかりで、テヴィはどんどん混乱していった。

年長の兵士がひとりの若い兵士を手招きした。若い兵士はこちらへやってきてかがみ、鞄のなかの物をすべて放り出して、乱暴にかき回し始めた。トランクから缶詰が転がり落ち、米の袋は破れ、食器が埃っぽい地面に落ちた。チャンナリーのリュックサックから、小型のカセットレコーダーとビートルズのカセットが見つかった。兵士はレコーダーを高く掲げて見せ、机の前の年長の兵士がうなずいた。すると若い兵士はレコーダーを地面に投げ捨て、両足で踏みつけた。そして壊れたレコーダーを拾い上げて、脇へと放った。レコーダーが着地した先には、破壊されたさまざまな物が山のように積み上がっていた。滅茶苦茶にされた車が二台ある。タイヤとシートがなくなっている。ほかにも自転車、モペット、ラジオ、ハイヒールの靴、なんとロッキングチェアまであった。

「こんなものはもう必要ない」机の前の兵士が、テヴィと姉弟に向かって言った。「田舎での真の生活は、質素で仕事も多い。だが美しさに満ちている」

兵士は次の家族に前へ出るようにと合図した。どうやらテヴィたちの順番は終わったようだ。一家は急いで散らばった持ち物を掻き集めると、先へ進んだ。ひとりの兵士が、左に行くようにと合図した。両親が安堵しているのに、テヴィは気づいた。

こうして一家はさらに歩き続けた。何時間も、大勢の絶望した人々とともに。取り残される者も絶えなかった。彼らは黙ったまま道端に倒れこんで、そのまま起き上がらなかった。最初のうちは、道の脇に死体が転がっていると、両親がテヴィの目を覆った。だがそのうち、なにもしなくなった。死体の数があまりにも多すぎたのだ。テヴィは死んだ赤ん坊を見た。死んだ老女も、口を開けたまま死んだ老人も。道の脇で子供を産む女も見た。その夫は、クメール・ルージュの兵士に、妻を病院へ連れていってほしいと頼んで、ひどく殴られていた。誰も助けに入ろうとせず、ただうつむいて、歩き続けた。さまざまな物が、いたるところに散らばっていた。靴、服、ラジオ、テレビ、ミシン、開いたトランク、食器、壊れた自転車やモペット。四日目の夜、父の隣に横たわったテヴィは、いつになったら家へ帰れるのかと尋ねてみた。約束の三日はもう過ぎたのだから。

「クメール・ルージュは、私たちを町から出て行かせたかっただけなんだ」父が答えた。「戻ることはできない。どこかの村を見つけて、そこで暮らしながら、こんなバカげたことがすぐに終わりになるよう、祈るしかないんだ」

テヴィは泣きながら眠った。そんなテヴィを父がしっかりと抱きしめ、穏やかな声で語りかけ続けてくれた。

それは一年で一番暑い時期で、太陽が容赦なく皆を炙（あぶ）った。暗くなると、一家は道のはずれに眠るための場所を探した。木の下や、曲がりなりにも体を洗うことのできる小川や池のほとりに。母が簡単なものを調理したが、それはちょうど胃の鳴る音が聞こえなくなる程度の量しかなく、決して満腹になることはなかった。

なにより辛いのは、胃が空っぽなことだった。だが、もしこのときテヴィが、この先さらにひどい空腹が待っていることを知っていたなら、現状に満足して、もっと食べ物がほしいとねだり続けることもなく、姉たちのように自制していただろう。テヴィは、ソピエップとチャンナリーの落ち着きが羨ましかった。決して不平を言うことも、もっとたくさん食べたいとねだることもなく、できる限り両親を手助けしている。テヴィは、姉たちのようになりたいという望みと——というのも、姉たちはその態度のおかげで両親からいっそう愛されるようになった気がしたのだ——、理性を奪うほどの凄まじい空腹とのあいだで、激しく揺れ動いた。幼い弟は、水、食べ物、休憩、と絶えずねだってばかりで、そうするとテヴィも我慢ばかりしていられず、つい一緒になってねだってしまうのだった。だが両親は頑として厳しい態度を貫いた。まだ幼い下ふたりの子供に対して厳しくするのは、辛いようだった。だが、先へ進まねばならず、水は節約せねばならず、トランクのなかの食料は一日に決められたわずかな量以上、減ってはならなかった。夜、父が果物やトウモロコシの粒といった食べられるものを見つけられず、魚も釣れないときには、一家の食事はことさら貧しくなった。そんなときは、ひとりに片手一杯分ほどの米と、スプーン一杯の缶詰の中身しかなかった。一度、ソピエップが小さな川で、魚を三匹、素手で捕まえた。その晩のソピエップは英雄だった。母がフライパンで魚を焼き、一家はご馳走を囲んだ。

一緒に歩く人たちの数は、日々違っていた。たくさんの人がどこかで道を曲がり、知人や親戚のいる村へと向かったため、人数が減るのだが、そのぶんまた合流してくる人たちもいて、彼らはともに歩き続けた。テヴィの両親は誰に対しても親切だったが、自分たちのことはほとんど語らず、最小限の言葉しか口にしなかった。父は、自分のことを知っている人に会うのではないかと心配していた。だから、ケップからなるべく遠くへ行こうとしていた。あるとき、一家はほかの大勢の家族とともに、とある村にたどり着いた。だが、真夜中、まだみんなが寝ているうちに、そこを出た。テヴィは父に理由を訊いてみた。すると父は、村長があまり親切そうには見えなかったと答えた。

テヴィは不思議に思った。誰かが親切だろうとそうでなかろうと、どうでもいいではないか。テヴィはとにかくどこかに留まりたかった。傷だらけの足を休め、規則的な食事を取りたかった。もう道端で、身体を洗うこともできないまま眠りにつくのはうんざりだった。おまけに、道はどんどん険しくなっていた。何日も前から、山のなかを歩いていたからだ。

「村長の態度はとても大切なんだ」父はテヴィにそう説明した。「たくさんのことが、それ次第で決まるんだよ。あの村長は、私たちに挨拶もせずに、居丈高な指示をよこしただけだった。目には憎しみがこもっていた。それに、みんなの前で唾を吐いただろう」

ふたつ目の村も、一家はすぐに立ち去った。立ち去ることができたのは、まだ村の名簿に登録されておらず、眠る場所を村の広場ではなく、森の入口に定めたからにほかならなかった。ほかの皆がまだ寝ている夜中、一家は足音を忍ばせて逃げ出した。村に新たにやってきた人たちを、村人たちがぐるりと取り囲み、軽蔑に満ちた目で見つめていた。彼らの暗い顔には溢れるほどの怒りと憎しみがあるのがはっきりとわかり、テヴィは震えながらソピエップの後ろに隠れたほどだった。ひとりの若い女がテヴィの母の足元に唾を吐き、年配の男が怒鳴った。「都会の腐った連中め！　みんな殴り殺しちまえ！」

テヴィが父に、なぜ彼らはこれほど自分たちを憎むのかと訊くと、父は、クメール・ルージュの目には都会の人間は全員、金持ちで悪人に見えるのだと教えてくれた。なにより、田舎の人たちの生活が苦しいのは都会の人間のせいだと思われているのだと。彼らの意見では、都会人は地方の人間を搾取してきたのだという。

クメール・ルージュのおかしさがますますはっきりしてきた。ホテルの従業員に通常よりもたくさんの給料を払ってきたのは、ほかならぬ父だ。そのせいで、よくホテルの所有者であるサムナン・シソワットさんと口論になっていた。ときには、やりすぎだと言う母とも喧嘩をしていた。従業員が病気になったときに親身に面倒を見たのも、貧しい家庭のために多額の寄付金を集めたのも、父ではないか。

十二日後、一家はほかの四家族とともに、山のなかの小さな村にたどり着いた。七十人ほどが暮らす場所だ。村人たちは、ほかの場所の人たちよりも少しばかり感じがよかった。自宅の小屋の前に立って、着いたばかりの人々を見つめているが、近づいてきて唾を吐きかける人はいなかった。村長は三十歳くらいの男性で、穏やかで思慮深そうだった。新参者たちに場所を示して、これからの数日で、今後暮らしていく小屋を自分たちの手で建てるようにと言った。だが、子供が一番幼く、おまけに祖父母まで抱えている家族には、空き家になっていたふたつの小屋をあてがった。村長の妻が、粥の入った鍋を持って皆のあいだを回り、お玉になみなみ一杯、ひとりひとりの器に注いでくれた。背中には赤ん坊をくくりつけていて、二歳の子供が隣を歩いていた。

「あそこできれいな水が汲めます」村長は小さな井戸を指し示した。「明日、果実で服を黒く染める方法を教えます。全員が同じ黒いシャツと黒いズボンを着ることになっています。ワンピースやサロンは禁止です。一週間に一度、隣村のコミューンで集会が開かれます。集会に出るのは我々の義務です。隣村はここから一時間ほど離れたところです。この集会で、あなた方は新しい民主カンプチアのことを教わります。それに、今後どんなふうに生活していくべきかも」

それからの数日を使って、一家はほかの家族と同様、自分たちの手で小屋を建てた。小屋は高床式で、ガジュマルの木の下に高さ一メートルの柱を四本埋めて、その上に造った。皆で、小屋のなかができる限り広く快適になるよう頑張った。それに、雨漏りしない屋根を作ることも大切だった。モンスーンの季節が迫っていたからだ。やがて、父よりも母のほうが、こういった作業が得意なことがわかってきた。子供たちの目には、母は以前とは別人のような強い女性に映った。食事の支度にも創意工夫を凝らした。テヴィとアルンにとっては、小屋の建設は大冒険で、少しばかり楽しくさえあった。とりわけ、もう何時間も歩き続けずに済むのが嬉しかった。父が服を黒く染め、母は娘たちと自分の髪を顎の長さに切りそろえた。村長がそうするようにと勧めたからだ。

「ここで切らなければ、クメール・ルージュが集会のときに切ります」と村長は言った。

村長の言うとおりだった。

小さな村の住民たちは、村長の後にぞろぞろとついて、初めての集会に向かった。村人たちは集会場の左側に座った。男性、女性、子供はそれぞれ分かれて座ることになっていた。集会はコミューンの広場の、椰子の葉で作った大きな屋根の下で行われた。その村には、テヴィには数えきれないほどたくさんの小屋が、整然と列を作って並んでいた。後から父が、もともと村には三百人の農民が暮らしていたのだと教えてくれた。その人たちのことを「基幹人民」、または「旧人民」と呼ぶのだという。さらに、町から新しくやってきた人たちがほぼ同数いて、そちらは「新人民」と呼ばれ、再教育が必要だと見なされていた。

カマピバール――政治的指導者であり、集会を率いるリーダーはそう呼ばれていた――が、まだ髪の長い女性を、大人も子供も全員前へ呼び出した。跪くよう命じられた彼女たちの髪を、クメール・ルージュの若い兵士がふたりで切っていった。ハサミはひとつしかなかったので、もうひとりは大きな鋭いナイフを使った。そのナイフがひとりの少女の耳を傷つけた。大量の血が流れたが、大人たちは怪我には見向きもしなかった。

それからカマピバール——年配の男で、太っていて、頰は垂れ下がり、唇はぼってりしていて、息が臭い——が一時間にわたって、それまで誰ひとり耳にしたことがなかった「オンカー」なるものについて語った。

「オンカーはお前たちに平和と公正をもたらす！ オンカーはお前たちを愛している、オンカーはお前たちの面倒を見る！ オンカーはお前たちになにが必要かを知っている！ オンカーに奉仕せよ、そうすればすべてうまくいく！ オンカーこそがこれからはお前の家族だ！」といった調子で、カマピバールは延々と語り続けた。

その後の集会でも、語られるのはこの謎めいた「オンカー」についてばかりだった。オンカーの規則に、すべての人間は絶対的に服従せねばならないとされていた。不服従は厳しく罰せられるという。三度目の集会で、勇気のある子供がひとり、そのオンカーというのはどこにいるのか、そもそもなんなのか、または誰なのか、と尋ねた。するとカマピバールはその子のほうに身を乗り出して、こう言った。「たとえお前がオンカーを見ることができなくても、オンカーがお前を見ていないことにはならない。オンカーにはパイナップルと同じようにたくさんの目があって、お前の心のなかまで見通すんだ。お前がオンカーを愛するなら、お前の心は正しく清らかだ。お前がオンカーのことを悪く思ったり、言ったりすれば、お前の心は邪悪だ。そうなればお前はオンカーの敵で、厳しく罰せられることになる」

二週間後、クメール・ルージュの若い兵士がふたり、テヴィたちの暮らす小さな山村にやってきて、新しい住民たちの小屋を訪ねて回った。今回も、彼らはノートにひとりひとりの名前と年齢と職業を書き込んでいった。さらに、ほかの家族のことも尋ねた。教師や医者や芸術家や技術者、または旧政府の軍人だった人間がいないか、と。テヴィの両親は、なにも知らないふりをした。一家はわずかな持ち物を兵士たちに見せるよう命じられ、ほとんどを捨てられてしまった。アルンは、ミニカーを取り上げられて泣いた。母も、荷物に潜り込ませることができたわずかな写真——父と母の結婚式のものや、子供たちが赤ん坊だったときのもの——を取り上げられて、涙を拭った。うまく隠しておかなかったのだ。所有するのを認められたのは、ひとりにつき黒いズボン二枚とシャツ二枚のみで、さらに器ひとつ、スプーン一本だった。

「お前たちに必要なのはこれだけだ」と言われた。「昔の生活は忘れろ！」

その夜、取り上げられた皆の持ち物の山にクメール・ルージュが放った火が、赤々と燃えあがった。だが、彼らは腕時計だけは燃やさずに、自分の腕に巻くと、再び森のなかに消えていった。

結局、それから三年以上、チャン一家はその村で暮らすことになった。テヴィの父は村長と信頼関係を築き、ふたりでよくいろいろ語り合っていた。だがテヴィは話の内容を聞かせてもらえなかった。

「村長は革命の理想を信じている。でも善良な人間だ。どんな形の暴力も否定している」父が母にそう話すのを、テヴィは耳にした。

両親とソピエップとチャンナリーは、村の裏にある田んぼで働いた。一家が到着してから数か月後、カマピバールから田を増やすよう命令が来た。そのため、父も含めた男たちは、広大な土地を開墾せねばならなくなった。木の伐採は、父にとっては慣れない重労働で、父は食事を済ませると疲れ果てて、すぐに眠り込んだ。テヴィは、子供たちとふざけたり遊んだりしてくれた陽気な父がなつかしかった。男たちはさらに、開墾した土地に溝を掘った。乾季には灌漑のため、モンスーンの季節には洪水を防ぐためのものだ。アルンとテヴィは、必要に応じて、村の共同の野菜畑や、鶏の世話、魚の養殖池などで働かされた。

決して満腹になるまで食べることはできなかったが、それでも飢えることはなかった。収穫した米の備蓄はじゅうぶんあったし、さらに、村長が鶏を飼育していたので――鶏たちは村中を好き勝手に歩き回っていた――鶏肉もあり、野菜も魚もあった。すべて村長が、節約して注意深く皆に分配していた。

ところが、一九七六年五月、夜中にクメール・ルージュがやってきて、保存庫にあった米の袋を運び出すという事件が起こった。保存庫に残されたのは二袋のみだった。兵士たちは細いあぜ道を辿って袋を運んでいき、トラックに積み上げた。村長が後を追って走り、米をどこへ持っていくのか、これでは村の人々が飢え死にしてしまう、と迫ったが、竹の棒でひどく殴られ、倒れたまま置き去りにされた。翌朝、テヴィの父が倒れている村長を見つけて、家まで運んでいった。

その後、村では一家につき一日に缶詰一杯分の米しか配給されなくなった。幸運なことにまだ養殖池があり、魚を食卓に載せることができた。六人家族がたった一匹の魚を分け合わねばならなかったとはいえ、なにもないよりはましだった。一家は魚のなにもかもを食べた。頭も、ひれも、わたも。小骨さえ母が細かく砕いて、魚のスープに混ぜ、中身を少しでも濃くしようとした。空腹がテヴィの思考のすべてを支配するようになった。一家は蛙や蛇さえ食べた。

老人や幼い子供が、衰弱や病気で死んでいった。医者はどこにもいなかった。クメール・ルージュが皆殺しにしてしまったからだ。

しばらくすると、村長にチュロップ――いわゆるスパイ――が付けられた。スパイは村の入口にある広場の中央に小屋を建てさせて、そこに住み、村での出来事すべてをスパイした。チュロップの使命は、隣村のコミューンでの集会で、村人たちの過ちをカマピバールに報告することだった。そしてカマピバールが罰を決定する。それからというもの、誰もが誰もを不信の目で見るようになった。村人たちは、たとえ命じられなくても、一日中、養殖池、トウモロコシ畑、野菜畑を監視し続けた。村の雰囲気はすっかり変わってしまった。

絶えず新しい住人たちが村へやってきた。彼らの話からテヴィたちは、自分たちがまだ恵まれた境遇にあることを知った。村では家族が一緒に暮らせるし、ほかの村やコミューンでのように共同の厨房もなく、自分たちで料理をすることが許されていた。配給の食料に加えて、小屋の横に自分たちで野菜を栽培することも、森で木の根やキノコを探すことも、野鳥を捕まえることもできたし、食料を近所の人や友人たちと交換し合うことも許されていた。村長は、ぴりぴりした村の雰囲気を和ませる術を心得ていた。配属されたチュロップは、面倒なことに巻き込まれたくないという怠惰なタイプの人間だった。寝てばかりで、夕食にたっぷり食べられればそれで満足していた。ただ、ほんのときたま誰かを叱責し、竹の棒を振り回すことがあった。とはいえ、隣村での集会で、カマピバールの前で誰かを吊るし上げることは稀だった。

テヴィたちは、新たに村にやってきた人たちからいろいろな話を聞き、恐怖に震えあがった。大きな村やコミューンでのクメール・ルージュの暴れ方は、この神々にも見捨てられたような山奥の小さな集落でよりも、ずっとひどいということだった。おそらく、定期的にこの村までやってくるのは、クメール・ルージュにとってあまりに困難だったのだろう。狭く険しい小道は、モンスーンの時期には、倒れた木々のせいで通行不能になることも多かった。

テヴィはひとりの少女と一緒に、何週間もトウモロコシ畑で鳥を追い払う仕事についた。リ・エンという名前の、とても大人びたその少女は、以前母親ときょうだいたちと一緒に暮らしていた村での恐ろしい出来事を語った。少女たちは真っ昼間に森へと連行され、ひどいことをされたという。隣人どうしが集会で互いを密告し合い、毎日のように誰かが連行されていき、二度と戻ってこなかった。

「あの人たちはね、夜にやってきて、牛の荷車を泥沼から引っ張りあげるのを手伝ってほしいって言うの。それか、壊れた橋を修理するとか、トラックのタイヤを替えるとか言って、村人を連れていくの。でも、本当はなにがあるのか、誰でも知ってる」リ・エンはそう言った。

「なにがあるの?」テヴィは尋ねた。

「穴の前で跪かされるの。そして、斧で後ろから頭を割られるの。『跪け』っていうのは、死ぬって意味なのよ」リ・エンは言った。「斧が頭蓋骨に当たるとね、ココナッツを割るみたいな音がするの。コン、コン、コンって」

テヴィは、どうしてそんなことを知っているのか、と尋ねた。自分の目で見たのか、と。

「兄が見たの。兄はその前に、捕虜の服をはぎとる役目をさせられた。それに、処刑の後に死体を穴に投げ込む役目も。まだ死んでもいなくて、穴のなかから呪いの言葉を吐く人もいたんだから」

テヴィはとても信じられず、その夜、両親にその話をした。両親は、テヴィの話の内容には、もうそれほど驚かなかった——まるですでに知っていたかのようだった——が、娘たちが仕事中にそういったことを話しているという事実に驚愕した。そしてテヴィに、そういう話をするのを禁じた。誰かが聞いていて、チュロップに密告するかもしれないからだ。そうなれば、チュロップがそれをカマピバールに報告し、集会でテヴィは皆の前で詰問され、おそらくは罰まで受けるだろう。どんなことがあっても「オンカー」のことを悪く言ってはならない。そして、クメール・ルージュは「オンカー」の代理人なのだ。

そういうわけで、テヴィはその後リ・エンとの付き合いを避けるようになった。

一月、アルンが重い病気にかかった。吐き気と衰弱から始まって、それから脚が痛いと訴え出し、一日中小屋に寝転んだきり、動こうとしなかった。母はテヴィに、弟をよく見ているように、たくさん水を飲ませるようにと言いつけ、田んぼへ働きに出る前に、水を沸騰させて消毒した。その晩、病状は悪化した。アルンは嘔吐しながら、痛みに泣き叫んだ。夜中には高熱が出たかと思うと、一転して寒さに震え始めた。家族全員が寝ずに、アルンとともに苦しんだ。弟がこんなふうに苦しむのを目にするのは、テヴィには耐え難かった。母が父にこう言うのが聞こえた。「マラリアかもしれない」翌日、アルンは少しだけ回復して、米と魚を口にした。ところがその夜、病状は再び悪化した。

「薬はないの?」テヴィは母に訊いたが、母は悲しそうに首を振るばかりだった。

母は村長から、仕事を休んでアルンの側についている許可を得た。テヴィが代わりに田んぼで働いた。その晩、姉たちとともに、くたくたになって家へ帰ると、すっかり弱ったアルンが汗まみれで竹の茣蓙（ござ）に横たわっていた。もう家族の顔も見分けられない状態だった。テヴィのほうも、疲れ果てて眠りについた。

翌朝、アルンの身体は母の古いサロンに包まれていた。父がテヴィを腕に抱いて、弟が夜中に息を引き取ったことを告げた。テヴィのなかで、なにかが壊れた。テヴィは森へ走っていくと、樹を蹴りつけた。そして大声で泣き叫んだ。きょうだいのなかで、テヴィはアルンが一番好きだった。一緒に過ごした時間が一番長かったのもアルンだ。それは、ケップでのかつての生活を奪われた後も変わらなかった。村長が一家に、アルンを村の裏に埋葬する許可を与えた。火葬は禁じられていた。アルンの死後、母は変わった。心を固く閉ざして、しばらくのあいだ、もう父の目を見なくなった。母が父のなにを責めているのか、テヴィは知っていた。手遅れになる前に家族を連れてフランスへ移住しなかったことだ。

一九七八年も後半になったある晩、集会に行ってみると、カマピバールが違う男に交代していた。元のカマピバールは、その日の早朝、家族もろともクメール・ルージュの一団に叩き起こされ、ジープでどこかに連れられていったという。その晩の集会のことを、テヴィはよく憶えている。新しいカマピバールは小柄で筋肉質な若い男で、狡猾（こうかつ）そうな顔をしていた。声は大きく、空気を切り裂くように鋭かった。その晩ずっと、カマピバールが怒鳴り声で語ったのは、オンカーのことのみならず、新しい敵であるベトナム人のことだった。「オンカーはかつてないほど、お前たちひとりひとりを必要としている！　我々はベトナム人との戦いに備えるのだ！　あの犬どもは、密かに国境を越えてきて、我々の国を盗もうとしている！　ベトナム人はいたるところで機会をうかがっている。やつらは我々の敵だ！　我々はやつらから国を守らねばならない。この国を内側から強くせねばならない！　革命とは闘いの連続だ！　我々のなかにいる敵を見つけ出さねばならない！　だから、温情も無気力ももはや許されない。これからは厳しく罰せられることになる！」

テヴィは、隣村の住人たちの怯(おび)えた様子に気が付いた。いつもならテヴィは、カマピバールの長広舌に注意深く耳を傾けるふりをしながら、頭のなかではまったく別の場所にいる。山のようなご馳走でたわんだテーブルを夢想し、柔らかなベッドや、自分の部屋や、開けた窓から聞こえてくる波の音を夢想し、玩具や服を夢想している。このバカげた時代がついに終わることを夢想している。絶望があまりにも大きくなったときに、父が何度も繰り返し慰めてくれるように。「いまに見ていろ、こんなバカげた時代はもうすぐ終わる。アメリカが私たちを見捨てるはずがない。あともう少し頑張るんだ。頑張れる」

ところが今回、テヴィはカマピバールの言葉に本当に耳を傾けた。なにかが根底から変わったと感じたからだ。クメール・ルージュが説くことのなにひとつとして実際には目に見えないという事実には、もうとうに驚かなくなっていた。不気味な「オンカー」なるものにしろ、あたりをうろついて人々を脅かすというベトナム人にしろ、目にしたことは一度もなかったのだから。

険しい小道を辿って家へ帰る途中、父は村長とともに立ち止まって、囁き声でなにか話し合っていた。小屋に帰ると、父はたったいま練り上げたばかりの計画を家族に告げた。明日の夜、家族全員でこっそりと村を抜け出し、一か八か、タイの国境を目指すというのだ。ここはもう安全ではない。村長も家族を連れて同行するが、危険を避けるために、すぐに別々の道を行く予定だという。

「組織的な殺人が始まったんだ」父は悲しそうにそう言った。

だが、計画が実行に移されることはなかった。早朝、二十人の武装したクメール・ルージュの兵士が、小さな村になだれ込んできたのだ。彼らは住人たちを小屋から追い出し、村の広場に集めた。テヴィは、手を握ってくれている父が震えていることに気づいた。そのとき、村長の小屋から悲鳴が聞こえてきた。誰もが息を詰めているかのようだった。それほど静かだった。永遠とも思える時間がたったころ、村長の小屋の扉が勢いよく開いた。ふたりの兵士が、村長を小屋の階段から突き落とした。村長の裸の上半身は傷だらけで、両手は背中に回され、縛られていた。三人目の兵士が小屋からふたりの子供を引きずってきて、四人目が村長の妻の腕をつかんで、やはり引きずり出した。妻のシャツはびりびりに破れていて、むき出しの乳房が見えた。その顔は血まみれで、髪はもつれ、まなざしは空虚だった。妻の父親が走り出てきて、叫んだ。「家族をどこへ連れていくんだ？」

「お前には関係ないだろ、じじい」クメール・ルージュの兵士が答えた。

「せめて娘と子供たちだけでもここに残してやってくれ！」老人が哀願した。「お願いだ！」

兵士は振り返ると、銃の台尻を老人の腹にめりこませた。老人は前かがみになり、空気を求めてあえぎながら倒れた。住民たちのあいだに、うめき声が広がった。テヴィは父を見上げた。その顔は灰色になっていた。父は両手を合わせて鼻の下へと持っていき、頭を垂れるソンペアの姿勢を取った。師や目上の人に尊敬を込めて別れを告げるときの挨拶だ。ひとり、またひとりと父に倣う者が出てきて、最後には村中が、彼らの目の前を四人の兵士に森へと引っ立てられていく村長の家族に、ソンペアで別れを告げた。兵士たちの長が村人たちのところへやってきて、銃の台尻で手当たり次第に殴りつけた。

「革命後にこの村へやってきた者は全員、荷物をまとめろ。数分後に出発だ！」長がそう怒鳴った。テヴィと家族は、ほかの九家族とともに、三年以上のあいだ故郷となってくれた山村を離れ、山を下りて、トラックに乗り込んだ。旅はそれから何日も続いた。夜になってトラックが停まっても、降りてより快適な寝場所を探すことは許されなかった。汚れた飲み水を与えられたが、食べ物はもらえなかった。

皆、恐怖のあまり硬直していた。

二〇一六年六月十八日　土曜日

テヴィはキムとイネス夫妻の家のキッチンで朝食を取りながら、息を詰めてじっと耳を傾けるレアとジモンとヨナスに、子供時代の体験を語った。

「三年と八か月と二十日、カンボジアのクメール・ルージュ政権は続いたの。一九七五年四月十七日から一九七九年一月七日まで。強制労働、飢え、病気、拷問、処刑で、カンボジア人の四分の一が命を落とした。二百万人ともいわれる人たちが、あの三年と八か月と二十日のあいだに死んだ。カンボジアには、あの時代に家族の誰かを失わなかった人は、ひとりもいないのよ」テヴィの語りは、こう始まった。

「私の家族は全員、一九七八年の十二月に、ひとりの若いクメール・ルージュの兵士に殴り殺された。父、母、姉のソピエップとチャンナリー。姉たちは十五歳と十四歳だった。それがベトナム軍による解放のほんの一か月前だったっていう事実を考えると、家族の死はますます無意味なものに思える。マラリアで死んだ弟を除けば、両親もふたりの姉も私も、あの日まで生き延びてきたのに。家からの追放も、村までの長い旅も、飢えも、田んぼでの厳しい労働も、森の開墾も、長くて苦しい移送の旅も。

山の村から連行された後、私たちは何日も旅をした。まずはトラック、それから徒歩、それから牛の引く荷車、最後にまたトラック。そして、巨大な労働収容所に着いた。地の果てにある、灌木ばかりの乾燥したその土地で、私たちは何百人もの人たちと一緒に、巨大なダムを造らされた。

かちかちに固まった泥でできた荒涼とした巨大なダムの片側に、私たちの小屋があった。男用、女用、子供用の宿舎があって、それぞれのあいだは、まばらな木で仕切られてた。中央には厨房と、共同の食堂、集会室があった。細長くて、壁の一面が開けっ放しの大きなホール。少し離れたところに、兵士たちの宿舎とカマピバールたちの家があって、もっと離れたところには診療所、その奥の小さな森に共同便所があった。ほかの三方には丘陵が広がっていて、地平線には広大な森が見えた。

最初の何週間か、姉と私たちは幸運なことに、厨房に配置された。一日十二時間以上もかんかん照りのなかで働かされてた両親よりも、ずっといい境遇だった。食べ物も飲み物も、少しだけ多めにもらえたし。ダムで働かされてる人たちは、朝と夜にお玉一杯の薄いお粥をもらえるだけだった。両親はわずかな間に、何年も歳を取ったように見えた。ほとんど毎日、首を吊る人がいた。森の端の木まで行く人もいたけど、宿舎で首を吊る人もいて、朝、目が覚めると、頭上に死体がぶら下がって、ぶらぶらしてた。

収容所全体に、スピーカーがいくつも取り付けられてて、昼からずっと、すさまじい音量で、音楽と、オンカーやベトナムからの敵についてのスローガンが流された。ある晩、労働者たちが食堂へやってきて、私たちが配膳をしてると、急にスピーカーからの音がやんだの。そうしたら、奇妙な音が聞こえてきた。まるでココナッツを割るみたいな、コン、コン、っていう音。何度も何度も。

兵士たちの宿舎の裏の森のほうから聞こえてくるの。みんなうつむいて、黙ったまま食べてた。私はリ・エンのこと、あの子が話してくれたことを思い出して、あの話は本当だったんだと悟った。スピーカーはそのためにあったんだ、音楽も、あのひどい大声も、私たちにあの音を聞かせないためだったんだって。

厨房には、しょっちゅう警備兵が見回りに来た。なかでも、私たちが特に怖がっていた兵士がひとりいた。いつも顔にクロマーを巻いていて、目しか見えなかったんだけど、ベルトに革の袋を下げていて、なかにはナイフが入ってた。その兵士のあだ名は〈同志・ナイフ職人〉。ナイフですごく残酷に人を殺すから。とある女の人がささやき声で、その兵士にはおぞましい噂があるって話してくれた。一度、厨房で働かされていた若い男のお腹を生きたまま裂いて、肝臓を取り出して焼いたっていうの。その警備兵は、どんどん頻繁に厨房にやってくるようになって、いつもじろじろとソピエップを見つめてた。ソピエップはきれいだったから。その兵士がソピエップを気に入ってるのは、見ればわかった。若い女性がよく兵士たちに強姦(ごうかん)されてるのは、みんな知ってた。ソピエップはシャツを裂いてそれで胸を縛ってたけど、そんなことをしても無駄で、警備兵はみんなソピエップをじろじろ見てた。遅かれ早かれ森に連れていかれるって、厨房の女性たちはみんな話してた。警備兵が近づいてくるたびに、ソピエップは真っ青になって震えてたわ。私たちにもよく、『もう耐えられない』って言ってた。ある夜、ソピエップは起き出して、宿舎からこっそり外に出て行ったの。私が追っていくと、ソピエップは共同便所の近くでズボンを脱いで、それを木の枝に縛り付けてた。『なにしてるの?』って私は訊いた。そうしたらソピエップは、『首を吊る!』って叫んだ。私は必死で止めたわ。結局ふたりで森の地面に座り込んで、抱き合って泣いた。

十一月になると、警備兵たちが急にピリピリし始めた。ときどき遠くから銃声が聞こえてくるようになった。そんなころ、見張りの隙をついて、母が私とこっそり共同便所で会う機会を作ったの。アルンが死んで以来、感情をすっかりなくしたみたいだった母が、あのときはすごく興奮して私に囁きかけてきた。『もうすぐ全部終わる。ベトナム軍が近くまで来てるのよ。いい、ここで混乱が起きたら、森で待ち合わせをして、タイを目指しましょう。それまで頑張るのよ。ソピエップとチャンナリーにも伝えて』私は母に、ベトナム軍のことなんてどこで知ったの、と訊いた。そうしたら母は『お父さんに教えてくれた人がいるのよ』って答えて、走って戻っていった。その夜、私は姉たちに母の話を伝えた。

それからは毎日、昼も夜も、母が言ってた混乱が起こって、こっそり逃げ出すチャンスが来るのを待った。銃声が近くで聞こえないか、パニックが起こらないかって、祈るように待ってた。でもなにもなかった。なにもかもがこの世のものじゃないみたいに静かで、時間の流れは無慈悲なくらい緩慢だった。

それから何日かたったころ、警備兵のひとりが厨房へ来て、通り過ぎざまにソピエップに手を出した。ソピエップの両手をつかんで、背中にねじり上げて、そのまま台所から引きずっていったの。ソピエップは抵抗しなかった。抵抗したってどうせ無駄だから。チャンナリーと私は泣き出したけど、年配の料理女に、すぐに泣き止めって怒鳴りつけられた。感情を表に出すことは、ううん、そもそも感情を持つことが、オンカーに禁じられてたの。兵士がソピエップを連れて急ぎ足で森へ入っていくのが見えた。あの男が姉になにをするのかを考えて、私は血が出るほど唇をかんだ。それがどういうわけか、しばらくすると姉は戻ってきて、まるでなにもなかったみたいに、仕事の続きを始めたの。後で食事のときに囁き声で、強姦されそうになっていたところを、〈同志・ナイフ職人〉が助けてくれたって教えてくれた。自分の耳がとても信じられなかったわ。姉は熱を出してうわごとを言ってるんじゃないかって疑ったくらい。

その日の食事のとき、母の姿は見えたけど、父がいなかった。母から、警備兵たちがなんの説明もなしに父をどこかへ連れていったって聞かされた。

『牢へ行ったのよ』母はそう言って泣いた。

私は座り込んだまま、息もできなかった。父がどんな目に遭っているのか、想像すまいとした。

その翌日から、私たち三姉妹はダムの横のクレーターで働かされた。『お前たちの休暇は終わりだ』って、その朝ひとりの警備兵が、にやにやしながら言ったの。

私にはどうでもよかった。心は死んだも同然だった。ずっと父のことばかり考えてた。私とふたりの姉は、並んで働いた。カチカチの乾いた土を竹のスコップで掘り返す仕事。ほかの子たち――たいていは体力のないもっと幼い子たち――が、素手でそれを貝の形をした籠にすくい入れるの。その子たちはみんな、お腹がぷっくり膨れて、手足はがりがりで、老人みたいに見えた。籠がいっぱいになると、大人が棒にぶら下げて、肩にかついでダムへ運んでいって、また空っぽの籠を持って戻ってくる。クレーターを登ったり下りたりする人たちは、黒いアリの行列みたいだった。私は背中が、ううん、全身が痛くて、舌が口のなかに貼りつくくらい喉が渇いた。疲れと空腹と喉の渇きで、いまにも失神しそうだった。

それから一週間後、ものすごく体調が悪くなったの。たぶん、汚れた飲み水のせいだと思った。山の村では、母が赤痢を恐れて、いつも水は沸かしてから飲んでたんだけど。その夜は、何度も共同便所へ走っていく羽目になった。最後には血の混じった粘液しか出てこなくなった。内臓に火がついたんじゃないかっていうほど、すさまじい痛みだった。うめくと、ほかの女の子たちに大声で罵られた。結局、姉たちが私の口を手で覆った。次の朝、まだ痛みがひどかったから、クレーターでの仕事はいつもよりずっと辛かった。ふらふらしながら働いた。昼頃、労働隊の隊長に、診療所へ行かせてもらえないかって頼んでみたんだけど、ダメだって言われた。それにトイレにも行かせてもらえなかったから、もう我慢できなくなって、その場で垂れ流すしかなかった。

『臭い！』って周りにいる子たちが文句を言ったんで、隊長が気が付いて、私のところへやってくると、腕をつかんで怒鳴りつけた。『すぐに体を洗って、着替えをして、それからまた戻ってくること！　お前は怠けているだけだ！　一時間以内に戻ってこなかったら、上に報告する』

私は急いでその場を離れた。ひとりの警備兵が、私に向かって怒鳴った。『覚えておけよ。トック・ムン・チョムネン、ダッチェン・コー・ムン・カーット――お前を生かしておいてもなんの得もない、殺してもなんの損もない』

一時間後、私はまた体を引きずるようにしてクレーターまで戻ると、姉たちの隣で仕事を始めた。立っているのもやっとで、ふらふらだった。私たちから少し離れた列で働いていた母が、心配そうにこちらを見ていた。夕方になって――太陽がもう頭に照り付けるんじゃなくて、腰に射していたから、時間はよく憶えてるの――クメール・ルージュの兵士がふたり、労働隊長のところへやってきた。そして、少し話をしていたと思ったら――そのとき労働隊長は私たちと母のほうを指さしていた――こっちへやってきた。ひとりが肩から銃を外した。

『そこの四人』兵士がそう言って、銃身で私たちを指した。『来い！』私たちはふたりの兵士の後をついていった。

周りの人はみんな、黙ったまま働き続けた。ますます深くうつむいて。私たちより長く収容所にいるほかの子たちが夜中に話していたことを思い出して、私は絶望した。仕事中に連れていかれるということは、誰かに密告されたか、行いが悪くて警備兵に目をつけられたという意味で、罰として跪かされるっていう話。でも、運がよければ、別の労働隊に配属されるだけのこともあった。仕事中や集会なんかでいい印象を与えた子供――単にほかのほとんどの子供たちほど弱っているように見えないというだけの理由でね――が、近くにある子供収容所へ送られて、ベトナム軍との戦闘のための訓練を受けるとか。結婚できる年齢の女の子たちが、兵士たちの宿舎に送られることもあった。兵士たちが強制結婚のために、花嫁を自分で選ぶの。欲望を抑えられない兵士たちが、気に入った女の子を仕事中にちょっと連れ出して、森へ連れていくこともあった。ソピエップがされたみたいに。

私たちはどうなるんだろう？　どうして四人全員を連れていくんだろう？　私は結婚できる年齢でもなければ、兵士になる訓練を受けられるほど元気に見えるわけでもなかった。あのときの私は、まともに考えることなんてとてもできなかった。心臓が激しくドキドキしていて、怖くて怖くて、喉が締め付けられた。

森の入口には、ほかに四人の警備兵がいた。そのうちのひとりは〈同志・ナイフ職人〉だった。それに、父もそこにいた。父は悲惨な姿になってた。目の周りが青く腫れあがって、体中に血がこびりついてた。顔にも、腕にも、脚にも。私たちは、木がまばらになっている場所に連れていかれた。そこには耐えられないほどひどい臭いが漂ってた。その臭いがどこから来るのか、理解するのにしばらくかかった。目の前に大きな穴があって、なかに死体がたくさんあったの。もう腐ってる死体もかなりあった。穴の周りにも、やっぱり死体が転がってた。埋葬する手間もかけてもらえずに、ただ殺されたときの状態のまま、放っておかれてたの。六人の警備兵はとても楽しそうで、米酒の瓶を手に持って飲んでた。そして私たちをいたぶった。〈同志・ナイフ職人〉は次から次へと煙草を吸ってた。

父が私たちの命乞いをし続けたんだけど、そのうち警備兵のひとりがうるさがって、父の腹に蹴りを入れた。ふたりの兵士がソピエップとチャンナリーの服をむしり取ったとき、父は飛び上がって、兵士たちにつかみかかっていった。でも兵士たちは笑って、父を叩きのめすと、両手を背中で縛り上げた。兵士たちは、ひとりひとり順番に、姉たちを犯していった。姉たちは最初はまだ悲鳴を上げていたけど、そのうち怖いほど静かになった。あれは私にとって、それまでのどんなことより辛かった。

兵士たちのリーダーらしいひとりの男が、にやにや笑って、『じゃあ、規律正しく歳の順に跪いてもらおうか』って言った。そして父を無理やり跪かせた。父の右隣に母が跪いて、その隣にソピエップ。リーダーはそのときにもまた、ソピエップの胸をつかんだ。それからチャンナリーが跪いて、最後に私。私は家族と並んで、処刑を待った。肩と腕がチャンナリーの肩と腕に触れてた。私は手探りでチャンナリーの手を探し当てて、握りしめた。目の端に、チャンナリーが声を出さずに泣いているのが映った。手に斧を持った〈同志・ナイフ職人〉が、後ろから父に近づいた。

そのとき、急に恐怖感が消えて、ふたつのことを考えたのを、いまでもよく憶えてるの――これでなにもかもやっと終わる。もうすぐアルンに会える。

コン、コンって、ココナッツを割るような音がした。その音がどんどん近づいてきた。チャンナリーが前のめりに倒れた。手を握られていた私も、一緒に倒れた。草の上に腹ばいで倒れて、もうなにも聞こえなくなった。あたりは静かだった。いま死んだんだ、って思った。二日後に目を覚ましたときには、死んでないって気づくまでに、長い時間がかかったわ」

テヴィは話を終えた。レアとジモンとヨナスは、テヴィをじっと見つめ続けていた。

「で、死んだんじゃなくて、どう……」しばらくの沈黙の後、ヨナスが言った。

「死んだんじゃなくて、鴨農場にいたってわけ」テヴィが、ヨナスの言葉を引き取った。

「でも、誰がそこまで連れてってくれたの？」ヨナスが訊いた。

「あなたのお父さんよ」テヴィは少しためらった後に、そう言った。「目が覚めたら、お父さんが隣に座ってたの」

テヴィはキムのほうへ目をやった。ちょうど鴨肉を使ったなにかを料理しているところだったキムは、テヴィの視線を避けた。

二〇一六年六月十八日　土曜日

キムは仕事場のカウチに寝そべって、少しでも眠ろうと努力していた。今日は一日中なんだか落ち着かず、同時にすさまじい疲労を感じてもいた。目を閉じて、なにも考えずに穏やかに呼吸しようと努めたが、待ち望む眠りは、それでも訪れてはくれなかった。

時刻は午後六時。五時ごろイネスに、最後の準備があるからと、家を追い出された。そこに至ってキムもついに、今晩催されるのは客を六人招いての単なる夕食会ではなく、やりたくないと言い続けた本格的な誕生日パーティーなのだと確信した。八時に帰ってくるようにと言われている。

実を言えば、朝にはもうわかっていたことだった。キッチンにイネスと並んで立ち、鴨のカスレとチキンサラダを用意していたときのことだ。イネスはザッハートルテを焼くだけでなく、ティラミスとチョコレートムースまで作っていたのだ。当初の計画では、ザッハートルテは――それ以外のデザートのことは聞いていなかった――モニカの家のキッチンで作ることになっていた。キムが自宅のキッチンをひとりで使えるように。ところが、急にイネスの気が変わった。おそらく、子供たちと一緒にキッチンで朝食を取っているテヴィのせいに違いないと、キムは読んでいた。イネスもやはり、テヴィの話を、せめて仕事の片手間にでも聞きたいのだろう。

ふたりでキッチンカウンターの前に立って料理をしていると、なんだか落ち着かない気分になった。普段なら、鴨を料理するときには、キムはひとりきりだ。ひとりきりになれるようにしてきた。イネスのほうもイライラしているようで、何度も何度もテヴィと子供たちのほうへ目をやっている。だが、なによりもキムを苛立たせたのは、テヴィが二時間以上もかけて自分の身の上話をしているという事実だった。海辺の美しい黄色い家のこと、パーティーで貧しい家族のために寄付を集めた慈善家の父のこと、家から追い出された日のさまざまな細かいこと、家族の新しい故郷となった山村までの長い旅のこと、弟の死のこと、飢えと悲惨な生活と絶望のこと。そして、ちょっとした休憩――「ああ、ちょっとテラスで煙草を吸ってくるわ、もう頭がくらくらしちゃって」――を挟んだ後、ちょうど十二時ぴったりに、効果抜群に語られたフィナーレ――労働収容所でのおぞましい暮らしとそれに続く家族の惨殺。家族の死の場面を話すとき、テヴィは何度もキムのほうをちらちらと見ていた。

キムは包丁で鴨肉と野菜を切ったり刻んだりしながら、自分にとってはもはや存在しない世界の話を聞いていた。それは、何十年もの時の流れのなかで、霧の奥に沈んでしまった世界だった。もはや自分がその世界の一部だとは思えなかったし、その世界を蘇らせたいとも思わなかった。頭のなかでも、夜の夢のなかでも。そのために、必死で努力してきたのだ。

次第に、不快感が怒りへと変わっていくのを感じた。開いたり閉じたりするテヴィの口に、我慢がならなかった。錆色(さびいろ)に塗られたふっくらした形のいい唇に、白い歯に。手に持った包丁をテヴィの口に押し込んで、口の端を耳まで切り裂いてやるところを想像した。あの美しい口を、長いキスで沈黙させるところを想像した。

テヴィの話など聞きたくなかった。興味などひとかけらもない。もう全部知っている話だ。確かに細かいところまですべて知っているわけではないが、すべてが真実ではないとわかるくらいにはよく知っている。少なくとも、最後の部分は違う。自分だってその場にいたのだから、よくわかっている。だが、テヴィが事実を少しばかり歪曲（わいきょく）しようと、心底どうでもよかった。キムにとっては、ちょっとしたニュアンスの違いなど、なんの意味もなかった。凄惨は凄惨に変わりない。テヴィが一九七八年の終わりに体験したことは、そのままでもあまりに残酷だ。だからそれを、細かい点をわざわざ変えて劇的に盛り上げる必要などないはずだ。とはいえ、テヴィが自分の体験を意図的に歪曲したと責めることはできない。おそらくテヴィは、すべてが自分の語るとおりだったと、本当に信じているのだろう。一方でキムの苛立ちを募らせるのは、テヴィの押しつけがましい声と、わざとらしい感傷的な表情だった。

　怒りは膨らんでいき、胃痛を引き起こした。それになにより、なにより！　こんな昔の話を、五十歳の誕生日に聞かされたくなどなかった。日付が正しかろうが間違っていようが、今日はキムの誕生日の週末であり、本当なら家族と数人の友達――いや、この際大人数の友達だろうと構わない、それでイネスが幸せなら――と過ごしたかったのだ。テヴィがパーティーの招待客たちの前で、また初めから同じ話を始めないことを祈るばかりだった。私の家族は全員、一九七八年の十二月に、ひとりの若いクメール・ルージュの兵士に殴り殺された。それがベトナム軍による解放のほんの一か月前だったっていう事実を考えると、家族の死はますます無意味なものに思える……テヴィの言葉の選び方に、吐き気がした。あの文脈で、いったいどうして「意味」のあるなしについてなど語れるのか。家族がもっと早くに殺されていれば、その死には意味があったとでもいうのだろうか。

　だいたい、人の家に客としてやってきて、こんなショーを始めるなんて、いったいこの女はなにを考えているんだ？　できることなら、こんな話を聞くより、娘のレアと一緒に座って、いろいろ語り合いたかった。ウィーンでの生活はどうか。学期末試験はうまく行ったか。いや、きっとまだこれからの試験もあるだろうから、うまく行きそうか、だろうか。アパートの新しい同居人とはうまくやっているか。よく遊びに出かけるのか。レアの語りには躍動感が溢れていて、聞いていて楽しかった。とはいえ、ここ最近は、あまり連絡をしてこなくなっていた。電話もしてこないし、メッセンジャーアプリでメッセージや写真を送ってくることも滅多にない。イネスは、どこかの若い男のせいではないかと勘ぐっていた。いずれにせよ、テヴィの話を聞かされるより、夕食の準備をしながら、テラスに座るイネスとレアとモニカを見ていたかった。三人の女がフーゴ（ワインをベースにしたカクテル）を自分たちのグラスにがんがん注ぎ足しつつ、どんどん陽気になっていき、どんどんよく笑うようになり、そのうち笑いすぎて涙を流し始めるようすを。ここ数年のキムの誕生日には、いつも見られた光景。晩には皆が、多かれ少なかれ、すでに出来上がっている。それは、キムの新しい世界を証明する光景だった。キムが浸っていたい光景だった。それはキムに、生きているのだという実感を与えてくれた。

　キムは無理やり気持ちを落ち着かせ、テヴィを呼んだのは自分の末息子なのだと、自分に言い聞かせた。それに、テヴィに話をしてほしいと頼んだのは娘のレアだ。子供たちが興味を持っているからといって、悪く思うことはできなかった。自分が彼らなら、やはり興味を持つだろう。子供たちが知っているのは、重要な事実のみだ。つまり、キムの家族が皆死んだこと、キムが収容所を生き延びたこと、そして生きてタイへと逃れたこと。子供たちはよくあれこれと質問して、詳しいことを知りたがった。だがキムは、それ以上語ることができなかった。気取りでも出し惜しみでもない。本当に語れなかったのだ。

テヴィの活動のなんとおぞましいことかと、キムは思った。一年に何百回と同じことを語るなど。そして、凄惨な子供時代の記憶を掘り返し、その記憶に留まることで生活費を稼ぐなど。何度も何度もこんなふうに語るなど——コン、コン、ココナッツを割るような音がしました。そこまで考えたとき、キムの怒りは消えた。テヴィは、子供時代を過去にしないまま生きてきたのだ。子供時代は、テヴィの人生そのものなのだ。キムにはとても考えられないことだった。あの鴨農場を後にしたとき、キムは誓ったのだ。自分の体験を、決して誰にも話すまいと。あのときにはすでに、わかっていた。新しい人生を始めるためには、子供時代を完全に葬り去らねばならないと。

一度だけ、自分のこの決意を裏切ったことがある。四年前のことだ。結果は惨憺たるもので、キムはぼろぼろになった。とはいえ、根本では、何十年にもわたる自分の生き方は正しかったのだと、確証を得たような気がした。過去を完全に抑圧してきたのは、やはり正しかったのだと。

娘のレアがギムナジウムの上級学年にいたころ、歴史の教師に声をかけられて、父親に授業に来てもらって、クメール・ルージュのことを話してもらえるだろうか、と訊かれたことがあった。授業のテーマは「二十世紀の全体主義政権」だった。レアは——弟のジモンとは違って——父親がほかの人とは違う背景を持っていること、特に、子供のころに戦争と虐殺と逃避行を生き延びたことを誇りに思っており、それを友人たちにも、学校でも、積極的に話していた。父は恐ろしい体験をした人間であり、そのためにレアにとっては特別な存在なのだった。キムはレアのそんなところに苛立ちを感じていた。ときに、父親を英雄に仕立てたいという娘の欲求が、父親に対する過剰なほどの愛の根底にあるのではないかというかすかな疑念が忍び寄ってくることさえあった。妻のイネスに対しても、付き合い始めてからの数年間は、そんな疑念から逃れられなかった。だが、自分が生き延びたのは、そら恐ろしいほどの幸運に恵まれたからに過ぎない——それも、何度も何度も。ほかの大勢と一緒にタイの国境を目指して何日も歩き続けていたとき、ほんの数メートル離れたところで誰かが地雷を踏み、皆の目の前でばらばらになったことが、一度もあった。そしてそれさえ、ほんの一例に過ぎない。キムがほかの二百万人のように惨めに死なずに済んだのは、ただただ幸運な偶然のお陰に過ぎず、誇りに思うようなことでは決してない。ましてや妻や娘が誇っていいことではない。

そういうわけで、キムは最初、レアの頼みを断った。過去をほじくり返して、三十年以上もうまく眠らせておいたものを白日のもとにさらす気など、さらさらなかった。ましてや学校の生徒たちの前にさらすなど。ところが、レアが延々と懇願し続けるので、キムはついに折れた。娘には弱いのだ。準備をする時間もなかったし、学校へ向かう車のなかでは、それほど深刻には考えていなかった。教室に足を踏み入れたときにも、あれから長い時が過ぎ去ったのだから、距離を保って話すことができるはずだと確信していた。なにか一般的なことを少し話せば、生徒たちは満足してくれるだろう、五十分などそれほど長い時間ではない、と。だが大間違いだった。

歴史担当の教師は、笑顔でキムを出迎えた。痩せた初老の女性で、分厚い眼鏡と、男のようなヘアスタイル。表情からはなにを考えているのか読めない。その教師に、キムはそれまで一度も会ったことがなかった。少なくとも記憶にはなかった。というのも、保護者面談や保護者会といった行事は、イネスがすべて引き受けていたからだ。それはイネスの領域で、イネス自身もそう望んでいた。黒板の前には、タイ、カンボジア、ラオス、ベトナムの大きな地図が掛かっていて、その隣に細長い棒が置いてあった。生徒たちは椅子を半円形に並べて座っており、キムはその前に置かれた椅子に腰を下ろした。まるで試験官たちの前で試験を受ける生徒のように。

「こちらはレアのお父さん、キム・メイさんです。今日、わざわざ時間を作ってここへ来てくださったことに、大変感謝しています。メイさんはクメール・ルージュ政権のもとで、ご家族全員を亡くされました」教師はキムをそう紹介した。

キムが家族全員をクメール・ルージュ政権下で亡くしたことは、レアが話したに違いなかった。キムは娘のほうにちらりと視線を向けた。友人たちと並んで座ったレアは、緊張している様子だ。父親に失望させられるかもしれないと心配しているのだろうか？　父があまり悲劇的な人物には見えず、むしろ惨めなだけの存在に見えてしまうのではないかと？　キムは、まず自身の体験を話して、その後に生徒たちからの質問に答えてほしいと言われた。生徒たちは事前に質問を用意してあるのだと、教師は言った。確かに、折りたたんだメモを手に持ったり、膝の上に置いている生徒たちがいた。教師はクラスをうまく統率しているようで、教室は静まり返っていた。二十四人の瞳が、程度の差こそあれ期待に満ちて、キムを見つめていた。

「一八六三年、カンボジアはさまざまな理由からフランスの保護領となりました。九十年間、その状態が続きました」キムは咳ばらいをして、語り始めた。義母のモニカがカンボジアの歴史に関心を持っていたことが、いまになって役に立った。モニカは常に、メディアでカンボジアの政治的発展を追ってきており、それをキムにも逐一知らせていたのだ。

「植民地支配というものには、通常、支配される国の人民にとって長所と短所があるものです。カンボジアの場合もそうでした。いろいろな点が改革されました。たとえば奴隷制が廃止され、土地の所有権が認められるようになったり、鉄道が敷かれたり、ゴム農園が造られたり。とはいっても、恩恵を受けたのは一部の地域だけでした。ほとんどは都市と、都市の住民でした。地方では、ほとんどなにも変わりませんでした。カンボジアは自然資源に恵まれており、それらが搾取され続けました。一九五三年になってようやく、カンボジアは闘うことなくフランスから完全な独立を果たしました。シハヌーク国王の功績です。独立後も、外国企業からの投資が続き、経済は発展しました。五〇年代と六〇年代、カンボジアは繁栄し、西欧では〈東南アジアの真珠〉と呼ばれるようになりました。とはいえ、そのときも恩恵を受けたのはほんの一部の人たちだけでした。一九七〇年、内戦が勃発しました。カンプチア共産党、通称クメール・ルージュが、政府軍と闘いました。人民が不満を抱えていたからです。地方の住民の生活はとても貧しく、それに比例して、富裕で腐敗した国の政治エリートたちに対する怒りはとても大きなものでした。しかもアメリカ軍が介入して、何年にもわたってカンボジアの広範な地域を爆撃し続けたことが追い風になって、クメール・ルージュは貧しい農民たちからとりわけ大きな支持を得るようになりました。

一九七五年四月、クメール・ルージュは政府軍に勝利して、首都を制圧しました。都市の住民は家を追放され、田舎の村での暮らしと、田畑での厳しい労働を強いられました。食べ物はわずかしか与えられませんでした。また、労働収容所で働かされた人たちもいました。こちらのほうがひどい環境でした。都市住民は新人民と呼ばれ、旧人民、つまり農民に比べて価値が劣るとされました。クメール・ルージュの兵士たちのほとんどはとても若く、教育もなく、非常に残酷でした。彼らの制服は、黒いシャツと幅の広いズボン、それに赤いチェック柄のスカーフに、ゴムタイヤから作られたサンダルというものでした。すべては彼らの気まぐれで決まりました。皆が裁判も受けられずに、罰を受けたり処刑されたりしました。唱えられていたのは、いつも同じお題目です。オンカーに従え、そうすればすべてがうまくいく。オンカーはお前たちのためにすべてを決め、すべてを導く。オンカーは公正で、賢明で、全知全能であり、国と民の幸せを願っている。ところが、その神秘的なオンカーなるものが誰なのか、またはなんなのか、誰ひとり知らなかったのです。ずっと後になってから、匿名性を保ちたかったクメール・ルージュの指導層がオンカーという概念を作り、その背後に隠れていたのだということがわかりました。党の最上層部にとって、秘密の存在でいることは非常に重要だったのです」

ここまで語ったとき、歴史の教師が咳払いをして、話を中断させた。「カンボジアの歴史については、これまでの授業ですでに詳しく学んできました。できれば、もっとご自身のことをお話しいただけませんか。たとえば、ご家族はどこで暮らしていたんですか？」

「南部の海岸の、カンポットとケップのあいだにある小さな漁村です」キムはそう答えた。

ためらいがちに、何人かの手があがった。

「きょうだいは何人でしたか？」ひとりの女子生徒が尋ねた。

「三人兄弟でした」

「お父さんのお仕事はなんでしたか？」

「漁師です」

「お母さんのお仕事は？」

「家にいて、私たち子供の面倒を見ていました。ときどき通りで魚を売ることもありました」

「ということは、メイさんの家族は旧人民だったんですか？」

「そうです」

「旧人民だったのに、どうしてお父さんも兄弟も殺されてしまったんですか？」ひとりの男子生徒が尋ねた。

「父は獲った魚をそのまま共同の厨房へ配達せず、まず自宅で干していました」キムはためらいがちに答えた。「それが窃盗だと見なされて、家族全員が殺されたんです」

「どんなふうに亡くなったんですか？」別の男子生徒が尋ねた。

もう家族の顔さえ思い出せない、とキムは思った。それなのに、その家族の死にざまを語れというのか。自分が汗をかいているのに気づいて、汗の染みがすぐには目立たなさそうな黒いシャツを着てきたことに安堵した。

「わかりません」キムは嘘をついた。

「どうしてわからないんですか？」

「家族は、ふたりの兵士に連行されていったので」

「それって、ご家族が本当に殺されたのかどうかわからないってことじゃないですか？　もしかしたら、どこかへ連れていかれただけなのかもしれないですよね？」また別の男子生徒が言った。先ほどから偉そうな態度で目立っていた生徒で、隣の椅子の肘かけに肘を突き、脚を大きく開いて、だらしなく座っていた。

「その可能性はまずありません」キムは答えた。

「メイさん自身はどこにいたんですか？　どうして殺されずに済んだんですか？」

「私はちょうどそのとき、故郷の村にいなかったので」

「クメール・ルージュ支配下で、メイさんは具体的にどんなふうに暮らしていたんですか？」

キムは、どの質問にもできる限り簡潔に答えることを心がけた。ほとんどの場合、答えは一言か短い一文に留め、そこから一般的なことがらへと話をつなげた。労働収容所の建設について話し、ポル・ポトとは誰だったのか、どんな目標を持っていたのかについて、なぜ子供たちが六歳で親から離され、子供収容所へ入れられたかについて話し、そこで強靭(きょうじん)な子供たちが兵士になるための訓練を受けたことを話した。

「メイさんも少年兵になる訓練を受けたんですか？」

「人を殺したことがありますか？」

「メイさんはどちら側についていたんですか？」

「二百万人もの人たちが死んだのに、どうしてご自分は生き残ることができたと思いますか？」

十六歳の子供たちの質問は、思ってもいなかった激しさでキムを打ちのめした。ここまでの激しさに対する心の準備は、まったくできていなかった。彼らの質問には距離感というものがまったくなく、ほんの二、三人を除いたほぼ全員の顔にありありと表れた傲慢な無神経さが、キムを戦慄させた。なかには挑発の響きが感じられる質問もあった。まるで、詳細な質問をすることで、生徒どうしが自分を大きく見せようと張り合っているかのようだった。それとも、これは衝撃的な話への渇望なのだろうか？　普段なら映画やコンピューターゲームでしか触れることのない残酷な話を聞きたいという欲求なのだろうか？

語れば語るほど、いったい自分はなんの話をしているのだろうという疑問が膨らんでいった。なににについてであろうと、語るうちにどんどん自分とは関係のない話に思われてくるのだ。すべては、遠い、遠い時代の話だった。あんな時代が、本当にあったのだろうか？　もしかしたら自分の病んだ想像力が見せた幻影に過ぎないのでは？　自分はかつて本当に、虫を生きたまま飲みこみ、死体でいっぱいの穴のなかを一度ならず覗きこみ、小さな少女が地雷を踏んでばらばらに引き裂かれて倒れるのを目にした、あの少年だったのだろうか？

額にびっしり汗が浮かんだが、拭うためのハンカチは持っていなかった。頭を少し傾けると、汗が一滴、肌から滑り落ちた。キムは、滴がズボンに落ちて染みになるのを見つめた。そして、この子供たちはなにを期待しているのだろうと考えた。拷問や処刑の詳細な描写？　死んでいく人間たちの？　それとも、目の前で大人の男が泣き崩れるところを見たいのだろうか？

教師が割って入ったのは、だらしない姿勢で座った先ほどの男子生徒が、カンボジアについての自身の理論をとうとうと披露したときだった。「実は僕の父が、一年前にカンボジアに行ったんですよ。で、父はこう言ってました――クソみたいな国だって。国民は怠け者で、あちこちに平気でゴミを捨てる。親が子供を小児性愛者に売る。役人は汚職まみれ。政府は価値のあるものは全部ロシアや中国やベトナムに売り払ってしまう。地雷原をきれいにしたり、貧しい人たちの世話をしたりっていうクソみたいな仕事は結局、ＮＧＯがやらされてるって」

「あなたのお父さんの意見は訊いていません」教師が男子生徒の演説を遮った。

「結局のところ」生徒は、教師の言葉など意に介さずに続けた。「クメール・ルージュの時代っていうのは、要するに旧人民が新人民をいじめた時代ってことなんじゃないですか？　都会の人間が働かされて、農民のほうは怠け放題だったけど、それでも食べ物も特権も都会の人間よりもたくさん与えられた。人口の七十パーセント以上を占めていた地方の人間が、都会の人間に連帯することだってできたはずなのに。結局、同国人が同国人を苦しめたんですよね。自分たちより高い教育を受けていて、豊かな暮らしをしていたって理由で嫉妬して。メイさんのお父さんも、そうだったんですか？」

教師は不快そうに手を振って、男子生徒の言葉を一蹴すると、「メイさん、無視してください」と言った。

キムはもう少しでそのクソガキにつかみかかり、首を絞めるところだった。おそらく蒼白になっていたのだろう、教師が心配げにこちらを見て、女子生徒のひとりに、窓を開けるようにと言った。そしてキムに訪問の礼を言うと、事務連絡に移った。授業の終わりを告げる鐘が鳴った。キムは教室を出るとき、よろめかないよう気をつけねばならなかった。

レアが車までキムについてきた。校舎を出るやいなや、レアは訊いた。「子供兵だったこと、どうして一度も話してくれなかったの？」

「兵士なんかじゃなかった」キムは苛立ちながら答えた。「訓練を受けただけだ。訓練は受けたけど、運良く戦場じゃなくて鴨農場に配置されたんだ」

別れ際にレアは言った。「ありがとう、パパ、気が進まなかったのに、わざわざ来てくれて。本当に感謝してる」それから、こうも言った。「ごめんね、うちのクラスにはバカなやつらもいるの」

キムは車を発進させた。だがしばらく走ったところで、通りの端に停車して、気持ちを鎮めねばならなかった。全身汗びっしょりで、ガタガタと震えながら、何度も何度もハンドルを殴りつけた。やがてなんとか落ち着きを取り戻して、事務所まで運転していくと、その日の残りはカウチに寝そべって過ごした。それから何週間も、キムはよく眠れなかった。悪夢にうなされた。昼間にも、もうとうに忘れたと思っていた過去のさまざまな場面が唐突に蘇ってきて、キムを麻痺させた。時がたつにつれてそんなことも稀になったが、それでも教室で過ごしたあの時間のことを思い出すと、いまでも気分が悪くなる。あの時間のせいで、もうもとには戻せないなにかが動き出したのだった。

　あれ以来、心の一番奥でなにかが暴れ、キムをむしばみ続けていた。それはじくじくと膿み続ける潰瘍（かいよう）であり、かと思うと暴れる獣にもなった。それはキムには手の届かないところにいて、なだめることもできず、できるのはただ、慎重に蓋をしておくことだけだった。そうするにはすさまじい力が必要だった。外向きには、キムは落ち着いた、しかしなにごとにも興味のない人間を装った。なにもかもが退屈だった。イネスが退屈だった。イネスが熱狂するものごとにさっぱり興味が持てず、もはや話すこともほとんどなかった。夫婦は並んだまま、互いに向き合うことなく生きていた。そのことでイネスが悩んでいるのはわかっていた。息子のジモンとヨナスも退屈な存在だったが、なによりキムは自分自身に退屈していた。同時に、人づきあいで要求される日常のありふれたことがらを負担に感じていた。鴨の世話をして、設計の仕事をするだけで精一杯という日が、どんどん増えていた。周りの人間のことを気にかける気力などなかったし、ましてや彼らのなかに自分から入っていくことなど論外だった。なぜならキムは、自分自身を保つのに精一杯だったからだ。自分がばらばらになり、無数のかけらに砕けて、粉々に散らばるのを防ぐだけで。

　八時十五分前、キムはカウチから起き上がると、イネスに持たされた洗いたてのシャツを着て、事務所を出た。車に乗り込み、出発した。自分の誕生日パーティーに遅れないように。

カンボジア　七〇年代　メイ家

二週間にわたって、ぼくはほかの子供たちや若者たちと一緒にプノンボコーの山奥に宿泊して、この国の歴史と、共産主義の目的について話を聞いた。共産主義者たちは勝利を目前にしており、まもなく国の残りも手中に収め、ロン・ノル政府の廃止を宣言するだろうということだった。

ぼくたちは森のなかにあるいくつかの小屋で寝起きした。ひとつの小屋で六人から八人が一緒に寝た。集会は一日中続き、夜にはバーベキューをした。食べ物はたっぷりあり、雰囲気はとてもよかった。ぼくにとっては、すべてがまるで冒険だった。ソンの姿は滅多に見かけなかった。集会には参加しておらず、たまに新しい若者たちを連れてきて、彼らを置いてまた帰っていく。どうやらソンの任務は、新しい参加者を見つけることのようだった。ソンが連れてくるのはいつもとても若い男で、子供も大勢いた。皆が貧しい家庭の出身だった。

集会では、タオという男を中心に、半円形になって座った。タオはサークルのリーダーで、三十歳くらいの、カリスマ性のある男だった。人を熱狂させる声の持ち主だ。タオを前にすると、ぼくたちは自分という存在を真剣に受け止めてもらっていると感じられた。タオは、伝説的なクメール王朝の都アンコールについて語った。クメール王朝は九世紀から十五世紀にわたって存在した偉大で重要な王朝で、神王によって統治されていた。神王たちは、わずかな米さえあれば満足する素朴な民を集めて、巨大な労働部隊を組織した。種まきと収穫のあいだの時期に、そんな労働部隊は共同作業に従事した。国中に網の目のように細かく水路を張り巡らせたのだ。それは乾季には田の灌漑に、モンスーン季には洪水の防止に使われ、要するに国の皆の役に立つものだった。クメール王朝の神王たちは、素朴な民のエネルギーを、王朝と民自身のために利用する術を心得ていたのだ。それだけでなく、アンコール・ワットのような巨大な建造物を造らせ、王朝の偉大さを内外に示しもした。

とうの昔に滅びたクメール王朝を、共産党のリーダーたちは理想としていた。彼らはカンボジアを再びかつてのように強大で豊かにしたいと考えていたのだ。そんなリーダーたちの幾人かと、タオはかつて二年間、地下活動をしていた。リーダーたちはパリで大学教育を受けて、共産主義の理想をカンボジアに広めるために帰国したのだという。彼らは国に革命を起こそうとしていた。

第一の目標は、ロン・ノルの軍隊を最終的に打ち負かし、腐敗した政府を倒して、国の生き血を吸ってきた外国人を全員容赦なく追放することだった。この目標のために、共産党は何年にもわたって厳しい戦いを潜り抜けてきたのであり、いまや勝利は目前だった。第二の、そして本来の――さらに、決意次第でぼくたちもその一部になることができる――目標は、農業に根差した素朴で単純な一種の原始社会を作り上げることだった。それは、緩やかに組織された、だが同時に厳しい規律に基づいた共同体だった。工業は最低限の範囲で、それも農業を支えるためだけに存在する。最も重要なのは農業生産であり、国民全員がそれに従事すべきとされていた。利益に関しても、誰もが平等だ。特権を持つ豊かな人間は、もはや存在しない。報酬は農産物で支払われ、貨幣は廃止される。タオはぼくたちに、山奥の田舎に住む人々の貧困を詳しく描写してみせた後、こう言った。

「巨大な共同体の活動によって、新たな地が開拓され、灌漑用水が引かれ、洪水から守られることになるだろう。そうなれば、誰もが腹いっぱい食べて、満足することができる。都会に住む寄生虫どもだけでなく、誰もがだ！」

サークルの参加者は皆、タオの演説に熱狂した。共産主義者であることへのタオの誇りは、ぼくたち全員に乗り移った。タオには、ぼくたちの心をつかんで離さない魅力があった。理想の光景が目に見えるようだった。豊かな緑の土地で、人々が仲良く並んで働いている。誰かがほかの誰かより優遇されることもなく。ぼくたちは皆、そんな社会に暮らしたいと熱望した。それでも、ぼくの心のなかには、かすかな疑念も残っていた。自分は本当に、素朴で質素な農民社会の一員になりたいのだろうかと自問した。自分が田んぼで働くところなど、想像することができなかった。ぼくはそれに、贅沢品を一概に悪いものだと決めつけることにも疑問を覚えた。ぼくだって、いつの日かもっと教育を受けたかった。大人になったら、リセか、もしかしたら大学で、歴史を教えたかった。綺麗な家に住みたいという夢を持っていた。もしかしたら、自家用車さえ持てるかもしれないと。それに、この国のあちこちを旅してみたかったし、外国も見てみたかった。すべての人間に平等に与えられるべきなのは、可能性だ。一生懸命努力すれば自分の望みをかなえられるという可能性が、これまでのように少数の人間たちの特権であってはならない。それがぼくの意見だった。けれどぼくは、それを誰かに伝える勇気がなかった。ぼくが深く突っ込んだ質問をして、貪欲に知識を吸収するせいで、ぼくに一番目をかけてくれているように見えるタオにすら。

タオは、オンカーについてもいろいろなことを話した。オンカーとは、最終勝利の後、この国のすべてを率い、すべてを導く組織のことなのだという。ぼくたち国民全員が、オンカーに奉仕せねばならない。オンカーなしでは、新しい社会、新しいシステムにおける人間の生活は機能しない。オンカーは誰にとっても、なくてはならない指針なのだ。従うべき規則がなければ社会の秩序は乱れ、秩序が乱れれば必然的に戦争が起こる。この国が、世界中の国家元首から尊敬される、強大で豊かで独立した国家であり得るのは、共同体内の規則が厳格に守られればこそだ、とタオは言った。ぼくたちがオンカーに奉仕する際に最も大切なのは、オンカーを決して疑ったりしないことだ。そんなことをすれば、民にとって最悪の見本となってしまう。さらに、ぼくたちの使命は、民が規則を厳格に守っているか、監視することだ。そうすることで、ぼくたちは来るべき不滅の国家の開拓者となるのだ。

国民は「旧人民」と「新人民」に分けられる。教育のない素朴な人々――労働者、職人、そしてなにより農民――は旧人民であり、新しい社会を築き上げる際の要となる人々だ。国にとってなくてはならない礎(いしずえ)であり、ほかのどんな人々よりも尊い存在である。一方、新人民とは、肉体労働に慣れていない裕福な都会人のことだ。彼らには再教育を施し、田畑で働くことを覚えてもらわねばならない。

「やつらはアメリカ人やフランス人のような服を着て、高級レストランで食事をして、大きな車を乗り回し、贅沢な屋敷に暮らしている。パーティーをしたり、旅行をしたり。自分たちの富をあさましく見せびらかす。黄金の浴槽に浸かったり、一日に六回も、お抱えコックに作らせた贅沢な食事をしたり。君たちや、君たちの親は、毎日腹を空かせているというのに！　もはやこんな特権は終わらせるときだ！」タオは新人民をそんなふうに描写した。

ぼくの隣に座った少年たちのなかには、口をぽかんと開けている者もいた。けれどぼくには、タオの言うことがよくわかった。他人にまったく心を寄せることなどなく富を蓄積するそういう人間たちを、ぼくは知っていたからだ。父と漁に行くと、海岸でよくそんな人間たちを見かけた。首都や外国から来た裕福な海水浴客たち。彼らは輝く太陽のもと、縞模様のパラソルの下に寝そべり、ホテルの従業員に冷たい飲み物を運ばせていた。ほんの数キロメートル離れたところには、飢えた人たちがいるというのに。それに、フランスさんのパーティーでも、そんな人たちを間近で見た。

新しい思想は、ぼくを熱狂させた。二週間のサークルが終わると、ぼくはほかの皆と同じように新兵となった。心の奥のかすかな疑念は、むりやり拭い去った。ぼくは正義のために、貧困のない生活のために闘いたかった。そして、勝利に輝く革命の一部になりたかった。

それから三日間、ぼくたちは敵に忍び寄る方法と、機関銃の使い方を学んだ。尊敬の念を勝ち取るためには、ときに暴力の行使は必要不可欠なのだと叩きこまれた。そして、入党に際しては、細かい点まで徹底的に訊かれた。名前、年齢、両親と兄弟姉妹の名前と職業。そしてひとりにつき軍服一着と帽子ひとつ、クロマー一枚、ゴムサンダル一足、機関銃一丁を手渡された。キャンプを去るとき、ぼくたちは各十二人から成る班の一員になっていた。クメール・ルージュの編成は、国際的な軍隊の編成に則(のっと)ったもので、十二人の兵士から成る班が三つ集まって小隊となり、三個小隊が中隊となり、三個中隊が大隊となり、三個大隊が連隊、三個連隊が旅団、そして最後に三個旅団が師団となる。ぼくたちの班の兵士のほとんどはまだ子供で、ぼく自身もまだ自分を子供だと感じていた。軍服は大きすぎたし、機関銃は重すぎた。ぼくは班のなかでは最年少だった。お互いのことは「同志」「戦友」と呼び合った。名前で呼び合うのは恥ずかしいことだとされていて、馬鹿にされた。

ぼくが配属されたのは、ソンが班長を務める班だった。ソンがどうしてもと言ったのだ。タオは別の班を率いており、同時にぼくたちの小隊の長でもあった。任務の多くは班ごとに行うもので、小隊全体での任務はあまりなかった。ぼくはできればタオの近くにいたかった。タオのことが好きだったし、タオはソンよりも思慮深い人間に思われた。

二〇一六年六月十八日　土曜日

準備は順調に進んだ。ビュッフェも、テーブルの飾りつけも、庭に置いた立食用のテーブルも、吊り下げたランタンも、なにもかも素晴らしい出来栄えだ。雨雲はどこにも見えないし、客たちは時間通りにやってきた。八時を少し回ったころにキムが家に着いたときには、すでに皆がそろっていた。ただひとり、テヴィを除いて。イネスの母モニカが、テヴィを起こすべきではないと言ったのだ。二階へ上がってテヴィを連れてこようとするヨナスを、家族皆で止めなければならなかった。父が車から降りて、庭に足を踏み入れ、驚いた顔で大勢の客たちの顔を見渡した瞬間にテヴィがその場にいなかったことに、ヨナスはがっかりしていた。

テヴィが登場したのは、一時間後だった。まさに登場って感じね――イネスの頭のなかで一瞬、そんな声がした。テヴィはまるで宙を漂うかのようにすいすいと、テラスに向かって歩いてきた。奇抜なデザインの真っ赤なパンツドレスを着て。背中が大きく開いていて、ワイドパンツは足首までの長さだ。テヴィのスタイルと肌を引き立てる装い。凄まじくヒールの高いサンダルを履いているが、まるで毎日履いていますといった様子で、軽やかに庭を歩いてくる。髪は緩くまとめてアップにしてあり、化粧は完璧、口紅はドレスとまったく同じ色だ。やはりドレスの色に合わせた、耳から長くぶら下がるイヤリングは、まるで血の滴のように見える。もしかして、本物のルビー？と、イネスは考えた。身体の線にぴったり沿った黒いカクテルドレスと、祖母のマルタから譲り受けた真珠のイヤリングに、ヒールのないパンプス——ハイヒールを履くと、すぐに腰が痛くなるのだ——という装いの自分が、なんだか凡庸に思われた。

テヴィは衝撃的に美しく、皆の視線が彼女に向けられた。イネスはワインの入ったグラスを手に取った。テヴィがやってきて、イネスの両頰にキスをすると、こう訊いた。「ここにいる人たち、紹介してくれる？」

「もちろん」とイネスは言って、テヴィの肘に軽く手を添えると、客たちが数人ずつ固まっておしゃべりしている庭を一巡りした。庭の小屋の前にいるジモンに手を振る。ジモンはちょうど、自ら手配したバンドが楽器の準備をするのを手伝っているところだった。バンドのメンバーは全員若い男で、皆がビールの瓶を手にしている。イネスは、彼らが演奏を始める前に飲みすぎないことを祈った。それに、イネスが伝えた演奏してほしい曲のリストを、少しでも尊重してくれることを。ラップだのなんだのといった、イネスが「新しすぎのやつ」と名付ける音楽は、演奏してほしくなかった。

パーティーの始まりに、イネスは満足していた。雰囲気は明るく和やかで、キムが到着した直後に夫婦で挨拶をしてお披露目をしたビュッフェから、すでにほとんどの客が料理を取っていた。キムもイネスも、あえて長い挨拶はしなかった。イネスは、皆に来てくれたことへの礼を述べ、キムに誕生日のお祝いを言い、キスをした。それを受けてキムが、パーティーと、準備にかけたイネスの労とに礼を言い、客たちが拍手をした。その場にテヴィがいないことに、イネスはほっとしていた。都会人らしく洗練されたテヴィがいたら、イネスはそのオーラに気圧(けお)されてどぎまぎし、準備しておいた言葉を言えなかったかもしれない。

いま庭を巡るイネスとテヴィには、ヨナスがくっついていて、ひとりひとりに誇らしげに語っていた。「この人はテヴィ・ガーディナーさん。僕が招待しようって思いついたんだ。僕からパパへのびっくりプレゼントだったんだよ。パパは昔、テヴィさんの命を救ったんだ」

二〇一六年六月十八日　土曜日

テヴィはわずかに開いた窓の前に立って、庭を見下ろしていた。

人が徐々にやってくるのが見える。皆がお洒落をして。テヴィは微笑んだ。田舎の人たちの精いっぱいのお洒落には、どこか心揺さぶられるところがある。皆が手にプレゼントを持ち、満面の笑みで両手を広げるイネスのもとへと挨拶に向かう。あれは心のこもった仕草に見える、とテヴィは思った。あの仕草を覚えておかなくては。庭の飾り付けが素晴らしいと、イネスは皆から褒められていた。その後皆が、女主人たるイネスの案内で、そのために用意されたテラスのテーブルに、持ってきたプレゼントを置く。

キムの車が入ってきて停まると、イネスは三人の子供たちを呼び寄せ、客たちも母子四人の周りに半円形に集まった。末っ子のヨナスはスーツのズボンに白いシャツ、それに小市民的な蝶ネクタイというついで立ちだが、兄のジモンはドレスコードを完全に無視したジーンズとTシャツ姿だ。そして、流れるようなラインの、色鮮やかな夏のエンパイア風ロングワンピースを着た姉のレアは、とても魅力的だった。テヴィはあの若い娘が気に入っていた。背が高く、すらりとしているが、女性らしい丸みもある綺麗なスタイルだ。写真家のジェイク・エドワーズと付き合っていた何年ものあいだに見てきたような、痩せこけて、ヒステリックで、厚化粧の、棒っきれみたいな娘たちとは違う。レアの軽くウェーブした豊かな髪は肩にかかっており、なんとも形容しがたい色だ。光の当たり具合によって、その髪は茶色にも金色にも輝いて見える。浅黒い肌の色は、父親譲りだとすぐにわかる。緑の目と豊かな唇は母親そっくりだ。一昨日の夜、車のなかでレアがした話から考えるに、賢い子でもあるようだ。合衆国でなら「スマート」と呼ばれるところだろう。二年前から医学部で勉強しているという。そのことを話すときの様子を見れば、レアが勉学に熱心で、情熱を注いでいるのは明らかだった。隣でハンドルを握る、自分をしっかり持った若い女性に、テヴィは驚いた。自分がまったく違うタイプの人間を予想していたことを、認めないわけにはいかなかった。子供時代の友人キムとイネスのあらゆる長所が、レアというひとりの人間のなかに凝縮されているように思われた。

　レアの弟のジモンのほうは、顔と体格という点では、父親に驚くほど似ていた。昨日、レアと一緒に庭を一回りして、開けっ放しのテラスのドアからキッチンにいるジモンの姿を目にしたとき、テヴィは一瞬、時間が巻き戻ったのだと思った。戸惑ったような顔でこちらに手を振っているのは、若き日のキムなのだ、と。ほんの何分の一秒かのあいだ、テヴィの呼吸が止まった。だが、ジモンの目の前に立ったテヴィを戸惑わせたのは、父親そっくりの容姿ではなく、両腕の刺青（タトゥー）のほうだった。翼を大きく広げた厳しい顔の大天使ガブリエルが左の腕に、後ろ脚で立つ黒々とした力強い馬が右の腕に。バカ、とテヴィは自分を罵った。もし、この若いアジア人男性——いや、違う、アジア人のような見た目を持つ若い男性、だ——の肌に刻まれたのが、アンコール・ワットの塔であったり、稲田であったり、象や蛇やヴィシュヌ神であったなら、それほどおかしいとも思わなかったとでも？　そもそもタトゥーの良さそのものが、自分にはさっぱりわからないのだ。

末っ子のヨナスは、父親に似たところが一番少なかった。おしゃべりなところは、母親であるイネスが十歳のころと同じだ。それに、自分にとてつもない自信があるようだ。ヨナスは最初に会ったときから――テヴィはレアとモニカとともに、金曜日の午後、ヨナスを学校へ迎えに行ったのだった――とても答えきれないほど、テヴィを質問攻めにした。

上から見ていると、帰ってきたキムがすぐに車から降りずに、しばらくのあいだ運転席に座ったまま、ぼんやり前を見つめているのがわかった。まるで、これから待ち受ける出来事に対処する力を溜めているかのように。

ようやく庭に足を踏み入れたキムは、驚いたようにあたりを見回した。興奮を隠しきれない様子のイネスがキムに歩み寄り、キスをした。続いて子供たちが。上の息子ジモンも、父を素早く抱擁するために身をかがめた。母親のイネスが彼の背中に手を当てて、前に押し出したからだ。父を一番長く抱きしめたのは、娘のレアだった。

それから客たちが、キムに挨拶をした。短く握手をするだけの相手もいた。イネスがキムをビュッフェの前に連れていき、そこでふたりは短い挨拶をした。イネスは、キムは本当は誕生日パーティーを開く気はなかった、だがイネスにとってはパーティーは重要だった、と話した。単に誕生日を祝うだけでなく、人生そのものを、つまり友人たちがいること、子供たちがいること、そして皆が元気で暮らしていることを祝いたかったのだと。

「これからもあなたと一緒に生きていく一年一年が楽しみよ」イネスは最後にそう言って、涙で声を詰まらせながら、「あなたは私の人生、私の愛そのもの」と付け加え、キムを抱きしめた。

キムの表情、そしてなにより子供たちの表情から、イネスのこの言葉が家族内で日常的に使われている類のものではないこと、だから少々芝居がかって聞こえたことに、テヴィは気づいた。それでもテヴィは、イネスの言葉を感動的だと思った。テヴィにとっては聞きなれた言葉でもあった。アメリカの家庭では、パーティーでこういった言葉が出るのは日常茶飯事だ。だがここP村では、おそらくそうではないのだろう。

突然、テヴィは嫉妬を覚えた。大きな家、素晴らしい庭、大勢の友人に囲まれて肩を寄せ合う五人家族。その夢のような光景に、テヴィは打ちのめされたように感じた。自分も、ずっと大家族を持ちたいと思ってきた。

九時ごろ、テヴィは鏡で身なりをチェックすると、部屋を出た。イネスが愛情たっぷりに迎えてくれて、テヴィを客たちに紹介するために、すすんで一緒に庭を一回りしてくれた。ふたりはまず、年配の男性と一緒に立食用のテーブルの前にいるモニカのところへ行った。

「アレクサンダーのことは、憶えてるでしょ？」とイネスが言った。

「もちろん。ヴィマー先生を忘れられるはずがないわ。風邪を引くたびに、すぐに診てくださって」テヴィは微笑みながらそう言って、アレクサンダー・ヴィマーを抱きしめた。

彼が高級なアフターシェーブローションを使っていることに気づき、テヴィは、とてもお若く見えますね、と言って、アレクサンダーを喜ばせた。

「会えてうれしいよ、テヴィ」とアレクサンダーは言った。

次に紹介されたのは、イネスの職場の同僚たちだった。皆が名前を名乗り、テヴィはひとりひとりと握手した。テヴィのことは、ヨナスがしゃしゃり出て吹聴（ふいちょう）しないときには、イネスがこう紹介した。「こちらはテヴィ・ガーディナー。子供のころ、キムと一緒にうちに来たんだけど、そのテヴィは気分を害した。

「テヴィちゃん、私が誰か、わかる？」そう訊いて、テヴィの手を放そうとしない、真っ白な髪の老婦人がいた。どうやら顎関節がおかしいらしく、下顎が絶え間なく前後に動いている。言われてみれば、確かにどことなく見覚えのある女性だった。それでも、馴れ馴れしく呼びかけられて、テヴィは気分を害した。

「ほら、小学校で私のクラスにいたじゃない」老婦人は言った。「とってもちっぽけで、やせっぽちで、一番前の列から大きな目で私のことをじっと見て、どんなことにも『はい』って答えた。テヴィちゃんが描いた絵、いまでもうちの台所に飾ってあるんだから」

当時の小学校の教師のことが、ぼんやりと記憶に蘇ってきた。一九八〇年のクリスマスまで通ったクラスの担任だ。クリスマス休暇の後、モニカのごり押しで、テヴィは中学校に転入した。当時、そのことでモニカに感謝したものだった。なにしろこの馬のような顎を持つ教師のことが、あまり好きではなかったから。なんという名前だったろう？　記憶違いでなければ、レヒナー先生、だ。テヴィは老婦人を喜ばせてやることにして、こう言った。「あら、もちろん憶えていますよ、レヒナー先生！」すると老婦人は、嬉しそうに笑った。

さらにテヴィたちは、キムも交えた数人のグループのところへ行った。テヴィはキムにも、先ほどイネスにしたのと同様に、頬に二度キスをして挨拶した。かすかにではあったが、キムはびくりと身を引いた。

「こちらはトーマス。キムの仕事のパートナーなの。それから奥さんのアネッテ。そしてこちらはアルトゥール・ベルクミュラー」とイネスが紹介した。「トーマスとキムは、アルトゥールの水車小屋に事務所を構えてるのよ」

「たぶん私のことは憶えていないだろうね」と、アルトゥール・ベルクミュラーが言った。テヴィは、憶えているかいないかという問いを、今晩あと何度ぶつけられるのだろうと思った。実際ベルクミュラーのことは憶えていなかったので、申し訳ないと伝えるように首を振った。

「イネスと君とで、ゴムボートに乗って川を何キロも下ったことがあっただろう。ところが、水車小屋の真ん前で、進めなくなってしまった」ベルクミュラーが言った。「ボートが壊れたんだ。枝が突き刺さって穴があいて。君は岸までよじ登って、そのときに蜂に刺された。私は君たちとボートとをお宅まで送り届けたんだよ」

突然、そのときのことがはっきりと目の前に蘇ってきて、テヴィは思わず笑い声をあげた。ベルクミュラーは、びしょ濡れでくしゃくしゃになったボートを車のトランクに放り込んだ。そしてテヴィは、家に送ってもらう途中、後部座席を乗り越えてトランクへ入りこんだのだった。腫れあがって痛む足には、濡れたゴム以上に心地よいものはないと思ったからだ。後部座席にイネスしか座っていないのをバックミラーで認めたベルクミュラーが急ブレーキを踏んだので、テヴィは頭をしたたかに打ち付けたのだった。

その後テヴィはさらに、キムがリンツの建築事務所で働いていたころの同僚たちや、ここ数年のあいだにキムが建築を手がけ、その後も交流が続いている近隣のクライアントたち、キムのウィーンでの学生時代の友人たち、レアのギムナジウム時代の友人ふたり、イネスの教員養成校時代の友人たち、大勢のP村の住人たちに紹介された。村人たちは皆がテヴィに、自分のことを憶えているかと尋ねた。そのなかにはテヴィと一緒に中学校へ通った子もいた。テヴィは全員に

「また会えて嬉しい！」と言った。

だが実を言えば、顔を見てすぐに思い出したのは、ヨハネスとアンナのケーラー夫妻のみだった。モニカは毎年クリスマスに、この夫婦からツリーを買っていた。そして夏にはキムが、彼らの農場で干し草づくりを手伝っていた。テヴィもときどきトラクターに乗せてもらったものだった。いい香りのする干し草にもたれて、青空を眺め、最後にはさまざまなハムやソーセージやチーズの軽食を食べさせてもらった。このふたりに再会できたことは、とても嬉しかった。農場はすでに長男が継いでいるが、両親である夫妻も、まだ仕事を手伝っているという。いまでは五人の孫もいる。夫妻が近いうちに長期の旅行をしたいと思っていると聞いて、テヴィはボストンに来てくれるよう誘った。

そして、キムの中学校時代の友人であるクリスティアンのことも、テヴィはすぐに思い出した。大学入学資格試験の後、キムは彼と一緒にヨーロッパ中を回る旅に出た。クリスティアンは、父親から受け継いだ家具工房を閉めなければならなかったという。大型の家具チェーン店が台頭し、競争に勝てなかったのだ。その後、高齢者介護士の資格を取った。

「仕事は全然悪くないよ」とクリスティアンは言ったが、テヴィはその言葉をそのまま信じる気にはなれなかった。テヴィの目には、クリスティアンは不幸せそうに見えた。子供だったクリスティアンが作業場にいる姿を、テヴィはまだ憶えていた。熱心に、楽しそうに父親を手伝って、完成した家具に手でやすりをかけていた姿を。

「勤務時間は規則的だし、一年に五週間も有給休暇がある。病気になったら疾病休暇があるし。いいところだってあるんだよ。前はそんなもの、全部なかったからさ。それに、食堂の飯がおいしいんだ。ご覧のとおり」

クリスティアンはそう言って、自分の腹を撫でた。テヴィは彼の大きな手を見つめ、長年のあいだ家具を造ってきたこの手がいま、ひ弱な老人におむつを当てているところを思い描いた。

キムがウィーンでの大学時代にアパートをシェアして一緒に暮らしていたアンドレアスとミヒャエルのことも、テヴィはすぐに思い出した。彼らのアパートで、テヴィも何か月も一緒に暮らしたのだ。最初はキムと同じ部屋で、その後、アンドレアスが引っ越していった後は、その部屋を自分専用にして。いま、久しぶりに話をしながら、アンドレアスは何度も、自分が日刊新聞の編集長であることを強調した。ミヒャエルのほうは、ウィーンのギムナジウムで体育の教師をしているという。テヴィは心のなかで、ミヒャエルは鉄棒や跳馬を生徒たちの前で実演してみせるのだろうか、と考えた。なにしろミヒャエルの体重は標準をかなり超過しているのだ。

「やあ、テヴィ」ミヒャエルはそう呼びかけて、テヴィと乾杯するように、手に持ったビールを掲げてみせた。「これは驚きだなあ。ほんとに久しぶり。一九九三年の夏、あんなに急にどこへ行っちまったんだい？　あれからキムは落ち込んで、もう大変だったんだよ」

カンボジア　七〇年代　メイ家

ぼくたちの班の最初の任務は、ケップから住民を追放することだった。都市の住民を内陸部へと向かわせ、田舎に移住させることになっていた。住民たちには、町がまもなく爆撃を受けると告げるよう、命令されていた。それが正しい情報ではないことを、ぼくは小隊長のタオから聞いて知っていた。だが、そう伝えることでパニックを避けるのだと教えられた。タオはぼくたちに、暴力の行使を禁じていた。

ぼくたちは一軒ずつドアを叩いてまわり、住人たちに、一時間以内に必要な物を荷造りして家を出るよう命じた。ソンは、フランスさんとその家族を新しい生活へと追いやる役は、どうしても自分でやりたいと言い張った。

「まず俺が、フランスさんと家族を家から追い出す。その後、お前が医者と家族を追い出せ」ソンはそう言い、ぼくは了承した。

ぼくたちがドアをどんどんと叩いたとき、フランスさん一家はちょうど朝食の最中だった。ソンは、かつて自分の雇い主だった男に対して権力を振るうのを、存分に楽しんでいた。けれど、ぼくのほうは少しも優越感に浸れず、それどころか、一瞬、恥ずかしいとさえ感じた。特に、フランスさんが驚いて「君もなのか?」と訊き、ソピエップに大きな目で見つめられたときには。

ぼくはソンに、医者の家に一緒に来てくれるよう頼んだ。フランスさん一家に、荷造りのための時間を余分に作ってあげたかったからだ。禿げ頭の医者は、ぼくを見ても誰だかわからないようだった。そこでぼくは、ヒントをやった。医者は確かに、フランスさんが催したパーティーに来た少年が、数か月のあいだホテルの厨房にいたことは憶えていた。だが、その少年の母親を治療するのを拒んだことは、憶えていなかった。

「私はどんな患者だって診てきた。どんな患者だって！」医者はそう嘆いた。「君の話は嘘だ！」

この期に及んでしゃあしゃあと嘘までつく医者の厚顔さが、ぼくを激怒させた。ぼくは彼に、跪け、と怒鳴った。憎しみで声が裏返った。恐怖に震えながら、医者はぼくの前に跪いた。ぼくはその頭に、機関銃の銃口を押し付けた。ソンが獲物を狙う狩人のような目で、ぼくをじっと見つめていた。ソンがなにを期待しているのかはわかっていた。だがぼくは、なんとか自分を抑えた。

「嘘をついてもなんの得にもならないぞ」ぼくはそう言った。「荷物をまとめて、とっとと家を出ろ。お前はもう上等な人間でもなんでもないんだ」

ぼくは医者の家族に荷造りの時間を三十分しか与えず、ずっとそばに張り付いて、貴金属のような高価な品を持ち出すことができないよう見張っていた。ほかの家族はきっと、貴重品を荷物に入れているに違いなかった。後から賄賂に使ったり、別のものと交換したりするためだ。けれど医者一家には、衣服と食べ物しか持っていくことを許さなかった。医者の腕時計はソンが取り上げ、自慢げに手首に巻き付けた。一家がついに、うなだれて家を出ると、ぼくたちは後ろにぴったりと張り付いて、悪意のこもった口笛のコンサートを開いた。一家は車に乗り込もうとしたが、ぼくたちはそれを禁じた。ソンが石でフロントガラスを叩き割った。

医者が振り向いて、小声で「お前らなんか、徒党を組んだただの惨めなろくでなしじゃないか！」と言うと、ぼくたちの足もとに唾を吐き捨てた。ソンの顔がみるみる赤くなった。ソンはまるで、この数日、こういうことが起きるのをひたすら待ち望んでいたかのようだった。

「なあ、どう考えたって、こいつらには罰が必要だと思わないか？」ソンはそう言うと、ぼくのほうを向いた。「こいつらに少し涼しい思いをさせてやるのに、お前は反対しないよな？ そうすれば、お前のお袋さんのことも思い出すかもしれないぞ」

ちょうどそのとき、フランスさん一家が家を出てきた。それを見たソンは、彼らにも一緒に来るよう命じた。

「友達なんだから、当たり前だろ」と言って。

ふたつの家族は機関銃を突きつけられ、海岸まで一緒に来るよう命じられた。ソンの目には、なにか得体の知れない輝きがあった。それが人を苦しめたいという欲望であることを理解したのは、後になってからだ。ソンは医者とその家族を、資本主義者、帝国主義者と罵り、延々と怒鳴り続けた。

「なにをするつもり？」ぼくはそう訊いた。嫌な予感がした。だがソンはただ、拒絶のしるしに機関銃を振っただけで、答えようとしなかった。

ソンと、班内でソンに最も忠実な部下五人とが、医者の一家を海のなかへと追い立て、陸に戻ることを禁じた。フランスさんの一家は、マングローブの木の下に座らされた。フランスさんと妻がどうしてもと主張したので、子供たちは海に背を向けていた。兵士がひとり、一家を見張っていた。

医者とその妻は腰まで、子供たちは胸まで水に浸かっていた。末っ子は母親の腕をつかんでいた。まだとても幼い子供だ。誰も泳げなかったので、一家は進むことも戻ることもできずにいた。ぼくたちの班は、海辺で飲み食いをした。無人になったたくさんの家から、いろいろなものを持ち出してきたのだ。ぼくたちにとっては、すごいご馳走だった。交代でふたりずつが、機関銃を医者一家に向け続けた。そして一家が浜辺に近づいてくると、海面に発砲した。海のなかの医者の姿を見たぼくは、自然にこう考えていた。苦しむのは当然の報いだ、このクソ野郎が。けれど、子供たちを見ると——下ふたりの子供は、ぼくの弟たちと同じくらいの歳だった——ぼくたちがしていることはひどく間違っていると感じた。こんなことをしても母が生き返るわけではない、それにこんなふうに復讐したのでは、ぼく自身がもう安らかに眠れなくなる、と。

一時間後、ぼくは言った。「もうじゅうぶんだよ。陸に上がってこさせよう」

するとソンが立ち上がって、機関銃の台尻をぼくの胃のあたりにめりこませた。「逆らうのは許さんぞ、この軟弱者が」ぼくはものすごく驚いた。班員のほとんどもそうだ。けれど皆じっとうつむいたままで、ぼくの味方をしてはくれなかった。ぼくは恥ずかしかった。

三時間後、照り付ける太陽の下、飲み物もなしに立ち続けた五人家族は、叫び、懇願を始めた。そして海岸線に沿って海のなかを行ったり来たりし始めたが、水中では歩みは遅かった。すると、ひとりの兵士が発砲した。歩き回る五人が癇(かん)に障って、数発撃ったのだ。そのせいで、一家はまた立ち止まった。ぼくはもう見ていられなかった。もう一度ソンに、いい加減に彼らを陸へ上がらせてやってくれと頼んだ。するとソンは、ぼくが気を失うまで散々殴りつけた。次の朝、意識が戻ったとき、一家は三人になっていた。下の子供ふたりは死んでしまい、死体が岸に打ち上げられていた。誰ひとり、わざわざ死体をそこから動かそうとする者はいなかった。両親と一番上の息子は、もはや無言だった。

夜が近づくころ、タオが小隊の残りの隊員を連れて、ぼくたちに合流した。ぼくたちの班がこんな無意味なことのために、これほど長い時間を浪費したことを知ったタオは、我を忘れるほど怒った。

「まさか弾まで無駄にしてはいないだろうな」と怒りに任せて怒鳴った。

弾は、どうしても必要な場合以外は絶対に発射してはならないことになっていた。不足がちな貴重品なのだと、ぼくたちは耳にタコができるほど聞かされていた。タオに怒鳴られても、ソンはただ肩をすくめただけだった。けれどぼくは、ソンに正しい裁きを受けさせたくて、殴られて意識を失うまでのあいだに発射された弾の数を告げた。

「本当なのか?」と、タオがほかの班員に訊いた。

ことの成り行きをとても見ていられずに顔をそむけていた、ぼくよりわずかに年上なだけのひとりの少年が、本当です、と請け合ってくれた。ほかの班員たちは、ソンとタオとを不安げに見比べながら、どういう態度をとっていいかわからずにいた。タオは、一家をすぐに陸に上げるようにと命じた。医者とその妻と長男とは、ふらふらになりながら、足を引きずるように海から上がってきた。妻は子供たちの死体の横で泣き崩れ、長男は水をくれと懇願した。タオはソンを、小隊全員とフランスさん一家の前で、銃床で殴りつけた。そしてぼくに、フランスさん一家をすぐに大通りへ連れていくよう、もうひとりの隊員には、医者一家に水をやるよう命じた。

ぼくたちは海岸から出発した。ふたりの兵士が、殴られて怪我をしたソンを引きずって歩いた。

途中でぼくは機会を見つけて、フランスさんに囁きかけた。家族と一緒にできる限り山奥まで行くこと、できれば、誰もフランスさんのことを知らない人里離れた山村を見つけること、職人か単純労働者のふりをすること、どんなことがあってもフランス人の血筋は隠すこと。フランスさんは、忠告に礼を言いながらも、ぼくのことを悲しい目で見つめた。

そのとき以来、ソンはぼくのことを憎むようになり、ぼくから目を離さなくなった。なにしろぼくのせいで、ソンは皆の前で辱（はずかし）めを受けたのだ。しかも、ソンの屈辱を目にしたのは、班員だけではなかった。それからというもの、ぼくたちの班が、小隊単位ではなく単独で任務につくときには、ソンは皆の前でぼくを馬鹿にしてあざ笑った。それでもソンは、ぼくに手を出そうとはしなかった。けれどぼくは、機関銃を手に持ったまま寝る習慣をつけた。

ぼくは自分の同志たちを恐れていた。

一九八六年夏

キムは二十歳でギムナジウムを卒業した。

最後の数年間は大変だった。勉強についていけなかったわけではない。勉強自体は、ドイツ語が上達するにつれて、どんどん楽になっていった。だが、全員が年下の同級生たちと一緒に過ごすことが難しかった。自分が場違いな存在に思われた。

ギムナジウムを卒業した夏、キムは中学校時代の友人クリスティアンと一緒に、三か月間、ヨーロッパ中を回る旅をした。長いあいだ、あまりに遠くてとても手が届かないと思っていた卒業証書を手に入れたことは、キムの人生の決定的な節目となった。そこから先は、あらゆる――職業上の――可能性に満ちていた。旅行は、その節目を祝うためのものだった。毎年夏休みには、アルバイトをしてきた。ケーラー農場で干し草を作ったり、かつてモニカの母マルタが経営していた料理店〈菩提樹〉で給仕をしたりして、旅の資金をコツコツと貯めてきた。友人のクリスティアンはちょうど職業実習を終えて、父親の家具工房で働き始めたところで、一緒に行かないかというキムの急な誘いに、あっさりと乗ってくれた。モニカがフォルクスワーゲンバスを貸してくれた。マルタの古いゴルフが壊れた後に、中古で買ったものだ。モニカと恋人のアレクサンダーはキャンプ旅行が好きだったので、バスには寝台が取り付けてあり、キムたちの旅行には最適だった。事前にはなにひとつ計画を立てなかった。おおまかなルートを決めておいただけで、あとはただ心の赴くままに漂流したかった。ふたりはドイツを縦断して北へと向かった。フィンランド、スウェーデン、ノルウェー、デンマーク、それからオランダ、ベルギー、ルクセンブルクを経てフランスへ。そこからさらに南下して、スペインとポルトガルへ。さまざまな都市を観光し、ナイトライフを楽しみ、スーパーマーケットの駐車場に車を停めては追い払われ、荒地や海岸でキャンプした。暖かければ、後部ドアを開けたまま、星空を見上げた。クリスティアンとはウマが合った。

パリでは、テヴィの家に泊めてもらった。テヴィは夏休みのあいだ、パリにある伯父のアパルトマンで暮らしていた。伯父はプロヴァンスにあるワイン農園の半分を所有しており、妻とともにそこへ避暑に出かけていたのだ。テヴィの役目は、アパルトマンの掃除をすることと、植物に水をやること、猫に餌をやること、ときどき近所に住むいとこの幼い子供の面倒を見ることだった。

アパルトマンを目にしたクリスティアンは、「宮殿じゃん!」と感想を言うと、感動の面持ちで、アンティーク家具が置かれた天井の高い部屋を次々に見て回った。

「言っただろ、テヴィの親戚は金持ちだって」キムは言った。

「親戚、なにしてる人たちなの?」クリスティアンが尋ねた。

テヴィは肩をすくめた。「なにしてるって言われても。別になにもしてないの。マリー伯母さんは教授——といっても、教えるのは一週間に数時間だけだけど。伯父のひとりはワインを扱ってて、別の伯父は少しアンティーク家具を扱ってる。財産がすごくあるの。代々築いてきたものが」テヴィは笑った。「でも私はなにも相続しないから。少なくとも、この伯父からは。なにしろ伯父は、私の父のせいで右手をなくしたんだから」

「ええ？」クリスティアンが素っ頓狂な声を出した。

「父は伯父と喧嘩して、ナイフで右手に深く切りつけたんだって。傷口が炎症を起こして、手首の上で切断しないといけなくなったの」

そのとき、三人はキッチンでコーヒーを飲んでいた。テヴィは次から次へと煙草に火をつけた。いまだにとても流暢にドイツ語を話す。ルーアンのリセで、第一外国語としてドイツ語を選択しているのだ。かすかなフランス語のアクセントを、クリスティアンはとても可愛いと言った。

「父が大慌てでカンボジアに戻ったのは、そういう理由があったからなのよ。父は、お兄さんを殺してしまったと思ったの」テヴィはクリスティアンにそう語って聞かせた。「身の回りのものをトランクに詰め込んで、マルセイユ行きの列車に飛び乗って、そこから商船でカンボジアへ戻った。要するに、逃げたわけ。故郷に着くと、母親がつけてくれたカンボジアの名前に戻して、自分の出自とフランスでの生活のことは、誰にも話さなかった。二年後にようやく、お姉さんのマリーに手紙を書いたら、お兄さんはまだ生きている、でも右手が切断された、だからお兄さんもお父さんも、父を刑務所に入れたがっているって返事が来たの。『まだしばらくそっちにいたほうがいい』って、手紙には書いてあった。ま、そういうわけで、しばらくどころか、長くいすぎて、結局その代償を命で支払うことになっちゃった」

テヴィの祖父レミーは没落貴族の出で、第一次世界大戦の直前、純粋な冒険心からカンボジアへ渡った。そしてバッタンバン州の植民地府に職を得ると、野心的に出世を目指した。やがて州全域で収穫したゴムの輸送管理と積み出しの責任者となった。一九二〇年代の終わりに、レミーはタイヤの生産で富を築いた工場経営者の娘と結婚した。夫婦は立て続けに息子、娘、そして二人目の息子に恵まれた。一家はバッタンバンとプノンペンとを行ったり来たりしながら、なに不自由ない贅沢な生活を送った。だが、やがてレミーの妻が重い病気にかかり、一家はフランスへ戻った。一年後、妻は若くして死んだ。三〇年代末の中欧の雰囲気はとても快適とはいえず、レミーはインドシナ半島に戻った。三人の子供たちは義父母に預けて、残していった。その後レミーはバッタンバンで、若いクメール人女性とともに暮らした。一九四〇年、息子のヘンが生まれた。テヴィの父だ。フランス語名はアンリ・オージェ。

五〇年代初頭、シハヌーク国王はカンボジアのフランスからの独立を目指していた。宗主国の時代は決定的に終わりを告げ、レミーも故国フランスに戻って、年金生活に入った。だがフランスへ一緒に連れていったのは十歳のヘンだけで、ヘンの母は置き去りにした。レミーと三人の嫡出子とが生きる社会では、現地妻は嘲笑の対象だったのだ。ヘンはそのせいで、生涯父を憎むことになった。

フランスに渡ってアンリと呼ばれるようになったヘンと、フランスの家族との関係は、最初から不運な星のもとにあった。異母兄たち、特に下の兄にとって、アンリは我慢のならない存在だった。ふたりともアンリに嫉妬していた。ふたりと違って、アンリは子供時代を父親とともに過ごしたからだ。姉のマリーだけは孤独な弟に愛情を注いだが、兄弟によるいじめを阻止することはたいていできなかった。大きくなるにつれてアンリも抵抗するようになったので、喧嘩はときにエスカレートした。一九六〇年秋、兄のひとりがアンリにナイフを突きつけた。ふたりとも酔っていた。つかみあいになり、アンリは兄からナイフを奪い取ることに成功したが、同時に兄の右手に重傷を負わせてしまった。アンリは逃亡した。逮捕状が出されたが、手遅れになる前にフランスを出ることができた。

「伯父はいまだに、私にどう接していいかよくわからずにいるのよ。私に対して疚しい気持ちがあるから、山のように贈り物をくれるんだけど、そうかと思うと、距離を置いて、無愛想になって、なんとも言えない変な顔で私を見たり。一度、父に嫉妬していたことを私に謝ったこともある。私によ！　父には手紙の一通も書かなかったっていうのに。カンボジアの政治情勢が難しくなってきた一九七五年の初頭になっても！　父だって、許してもらったことと、逮捕される心配がもうないことがわかれば、私たちを連れてフランスに戻っていたかもしれないのに」テヴィはそう言って、話を終えた。


この話をすでに知っていたキムは、語るテヴィの顔を見つめていた。十八歳のテヴィは、かなり痩せているとはいえ、美しい女性だった。テヴィに再会するのは二年ぶりだった。ルーアンの伯母のもとにひとりで残ってから一年後、テヴィはP村を再訪したのだが、そのときは、これみよがしに退屈そうにしてみせた。そのまた一年後、今度はイネスとキムがルーアンを訪ねたが、ふたりともかなり居心地の悪い思いをした。オージェ家の生活は、ふたりにとってまったく見知らぬ世界だった。使用人がいて、すべてをやってくれた。広い庭で格式高いサマーパーティーが開かれ、キムとイネスは客たちひとりひとりの前に連れていかれて、紹介された。テヴィはゴルフと乗馬を習っており、キムとイネスはレッスンの見学を許された。さらにふたりとも、しょっちゅう訪ねてくるテヴィの友人たちを好きになれなかった。テヴィ自身も、命令口調でその日の予定を決めた。

「テヴィ、偉そうでツンツンした子になっちゃったね」イネスがそう言って肩を落とし、キムもうなずかざるを得なかった。

キムとテヴィのどちらかが、母語で話をしたいという欲求を抑えきれなくなると、ふたりは電話をした。だがその電話も、どんどん間遠になっていった。ふたりの生活はあまりに違っていた。イネスとテヴィは、最初の一年はまだ文通をしていたが、そのうちそれも、クリスマスカードと誕生日のカードの交換のみになった。そしてやがては、それさえなくなった。最後にはモニカも、手紙を書くのをやめた。滅多に返事が来なかったからだ。

「将来はどうするつもり?」パリでキムはテヴィに訊き、煙草を一本くれと頼んだ。

テヴィは、一年後に高等学校修了試験（バカロレア）を受けることになっていた。「全部順調に行けば、だけど」とテヴィは付け加えた。「私、正直言って、かなりの怠け者なの。可哀そうなマリー伯母さんは、私に絶望してる」

バカロレアに受かったら、パリで大学に通いたい、とテヴィは言った。だが具体的になにを勉強したいのかは、まだわからない、と。「通訳になる勉強なんかいいかも」とテヴィは言った。「なんたって、いまでは私、フランス語とドイツ語と英語とクメール語が話せるわけだしね」

パリに滞在中、三人は夜ごとに町に繰り出した。刺激的な装いのテヴィは、煙草を立て続けに吸い、煙突並みに煙を吐き出した。大麻も吸ったし、次から次へとジントニックを流し込み、キムとクリスティアンとじゃれ合った。昼間は三人とも疲れ切っていて、アパルトマンでだらだらと過ごし、テヴィが家族の物語を語って聞かせた。一度、バーでテヴィがその晩知り合ったばかりの男と大っぴらにいちゃつき始めたので、嫌悪感を覚えたキムは、クリスティアンとともに店を出た。数時間後、テヴィはふらふらした足取りで部屋へやってきて、ふたりのベッドに横になった。そしてヒステリックに笑っていたと思うと、さらにヒステリックに泣きじゃくり始めた。

キムはテヴィをバスルームに連れていき、シャワーの下に立たせた。Tシャツとショーツ姿で、テヴィは壁にもたれ、落ちてくる湯の下からキムをじっと見つめた。

「あのとき、どうして私を助けたりしたの？」テヴィはそう訊いた。

「放っておけばよかった？」

「そうよ！」テヴィは、キムが思わず飛び上がるほどの激しさで叫んだ。「そう！　そう、放っておいてくれればよかった！　死なせてくれればよかった！　家族と一緒に！　そのほうがよかった！」

テヴィはまたも号泣し始め、シャワーブースにしゃがみこんだ。キムは湯を止めると、テヴィの隣にしゃがんだ。

「考えない日は一日もない。私の横に跪いた両親のこと、姉たちのこと。後ろにいた若い男のこと。手には斧を持って。それにあの恐ろしい音のこと。コン、コンって。昼も夜も、あの男はしょっちゅう私の後ろに立つの。もう耐えられない。キム、助けて、もう耐えられない」

キムはテヴィを助け起こし、濡れたTシャツを脱がせて、タオルで体を拭いてやった。

「ほら、いいから」キムは言った。「いま必要なのは、まず一リットルの水、それから十時間の熟睡だな」

「ほら、いいから」テヴィは静かに笑った。「ほら、いいから。いまもまだそう言うのね。モニカは一日に何回そう言ったっけ？　ほら、いいから、私の可愛い子、あなたならできるって」

「しょっちゅう言ってたな」とキムは言った。

「そういえば、モニカ、どうしてる?」

「元気だよ。アレクサンダー――あ、ヴィマー先生のことだけど、あのふたり、付き合ってるんだ。もうだいぶ前から」キムは答えた。

「それはよかった」テヴィはつぶやいた。「あの先生、昔からモニカのこと崇め奉ってたもんね」

キムはテヴィを彼女の部屋へ連れていった。テヴィはベッドに潜り込み、キムが掛布団をかけてやった。そしてキッチンから水を一杯汲んできた。テヴィがそれを飲み干すと、キムは二杯目を汲んで、ナイトテーブルに置いた。

「隣で寝てくれない? タイにいたときみたいに」テヴィが訊いた。「お行儀よくしてるって約束するから」

キムはためらったが、結局ベッドの反対側に回ると、掛布団の下に潜り込んだ。そしてテヴィを背後からしっかりと抱きしめた。テヴィはすぐに眠りに落ちた。

翌朝、キムは紙切れにメモを書いて、ドアの下に挟んだ。そしてクリスティアンを起こすと、アパルトマンを出て、フランス南西部の大西洋沿岸、さらにスペイン、ポルトガルを目指して出発した。

旅の帰路では、ふたりはスイスを通って、ちょうどチューリヒ近くの山の宿屋でアルバイトをしていたイネスとその友達とを訪ねた。最終日、四人は早朝の三時に山に登り、日の出を眺めた。山から下りる途中、イネスが滑って、足を怪我した。キムは彼女を背負って下山した。

一九八六年秋

難しい専門分野に本当に挑戦するべきかどうか、長いあいだ考え抜いた末に、キムは冷たい水に飛び込むような気持ちで決断した。そして一九八六年の十月、ウィーンへ出て、大学の建築学科に入学した。

オーストリアで過ごした初めての秋からずっと、建築家という職業はキムの夢であり、その夢は常に胸のなかに存在し続けた。中学校の一年生のとき、クリスマスの少し前に、美術の教師が地元の建築家であるアルトゥール・ベルクミュラーを授業に招いた。ベルクミュラーは自分の仕事について語り、ＯＨＰ（透明のシートに印刷された図表などをスクリーンや壁に拡大投影する装置）で、これまでに手掛けたプロジェクトを見せてくれた。当時のキムはまだ、ベルクミュラーの話をすべて理解できたわけではなかったが、設計図、さまざまな段階にある建築の現場、完成した建物などの写真には、心の底から感銘を受けた。その後の授業で、教師は生徒たちに、自分が住んでみたい空想上の建物を描かせた。女子の多くは塔のある城を描き、男子の多くも塔のある騎士の要塞を描いた。ほとんどの生徒がすぐにこの課題に飽きた。だが、ただひとりキムだけは、情熱の炎を燃やして取り組み、夢の家をさまざまな角度から紙の上に描き出した。それはガラスでできた平屋建ての家で、農場の建物のように四角い中庭を取り囲んでいた。中庭には鴨の池があった。たどたどしいドイツ語でキムは、この家がガラスでできているのは、いつでも空を見上げられるようにするためだ、太陽を、雲を、降ってくる雨を、そしてなにより夜には星を眺めるのだ、と説明した。それにガラスは特別製のもので、太陽が強く照り付けるときには屋内を冷やすことができるし、逆に外が寒いときには暖めることもできるのだと、キムは続けた。教師はキムのたくさんの絵に感激して、講堂に貼り出した。さらに、モニカへのクリスマスのプレゼントにできるよう、家の鳥瞰図を入れる額縁まで買ってくれた。

大学でのキムは、最初から努力家ではあったが、決して抜きんでて優秀なわけではなかった。特にアイディアに関しては、キムには創造力と空想力が欠けていると考える教授もいた。キムの構想とモデルは機能的ではあるが、いかんせん地味だった。豪華絢爛な建築物を好むことで有名なある教授は、そのせいでキムをひどく叱責した。「君は自分の作品を人に見てもらいたいのか？　それとも最初から地中に隠しておきたいのか？　考えてみれば、君は地下室や地下壕の建築家になるといいんじゃないか」

別の教授も、キムの構想とモデルは、社会性と共同体意識を喚起する力が弱すぎると言って批判した。実際、キムはむしろ、人間の独立性を強調する建築物を構想するほうを好んだ。

プレゼンテーションでもまた、キムは困難にぶつかった。人前で話し、自分のモデルの良さを宣伝せねばならないのが苦痛だったのだ。大学を辞めてしまおうと思うこともしょっちゅうで、モニカとイネスは、キムがどん底に落ち込むたびに、あらん限りの説得力を発揮して、中退を思いとどまらせた。

キムは、ふたりの学生と一緒にウィーン八区にあるアパートに暮らしていた。同居人とはうまく行っていた。ひとりは政治学専攻のアンドレアス、もうひとりはスポーツ学と英語の教職課程を取っているミヒャエルだ。ふたりとも議論好きで、狭い台所に夜通し座って、あらゆることを議論していた。ふたりとも、世界中のほぼあらゆることに反対の立場で、世間の現状に怒っていたが、同時に変化や変革にも、政府にも、政治家と彼らのスキャンダルにも怒っていた。環境汚染を最小に留めるにはどうしたらいいか？　いわゆる「世代間扶養」システムは本当に揺らいでいるのか？　男性と女性の権利の平等をどのように進めていったらいいか？　大統領には本当に暗い過去があるのか？　最近議会入りしたばかりの緑の党と名乗る新しい政党は、本当にいい党なのか、未来への希望になり得るのか？

こういった議論に、キムはまったく理解を示さなかった。ふたりの同居人は苛立ち、ときにキムをからかった。友人たちが社会やシステムのなかに見る弊害や抑圧が、キムには見えなかった。そういったものはどれも、キムにとってはささいなことに過ぎず、関心を持てなかった。友人たちの怒りの対象が、キムにはくだらないとしか思えなかった。一度キムは彼らに、この国には労働収容所に押し込められて飢えと疲労で死んでいく人たちがいるのか、それどころか拷問や処刑で殺される人たちはいるのか、と訊いたことがある。友人たちは、信じられないという目でキムを見つめた。

「そうじゃないなら、なにをそんなに怒るんだよ？」キムは訊いた。

オーストリアに来たばかりのころ、スーパーマーケットに呆然と立ち尽くし、売られている商品のあまりの多さに眩暈(めまい)がしたときのことを、キムはまだはっきりと憶えていた。それに、衣料品店、家具店、自動車販売店にも驚いたし、清潔な通りと手入れの行き届いた牧草地や畑にも感嘆した。

「誰がこんなに綺麗にしてるの？」キムはモニカにそう尋ねたが、モニカは満足のいく答えをくれなかった。

キムは学校へ通わせてもらい、教師全員から温かく迎えられた。誰ひとりキムのことを貶めたりしなかった。それどころか、キムが学校になじめるよう、皆が一生懸命お膳立てしてくれた。あまりに一生懸命なので、ときどき居心地が悪くなるほどだった。自分はこんなふうに扱ってもらうに値するなにかを成し遂げただろうか？　モニカが教師たちに賄賂を払ったのではないということが、最初はなかなか信じられなかった。

「ううん、キム、先生たちにお金なんて払ってない。果物も鶏肉もプレゼントしてないってば」キムが尋ねると、モニカはそう言って笑った。

高齢でもう働いていなかった――通りでスープを売ってさえいなかった――マルタは、自分から頼みもしないのに、毎月お金をもらっていた。そのお金は年金と呼ばれていた。カンボジアでは、老人は自分の子供たちに養ってもらっていた。クメール・ルージュ政権のもとでは、たくさんの老人が、もはや社会システムの役に立たないという理由で殴り殺された。それも、それ以前に亡くなっていなければ、の話だ。オーストリアでは、病気になればヴィマー先生が親切に診察して――しかも家に来て――薬をくれた。その薬の威力は絶大で、次の日にはもう気分がよくなっている。しかもモニカは、その診察にもお金を払う必要がないのだった。誰もが自分の好きな職業を選ぶことができる。ただひとつの条件は、一生懸命努力することで、そうすれば社会はあらゆる可能性を与えてくれる。女性もまた職業上のキャリアを積む選択ができ、大学まで進んで、やりたいことはなんでも勉強することができる。キムの故郷では、大学へ進めるのは裕福な上流家庭の男子のみで、しかもたいていの場合は、外国に留学するしかなかった。ほとんどの人間は、自分の父親と同じように貧しい農民や漁師や日雇い労働者、露天商などになるしかなかった。結婚せず、子供を産まない女性にはなんの価値もなく、一方で、結婚した女性は夫に従う義務を負い、多くの場合とてもひどい扱いを受けた。

天国のようなオーストリア社会に生きる喜びは、当時、何か月も続いたものだった。そしてキムはいまでもときに、あのときの喜びを感じることがあった。なにしろ、大学へ行くという夢がかなったうえ、高額の奨学金までもらっているのだ。誰にでも、自分の人生を自分の思うように生きる自由がある。それがキムの単純素朴な意見だった。キムに言わせれば、問題はそれぞれの人間自身にある。彼らは自由を自由と認識できないのだ。

議論になると、同居人たちはキムの素朴さに苦笑いした。そしてキムのほうは、彼らの贅沢な悩みに苦笑いした。

一九九二年九月―一九九三年七月

リンツの小学校教員養成校を卒業したものの、すぐには安定したポストを見つけられなかったイネスは、女友達と一緒に、一年間オーストラリアで過ごすことを決意した。ふたりはいわゆる「スクール・オブ・ジ・エアー」で働いた。学校に通えない子供たちのための、無線を使った授業だ。第一外国語の科目として、ドイツ語もあったのだ。ふたりは何か月にもわたって、前線チームのメンバーとして、オーストラリア人の教師たちとともに、生徒たちの自宅を訪ねてまわった。

外国で過ごしたこの一年のあいだに、イネスはキムに対する自分の気持ちが本物の恋であることを自覚した。キムに会いたいという願いのあまりの激しさに胸が痛み、幾夜も眠れなかった。それまで長いあいだ、キムに対する気持ちは、子供時代の他愛無い恋だと思っていた――または、思春期を同じ家で過ごしたせいで生まれた、とてつもなく深い親近感だと。ふたりは兄と妹のようであり、目をつぶっていても互いのことが理解できた。キムがなにを好み、なにと折り合いをつけ、なにを嫌うか、イネスにはよくわかっていたし、逆にキムもイネスのことをわかっていた。キムの真面目な性格、地に足のついた考え方、なにかに取り組むときの熱意が好きだった。それに、細々したことにいたるまで、モニカとマルタの面倒を見てくれることも、好ましかった。いつもすべてを正しく行おうとするキムの努力、さまざまな局面でいまだに見られる感謝の念は、イネスを感動させた。キムは決して過大な要求をせず、気分にむらがなく、相手に自分の知性を無理やり印象付けようと、つまらないことを大げさにしゃべりたてることもなかった。同じ年ごろのほかの若い男たちは、キムに比べるとずっと未熟に見えた。常にできる限りクールな印象を与えようとする彼らの努力に、イネスはまったく興味が持てず、むしろ煩わしいと思うほどだった。キムは彼らとは正反対だった。クールなどという概念そのものをまるで知らないかのようで、まさにそのせいで、イネスの目には魅力的に映った。キムの顔にはときに、イネスの家庭に来たばかりのころのような驚嘆の表情が浮かぶことがあった。まるで、人生がどれほどの可能性を与えてくれるかを、いまだに信じられないかのような表情が。

週末にキムがウィーンから戻ってくるか、イネスがウィーンに訪ねていく予定があるときには、いつも再会が楽しみでしかたがないのみならず、お腹のなかにくすぐったいような感覚があり、少しばかりナーバスにもなった。ときにイネスは、そんな自分に苛立った。奇妙な感覚を振り払いたかった。そんな感覚は重荷にしかならなかった。なにしろ、キムのほうも同じ気持ちでいると感じたことは、一度もなかったからだ。けれどそれは、キムが女性に対して奥手なせいかもしれなかった。イネスは、オーストリアに帰ったら自分の気持ちをキムに打ち明けようと決め、キムはどんな反応を見せるだろうと、ロマンティックな妄想を繰り広げた。

さらに、イネスの頭には別の考えもあった。キムは結婚相手としてふさわしい男だという思惑だ。なにしろキムは、ろくでなしではない。逆だ。キムは決してイネスを捨てたり、イネスを失望させたりはしないだろう。その点には確信があった。自分は母のように二度も捨てられるような目には遭わない。鬱になった母、なにより捨てられた女になった母のことを軽蔑したあの月日のことは、記憶にあまりにも鮮明だった。キムとともに生きるなら、自分は――そして生まれてくるであろう子供たちも――決してああならずに済むだろう。

二〇一六年六月十八日　土曜日

レアはギムナジウム時代の女友達と同じテーブルで、午前中に父が作った鴨のカスレを食べていた。いつもどおり、素晴らしい味だ。だがレアは、思う存分味わうことができずにいた。あまりに気持ちが張りつめているせいだ。しょっちゅう携帯電話を取り出しては、メッセージが来ていないかチェックしてばかりいた。

レアの人生が一変したのは、三週間前のことだ。アダムと知り合って、激しい恋に落ちた。シュタイアーマルク出身のアダムは、レアよりひとつ年上で、法学部の三年生だ。いまふたりがカップルなのかどうか、はっきりと言葉で確認し合ったことはない。いまは知り合ったばかりのふわふわした時期で、胸のなかには蝶が飛び、身体の残りの部分は、どきどきする心臓でできているようなものだった。そういう時期には、恋の相手を置いて、家族のもとで長い週末を過ごしたいとは思わないものだ。しかも、その恋の相手が、元彼女も来るパーティーに誘われているとなれば、なおさらだ。最初レアは、一緒に両親のところへ行かないかと、アダムに訊いてみようと思った。だがすぐに思いとどまった。いくらなんでも、まだ早すぎる。恋人を家族に紹介するのは少なくとも三か月たってから、という暗黙のルールに従おうと思った。それに、父の五十歳という節目の誕生日に部外者を連れていくのは、無神経な気もした。主役は父でなければならない。ほかの誰でもなく。

ところがいま、パーティーの主役は別の人間だった。レアは、母とともに庭を練り歩くテヴィを見つめた。皆が、有名人に早く紹介してもらいたいと、そわそわしている。著名な写真家であるジェイク・エドワーズが、九〇年代半ばにカンボジアで――ジャングルや稲田やアンコール・ワットで、さらには地雷で障害を負った人たちに囲まれて――撮影したテヴィのヌード写真は、当時、テヴィの人生の物語とともに世界中を席巻し、ついに世間の目を、いまだに破壊されたままのカンボジアという国に向けさせることに成功した。テヴィは一夜にして有名人となり、セレブリティの世界の住人となった。そして、祖国カンボジアの親善大使として、無数の慈善事業に招待されるようになった。

レアはまたしても、テーブルの上の携帯電話に目を走らせた。友人たちに失礼だとわかってはいたが、そうせずにはいられなかった。ウィーンからのメッセージを待ちわびていた。バルコニーに座ったり、ベッドに寝そべったりするアダムの自撮り写真が、キスマークと「家にいるよ」というメッセージとともに送られてこないかと期待していた。というのも、別れ際にレアは思わず、パーティーには行かないでほしい、元彼女がどんなことをしてでもまた捕まえにくるに決まってるから、と言ってしまったのだ。後から、そんなことを言ったのを後悔した。特に「捕まえる」などという言葉を使ったことを。なんというひどい響きだろう。まるでアダムが自分の意思など持たないただの獲物でしかないかのようだ。アダムはただ軽く首を振っただけで、なにも言わなかった。いったいどう思われただろう？

だが、アダムからのメッセージは来ていなかった。代わりに、アダムと同じパーティーに招待されている友人のベアからの知らせがあった。レアが不安を打ち明けたとき、ベアはパーティーの様子を知らせると約束してくれたのだ。「アダム、いま来た」とベアは送ってきていた。
レアの気分は落ち込んだ。

弟のヨナスに秘密を打ち明けられたのは、三か月前のことだ。父へのびっくりプレゼントとして、テヴィ・ガーディナーを誕生日パーティーに招待した、テヴィも招待を受けてくれた、というのだ。レアは弟に感心し、感激した。自分で思いつかなかったことに、少し腹が立ったほどだ。だがそれからは、実家で父の誕生日を祝うこの週末を、ずっと楽しみにしてきた。特に、びっくりゲストへの父の反応を通して、父の別の面を見られるのではないか、そしてようやく父の子供時代の話をもっと聞かせてもらえるのではないかと期待していた。

ところがここ三週間は、家族で過ごす週末が楽しみだ、アメリカからのお客が楽しみだと、懸命に自分に言い聞かせねばならなかった。そして、ある程度はその言い聞かせが功を奏しもした。実際、テヴィ・ガーディナーには興味津々だった。なにしろ父は彼女のことを、一度も話してくれたことがないのだ。だが、テヴィを迎えに空港へと出発してほんの数分後にはもう、全身の細胞が、昨夜一緒に過ごしたばかりのアダムを恋しがっているのを感じた。それは、ほとんど痛みにも似た感覚だった。さらに、テヴィ・ガーディナーが不愉快な人間だとわかって、レアは苛立ちを感じ始めた。

テヴィはレアにそっけなく手を差し出し、重いトランクをレアに車まで運ばせた。招待されたことにも、空港まで迎えに来てもらったことにも、礼の言葉はなかった。レアにはアメリカ人の友人や知人がいるので、彼らが普通、大げさなほど心のこもった挨拶をすること、ほとんどの場合は相手を抱きしめさえすること、それに、よくしゃべることを知っていた。ニューヨークからの飛行機の到着が二時間遅れたので、ふたりが車に乗り込んだときには、すでに夜の十一時になっていた。レアは疲れ切っていて、運転には相当の集中力が必要だった。レアがなにか質問しても、テヴィはそっけなく一言で答えるのみで、しかも頑なにドイツ語を話そうとしなかった。香水の重い匂いが車内に充満し、レアは激しい頭痛を覚えた。ドライブは永遠に続くかに思われた。このびっくりプレゼント計画、大失敗じゃなければいいけど。レアは絶望的な気分でそう考えながら、懸命に車線を見つめ続けた。ヨナスががっかりしなければいいけど――テヴィの言葉は全部通訳してもらわないとわからないかもしれないし、おまけにテヴィがこんな威張りくさった気取り屋で。

翌朝は、祖母のモニカとテヴィとともに朝食を取る約束になっていたが、レアは寝過ごした。祖母の家へ足を踏み入れると、廊下からすでに、ふたりの女の話し声が聞こえてきた。テヴィ・ガーディナーとモニカは、台所で一緒に朝食を取っていた。古いフォトアルバムを開いて。カップに自分用のコーヒーを注ぎ、パンにジャムを塗りながら、レアは、ふたりがアルバムをめくりながら昔の思い出を語り合うのに耳を傾けた。ふたりは写真を指さしては、「憶えてる?」だの、「わあ、これよく憶えてる!」だの、「あれからずいぶんたったわねえ!」だのと言いながら、大いに笑っている。テヴィは昨日よりも感じがよかった。強いアメリカ英語なまりはあるが、文法的には完璧なドイツ語を話している。なんだ、まだドイツ語憶えてるんじゃないの、と思って、レアはむっとした。

目の前のふたりの女がかもしだす親しさが、レアを苛立たせた。祖母は普段、誰にでもすぐに心を開くタイプではない。レアは嫉妬心が湧いてくるのを感じた。なんだかのけ者にされたような気がした。この人は子供のころ、二年間、祖母と一緒に暮らしていたんだと、無理やり自分に思い出させねばならなかった。

ふたりがめくっているアルバムは、レアも見たことがあった。とはいえ、母がきちんと整理して、番号をつけて、両親の——つまり新しく建てたほうの——家の居間の棚に置いているほかのアルバムほどではない。子供のころ、レアはよく、母の古いアルバムを取り出しては眺めたものだった。写真のなかの人たちの服装や髪型を見るのが楽しかった。アルバムの中身なら、ほとんど記憶している。どのアルバムでも、次のページにどんな写真が来るのか熟知している。だが、いま祖母とテヴィが見ているこの一冊だけを、母がどうして古い家に置いたままにしたのか、レアは知らなかった。

ヨナスが生まれたとき、レアは弟のジモンとともに、数日のあいだ、祖母の家に預けられた。退屈して本棚を探索していたある日、レアは本の後ろにこの薄くて赤いアルバムがあるのを見つけた。最初のページには、飾り文字で「イネス、テヴィ、キム、一九八〇年—一九八二年」と書いてあった。興味を持ったレアは、アルバムをめくってみた。祖母が八〇年代初頭に、父のキムのみならず、もうひとり女の子を引き取っていたことを、レアはなんとなく知ってはいた。だが両親は決してその子の話はしなかったし、レアのほうも質問したことはなかった。その日の夕食の席で、レアがアルバムを見せると、祖母は喜んで、こう言った。「どこで見つけたの？　あなたたちの家のほうにあると思ってた。もうずいぶん長いあいだ見てないわ」

その晩ずっと、レアは祖母を、一九八〇年の十月に彼女が難民受け入れ施設から引き取ったふたりの子供のことで質問攻めにした。そして、興味津々で祖母の答えに耳を傾けた。ジモンは漫画本をめくっていて、真剣には聞いていなかった。どうやらキムはジャングルで女の子の命を助けたらしいと祖母が話したとき、ジモンも初めて耳をそばだてたが、祖母は詳しいことはなにも知らなかった。テヴィというその女の子とイネスとは、最初からいい友達だった、と祖母は語った。ところがその後、フランスにいる親戚が見つかって、女の子はその親戚に引き取られた。だがキムのほうは、フランスで暮らそうとはしなかった。アルバムの最後の数枚に写っていたのは、エッフェル塔、ノートルダム大聖堂、そして大きな屋敷の前に立つ三人の子供たちだった。どの写真でも、金髪のイネスが常にほかのふたりのあいだに立っていた。

それからの数週間、レアは父に、何度も子供時代のことを質問した。だが父はいつも当たり障りのない答えでごまかし、すぐに話をそらすのだった。母や祖母に聞いた話も合わせて、レアが知っていたのは、父がポル・ポト政権下で家族全員をなくしたこと、運良くタイに逃げられたこと、そしてオーストリアへ亡命を果たしたことのみだった。母よりも父のほうに親しみを感じていたレアは、できればもっと父のことを知りたかった。

四年前、学校の歴史の教師がレアのところへやってきて、お父さんに授業に来てもらって、クメール・ルージュ政権のことを話してもらえないだろうか、と尋ねたことがあった。バート先生というその教師は、ちょうどクラスで、二十世紀の全体主義政権について、特にナチスに重点を置いた授業をしているところだった。このテーマはバート先生が最も力を入れているもので、その他のテーマや歴史上の出来事——たとえば一九四五年以降の歴史、新しい民主主義の誕生、ヨーロッパ連合とその発展の過程、共産主義の崩壊など——は、ほんの一週間でさらりと流すのみだった。わかりやすい具体的な資料を使って、バート先生は生徒たちに、ひとつの政治体制が組織的に社会に浸透する過程、思想を異にする者の粛清が最終的にはジェノサイドにまで至る過程についてのみならず、迫害を受けたり処刑されたりした人々の人生についても、繰り返し教えた。先生の発案で、クラスはすでに二回、強制収容所の見学もしていた。だが、ほんの一、二週間で、生徒たちはもうこのテーマに飽きてしまった。反抗する者も出た。

「なにか違うテーマをやりませんか？」や、「お祖父さんたちの時代の話にはもううんざりですよ」と文句を言う生意気な生徒たちもいた。

バート先生は、そんな意見をすべて無視した。

「形式ばらないお話がいいの。そんなに難しくないのが。準備なんて必要ないから。お父さんには、ただ好きなようにお話ししてもらいたいの」バート先生はレアにそう言って、微笑みのつもりなのか、ピンク色の歯茎をむき出しにした。

夕食の席でレアは、歴史教師の頼みを父に切り出し、協力してくれるかと尋ねた。キムがなにか答える前に、ジモンが姉を横目で見て、こう訊いた。「本当にパパに来てもらいたいの？」

「もちろん」とレアが答えると、ジモンは信じられないという顔で首を振った。

父に自分のクラスの授業に来てもらって、クラスメイトの前で、飢えで膨らんだ子供たちの腹だの、虐殺犠牲者の共同墓地だのといった話をさせるなど、弟には想像もできないことを、レアはよくわかっていた。そんなことは、ジモンにとっては恥以外のなにものでもないだろう。自分がほかの皆とは違うと認めることにほかならない。ジモンは、三人の子供たちのなかで父に一番似ていることで、すでにじゅうぶん苦しんでいた。外見だけなら、ジモンはカンボジア人――正しくは「クメール人」――だった。髪も目も黒く、肌は浅黒く、鼻は幅が広く、顔は平たい。まだ小学生だったころ、ほかの子供たちに馬鹿にされて、ジモンはよく泣いていた。「やあい、中国人！　犬と蜘蛛と、食うならどっちが好きだ？」と、子供たちはジモンをはやしたてた。新任の体育教師に、出身はどこだと訊かれたこともある。韓国、ベトナム、それとも中国？　八歳のとき、ジモンはレアに、母親のような見た目になること以上の望みはない、と打ち明けたことがあった。明るい色の肌、小さな鼻、金髪、緑の目。それに、弟なんか生まれてこなければよかった、とも言った。当時のジモンは、ヨナスに激しく嫉妬していた。しかもヨナスは、母親と瓜二つだった。ギムナジウムに入ると、ジモンは抵抗を始めた。クラスメイトのひとりが、休み時間に「お前の弁当のパンにはさんであるその犬の肉、どんな味がする？」と訊いたとき、ジモンはその子に殴りかかり、教師が割って入るまで、殴り続けた。そのことがあってから、ジモンをからかう者はいなくなった。そしてジモンは、乱暴者だという評判を得たのだった。

レアは、父がうんと言ってくれるまで頼み続けた。レアはバート先生の一番のお気に入りで、レアのほうも先生がとても好きだった。だから先生をがっかりさせたくなかった。それに、この機会を利用して、父の過去についてもっとたくさんのことを聞きたいとも思った。ところが結局は、もともと知っていた以上のことを聞くことはできなかった。新しい情報は、父が少年兵になるための訓練を受けたという話のみだった。後になってから父娘でその話をしたことは一度もないが、それでもレアは、あの授業の時間が父にとって大惨事だったことを、よくわかっていた。原因は、ほとんどの生徒が授業のテーマにうんざりしていたことだ。生徒たちは皆、残虐な政権の話や迫害の話を、もう聞き飽きていた。だからこそ、かなりの生徒が度を越した質問をしたのだ。生徒たちは、レアの父を歴史の教師に対する怒りのはけ口にしたのだった。ほとんどの生徒にとっては、無意識だっただろう。だが、意識的にやった生徒たちの目的は、教師に一矢報いることだった。バート先生は厳しい教師だったから、彼女の授業で直接反抗する勇気は誰にもなかった。だがレアの父は外から来た人間だ。だから、生徒たちもためらうことなく攻撃できたのだ。

なかでも態度が悪かったのは、フローリアンだ。意図的だったことは間違いないが、フローリアンの目的は教師に一矢報いることではなく、レアに復讐することだった。おそらくフローリアンの父親は、「カンボジアはクソみたいな国だ」などとは言わなかったに違いない。間違いなく、フローリアンが自分で何日もかけて、インターネットでいろいろなことを調べ出し、レアの父に投げつけて、彼を傷つけようとしたのだ。

あの授業の一週間前、レアは何人かの友達と一緒に、リンツにあるクラブに繰り出した。まだクラブに入れる年齢ではなかったので、身分証明書を偽造した。もうずっと以前からレアに気があったフローリアンも一緒で、あの夜、かなりあからさまにレアを口説いた。レアはほかの皆の前ではっきりと断り、見せつけるように別の若い男といちゃついたのだ。だが父には、そんな事情はとても話せなかった。レアがクラブに行ったことなど、父はまったく知らないのだから。両親には、友達の家に泊まると言って出かけたのだ。それにレアは、父に気づいてほしくなかった――父の幼い娘レアが、実はもう幼い娘などではないことに。

そのとき、ベアから二通目のメッセージが来た。「彼、あの女と踊ってる」というものだ。レアはグラスのワインを一気に飲み干すと、立ち上がった。

「ね、踊らない?」ふたりの女友達にそう言って、演奏を始めていたバンドのほうに頭を振る。そろそろこのパーティーを盛り上げる頃合いだ。それに、父に一緒に踊ってほしいと頼むつもりだった。父は踊るのが好きではないが、ゆっくりしたブルースに合わせれば、なんとかなるだろう。

それがいまのレアの望みだった。父にしっかりと支えてもらうことが。

カンボジア　七〇年代　メイ家

一九七五年の四月以降、次々と現実を思い知らされる出来事が続いた。

ぼくは失望し、騙されたと感じた。だがすぐに、自分の命が危ないと不安を抱くようにもなった。現実から目をそらさなければならない、でなければ自分が死ぬことになると、よくわかっていた。もう後戻りはできなかった。班はジープを一台割り当てられていて、ぼくたちはそれに乗って通りをパトロールし、都会の住人たちが田舎へ移住するのを見張った。身の毛もよだつような出来事もたくさん目にした。クメール・ルージュが約束する「よりよい生活」へと向かう途中で、惨めに行き倒れる病人や老人。兵士たちは誰も助けようとしない。それどころか、ソンがもう歩けなくなったひとりの老人を殴り殺し、別の老女をあっさりと撃ち殺すのも目にした。クメール・ルージュの勝利から半年後、ソンが多くの医師や教師や技術者や司書などを、農業を基盤とした原始社会の理想像にそぐわないという理由で、穴の前で殴り殺すのを目の当たりにしたぼくは、底知れぬ絶望に陥った。そしてそのころ、帽子を深くかぶり、クロマーを鼻の上まで引き上げて巻いて、目しか出さないようにする習慣を身につけた。誰にも心のなかを見透かされたくなかった。できるならば、目に見えない存在になりたいほどだった。

ある日、ぼくたちの班は、処刑を実行するよう命令を受けた。死刑を宣告された者たちが、自分で穴を掘った。ぼくたちはそのあいだ日陰に座って、見物していた。穴掘りには何時間もかかった。それから彼らは服を脱ぎ、畳んで、ぼくたちに手渡し、穴の前に跪いた。始めからずっと、ソンはぼくを見つめていた。ぼくがためらいを乗り越えようと必死になるようす、絶望するようすを見るのが楽しいのだ。その日はタオもぼくを見ているような気がした。

ソンとあとふたりの班員が、ぼくたち新人に、後頭部を殴って人を殺す方法を実演して見せた。素早く終わらせるために、斧の裏側をどこに当てればいいのかを。彼らは明らかに経験を積んだ熟練者だった。特に〈同志・手斧芸人〉の異名をとるソンは。その証拠に、処刑される人たちは、黙ったままか、短いうめき声を上げるだけで、穴に落ちていった。

最後のひとりは、ぼくが受け持つことになった。両手があまりに震えていたので、ぼくは斧をいったん下ろした。するとソンが、ぼくを怒鳴りつけた。「お前が跪いたほうがいいんじゃないか」死の一撃を加えるのに、ぼくは全身の力を振り絞らなければならなかった。終わった後は立っていることができず、座り込んでしまった。

その晩、タオがぼくを、皆から離れたところへ連れていった。おそらくぼくの絶望感に気づいたのだろう。どういうわけかはわからないが、タオはぼくに好意を持っており、最初からぼくを可愛がってくれた。かえってそのせいで、ぼくのことを疎ましく思う班員たちもいたほどだ。タオはもうとうに、森でのサークルのときのような落ち着きを失っており、悩んでいるように見えた。その日、タオはぼくに、革命は徹底的に厳しく遂行せねばならない、革命家に弱さが見えては、すぐに人民のあいだで噂になり、必然的に反抗する者が出てくる、と言った。ぼくにはタオの言うことが理解できなかった。

「ぼくは教育のある人を殺しました。なのにどうして弱みを見せたことになるんですか？」ぼくはそう訊いた。

タオはあたりを見回して、立ち聞きしている者がいないかを確かめた後、ことさら大きな声でこう言った。「革命には犠牲がつきものだ」

散々聞かされてきたそんな言葉は、もう耳にするのも嫌だった。

「彼らは教育を受けた人間たちだった。教育というのは、封建主義の最初の徴候だ。根絶せねばならない」大きな声で、タオは続けた。

「殺すなんて無意味だと思いませんか？」ぼくは思い切って反論した。「再教育すればよかったじゃないですか。田舎での労働を通して。それに、医者や教師はいま緊急に必要とされています。彼らをぼくたちの役に立てることだってできたのに。それがもともとの計画じゃなかったんですか？」

タオはしばらくぼくをじっと見つめた後、こうささやいた。「もっと強くならなくてはだめだ。でないと生き残れないぞ！」そしてぼくをその場に残したまま、立ち去った。

誘われてほいほいとクメール・ルージュの一員になってしまった世間知らずな自分を、ぼくはそれからも長いあいだ、心のなかで呪い続けた。タオが熱心に説いた平和で公正な祖国という理想に感動するあまり目が曇り、疑念を無理やり抑え込んでしまった。後から振り返ってみれば、あまりよく考えてみなかった点がいくつもあった。すでに何年もクメール・ルージュに所属している若い男たちは、ときどきぼくたちのキャンプに顔を出すと、ぼくたちがいろいろな理論を語り合っているのを見て、にやにや笑っていた。ソンなどは、唾を吐いて、こう言ったこともある。「おしゃべりじゃ革命には勝てない。もっと別の訓練をするべきだ」するとタオは、視線でソンを黙らせた。

その後、経験を積んだ兵士と新兵とは、ひとつの班に混ざり合うように配属された。どの班にも、生まれながらの人殺しがいた。子供の頭を木に叩きつけて殺したり、女の腹を引き裂いたり、生きたままの男の身体から肝臓を切り取ったりすることに、なんのためらいも感じない人間たちが。しかも彼らは、政治的指導者の支持を受けているのだ。指導者たちは、自分たちに賛同しない者は皆敵であり、生きる資格がないと、繰り返し主張していた。ぼくたちが都会の住居から追い出した人たち――貧しい人たちでさえ――は皆、ぼくたちのことをとても怖がっていた。ぼくはそのことに苛立った。ぼくたちは、この人たちの救済者じゃないのか？　だが後になって、共産党の上層部がもうだいぶ以前から、意図的に党員たちに残虐行為をさせていたことがわかった。抵抗を芽のうちに摘み取るために。ぼくはなんという世間知らずの馬鹿だったんだろう！　人民の大部分は、クメール・ルージュがどんなことをしでかす連中か、すでにわかっていたのだ。それなのに、クメール・ルージュの一員であるぼくだけが、なにも知らなかった。兵士たちに残虐行為を禁じる班や小隊も、わずかながらあった。だがそんな隊の指揮官は、多大な危険を冒すことになった。おそらくタオは、最初の数週間でそれを悟ったのだろう。指揮官の任を解かれて処刑される危険に、タオも瀕していたのだ。「敵に情けをかける」ことは、ぼくたちが犯し得る最大の過ちだとされていた。だがそういうことをぼくは、時の経過につれてしか、理解できなかった。

地方の村では、ぼくたちは当初、温かく歓迎された。貧しい人たち、特に文明から遠く離れた山奥の人たちは、クメール・ルージュに大きな期待をかけていた。困窮することのない、尊厳と自由のある生活への憧れ、公正と平和への憧れは大きかった。農民たちは、長年にわたって内戦にさらされ、アメリカの爆撃を耐え忍ばねばならなかった。そんな彼らは、よりよい人生を説く勝利者を信頼していた。彼らが教典のように繰り返し唱える単純な理論を疑う者はいなかった。それどころか、そんな理論に彼らはしがみついた。だが、一年もたたないうちに、そんな村でも、ぼくたちに対する反感が見られるようになった。それまで独立した農民だった彼らは、共同宿泊所で生活させられ、共同の厨房で調理された食事をして、隊列を組まされ、監視のもとで働き、家族がばらばらに生活させられ、子供たちが政治指導者たちに教育されることを嫌がった。

革命に対するぼくの嫌悪感は、どんどん募る一方だった。けれど、同志たちへの嫌悪感はそれ以上だった。彼らはうまく調教されただけの粗野な人間で、読み書きもほとんどできず、暴力を振るっては陶然としていた。拷問や処刑を執行する許可をもらうのに、必死になるやつらも多かった。そしてぼくたち新人は、そんな場面に立ち会うことを強制された。一度、政府軍の将校たちが、裸で寺院の前に跪かされたことがある。彼らが拷問を受けたのは一目瞭然だった。その寺院のなかには刑務所が造られており、無理やり自白を引き出すための拷問が行われていた。囚人は、なんらかの適当な罪を自白した後、処刑されるのだ。そのときの将校たちは、一斉に銃剣で突き刺された。雄叫(おたけ)びを上げる二十人の若い兵士たちが、裸で跪いた二十人の男たちに向かって突進していった。あまりにも凄惨な見世物だった。誰かがぼくに、あの将校たちは自由意思で降伏したのだと囁いた。

だが、そのうちぼくは、徐々に無感覚に侵されていった。諦めと、どんなことをしても生き延びたいという意志に。人を虐待するのは楽しくもなんともなかったが、虐待を目にしても、なにも感じないようになっていった。ぼくに残された選択肢は、残酷なものだった。人間として正しくあり続けるか、生き延びるか。一九七八年には、そこにもうひとつ別の感情が加わった。この地獄が終わるのを待ち望む気持ちが。

だが、暗黒時代が終わる前に、ぼくはさらなる地獄に直面することになった。その地獄は、ぼくたちの班がぼくの故郷の村をパトロールした日に始まった。ぼくが自分の家族を守れなかった日に。

一九九二年秋

ある日、テヴィがキムのウィーンのアパートの前に立っていて、昼食に誘った。

「ここの住所、どこで知ったの？」キムは尋ねた。

パリからウィーンへ飛び、空港でモニカに電話をして、キムの住所を訊いた後、近くにホテルを取ったのだと、テヴィは語った。ふたりはビアガーデンに向かい合って座っていた。テヴィは高価そうな黒いニットのワンピースを着ていて、髪は以前より短く、肩にかかる長さだった。少しふっくらしたようで、かつてのようなガリガリのやせっぽちではなかった。美しいテヴィにキムは魅せられ、彼女を見つめるのをやめられなかった。

「で、なにしにウィーンに来たの？」キムは尋ねた。

「キムに会いにきた。それに、ウィーンの街を見てまわるつもり。気に入ったらこのまま残って、ここで大学に通う。そうするといいって言ってくれたじゃない」

テヴィはハンドバッグから小さく折りたたまれた紙を取り出すと、広げて、キムに差し出した。その紙のことは憶えていた。あのとき、パリのアパルトマンで、台所にあったメモ帳にメッセージを書いて、紙を破り取ると、テヴィの寝室のドアの下に差し入れたのだ。「テヴィ！　ウィーンで一緒に大学に通うのはどうだろう？　そうなればすごく嬉しい。だからぜひバカロレアに合格して、ウィーンにおいで!! きっと楽しく過ごせると思う。愛をこめて、キム。追伸:もっと前向きになったほうがいい。過去のことはもう放っておくんだ。ぼくにできるんだから、君にだってできる。君はぼくよりずっと強い」

「それにしても、高校を卒業するのにずいぶん時間がかかったなあ」キムはそう言いながら、メモを返した。

「事情があったのよ」

「事情って?」

「恋」

その日の午後を、ふたりは一緒に過ごした。街を散歩して、とある展覧会を見て、夜にはテヴィが泊まっているホテルで食事をした。キムは、当時のテヴィが本当はウィーンに引っ越して大学へ通うつもりでいたことを聞かされた。

「ウィーンに行くって思ったら、立ち直れたのよ。ルーアンの高校の最後の一年は、また留年しないように必死に勉強した」

一九八七年六月、テヴィはバカロレアに合格した。伯母のマリーは大変喜んで、姪のために盛大なお祝いのパーティーを催し、姪の友人たちのみならず、親戚全員を招待した。そのパーティーで、テヴィは彼と知り合ったのだった――著名な写真家であるジェイク・エドワーズと。やはり写真を撮っていたいとこのひとりがジェイクと長年の知り合いで、パーティーに連れてきたのだ。ウィスコンシンのどこかの田舎町出身で、ニューヨークで写真を学んだジェイクは、芸術写真の分野で国際的なシューティングスターだった。

アメリカにうんざりしていたジェイクは、数か月前から本人が「ヨーロッパツアー」と名付ける旅をしていた。すでにパリに小さなアパルトマンを借りてあったが、常に数日、数週間単位で留守にした。疲れを知らないジェイクは、なにかにとり憑かれたように、写真のための素晴らしい題材を追い求めていた。テヴィより五歳上のジェイクは、最初に会った瞬間からテヴィに求愛し、テヴィのほうも激しい恋に落ちた。その夏を、ふたりはパリと南フランスでともに過ごした。その時期にテヴィのポートレートやヌード写真が無数に生まれ、後にそのうちのいくつかが公開された。九月にウィーンに行くという計画を、テヴィは投げ出した。ジェイクと離れたくなかった。離れることなどできなかった。

「ジェイクは助手ができて喜んでた。おまけに、経済的にジェイクに依存していない助手なんだから、なおさらね」テヴィはそう言った。

だがジェイクは一匹狼で、やがてテヴィが傍にいることを重荷に感じ始めた。ひとりで旅に出たがった。そこでテヴィは、大学で通訳の勉強を始めた。ジェイクはパリへ戻ってくるとテヴィに夢中で、ふたりは何日もアパルトマンを出ないこともあった。かと思うと、再び幾晩にもわたって、ふたりして芸術家たちと盛んに交流した。テヴィにとっては、心の休まる間もない時期だった。恋人からなんの便りもないまま、パリで何週間もひとりで過ごすこともしょっちゅうだった。一九八九年の秋にベルリンの壁が開くと、ジェイクは東ドイツをくまなく歩きまわり、一九九一年の夏には、ユーゴスラヴィアの紛争地帯で写真を撮ってまわった。

「で、その秋に、ニューヨークに戻っていった」テヴィは話をそう締めくくった。

「一緒に行かなかったの？」キムは訊いた。

「行った。でも、四か月でまたパリに戻っちゃった」

「どうして？」

「ニューヨークではひとりぼっちだった。着いてほんの何週間かで、ジェイクはソ連の崩壊を撮るために、モスクワへ行っちゃったの。しかもその前に、ジェイクが大学時代の女友達とベッドにいるところを見つけちゃって」

「うわあ、それは大変だったね」

「もういいの」テヴィは言った。

ふたりはしばらくのあいだ、黙っていた。

「どうしてもっと早くに連絡してこなかったんだよ？」キムは訊いた。

「まずは落ち着きたかったの。パリでしばらく、自分ひとりのための時間が必要だった。疲れきってボロボロだったから。で、そっちは？　キムの話を聞かせて。ウィーンはどう？　大学は？　勉強ははかどってる？　彼女はいる？」

キムは笑い声をあげた。「ウィーンはとても気に入ってるよ。でも、いずれはまた田舎で暮らしたいな。それが夢なんだ。自然に囲まれた家に住んで、そこで子供たちが育っていくのを見ながら、建築家として働くのが。とはいっても、ぼくは個人住宅を設計するだけでじゅうぶんなんだけどね。別にサッカースタジアムとか五百戸の高層マンションとかを建てたいわけじゃない。まあ、そもそもいつか大学を卒業できたらの話だけど」

「小市民め」

「あ、それから、彼女はいない」

に言うと、ひとりが五週間、もうひとりが六週間」

「いたことがないの？」

「ほんの短い間だけ付き合った人がふたりいるけど、どっちもほんの何週間かで終わったよ。正確に言うと、ひとりが五週間、もうひとりが六週間」

「そのうちのひとりはアーニャっていうんでしょ」

「どうして知ってるの？」

「モニカと電話で話したの。一年くらい前かな。ちょうどジェイクが、アメリカに帰る計画を立ててたところ。私はついていくかどうか迷ってた。ジェイクとはもう、いろんな点でうまく行かなくなってたし。別れをぐずぐず引き延ばすべきじゃないのはわかってたんだけど、きっぱり別れる勇気もエネルギーもなかったの。でも、ニューヨークになんか、全然行きたくなかった。でもジェイクには、どうしても一緒に来てほしいって頼み込まれて。ま、そういうわけで、キムのことを思い出して、相談したいと思ったわけ。もしキムが私の声を聞いて喜んでくれたら、私に『いい加減にウィーンに来いよ』とかなんとか言ってくれたら、ジェイクと別れてウィーンへ引っ越そうって思った。わかってる、馬鹿みたいだって。そもそも私、何年も連絡しなかったのにね。でも本当にそう思ったの。で、モニカに、キムはどうしてるって訊いたら、最近彼女ができたって聞かされて。モニカがウィーンへ遊びにいったときに、彼女を紹介したそうじゃない」

「それでニューヨークへ行ったたっていうのか」

テヴィはうなずいた。ふたりはもう一本、ワインを注文した。

キムはテーブルに身を乗り出して、微笑みながら言った。「ぼくに彼女がいたって、そんなこと関係なく、ウィーンに来ればよかったんだよ。まさか嫉妬したとか？」

テヴィもやはり身を乗り出した。「うん、あの瞬間は嫉妬した」

「それは変だな」キムはそう答えながら、顔がにやつくのを止められなかった。「ぼくたちはこれまでも、いまも、ただの友達だろ？　違うのか？」

答えの代わりに、テヴィは人差し指でキムの手の甲を撫でた。

「前に一度、ルーアンの伯母さんに電話して、テヴィと話したいって言ったんだけど、君はいなかった」キムはそう言った。「高校を無事に卒業できたのか、ウィーンに来るつもりがあるのか、訊きたかったんだ。そしたら伯母さんは、テヴィはパリで写真家と一緒に暮らしてるって言って、電話番号をくれた。でもそこには電話しなかった」

「どうして？　まさか嫉妬したとか？」

「うん、あの瞬間は嫉妬した。なんていうか……」キムはどう言おうかと考えた。「……千頭の象に心臓を踏まれたとか、千本のナイフで心臓を突き刺されたとか、そんな感じだった」

テヴィは笑い声をあげた。「そのふたつ、全然違う感じじゃない？」

「根本的には同じだよ」

「情熱なんて、キムには似合わない」

「確かに」キムは言った。

「だからこそ好きなのよ」テヴィはそう言うと、さらに身を乗り出して、キムにキスをした。

数分後、ふたりはホテルのベッドに倒れこみ、愛し合った。

一九九二年秋

テヴィはダブルベッドを買ってキムの部屋に置き、ふたりは同棲を始めた。

キムとアパートをシェアしていたアンドレアスが、故郷のグラーツに戻って、日刊新聞社で働き始めると、テヴィは空いたアンドレアスの部屋に移ったが、夜はたいていキムの部屋で寝た。そして、通訳の勉強をするかたわら、週に数時間、国際連合ウィーン事務局（UNOV）で働き始めた。

キムとテヴィとの共同生活は、思ったよりもずっとうまく行った。キムには最初からこの生活がしっくりきた。女性との付き合いがこんなにしっくりきたことは、それまで一度もなかった。歴史学専攻のユリアとも、物理学専攻のアーニャとも、それに、夜遊びから発展したそのほかのエロティックな情事の相手たちとも、これほどうまくは行かなかった。そんな相手の数は多くはなかったし、近づいてくるのはいつも向こうからだった。彼女たちに特別な感情を持ったことは一度もなかった。強く惹かれさえせず、ほんの数日で、相手のことがうっとうしくなった。彼女たちの過剰な自意識が、時事問題や女性の自己理解といったことについての知的なおしゃべりが、苦難に満ちたキムの祖国についての彼女たちの意見が、うっとうしかった。キムが彼女たちと寝たのは、そうすることを期待されていたからであり、若い学生は活発な性生活を送ることを求められているのだと、思い込んでいたからだった。彼女たちと寝た翌朝には、嫌悪感を催すこともあった。人と一緒にいるのは好きだった――最初の数年間は、大学生活を思う存分楽しんだ――が、誰かとふたりきりで過ごしたいという欲求も、愛し愛されたいという欲求もなかった。身体的な接触への欲求も、ひとかけらもなかった。その点でキムは、同居人のアンドレアスやミヒャエルとはまったく違っていた。彼らはセックスなしで何週間か過ごすと、「女となにもない」と言って嘆くのだ。キムは、自分は愛という感情を持てないのだと思っていた。何年も前に、故郷の村の近くの森で、自分は冷たい人間になってしまったのだと。そう考えると、ときどき怖くなった。なにしろ、いつかは家庭を築きたかったからだ。キムには、幸せで満たされた人生は、子供なしには考えられなかった。

ところが、テヴィへの恋情はあまりに激しく、彼女の嫌な点や、あえて我慢しようと思う点さえ、ひとつも見つからないほどだった。これまで知り合ったほかの女たちの場合は、ほんの少し一緒に過ごしただけで、ほとんどなにもかもが欠点に見えたというのに。

テヴィは自由奔放で、情熱的だった。そして自分の情熱をキムに伝染させる才能があった。キムを、ときに陥る無気力な状態から救い出す才能が。だが同時に、ほとんど予知能力にも似た繊細な感覚も持ち合わせていて、キムは毎回、新鮮な驚きを覚えた。テヴィは必要なときには一歩下がり、そうしなければならないときには、さりげなく主導権を握った。自分自身を押し殺すことなしに、テヴィはキムが必要とするものを感じ取れるようだった。おまけにキムは、テヴィのしなやかな身体、滑らかな肌、固く締まった胸に夢中になった。自分には性的欲求がないとまで思っていたキムが、テヴィによって肉体的な欲望を発見し、その欲望に溺れた。

キムが一番好きなのは、なんの予定もない晩だった。ふたりで部屋に寝転がって、話をする時間。ほかの誰とも話せないことが、テヴィとは話せた。一度ふたりは、オーストリアに来たばかりのころと、当時の自分たちがどう感じていたかを振り返った。一晩中語り続け、寝入ったのは明け方になってからだった。キムは、難民一時受け入れセンターのあったタールハムを初めて散歩したときのことを話した。あらゆるものに驚嘆したこと、見知らぬものすべてに圧倒されたことを。

「朝ご飯の後、なにげなく外に出て歩きだしたら、初めて金髪の人間を見たんだ。ここには黄色い髪の人間がいるっていう話は本当だったんだ！　なんてヘンテコな人たちなんだ！　それにこの薄い色の肌はなんだ！　って思ったのを、いまでも憶えてるよ。その人たちが話す言葉を聞いたら、これがまたわけがわからなくてさ。こんな言葉、永遠に覚えられないって、不安になった。それから、大きくてきれいな家をたくさん見た。正面の壁に花が飾ってあるオーストリアの家。で、あの花、どうして壁にぶら下がってるんだろう、どうして落ちないんだろうって、わけがわからなかったよ。それに、家はどれも、どうしてこんなに大きいんだろうって不思議に思った。もしかして、何世帯もの家族が一緒に暮らしてるんだろうかって。それまでは、自分の村の、高床式の小さな小屋しか知らなかったからさ。通りをいろんな車がガンガン走っていくのを見て、眩暈がした。でも一番圧倒されたのは、景色の美しさだな。歩き続けて湖に着いたときには、自分の幸運が信じられなかったよ。突然、結局オーストリアに来てよかったんだと思った。オーストラリアじゃなくてさ。湖の岸辺に座って、もうここから動きたくないって思ったよ。その日は昼ご飯に戻らなかったんで、受け入れセンターの職員さんに怒られたなあ。その日からほとんど毎日、午後になるとアッター湖まで歩いていった。一度、服を脱いで泳いでみたこともあるよ。水はめちゃくちゃ冷たかったけど。モニカとイネスがぼくたちを引き取りに来て、車がどんどん湖から離れていったときには、本当にがっかりした。どうしてかわからないけど、これからも近くに暮らし続けるんだって、思い込んでたんだ」

「憶えてる！」テヴィが笑った。「車のなかで、なんかそわそわし始めて、私が落ち着かせてあげなきゃならなかった」

「ぼくの手を握って、これから行くところにもきっと湖はあるよって、言ってくれたんだよな。ところが、湖なんてなかった。何日もあたりを歩き回って探したけど、どこまで行っても牧草地と森とトウモロコシ畑と小麦畑ばっかりで。でも、少なくともケーラー農場には大きな鴨池があった。それで、今度はあそこに何時間も居続けるようになったんだ」

キムは、大きな農場の隅に座って鴨を眺めていた自分を思い出した。農場主がやってきて、ジュースを一杯と、生ハムを載せたパンを一切れくれると、一緒に家畜小屋に来ないかと優しく言った。農場にある建物がどれも大きくて清潔なことに、キムは驚いた。家畜小屋、いろいろな巨大な車のある納屋、家族が暮らす家。やっぱりここにも旧人民はいるんだ、とキムは思った。でも、ここの旧人民は裕福で幸せなんだ、と。

「おまけにあの年の秋は、暖かくて素晴らしい天気だったの、憶えてる？　もし来たのが冬だったらって、考えてみて。たぶんあんなにいい印象は持てなかったんじゃないかな。最初のころは、この寒さは最悪だと思った。料理と匂いは言うまでもなくね」と、テヴィは言った。

キムは笑った。「マルタはあんなに一生懸命あれこれ作ってくれたのに！　憶えてる？　最初の日の食事、ハンバーグとマッシュポテトだっただろ。で、君はトイレで全部吐き出した。次の日に、マルタはバニラソースがけのブフテルを作った。グリースシュマーレンにスモモのコンポート添えが出た日もあったな。今度はまたなんなんだ？　って思ったよ」

「私にとっては、どれもこれも、とんでもなくまずかった」テヴィは言った。「この国には米はないの？　ってずっと思ってた。あなたはいつもお利口に全部食べてたけどね。しかも私の分も食べてくれてた。全然おいしいなんて思ってなかったくせに。でも家族の誰ひとり気づかなかった！で、ついにお米が出たと思ったら、あの変なトマトソースで煮込んであって、巨大な硬い肉の塊が入ってて。あの日は、怒りのあまりわめきそうになったわ」

「セルビア風肉ライスのことか。マルタの大好物のひとつだったもんな」キムは笑った。

「そういえば、あなたはどうしていつもあんなに必死になって、全部食べ切ってたの？」

「そうしないと神々の怒りに触れるんじゃないかと思って」

「哀れな私の恋人」テヴィはそう言って、キムにキスをした。

「君ほどまずいとは思ってなかったし。君はいつも吐き気と闘ってたよな。甘いものしか受け付けなかった。マルタのトルテやプディングは大好物だったじゃないか」

「それに、あなたが作る鴨もね。二か月に一度、直火で焼いてくれたやつ」

「君がたまにはまともなものを食べられるようにね。ぼくのほうは、毎日すさまじく腹が減ってたから、なんでもガツガツ食ったんだよ。で、新しい料理にもすぐに慣れた。それに寒さのほうも問題なかった。雪も好きだったし、スキーも好きだった」

「私より適応能力が高いのよね」

「言葉に関することを除けばね。君は信じられないほどあっという間にドイツ語を覚えたよな！」

「いまでもスキーする？」テヴィは訊いた。

「うん。クリスマスや学期休みに家に帰ったら、イネスと一緒にしょっちゅうスキーに行くよ。ときどきモニカとアレクサンダーも一緒に」

「本当に〈家に帰る〉って言うのね」

「ぼくにとっては、そのとおりだから」キムは言った。

キムは、牧草地や畑に囲まれたあの大きな古い家で、最初の日から心地よさを感じたことを語った。家じゅうにたっぷりと愛が溢れているのを感じたこと、ここでなら過去を忘れられると思ったこと、犬も猫も、ふたりの女性と女の子という家族も、自然も、キムに優しく接してくれた村の人たちも、皆を好きだったこと。見知らぬ料理と初めての匂い——そんなものはどうでもよかった。新しい人生を始めるのに、これ以上の場所は想像できなかった。

「きっと大げさに聞こえるよね？」戸惑いながら、キムはそう訊いた。

「あなたの口から聞くと、確かにね」とテヴィは言った。「でも、言いたいことはわかる。モニカは本当に一生懸命、私たちの面倒を見てくれた。あんな人は滅多にいない」

「マルタとイネスもだよ。ふたりとも、それぞれやり方は違ってもね。ただ、あのふたりの場合は、理由もわかるんだ。マルタは歳を取ってて、家に人が増えるのが嬉しかった。イネスは君という遊び相手ができて嬉しかった。でも、モニカの場合はどうなんだろうって、最初のころはかなり考えたよ」

「あなたはモニカのお気に入りだったもんね」

「そんなにあからさまだったかな？」

テヴィはうなずいた。

「あの年齢の女の人が、どうしてあんなふうに暮らしてるのか、さっぱりわからなかった。まだ三十三歳で、すごく綺麗だったのに」キムは言った。

「綺麗だと思った？」

「すごく綺麗だと思ったよ」

「もしかして、ちょっと恋してたとか？」テヴィが笑った。

「違うよ」キムは反論した。だが心のなかでは、何度か夜中にそっとモニカの部屋に忍び込んだことを思い出していた。引き取られたばかりのころ、モニカがしょっちゅうキムとテヴィが寝ている部屋へやってきては、ふたりをじっと見つめて、毛布をかけなおしてくれたことに、キムは気づいていた。一度モニカは、キムとテヴィの頬をそっと撫でたこともある。翌朝キムが、どうしてそういうことをするのか、と尋ねると、モニカは答えた。「だって、あなたたちが夜中に穏やかに寝ているか、確かめなくちゃ」それを聞いて、キムも同じことをするようになった。モニカの部屋へ忍び込んで、モニカが穏やかに寝ているかどうか確かめるようになったのだ。明るい色の肌と大きな青い目を持つ、この愛情深い金髪の女性が、穏やかに眠ってくれることを、心から願っていたからだ。


テヴィにこの話をするべきだろうかと、キムは考え、結局やめておくことにした。「とにかく、どうして男の人と付き合わないんだろう、どうして女友達とさえ全然会わないんだろうって、不思議に思ってたんだ。医院で働いて、ぼくたちの面倒を見て、夜には自分の部屋でノートになにか書くか、本を読むだけの生活だった」

「確かに。すごい読書量だった！　あちこちに本が置いてあって。そこになにが書いてあるのって、私たち、モニカに訊いたことがあるでしょ。憶えてる？　面白い冒険物語を期待してたのに、モニカが読み聞かせてくれたのは、なんと詩だったの！」

「リルケだっけ？」

「もう憶えてないの？　ライナー・マリア・リルケの『豹』だった。私たちふたりとも、さっぱりわからなくて。それでモニカが頑張って英語に訳してくれたでしょ。でも英語で聞いたあとも、檻のなかにいる豹に誰がどうして興味なんか持つんだろうって、さっぱりわからなかった」

　ふたりはそろって笑った。

「とにかく、モニカがいつも家にこもってるのを、変だと思ったんだ。いつも明るかったけど、どこか悲しそうな雰囲気があったし。それが理解できなかった」

「あなたがそんなこと考えてたなんて、不思議」とテヴィが言った。「私なんか、気づきもしなかったのに」

　ふたりはしばらくのあいだ黙っていた。

「ところで、イネスは元気？」テヴィが訊いた。

「元気だよ。リンツの教員養成校に行ったんだ。リンツでは友達とふたりでアパートに暮らしてた。週末にはだいたいＰ村に戻ってきてたよ。ときどきぼくに会いにウィーンに来て、ふたりで出かけることもあった」

「昔から小学校の先生になりたいって言ってたもんね」と、テヴィは言った。

「うん。実際、ほんとにいい先生なんだ。去年、Ｐ村で代理教員の仕事についたんだ。それで、授業中に急に訪ねてみた。そうしたら、イネス、その場でとっさにぼくを授業の題材に組み入れたんだよ。黒板の前に出ていかされて、生徒たちに、建築家っていうのが具体的にどんな仕事をするのか、話をさせられたよ。イネスは今年はオーストラリアにいる。クイーンズランドで〈スクール・オブ・ジ・エアー〉っていうプロジェクトに参加してるんだ。人がほとんど住んでない地域の子供たちに無線で授業をするっていうプロジェクト。イネスは前線チームで、四輪駆動車に乗って登録された子供たちの家をまわってる」

「イネスにそんな仕事が務まるなんて、思わなかったな」

「いまは、君が知ってるイネスとは別人だよ」

「どういう意味？」

キムはベッドから起き上がると、ライティングデスクの引き出しをかき回して、一通の封筒を取り出した。そしてそこから写真を二枚抜き出して、テヴィに渡した。片方の写真に写っているのは、クリスマスツリーの前に立つキムとイネスだった。イネスはミニ丈の紺色のワンピースを着て、ヒールの高い靴を履いている。腰まで届く長い髪を、片方の肩に流している。キムの肩に肘を載せて、カメラに向かってキスをするように唇を突き出している。もう一枚の写真には、イネスがひとりで写っていた。へそを出したTシャツと、破れたジーンズという恰好で、どこかのレストランの庭のテーブルにゆったりともたれている。

「シドニーへ出発する前日の写真だよ」キムは言った。「イネスの友達が、サプライズお別れ会をしてくれたんだ」

「素敵ね。キム・ベイシンガーっぽくて」テヴィは驚いたように言った。「なんだかモニカに似てる」

「確かに、似てるな」

イネスがオーストラリアに発つ直前、自分とのあいだになにがあったかを、テヴィに話すべきだろうかと、キムは考えた。そして、今度もやめておくことにした。イネスはお別れ会で酔っぱらい、夜中にリンツのアパートに帰ると——キムはイネスのアパートに、モニカとアレクサンダーはホテルに泊まることになっていた——突然キムを抱きしめて、あなたが好き、と耳元でささやいたのだった。だがすぐに、気まずく思ったようだった。翌朝にはもっと気まずくなったようで、何度も何度も謝っていた。

「ぼくたち、仲がいいんだよ」その話をする代わりに、キムはそう言って、写真を引き出しに戻した。

「私たち、イネスのことをこっそり〈ゼンメル〉って呼んでたの、憶えてる?」テヴィが訊いた。

キムは思わず笑い声を上げた。ふたりがP村に来て初めての日曜日、マルタが焼きたてのゼンメルを買ってきた。するとイネスはふたりに、〈ゼンメル〉という言葉を大きな声でゆっくりと言って聞かせたのだ。ゼンメル、ゼンメル。さらに、朝食の席で、イネスがゼンメルをまるまるふたつがっつくのを見て、テヴィがキムにこう言った。あの子、自分がゼンメルみたい。それ以来、〈ゼンメル〉はイネスの秘密のあだ名になったのだった。

「残念ながら私は、最後のほうはもうイネスとあまり仲良くできなかった」とテヴィは言った。「正直言うと、オーストリアの全部を捨ててルーアンに残るっていう決断がそれほど難しくなかったのは、そのせいでもあるの」

イネスに一挙手一投足を監視され、つきまとわれたことを、テヴィは語った。テヴィがイネス抜きで上の学年の子たちと遊ぶ約束をするのを、イネスは受け入れようとしなかった。テヴィは常にイネスただひとりとしか付き合ってはならず、それがテヴィにとってはどんどん重荷になっていった。テヴィはイネスに縛られているような気がして、自分が本当にしたいことをする勇気が持てなかった。徐々に十一、二歳の子供とは別の欲求も持つようになる一方で、イネスを傷つけたくもなかった。一度、放課後にひとりの男子が、テヴィを電動自転車で家まで送ってくれたことがある。イネスはすねて、二日間テヴィと口をきかなかった。また、上級生の女子からお泊まりパーティーに誘われたこともある。だがイネスは誘われなかった。いざこざを避けるために、テヴィは誘いを断った。そんなことが何度もあった。

「ぼくはそんなこと、ほとんど気が付かなかったな」キムは言った。「君がそんな辛い思いをしてたなんて知らなかった」

「あなたはあのころ、もうマルティンとクリスティアンと出かけてばかりだったもんね。憶えてる？　あなたは楽だったのよ。ひとりだけ学年が別だったから、自分だけの友達を作ることができて。でも私のほうは自動的に、なにもかもイネスと一緒にやるものだと思われてた」

「きっとモニカはそんなことなんにも知らなかったんだよ」キムは言った。

「いまは私もそう思う。でもあのころは、モニカは知っててイネスの味方をしてるんだと思ってた。だから私は、とにかくイネスに全力で合わせてたんだけど、実は私自身はすごく退屈だった」

「モニカに話せばよかったんだよ――いや、マルタのほうがよかったかな。マルタならきっと、がつんと言って、イネスの目を覚まさせてくれたのに」

「後からならなんとでも言える。でもあのころの私たちはおどおどしてて、なにか言ったりなんて、とてもできなかった。違う？」

「後悔してるのか？」

「なにを？」

「あんなふうに慌ただしく、ルーアンに残ると決めたこと」

「初日から、あそこに残りたいって思ってたのよ。だって父の家族なんだから！　わからない？　それに、一週間たった後に、それじゃ戻ります、アデュー、って簡単に帰っちゃうなんて、マリー伯母にも申し訳なくて、とてもできなかった。私たちが出会えたこと、伯母はあんなに喜んでくれたのに。ほんとに、ほんとに、とんでもなく喜んでくれたんだから。伯母はすごい人よ。知的で、カリスマ性があって」

「金持ちだし」

　テヴィはキムの脇腹を拳で突いた。「そんな理由で伯母のところに残ったわけじゃない。私たちふたりのあいだに家族の絆を感じたからよ。伯母がいれば、ほんの少しだけ、なくした家族を取り戻せるような気がしたの」

「でも結局、君のためにはならなかった」

「どういう意味？」

「君はもう家族のことしか話さなくなった。いつ電話しても、顔を合わせても。父が、父がって……君のマリー伯母さんは、いつもアルバムをめくりながら、目に涙をためて、お父さんの子供のころのエピソードやらなんやらをとうとうと語ってた。あれはもう儀式に近かったな。で、君はそれをうっとりと聞いてた。伯母さん、君にお父さんからの手紙も読んで聞かせてたよね。それも一回や二回じゃなく。それに、一九七五年の四月からオーストリアに着くまで、君の身にあったことを、なにもかも詳しく君の口から聞きたがった。だから君は、何度も何度も、あの――あの残酷な話を繰り返した。ぼくにはもう耐えられなかった。だから夏休みが終わった後、オーストリアに戻るほうを選んだんだ」

「私たちには、もう一度ゼロから全部やり直すのは嫌だからって言ったじゃない。また新しい言葉を習って、新しい学校に行って、新しい友達を作って、そういうのが嫌だって」

「それが二番目の理由だった。本当に嫌だったし、そんなエネルギーもなかったよ！　それじゃあオーストリアでの二年間がまったく無駄になっちゃうじゃないか。もしルーアンに残ってたら、ギムナジウムの卒業証書だって、もっと手が届かない遠くに行っちゃってたよ。ま、いずれにしても、君と伯母さんは一緒になって、お互いを煽り続けてた。ぼくにはそう見えた」

「それは大げさよ、キム」

「わかったよ、確かに大げさだ。でも、君は過去から離れる代わりに、過去に追いかけられ続けた。親戚たちがいつも思い出させるせいで、過去を忘れられなかった」

「あなたとは違ってね。あなたのほうは不思議なくらい、家族のことを話そうとしなかった。私、いまでも、あなたの家族になにがあったのか、正確には知らないのよ。ねえ、私の愛する心理学者さん、話をするのと、沈黙するのと、どっちが心の健康にいいのか、知りたいもんだわ」

「ぼくは意識的に、そうすることに決めたんだ」

「そうすることって？」

「昔のことは考えないし、話さないって決めたんだよ。ぼくにとってはそれが一番いいってわかってたから」

「いつ決めたの？」テヴィが訊いた。

「ぼくたちがタイを目指して出発した日に」

「きょうだいの名前、なんだったっけ？」

「死者の名前を口にすると不幸がやってくるんだよ」

「昔から、私が訊くたびにそう言った！　そんなのバカバカしい迷信！」テヴィはまたキムの脇腹を拳で突いた。

「迷信じゃない」

「じゃあ、お父さんのことを話して」

キムは首を振った。

「ほら、いいから。お父さんのこと、話してよ」テヴィが言った。

「漁師だった」

「ほかには？」

「タコのグリルを作るのがとんでもなくうまかった」

「ほかには？」

「ぼくの誕生日を知らなかった。モンスーンの季節の後に生まれたことしか」

「ええ？」テヴィが笑った。「でも、六月十七日が誕生日なんでしょ？」

「それはぼくが自分で考えた日付なんだ。亡命申請するとき、誕生日を言わなきゃならなかっただろ。でも、ぼくはなんて言っていいのかわからなかった。そしたら、カレンダーにあった17っていう数字が目に入ったんで、一月十七日って言ったんだ。英語で。そうしたら、係の人が、六月十七日と聞き間違えた。ぼくの英語、そりゃひどかったから」

「どうしていままでなんにも言わなかったのよ?」

キムは肩をすくめた。「どうでもいいことだから。難民収容所にいた子供たちのなかには、自分の誕生日を知らない子もたくさんいたよ。みんな自分ででっち上げたんだ」

「ということは、ほんとは十月生まれってこと? それとも十一月?」

「だから言っただろ、正確な日付は誰も知らないんだって。うちの家族は、誕生日なんて祝わなかった」

「じゃあ、実際の歳よりも四か月年上のふりをしたのね」とテヴィは言った。

キムはうなずいた。

「父のことで憶えてるのは、ぼくと違って酒が強かったこと。それどころか、飲むのが大好きだった」

「ほかにはどんなことを憶えてる?」

「ぼくは父の一番お気に入りの息子だった」

「ほんとに? お気に入りは末っ子じゃなかったの?」

「違うんだ。たぶん父は、弟を産んだときに母が死んだことで、弟のことを許せなかったんだと思う。ほとんど存在を無視してた」

「ひどい」

「父は本当は学校に通いたかったんだ。もし父の両親に経済的な余裕があったら。だから、ぼくたちが読み書きができるのを誇りに思ってた。夜にはいつも、教科書を朗読させられたよ」

「どうして亡くなったの？」

「父はきっと、君を気に入ったはずだ」キムは言った。「それに、毎日君のためにタコのグリルを作ったはずだ。ふっくらした女性が好きだったからね」

カンボジア　七〇年代　メイ家

多くの隊は、ベトナムとの国境で敵と戦うための訓練を受けることもなければ、戦闘に参加することもなく、国内の秩序維持の任務を与えられた。村やコミューンの監査をしたり、労働収容所や刑務所の看守になったりといった任務だ。ぼくたちの隊も、そういった保安部隊の一部だった。ぼくたちの任務は、人々が——老人だろうと若者だろうと関係なく——オンカーに奉仕しているか、それともオンカーの敵なのかを調べることだった。オンカーは国の最高機関であり、至高にして普遍の力だった。人はオンカーに絶対服従しなければならないということになっていた。けれど、その至高にして普遍の力とはなんなのかを、知る人はいなかった。ぼくたちでさえ、この秘密組織の背後にいるのが誰なのかを聞かされたのは、二年たった後だった。彼らはカンプチア共産党の指導者層だった。トップはポル・ポトという名の男で、クメール・ルージュの政治的および軍事的指導者だったが、ぼくたちはそれまで、そんな名前を聞いたこともなかった。

最初のころのぼくたちの任務は、沿岸部のあらゆる都市の明け渡しを監督し、都市住民の内陸部への移住を見張り、大きな通りの交差する地点に検問所を作ることだった。こういった検問所は重要だった。というのも、都市から来た住民全員が、そこで登録されたからだ。ぼくは字が書けるので、検問所に配属された。何百人もの人間の名前を書き、その横に、本人がわかっていれば生年月日、それに職業を書き込んだ。職業は、ぼくの上官たちにとって特に重要な情報だった。賢明にも嘘をつく人たちは多かった。目の前にいるのが農民でも肉体労働者でもないのが明らかな場合でも、ぼくは本人が申告するとおりの職業を素早く記入し、突っ込んだ質問はしなかった。

そのうち、ぼくらは別の任務にもつくようになった。村長が住民たちをきちんと厳しく監督しているかどうかを検査する任務だ。全員が規則どおり黒い服を着ているか？　少女たちは全員、髪を短くしているか？　私的な所有物はすべて燃やされたか？　食事の配給量は厳格に守られているか？　全員が田畑で働いているか？　オンカーとその規則を教えるための集会は決められたとおりに開かれているか？

検査に次ぐ検査だった。なにかがうまく行っていない場合には、ぼくたちが手を貸した。ソンはいつも、手を貸すためのなんらかの理由を見つけ出した。無慈悲な男で、罰を与えることで自分の権力をひけらかした。ソンは、髪を切るのだと言って、少女たちを森へ引っ張っていったが、実際にはそれだけではなかった。ソンが少女を強姦するところを、ぼくは一度ならず目にした。ソンは少女たちを犯すのに、わざわざ隠れようともしなかった。また、とある老女の手元に残った一枚きりの家族写真を、彼女が振り絞るように泣くのにもかまわず、燃やした。ほかの子供に密告された——子供たちは密告を奨励されていた——子供たちを、両親の目の前で殴った。けれど当初は、こういった検査で処刑が行われることはなかった。タオが禁じていたのだ。ところがいくらもしないうちに、誰も禁止令など気にしなくなった。現場では兵士たちのやりたい放題がまかり通るようになった。

ぼくに対するソンの憎悪は、時間とともに冷めていくように見えた。ときどきソンにじっと見つめられているのを感じたが、そんなこともどんどん稀になっていった。ぼくの村の検査は、先延ばしにされていった。おそらくソンは、ぼくが安心するのを待っていたのだ──ぼくが、自分の家族は安全だと信じ込むのを。少なくともあとになって振り返って、ぼくはそう思った。

勝利の一年後、一九七六年四月に、ぼくらの班はぼくの故郷の村に入った。村長とその仕事とを検査するためだ。それまでぼくが家族に会うことは稀だったし、村を訪れるのもほんの短い時間だった。いつ訪れても、家族は元気だった。父は酒を飲んでおらず、弟たちは一心同体ともいえるほど仲良く育っていた。家族三人のことは、それほど心配していなかった。彼らは旧人民だし、父は集団漁業に携わっていて、村長の友人だった。

ところが、ソンは村じゅうの家という家で大暴れした。悪い予感がした。

ソンは小屋のなかにあるものを外に投げ捨て、暴れまわった。村の広場にはラジオ、食器、服、本、玩具といった物の山ができ、どんどん大きくなっていった。ぼくの父の小屋に向かうとき、ソンはとりわけ親切そうな顔で、ぼくに微笑みかけた。一瞬、心臓が動きを止めたような気がした。

ぼくの家族が暮らす小屋で、ソンは大量の干し魚を見つけると、父に説明を求めた。父は、獲った魚はいつもまず小屋で干して、それから共同の厨房へ運ぶのだと言った。魚の匂いに耐えられない人が多いからで、一方、父と息子たちは匂いには慣れているから、と。村長も、父の言うとおりだと請け合った。ところが村長は、銃の台尻で頭を激しく殴られて、口と鼻から血を流しながら、床に倒れた。頭を狙って殴るのは、ソンの得意技だった。ぼくの全身が震え始めた。頭のなかにはもう、父があまり厳しい罰を受けずに済むようにという望み以外に、なにもなかった。

「お前は泥棒だ」ソンが父に言った。「共同体の財産で私腹を肥やしてる。お前を罰するのは、俺の義務だ。お前とお前の家族をな」

父はふたりの同志に連行されていった。三人目が弟たちの腕をつかんで、同じように連行していった。ぼくは悲鳴を押し殺した。ソンは村人たちに向かって言った。「私的な思い出の品を持ってるやつは、単に女々しいだけだ。でも食べ物を独り占めにして皆と分け合わないやつは、裏切り者だ。同志たちだけじゃない、オンカーも裏切ることになるんだ。オンカーの敵だ」

父と弟たちは、ジープに乗せられた。それがなにを意味するのか、ぼくにはわかっていた。鞭打ちのような罰ならば、村のなかで行われる。末の弟が、両手をぼくのほうに差し出した。

ぼくは家族三人の命乞いをした。ソンの前に膝をついて、ソンの両脚を抱きかかえ、泣き叫びながら懇願した。そして、これからは言われたことはなんでもすると誓った。だがソンは頑なだった。

「こんなことを見逃したら、俺のほうが罰を受けることになっちまう」ソンはそう言うと、班員たちに「違うか？」と尋ねた。ほとんどの班員が、ためらいがちにうなずいた。

「ぼくへの復讐なのか？」ぼくは叫んだ。「そうなのか？　だったらぼくにしてくれ、家族は釈放してくれ」

するとソンは、怒り狂った。「俺が個人的な復讐をしてるって言うのか？」脅すようにそう言った。「自分を何様だと思ってる？　俺はただオンカーに忠実に仕えてるだけだ。罰を与えるのが義務なんだ」

ぼくが離れようとしないので、ソンは銃の台尻でぼくを殴り始めた。ぼくは必死に頭を守ろうとしたけれど、無駄な抵抗だった。

「せめて弟たちだけは！」ぼくは叫び、そのうちもう泣くことしかできなくなった。「弟たちは助けてくれ！」

そして、目の前が暗くなった。

目が覚めると、班の野営地に寝かされていた。もう夜になっていて、自分がどこにいるのかわかるまで、しばらく時間がかかった。仲のいい若い同志がぼくの横に座っていて、水を手渡してくれた。そして、ぼくは倒れたまま村に置き去りにされて、何時間もたってからようやく野営地に運ばれたのだと教えてくれた。

「家族は死んだのか？」ぼくは訊いた。

同志は首を振ると、用心深くあたりを見回した。そしてぼくのほうに身を乗り出して、なにがあったかを囁き声で耳打ちしてくれた。同志の話を聞いて、ぼくは悲鳴を上げたが、同志に手で口をふさがれた。ぼくはなんとか起き上がると、帽子とクロマーと銃をつかんだ。

「どこへ行く？」同志が驚愕の表情で訊いた。

「家族のところだ」

「無理だ」同志はそう言って、ぼくを引き留めようとした。

「お前は寝ていて、ぼくが出て行くのに気づかなかったってことにするんだ」ぼくは同志にそう忠告すると、脚を引きずりながら、できる限り素早く野営地を離れた。

怪我のせいで、村へはなかなかたどり着かなかった。激しい痛みをこらえ、脚を引きずりながら、ぼくはじりじりと進んだ。服もクロマーも、乾いた血でごわごわだった。

村に着いたときには、太陽が高く昇っていた。皆がぼくを奇妙な目で見たが、誰も声をかけてはこなかった。

村の裏にある森で、木に縛り付けられた父を見つけた。父は裸で、まだ生きていた。赤い蟻が、父の全身を覆っていた。父の体を生きたまま食っているのだ。数メートル離れたところに、弟ふたりがしゃがみこんで、父の姿を見つめていた。

ぼくは弟たちを立たせようとした。ところが上の弟が抵抗して、こう叫んだ。「ここから離れちゃいけないいんだ。そう言われたんだ。でないと、ぼくたちも木に縛り付けられて、マンゴーの汁を体に塗られる！」

「ここには誰もいないだろう！」ぼくは弟を怒鳴りつけた。

「森の奥に隠れてて、ぼくたちのことを見張ってるんだよ」下の弟が、泣きながら言った。

ぼくはふたりを無理やり立たせると、引きずっていった。けれど数歩行ったところで立ち止まり、もう一度振り向くべきかと、絶望の淵で考えた。心を決めようともがきながらも、父を最後に一目見ずにはこの場を立ち去れないと、自分でもわかっていた。だから結局、そうした——ゆっくりと振り向いた。

父はいつの間にか顔を上げていて、ぼくを見ていた。

ぼくはなんとか息をしようとあえぎ、きびすを返して、肩にかけていた銃をつかむと、父の心臓を狙って、撃った。

一九九三年春

テヴィに、国際連合カンボジア暫定統治機構（UNTAC）で通訳として二か月間働かないかという誘いがあった。UNTACとは、一九九二年三月よりカンボジアを統治することになった組織だ。構成員は二万人を超え、武装した国際連合平和維持軍、暫定的に投入された警察、さらに選挙管理や人権問題に携わる人員から成っていた。そんな組織で、テヴィは必要と緊急性に応じてさまざまなプロジェクトで通訳を務めることになった。たとえば、難民と追放された人々の帰還促進を担当する部門において。多くの人が、いまだにタイの収容所で暮らしていたのだ。だが最重要の任務は、一九九三年五月二十三日に予定されている初の自由選挙の準備と管理における通訳だった。テヴィはキムに、ついてきてほしいと頼んだ。

「そんなことしたら、一学期まるまるフイになるじゃないか」キムはそう反論した。

「卒業を一学期分遅らせればいいだけじゃない」テヴィはそう言って、キスをするように唇を突き出した。ふたりはちょうど夕食を取っているところだった。

「そうじゃなくても、最短コースより二年は長くかかりそうなのに」キムは言った。

「それなら、あと一学期分長くかかろうがかかるまいが、同じことでしょ。いつも本や図面に埋もれて、がり勉してばっかり。もちろん、感心してるのよ。その勤勉さ、私にも少し分けてほしいくらい。でも、絶好の機会なんだから、利用しなきゃ。興味ないの？」

「正直言うと、興味より恐怖心のほうが強いな」キムはそう打ち明けた。

テヴィが立ち上がり、キムの膝に座ると、キムをきつく抱きしめた。顔をキムの肩に押し付けて、テヴィは囁いた。「それは私も同じ。でもキムがいてくれたら、少しは怖くなくなる。お願いだから、一緒に来て」

四月四日日曜日の午後四時、ふたりはプノンペンに着陸した。飛行機から降りたときには、ふたりとも泣き出した。テヴィはなかなか泣き止むことができなかった。窓ガラスの代わりにところどころ銀紙が貼ってある、恐ろしく古いおんぼろのタクシーに乗って、ホテルへと向かう道すがら、テヴィは泣きじゃくり続けた。年配の運転手がバックミラーでふたりを見つめながら、どの国でどれくらい長いあいだ暮らしたのか、と尋ねた。ふたりはオーストリアのことを話したが、運転手が理解してくれたかどうかは、定かでなかった。

「オーストラリア？」運転手はそう訊くと、すぐさま苦々しい顔で付け加えた。「戻ってこないほうがよかったよ。またそこに帰りな。ここでなにをしようっていうんだ？　いまだになにもかも滅茶苦茶なんだぞ」

「オーストリア、オーストラリア」キムはそうつぶやくと、テヴィの手を握った。「憶えてる？」

テヴィはうなずいた。そして泣きながら笑い出した。

タイの難民収容所で、キムとテヴィを実子だと申告してくれたナート一家は、外国への亡命申請をするために事務所へ向かった。それ以前に、キムとテヴィも交えて何日も話し合い、全員一致でオーストラリアへ行きたいと決めていた。とはいえ、どうしてなのかは、誰もはっきりとはわかっていなかった。要するに、アメリカ合衆国やオーストラリアといった国の名前なら耳にしたことがあるという、その程度の理由だった。だがテヴィは絶対にアメリカには行きたくなかった。父親がアメリカのカンボジア爆撃のことを、内戦のあいだじゅうずっと悪く言っていたからだ。家長のスレン・ナートが書類に記入して、署名しなければならない。そこで、スレンが覚えられるようにと、テヴィが「オーストラリア」という国名を書いて見せた。ところが、書類は記入式ではなく、単に適切な項目にチェックを入れるだけの形式だった。そこでスレンは、とある単語が書いてある欄にチェックを入れた。その単語が「オーストラリア」だと信じて疑わずに。それから一年間、一家はオーストラリアへの亡命を待ちわびて暮らした。そして、ついに亡命が認められたと知らせがあり、数週間後にバンコクからウィーンへ飛ぶのだと言われて初めて、誤解が明らかになったのだった。だがそれも、もうすぐ新しい人生を始めるのだという、熱に浮かされたような気分に水を差すことはなかった。一家はささやかな宴席を催して、収容所の隣人たちを招待した。

「オーストリアなら知ってるよ。何年も前だけど、学校で聞いたことがある。みんなラクダに乗ってるんだ」ひとりの年老いた男が言った。

それを聞いて、一家の母クンティアは、現実主義者らしく、こう言い放った。「私は構わないよ。そうしろって言うんなら、ラクダにだって乗ってやるよ。大事なのは、子供たちがようやく普通の生活を送れること、また将来を持てるようになることだからね」

こうしてオーストリアのタールハムに到着した一家は、ラクダはどこにいるのかとあたりを見回したが、見つからなかった。

その晩、キムとテヴィはホテルを出て、トンレサップ川の岸辺の屋台で食事をした。まずはふたりともスープを頼み、それからキムはフィッシュ・アモック、テヴィはロックラック、そしてデザートにはクロラン（ココナッツミルク、砂糖、小豆、もち米を竹筒に入れて蒸し焼きにしたもの）を食べた。

「ああ、うますぎる」キムはため息をついた。「夢にまで見たよ」

「私だって」テヴィもうめくように言った。

屋台の売り子――年配の女と若い女――が、ふたりが食べるのを微笑みながら見つめていた。食事の後、ふたりは町を歩き回った。町はまるで巨大なスラムのようだった。なにもかもが壊滅的な打撃を受けていた。破壊された家々は、なんとか住めるように間に合わせの修理を施してあるだけだったし、通りの多くは、まるで田舎の村道のようだった。立ち並ぶちっぽけな家々は、段ボールと木と竹とビニールシートとで造られた、かしいだ掘っ立て小屋で、なかでは人々が悲惨な衛生状態のもとで暮らしていた。小屋の前はゴミだらけで、豚や鶏が歩き回っていた。半分裸の子供たちも走り回っており、テヴィとキムとを笑いながら追いかけてきた。だが、そんな悲惨な光景のなかを歩きながらも、ふたりは陶然としていた。故郷にいることが幸せだった。特にテヴィは。

テヴィが仕事をしているあいだ、キムはひとりでプノンペンとその周辺を探検してまわった。サレットという名の若いトゥクトゥク（オート三輪タクシー）運転手と知り合い、あっという間に意気投合した。サレットが毎朝、ホテルの前までキムを迎えに来て、あちこちに連れていってくれた。長めの移動になるときには、古いシトロエンで迎えにきた。サレットはこのシトロエンを大いに自慢していた。二年前に、配達とタクシーサービスの規模を拡張しようと、購入した車だった。サレットはクメール・ルージュの時代に、叔父ひとりを除いて家族全員を失った。だがそれ以上のことは話そうとしなかった。政治的なことがらにも、ほとんど意見を言わなかった。話すのは、タクシー運転手の仕事で体験したいろいろなエピソードだった。彼の話はときにあまりに面白くて、キムは涙が出るほど笑った。サレットは叔父とともに、ロシアンマーケット近くの小さなアパートに暮らしていて、ちゃんと機能するトイレがあること、そもそも水道があることを幸せだと言った。キムは、この若者の朗らかさと、未来への確信とに感嘆した。

キムがとても不思議に思ったのは、権力欲にまみれた冷血な悪魔たちの集団と、彼らに操られ、勧誘された、ほとんどが二十歳以下の残虐な兵士たちのせいで被った被害への怒りを、これまで話した人たちの誰ひとりとして、口にしないことだった。キムはそれをテヴィに話した。

「クメール・ルージュがまた権力を握るんじゃないかって恐れてるのよ」テヴィはそう言った。「だからクメール・ルージュのことを悪く言わないの。そんなことしたら、あとでまずいことになるかもしれないから」

キムはサレットの宝物であるシトロエンで田舎道を揺られ、いろいろな村に降り立ち、写真を撮り、出会う人たちと話をしようと試みた。だがそのうち、自分はいったいここでなにをしているのだろうと自問し始めた。なんだか覗き見をしているような気がした。ほとんど誰もが、びくびくしてキムの質問をはぐらかす一方で、なにかをキムに売りつけようとしたり、一ドルくれとねだったりした。ヨーロッパでのキムの暮らしのことを尋ねる人もいて、そんな人たちは、君は凄まじい幸運に恵まれたんだ、永遠に神様に感謝しなければ、と言った。

地方は都会よりもずっと甚大な被害を受けているように見えた。貧困もはるかに深刻で、いろいろなものが打ち捨てられたままになっており、手入れされた稲田やトウモロコシ畑はぽつぽつとしか見当たらなかった。汚れにまみれた無数の子供たち、ぼんやりと宙を見つめるばかりの年寄り、背を丸めて音もなく歩き回る男や女、壊れた建物、ゴミ——なにより忌々しいのは、この諦めの雰囲気だ、と、キムは怒りに駆られて思った。どこもかしこも。学校はほとんどなく、医者もいなければ、病院もなかった。

何週間かを過ごすうちに、キムは、当初感じた沸き立つような高揚感——故郷にいる喜び、なつかしい言葉を耳にする喜び、なつかしい食べ物を口にする喜び、内気で親切な人々の顔を眺める喜び、心地よい気候——が、徐々にしぼんでいくのに気づいた。憂鬱ばかりが増していった。耐えがたいものごとに接して、押しつぶされそうだった。手足の一部が、いや、ときには何本もの手足が欠けた子供たちが物乞いをするようすは、もう見たくなかった。この土地のこんな光景が、いまさら自分になんの関係があるだろう？

嫌悪感、怒り、悲しみ、鬱憤が、なつかしさと混じり合い、キムはどんどん疲れていった。ウィーンでの自分の生活に戻りたかった。自分はなんと恵まれた生活を送っていることか。どれだけ多くの可能性が開けていることか！　故郷に留まっていたとしたら、果たしてこれだけのチャンスを得られただろうか？

突然キムは、とても考えられないようなことを考えた。もし故郷から逃げる理由がなかったとしたら、それゆえに逃げなかったとしたら、いったいいま自分はどうなっていただろう？　おそらく、村の学校に六年間通った後、父と同じ漁師になっていただろう。そして残りの人生を、高床式のちっぽけな竹の小屋で過ごしたことだろう。もしかしたら、ありったけの勇気を振り絞って、ほかの人たちのように首都へと向かったかもしれない。そして首都でトゥクトゥク運転手か工場労働者かレストランの厨房のアシスタントか、または運がよければホテルのボーイになって、かなりの金を稼ぎ、比類なき出世をしたということになったかもしれない。だが、決してそれ以上はなかっただろう。あの残虐な政権がなければ、自分は人間としての尊厳をもった人生を送ることはできなかったのだ。教育を受け、職業選択の可能性を持ち、なにひとつ不自由せず、旅行をすることも当たり前の人生を送ることはなかったのだ。そんなふうに考えるのはあまりに恐ろしく、キムは心の底から恥じた。

無理やり別の考え方をしようとした。もしクメール・ルージュが存在せず、自分が国から逃げることがなかったならば、ヨーロッパでの生活を知ることも決してなかっただろう。だからきっと、海沿いの小屋で漁師として暮らす人生に満足していただろう。妻や子供たちのためにタコを焼き、日の入りには友人たちとカードゲームをして、子供たちに泳ぎを教えたことだろう。しかし、本当はそうではないことを、キムは心の奥では知っていた。七歳か八歳のころの自分がすでに、定められたものとは別の人生に憧れていたことを、憶えていた。父と一緒にモペットに乗って魚の配達に行ったときに、いろいろなホテルで遠くから垣間見た世界は、信じられないほど美しく思われた。あの世界に自分がなぜ入っていけないのか、理解できなかったし、しようとも思わなかった。どうしてなのかと父に尋ねてみたが、笑い飛ばされただけだった。教育と知識は未来への鍵だと絶えず主張していた――そしてキムはまさに知識欲旺盛で頭がよかった――村の学校の教師に尋ねてみたが、悲し気な目で見つめられるばかりだった。

晩はテヴィとともに過ごした。ふたりは再びクメール語で会話するようになっていた。テヴィはいまだに感情を高ぶらせており、故郷のために役に立てているのだという幸福感に包まれていた。

そして、毎日の仕事のことを、キムに熱心に語って聞かせた。テヴィは、プノンペン住民の選挙名簿への登録を監視するグループに配属されていた。さらに、選挙運動の監視も行っていた。二十の党が結成されていた。テヴィは毎日のように多くの人に出会い、多くの運命について耳にしていた。来たる選挙ですべてが変わるだろうという大きな希望があった。キムは、自分が考えたことをテヴィに話すべきだろうかと迷い、結局やめておいた。テヴィには理解できないだろうとわかっていた。

カンボジア　七〇年代　メイ家

村に戻ると、村長がぼくたちにこっそり食べ物と飲み物をくれた。村長の左目は腫れあがり、濃い赤と青に染まっていた。ぼくは村長に、もしもできることなら父を埋葬してほしいと頼んだ。村長は、そうすると約束してくれた。かつて末の弟に乳をやってくれていたロンが、ぼくらを手招きして、炊いた米の入ったアルミの箱を手渡してくれた。ぼくたちが別れを告げると、末の弟は泣きながらロンにしがみついた。父の小屋から、ぼくは、父が魚をさばくのに使っていた大きなナイフだけを持ち出した。

ぼくたちは西へ向かって歩いた。できるだけ早く、かつてはシハヌークヴィルと呼ばれていた港町コンポンソムにたどり着きたかった。海岸沿いに進み、通りは避けた。ソンがぼくを探しているのではないかと恐れたからだ。末の弟はひとこともしゃべらなかったが、上の弟は、恐怖に見開いた目でぼくのほうをしょっちゅう見上げた。ぼくが触れようとすると、びくりと飛びのく。いったいどうしたんだと訊くと、弟はこう答えた。「あの男が言ったんだ。兄ちゃんは班で、子供殺しって呼ばれてるって。小さい子供たちをつかまえて、頭を木に叩きつけて殺すんだって。大きい子供たちのお腹を裂くんだって。そういうことが大好きだって。ぼくたちのこともそうしようと思ったんでしょ。だからあんなにぼくたちの命乞いをしたんでしょ」ソンが嘘をついたのだと弟に納得させるのに、長い時間がかかった。

「じゃあどうしてあの人たちと一緒にいるの？」最後には弟は、泣きながらそう訊いた。ぼくは答えられなかった。

タオがいま、班を率いてソ連船と中国船の接岸の監視の任務についていることを、ぼくは知っていた。何度も人に尋ねなければならず、タオを見つけるのにしばらくかかった。ようやく会ったタオにぼくは、故郷の村でなにが起きたかを話して聞かせた。けれどタオは、ただ悲し気にぼくを見るばかりだった。

「どこか田舎に、身を寄せられる親戚はいるか？」タオはそう訊いた。

ぼくは首を振った。

「プレイノップの近くに、子供収容所がある。そこの所長は知り合いだ」タオはそう言った。そして、ぼくが不安を抱いているのを見て、こう付け加えた。「所長は善良な女性だよ」

いずれにせよほかに選択肢がないことはわかっていたので、ぼくはうなずいた。

翌日、タオが自ら、ぼくたちをそこまで連れていってくれた。目の前に現れたのは、巨大な宿泊施設だった。男女別になっていて、オンカーの教理と民主カンプチアの歌を教える学校、大きな厨房、そしてさらに大きな食堂があった。

「子供たちは、昼間の数時間は近くの田んぼで働くことになります。怠惰な生活をさせるわけにはいきませんからね」ぼくたちはそう説明を受けた。「夜には全員が集会に出なければなりません。才能のある子たちは、上層部の催しなどで披露するために、音楽や踊りを習うこともできます。催しのために地域を隅々までまわるんですよ」

一見したところ、建物は清潔で、教員たちは親切だったし、子供たちが飢えているようにも見えなかった。それでもぼくは、弟たちをふたりだけで残していきたくはなかった。不信感をぬぐえなかった。ぼくもここに残らせてくれと、タオに必死で頼んだ。子守でもコックでも、なんでもやるから、と。だがタオは許してくれなかった。

「そんなことをしたら、部隊の人間の怒りを買う。そうなれば、上から問い合わせが来る。君たちは全員、しっかり登録されているんだ。部隊内での配置換えは相当の理由があれば認められるんだが、君をいまの任務から完全に外して、収容所に配置するのに適当な理由を見つけるのは、難しすぎる」タオはそう言った。「君が許可を得ずに班を抜けた理由と、ぼくが君をそばに置くための理由を見つけるだけでも難しいんだ」

「そばに置いてもらえるんですか？」信じられない思いで、ぼくは訊いた。

タオはうなずいた。「君をもとの班に戻すことは、死を意味する。いずれにしてもぼくにはボディーガードが必要なんだ。弟たちのことは、しょっちゅう訪ねてやればいい」

ぼくは上の弟に、末っ子の面倒をよく見るようにと言い聞かせた。

「そんなこと、言われなくてもわかってる」弟は生意気な口調でそう言った。

気が重かったが、ぼくは弟たちに別れを告げた。下の弟はぼくにすがりつき、上の弟はひとこともしゃべらなかった。タオが所長に、ふたりに特に気を配ってやってくれと念押ししてくれ、所長もそうすると約束してくれた。タオと所長がとても親しいようすなのに、ぼくは気づいた。別れ際にはキスをしていた。そして、誰かに見られなかったかと、素早くあたりを見回していた。

一九九三年春

五月、テヴィは数日間、バッタンバンへ出張することになった。キムは一緒に行こうかと考えたが、結局ひとりで沿岸部へ行くことにした。

「本当に行きたいの?」テヴィが訊いた。

オーストリアを出発する前、祖国に着いたら子供時代を過ごした場所を訪れるかどうか、ふたりはまだ気持ちを固めていなかった。テヴィは反対だった。不安で、まだ時期尚早だと思っていた。キムのほうは迷っており、「着いてから考えるよ」と言ったのだった。

キムはテヴィに、故郷の村を訪れる前にもうひとつ行ってみたい場所があると言った。

「君も後から来る?」キムはそう尋ねた。「ケップに数日滞在して、海を満喫しようよ。別にご両親の家に行く必要はないんだし」

テヴィは首を振った。「残念だけど、無理。まだ心の準備ができてないから」そしてテヴィはキムに、気を付けるようにと念を押した。「地方にはまだたくさんのクメール・ルージュの部隊がいる。毎日のように、どこかで流血沙汰があるのよ。国連軍との衝突だけじゃない。クメール・ルージュは卑劣で、抵抗する村の人たちを殺してるんだから」

「心配しないで」キムは言った。「サレットといれば安心だからさ」

サレットとキムはコンポンスプーへ向かい、そこからプレークトノット川に沿って、さらに西へ進んだ。キムが探していた場所は見つからず、それでもキムはコンポンスプーへ戻ろうとはしなかった。田舎にはホテルもないので、ふたりは車のなかで寝た。その夜サレットは、大規模なコミューンで家族をなくしたいきさつを語った。父親は、隣人にささいなことで密告されたせいで、ヤシの葉で首をくくられた。母親は衰弱で死に、妹は餓死した。ベトナム軍がカンボジアを制圧すると、サレットはひとりで何週間もかけてプノンペンまで行き、叔父と再会したのだった。

翌日も、ふたりは探索を続けた。自然のなかを、あちこちに車を走らせた。ときにはもはや道路ではなく、獣道をたどることもあった。かつて灌漑用のダムを建設していた労働収容所はどこですかとキムが尋ねると、地元の人たちはびくりと身を震わせて、首を振り、まるで幽霊でも出たかのようにキムを見つめ、きびすを返した。これまでキムは、たとえ目をつぶっていてもあの場所なら見つけられると思っていた。だが、自然の力を見くびっていた。変化はあまりに激しく、多くの場所が、人が足を踏み入れることなどできない深い藪になっていた。サレットはへとへとになり、もう諦めてくれとキムに頼んだ。それに、地雷のこともとても怖がっていた。

「見つけてどうしようっていうんだよ?」サレットは言った。「見つけたって、いいことなんかひとつもない。本当だ。ああいうことは、過去の話にするべきなんだ。でないと気が変になっちまう」

「どうしても、もう一度この目で見たいんだ」キムは答えた。

ついに、十二歳ほどに見えるひとりの少女が、道を教えてくれた。キムは十字路にサレットを残して、ここで待っていてくれと頼んだ。

「一、二時間かかると思う」キムはそう言った。

「ひとりで行っちゃだめだ」サレットは反論した。「お前が心配だよ」

サレットはキムに、革の鞘に入ったナイフを差し出し、キムはためらいながらそれを受け取った。

「見せるだけで用は足りるから」サレットはそう言って、キムを落ち着かせた。

少女がキムを案内してくれた。キムの手を取って、並んで歩き、小さな森を抜けたところで、唐突に立ち止まった。ふたりの目の前には、広々とした緑の台地が広がっていた。地平線にいたるまで、文明を思わせるものはなにひとつない。人影もなければ、家も、家畜も、水田も、木も、茂みも、なにひとつない。巨大な盛り土と穴の残骸はまだ見て取ることができたが、それも自然の猛威によって消え去ろうとしていた。まさに文字通りの意味で、そこには「草が生えて」いた（ドイツ語で過去のものになる、忘れ去られる、の意）。延々と連なる穏やかな丘陵地にも似た景色で、キムはルーアン近郊のゴルフ場を思い出した。一九八四年の夏に、イネスとともにテヴィを訪ねたとき、テヴィの伯母マリー・オージェに連れられて行った場所だ。テヴィがゴルフのレッスンを休みたくなかったからだ。イネスとキムは、テヴィと、鼻にかかった声で「トレビアン、マ・シェリ！」を繰り返す若いゴルフインストラクターの隣を、何時間もとぼとぼとついて歩いたものだった。

少女が大きな瞳でキムを見上げた。キムはズボンのポケットから十ドル札を引っ張り出すと、少女に手渡した。少女は礼を言って、きびすを返した。ゆっくりと、キムは丘を登り、草のなかに寝転ぶと、空を見上げた。この世界にたったひとりきりのような気がした。やがて雲が出てきたと思うと、最初の雨粒を頬に感じた。

ここまで来れば、残りの道はすぐに見つかった。激しい雨が降り始めたせいで、ずぶ濡れになりながらも、一時間後、キムは目当ての場所にたどり着いた。池はすでになくなっていて、ただの泥だらけの穴になっていた。小屋はすっかり倒壊していた。記憶が戻ってきた。池のほとりに座って、孤独のあまり鴨たちと話していた自分の姿が目に浮かんだ。どっと疲れが襲ってきた。できるなら、このまま何日も眠り続けたかった。しばらくすると雨はやみ、キムは引き返すことにした。来た時と同じ道をたどった。でなければ道に迷っていただろう。暗闇が降りるころ、キムはサレットが待つ十字路に帰り着いた。サレットはキムの姿を認めて、見るからに嬉しそうだった。

「探してた場所は見つかったか？」サレットに訊かれて、キムはうなずいた。

ふたりはコンポンスプーまで戻り、とあるホテルに宿を取った。そして翌朝、ケップへと向かった。ケップでは、テヴィがあらかじめ教えてくれたホテルを取った。テヴィもＵＮＯＶの職員から勧められたホテルだ。それからキムは海へ行って、しばらく泳いだ。濡れたまま砂浜に座っていると、突然のように震えが来た。疲労感に襲われ、だが同時になつかしさにもとらわれた。

まだ心の準備ができていないのではないかと不安だったので、キムは故郷の村を訪れるのを一日延ばし、翌日にはまた一日延ばした。サレットとキムは、何日も海岸で過ごし、ケップとカンポットを見て回ったり、シハヌークヴィルへ行ったりした。そのあいだじゅう、キムの心は張り詰めていた。プノンペンのホテルへ戻りたかった。ウィーンへ、Ｐ村へ、とにかく遠くへ行ってしまいたかった。だが同時に、自分がせめて一日でも村を見ずには戻れないことも、わかっていた。突然、自分がどうしてこれほど緊張しているのかがわかった。万が一あのリャンセイが生きていて、父の小屋に戻っていたらどうしよう、と思っていたのだ。十五年たったいまになって、再び肉親と顔を合わせることになったら、どうすればいいのだろう、と。ポル・ポト政権の崩壊後、故郷の村に戻った人はおおぜいいる。もし彼と顔を合わせたら、いったい自分はどうふるまえばいいのだろう？ 喜んで見せるべきなのか、それとも、当時彼を待たずにタイへと出発したことを、彼を置き去りにしたことを、悔いて見せるべきなのか？　そこまで考えると、キムは怒りに駆られて、そんな思いを押しのけた。言い訳する必要などない。もう人にあれこれ指図されるような幼い少年ではないのだ。自分が考えねばならない本質的な問いは、喜んで見せるべきかどうかではなく、彼が生き延びたことに本当に喜びを感じるかどうかだ。ところが、どれほど考えても、答えは出なかった。

明日はプノンペンに戻るという日、キムは村を訪れた。ざっと目にした限り、村は少しも変わっていないように見えた。当時と同じように、高床式の小屋が二十棟ほど、野道の両脇に並んでおり、干した魚が高床からぶら下がっていた。小屋の前では子供たちが遊び、鶏が歩き回っている。おんぼろのモペットが一台、家族全員を乗せて、ガタガタと通り過ぎた。すべてがなじみのなつかしい光景で、キムの胸は痛んだ。道を何往復もしたので、やがていくつかの小屋から、怪しんだ女たちが顔を出した。キムは勇気を奮って、かつて家族と暮らしていた小屋へ歩み寄った。それは道から少し離れたところにあり、バナナの木の奥に隠れていた。

小屋は、かつて父が、皆が「フランスさん」と呼んでいたホテル経営者から稼いだお金で増築と修復をしたときのままだった。いまはそこに、四人家族が暮らしていた。それを知った瞬間、キムは、自分が安堵したことを認めないわけにはいかなかった。一家の父親は、キムの父と同じように漁師で、若い妻は家族の世話をしていた。幼い息子と赤ん坊——女の子——がいた。キムが、自分は子供のころここに住んでいたのだと告げると、一家は拒絶的な反応を示した。小屋を返せと要求されるのではないかと、不安になったのだ。キムは一家を安心させるために、もうずっと外国で暮らしていることを話した。一家は緊張を解いて、キムを昼食に誘ってくれた。一家とともに床に座って――かつて家族と一緒に食事をしたのと同じ場所で――食事をし、米酒を飲み、子供たちと遊び、ヨーロッパでの生活を語りながら、キムは涙をこらえるのに必死だった。小屋を出たときには、すでに暗くなっていた。

最終日、キムとサレットはテヴィの家族の屋敷へ向かった。場所は、テヴィがあらかじめ正確に教えてくれていた。その屋敷は、だいたいにおいてまだ人が住める状態ではあったが、だいぶ古びてもいた。正面の壁のあちこちは、煤で黒ずんでいた。サレットが屋敷の前に車を停めると、大勢の子供たちが、歓声をあげながら笑顔で走り寄ってきた。

ベランダには男がひとりと女がひとり座っていて、それぞれが膝に子供を載せていた。キムが車から降りると、男のほうが立ち上がり、膝の子供を女に預けた。そして階段を下りて、ゆっくりとキムに近づいてきた。右足を引きずりながら。

それがリャンセイだと気づくまで、しばらく時間がかかった。キムの胃がぎゅっと縮み、痛みを感じた。

リャンセイは、主のいなかったこの屋敷に、一九八〇年、四人の孤児とともに移り住んだ。それまでは、キムを探して、タイ各地の難民収容施設を訪ねていた。

「長いあいだ探したんだ。もう死んだんだと自分を納得させるまで」リャンセイはそう言った。キムは答えなかった。なにを言っていいのかわからなかった。非難の言葉が続くのを待ったが、なにも言われなかった。

ふたりは台所で向き合って座った。そのあいだ、サレットは子供たちを順番に車に乗せて、あたりをドライブしていた。キムはいまだに混乱していた。よりによってここ、テヴィの両親の屋敷で、リャンセイに再会するとは夢にも思っていなかった。

リャンセイは、クメール・ルージュ政権が崩壊した一年後に、カンボジアへ戻ったと語った。ひとりで欧米に移住するつもりはなかったし、いずれにせよ亡命が認められる見込みなどなかった。故郷の村へ戻る途中、リャンセイは鴨農場に立ち寄った。そこでは、すっかり野生児と化した五人の少年が、木の根を掘り、鳥を捕まえて、なんとか生き延びていた。リャンセイは少年たちを放っておけず、彼らを説得して、一緒に農場を去ることにした。その時点で、フランスさんの屋敷がまだ無人のままならば、そこを孤児院にしようというアイディアが浮かんだ。ジャングルを半日間歩いたところで、恐ろしいことが起こった。少年たちのひとりが地雷を踏んで、即死したのだ。リャンセイ自身も右足に重傷を負った。膝とふくらはぎの傷は非常に深く、少年たちがリャンセイをかついで、一番近い村まで運ばねばならなかった。その村で、とある老夫婦が一行の面倒を見てくれた。妻のほうが、間に合わせながら傷の手当もしてくれた。何週間もたって、再び歩けるようになると、一行はケップを目指して出発した。フランスさんの屋敷は、果たしてまだ無人のままだった。リャンセイと四人の少年はそこに住みつき、すぐに修繕を始めた。以来、リャンセイはそこに住み続けている。そのときの四人の少年たちは、いまでは家を出て、仕事を見つけ、家庭を築いている。

時とともに、ほかの孤児たちがやってきて、いまでは三十人ほどの子供たちが屋敷で暮らしている。ふたりの教師が毎日通ってくる。ひとりが幼い子供たちの、もうひとりが年長の子供たちの授業をするのだ。さらに、料理をしにくる老女がひとりいる。孤児院は近隣のたくさんの家族に支えられている。誰もができる範囲で寄付をし、誰もができる限り手を貸してくれる。子供たちの出入りも盛んだ。成人して仕事を見つける子供や、里親に引き取られる子供がいる一方で、新しい子供がやってくる。子供たちの面倒を見ることを、リャンセイは自分の使命だと考えていた。兵士として犯した罪の償いだと。リャンセイは子供のころ、クメール・ルージュの教えに感銘を受けて、彼らの一員になった。その後すぐに彼らの残虐さに嫌気がさしたのだが、それでも彼らの一員として、忠実な兵士のふりをし続けなければならなかった。でなければ、その代償を命で支払うことになっただろう――家族もろとも。リャンセイは、父親と末の弟の命を救うことはできなかった。ただひとり残った家族であるキムのことも、一九七八年十二月、戦争末期の混乱のなか、見失った。リャンセイは、自分は精一杯努力したにもかかわらず、人生に失敗したのだ、すべてが虚しかったのだという自覚とともに、生き続けるしかなかったのだった。

リャンセイは八年前に結婚していた。妻のチェンダーは同じ村の出身で、孤児たちの母親役を担っていた。夫婦にはふたりの息子がいた。キムとムニーという名の。

「チェンダーのこと、憶えてるかな？　ムニーの一番の友達だっただろう。昔、チェンダーの母親のロンが、ふたりに乳をやってくれた」リャンセイはそう言った。

ふたりの四歳児が手をつないで水たまりのなかを跳ね回る姿が、キムの脳裏によみがえってきた。

テヴィがプノンペンで待っているとわかってはいたが、キムは一晩村に留まり、夜明けまでリャンセイと語り合った。リャンセイはキムにすべてを話してくれた。母の死に始まって、鴨農場でキムと会えなかったときの絶望まで。ときどきキムは、心を落ち着かせるために、立ち上がって、庭を少し歩かねばならなかった。リャンセイから聞かされる話は、耐えがたいものだった。リャンセイは、少女テヴィのことを尋ねた。彼女は生き延びたのか、と。そしてキムが、あのときの少女は、自分が愛し、結婚したいと思っている女性になったのだと話すと、リャンセイは泣いた。

翌朝、キムはリャンセイ一家と子供たちに別れを告げた。プノンペンへ戻るのをこれ以上遅らせるわけにはいかなかった。きっとテヴィはもう、いてもたってもいられないほど心配しているだろう。キムは、手紙を書く、贈り物を送る、またいつの日か戻ってくる、と約束した。リャンセイと妻のチェンダーとふたりの息子たちは、心を込めて手を振ってくれた。孤児たちが数人、しばらく車の後を追って走ってきた。

プノンペンへの道すがら、キムは黙って助手席に座ったまま、窓からじっと外を眺めていた。ほんの数日前に自分の頭を巡った考えが、恥ずかしかった。自分は本当に、嫌悪と憎しみを感じたのだろうか。本当にこう思ったのだろうか――ぼくになんの関係があるんだ、と。

すべては、ただキムひとりのためだったのだ。

キムが生き延びるために、ひとつの家族が死ななければならなかった。こんな重荷を背負って、これから自分はどうやって生きていけばいいのだろう？

車窓を流れていく景色を、キムは祖国に戻って以来初めて、美しいと思った。この美しさを、どうして忘れていられたのだろう？　ぼくの美しい、痛めつけられた祖国――そう思った。絶望が襲ってきた。それはあまりに激しく、体が痛み始めるほどだった。空気が足りなくなった気がした。

なにかが胸の奥に詰まり、胸を締め付け、まっすぐ気道を這い上がってきて、呼吸を妨げた。キムとサレットの車は、たくさんの人が乗った牛車を追い越した。キムの涙に曇った目に、ひとりの幼い少女がこちらに手を振るのが映った。突然キムは、必死に抗ったにもかかわらず、もはや叫び声を抑えられなくなった。両手をグローブボックスに叩きつけ、サレットに停まってくれと頼んだ。そして車から転げるように降りると、野原に走っていって、膝から崩れ落ち、延々と泣きじゃくった。サレットが近づいてきて、キムを抱きしめ、慰めるように語り掛けてくれた。

ホテルに着くと、テヴィはキムに会えたことを、大袈裟なほど喜んだ。喜びのあまり泣き出し、キムを抱きしめて放そうとしなかった。「すごく心配したんだから」テヴィは言った。

キムもテヴィを抱きしめ、その背中を撫でた。自分の動揺を悟られてしまうのではないかと、心配だった。

しばらくするとテヴィは、「話があるの」と言って、顔を上げた。

「なに?」キムは尋ねた。

テヴィはキムの顔を両手で挟んで、耳元にささやきかけた。「妊娠してるの。キム、私、妊娠してるの」

キムの心臓がびくりと跳ねた。

「確かか?」キムは訊いた。

疑問の余地はなかった。すでに二週間、生理が遅れており、朝には吐き気がして、胸が大きくなり、ときどき軽く痛むのだという。テヴィの計算では、子供は十二月に生まれるはずだった。ふたりはホテルのベッドのなかで、向き合っていた。

「ここで妊娠したのよ、私たちの故郷で」テヴィは言った。「素敵じゃない？」

「うん、素敵だ」キムはつぶやいた。

テヴィは、旅行はどうだったかと尋ね、キムは語り始めた。ケップへ向かう前に、いまではもう存在しない、かつての鴨農場を訪れたことも語った。どうしてもあの場所を、もう一度この目で見たかったのだと。そして、故郷の村を歩き、父の小屋の前に立ったときの自分の気持ちについて、いまその小屋に住んでいる家族についても語った。

「私の両親の家にも行った？」テヴィが小声で訊いた。

プノンペンへ戻る道すがら、キムはこの点ではテヴィに嘘をつこうと考えていた。かつての屋敷は完全に破壊されていて、もうなにひとつ残っていなかった、と。

「若いヤシの木が生えてたよ。それに亀が一匹住みついてた」と言うつもりだった。

けれどキムは結局、半分だけ事実を告げることにした。かつての我が家がいまではたくさんの孤児たちの我が家になっていることを知れば、テヴィがとても喜ぶだろうとわかっていたからだ。テヴィが自分の目で見るために屋敷へ行きたがるのではないかという恐れは確かにあったが、それは今後なんとか阻止できるだろうと考えるしかなかった。孤児院を運営しているのが誰なのかを、テヴィは決して知ってはならない。キムは一方で、テヴィを守る義務があると感じていたが、他方ではリャンセイのことも守りたいと思っていた。だから、ふたりがいつか顔を合わせるようなことは、決してあってはならなかった。

話してみると、テヴィの感動は本当に大きかった。「孤児院？　本当に孤児院なの？　なんてこと！　写真、撮った？」

「うん、撮ったよ。屋敷の写真を一枚。その前に子供たち全員がいるんだ」キムは答えた。

「一枚だけ？」

キムは思わず笑いだした。テヴィは同じモティーフで何百枚でも写真を撮れるタイプだ。

「何枚か撮ったよ。子供たちが寝る部屋とか、台所とか、食堂とか。食堂は教室にもなるんだ。それに、子供たち抜きの、家だけの写真も一枚」

「ＵＮＯＶに働きかけて、その孤児院にお金が支給されるようにできるかも。ほら、公的に国際的な支援を受けられるように。運営してるのは、なんていう人たち？」テヴィは訊いた。

「男性と女性がひとりずつ。でも名前は知らない。子供たちは〈おじさん〉〈おばさん〉って呼んでた」キムは嘘をついた。「ぼくも同じことを提案してみたんだけど、ふたりはいらないって言ったよ。純粋な地元運営のままにしておきたいって。考えてもみてごらんよ、孤児院を存続させるために、地域全体が協力してるんだよ！　そうすることで連帯感が生まれる。支援を受けるようになったら、すぐに地域のやる気もしぼむと思わないか？　それに、そもそもぼくが国際的支援についてどう思ってるかは、知ってるだろ」

その点について、ふたりはしょっちゅう議論していた。キムの意見では、国際的な支援は常に善だとは限らない。好ましい方向への発展を促すのではなく、すべてを台無しにしてしまう場合も多いと考えていた。当事者が自分たちで主導権を握り、責任を担わなくてはならないと。

「この場合に限っては、確かにおっしゃるとおり」テヴィはあくびをしながら言った。「認めるわ」

テヴィはキムにキスをした。「疲れちゃった。あなたの息子にエネルギーを吸いつくされて」

「または娘に、ね」キムは言った。「おやすみ」

キムはその夜、長いあいだ眠れなかった。

家族が生きていた。元気でいる。家庭をもち、立派な仕事をしている。とはいえ、根本的には、リャンセイは絶望し、打ちひしがれた人間だった。彼の顔に、それが見て取れた。十五年前、リャンセイがキムに強い口調で言った言葉を思い出した。「もうすぐなにもかも終わる、そうしたら一緒にタイに行こう。待っててくれ、いいね？　絶対にひとりで行っちゃだめだ！　なにがあろうと、離れ離れにはならない。ただ、もし二週間のあいだにぼくが姿を見せなかったら、ひとりで出発するんだ。その場合、ぼくはおそらくもう死んでいるから」キムはリャンセイの言うとおりにしなかった。リャンセイの所業のすべてを見た後では、とてもまっすぐに彼の目を見られず、彼にああ言われた翌日に、タイへと出発したのだった。最初のうちは、リャンセイのことを考えると、憎しみが溢れた。ここ数年は、ほとんど思い出すこともなくなっていた。ただムニーがいないことだけは、ずっと長いあいだ悲しんだものだった。

いまキムは、リャンセイの行動の背後にあった真の理由を聞かされ、それとどう折り合いをつけていいのかわからずにいた。それは心に重くのしかかっていた。ギムナジウムの上級学年で受けた哲学の授業を思い出した。道徳的な行動について、価値と規範についての授業だった。特に、自らが生き延びることの価値と、その代償について。我々を人間たらしめるものはなにか、道徳と文明は、生きるか死ぬかの極限状況において、どんな意味を持つか、というのが、議論の中心テーマだった。当時のキムは、クメール・ルージュ政権下での自分の体験に照らし合わせて、心のなかでその議論と、熱心に理屈ばかりこねる若い教師のことを馬鹿にしていた。だが、何時間にもわたってリャンセイの話を聞いたいまでは、自分でもわかっていた——自分が生き延びたことの価値と、自分の存在の正当性について、この先永遠に問い続けることになるだろうと。

テヴィと自分は、子供を持つ。多くのことが変わるだろう。いま自分には稼ぐ手段がまったくなく、大学を卒業するには最低でもあと二年はかかる。中退して、働き始めるべきだろうか？　自分のささやかな家庭が、マリー・オージェの施しに依存するのは嫌だった。とはいえ、大学を中退した人間が、どんな職につけるというのだろう？　自分の目標には別れを告げて、これからの一生、ウェイターでもして、なんとか生活していくべきだろうか？　それに、住むところのことも考えなくては。もし同居人のミヒャエルが出ていくのを嫌がったら、テヴィとふたりで新しいアパートを探す必要があるかもしれない。

突然、キムは笑いを抑えられなくなった。と思うと、またしても頬を涙が流れるのに気づいた。あれこれ考えはしても、自分がなんの不安も抱いていないこと、ただただ信じられないほどの幸せしか感じていないことに気づいて、驚いた。たったひとつの思いが、ほかのすべてに勝っていた。テヴィのなかで育ちつつある小さな命が、楽しみでしかたがなかった。自分の息子、自分の娘を腕に抱く日が待ちきれなかった。それにもうひとつ、気づいたことがあった。リャンセイが生きていたことを、自分は喜んでいる。自分に小さな甥がふたりいることを。

朝方になってようやく、キムは落ち着かない眠りについた。

ついに選挙が実現した。全国で六日間にわたって投票が行われた。投票所には学校や寺院仏閣が使われた。クメール・ルージュは選挙のボイコットを呼びかけていたが、投票率は九十パーセント近くに達し、ノロドム・ラナリット率いる保守王党派のフンシンペック党が勝利を収めた。

　五月二十八日、プノンペンはお祭り騒ぎだった。キムとテヴィは、テヴィの同僚たちとともに街に繰り出した。サレットも叔父と恋人とともに合流した。一行はセントラルマーケット近くのレストランで食事をした後、街をそぞろ歩いた。ワット・プノンの近くで、伝統的なカンボジア音楽を演奏しているグループがいた。するとテヴィが踊り出し、しばらくしてサレットの恋人やほかの女性たちが続いた。

　キムとテヴィがホテルに戻ったのは、夜も更けてからだった。

「もうすぐ家に帰れる」テヴィが言った。

「家だって？」キムはからかうように問いかけた。

　テヴィが笑い声をあげた。「そう、家」

「悲しい？」キムは訊いた。

「少しね。でも実を言うと、いろいろ楽しみにしてることもあるの」

「たとえば？」

「おいしい子牛のカツレツ、クリームをたっぷり添えたアプフェルシュトゥルーデル、すごく、すごく分厚いレーバーケーゼ（ひき肉と香辛料などを型に入れて蒸し焼きにしたもの）を挟んだゼンメル」

「全部忘れろ。君は健康的な食事をしなきゃいけないんだから。巨大な赤ん坊が生まれてくるのをぼくが望んでるとでも？」

「それに、産婦人科に行って超音波検査で赤ちゃんと会うのも楽しみ。あと、赤ちゃんの服を買ったり、子供部屋の用意をするのも」

キムはテヴィの腹をなでた。

しばらくたって、テヴィはこう付け加えた。「でもね、キム。私、絶対にまたカンボジアに来るつもり。できるだけ頻繁に。あなたと、私たちの子供と一緒に。いろんなプロジェクトのために寄付を集めるの。別に国際的なプロジェクトである必要はないし」そう言って、キムにウィンクする。

「自分の国の再建を手伝いたいの。私にできることなんて、きっと多くはないだろうけど」

「ぼくも同じ気持ちだよ」キムは言った。

六月中旬、ふたりはウィーンへ戻った。


二週間後、テヴィは姿を消した。九か月前にキムの人生に現れたときと同じように唐突に、なんの前触れもなしに。そのときキムは、とある建築家の事務所でアルバイトをしていて、プロジェクトのために、ノイズィードラー湖のほとりへ二日間の測量に出かけていた。帰ってくると、テヴィはいなくなっていた。テヴィの部屋のドアがわずかに開いていた。そこから覗いてみたキムは、部屋が驚くほど片付いているのを目にした。それがなんだか妙に思われた。テヴィの洋服ダンスを見ると、ほとんどの服がなくなっているのがわかった。ベッドの下にしまってあったトランクと旅行鞄もなくなっていた。二足の小さなスニーカー――一足はピンク、一足は水色――が、ベッドの上方の壁からぶらさがっていた。カンボジアから戻ってすぐに、旧市街を散歩していて、とあるベビー用品店で見つけたとき、テヴィが誘惑に抗えずに買ったものだった。

最初キムは、きっとテヴィはＵＮＯＶからの緊急の依頼でプノンペンへ向かったのだろうと考えた。そして、テヴィが勤めていた事務所に何度も電話して、彼女の居場所を尋ねた。だが電話に出た五人の職員のうち三人は、残念ながらなにも知らないと言い、残りのふたりは、そういった質問には答えられないと言った。

「おい、いい加減にそういう秘密主義はやめてくれ！」三日目、キムは苛立ちを抑えきれず、受話器に向かって怒鳴った。「CIAやなんかの情報機関のつもりか。もったいぶりやがって！」

翌日、キムも顔だけは知っているUNOV職員のひとりが、テヴィはカンボジアであれどこであれ、UNOVから行くよう依頼を受けたりはしていないと伝えてくれた。キムは懸命に落ち着こうとした。テヴィが気まぐれなのは知っていた。きっと友達の誰かを訪ねることにしたのだろう。ベルリンにいるアントニアか、チューリヒにいるズィモーネを。ふたりとも、テヴィがパリの大学に通っていたころの友人だ。だが同時にキムは、もしそうならテヴィが知らせを残していったはずだとわかっていた。テヴィの伯母のマリー・オージェに電話してみたが、彼女も姪がどこにいるのか知らないと言い、キムと同様に心配していた。キムはどん底に突き落とされた。

四日後、キムはベッドサイドテーブルの下に、小さな紙きれを見つけた。きっとドアを開けた拍子に、風で飛ばされてしまったのだろう。そこにはこう書かれていた。「探さないで」

カンボジア　七〇年代　メイ家

故郷の村での出来事以来、ぼくはタオに付き従うようになった。

あれからすぐにタオは、演説の能力を買われて、政治指導員に任命された。小隊に置いておくのは才能の無駄遣いだと見なされたのだ。タオはぼくをボディーガードとして同行させてくれた。クメール・ルージュのなかでも地位の高い者たちは、ボディーガードを必要としていた。もはや命の保証がなかったからだ。タオもある夜、クメール・ルージュに家族全員を処刑されたという男に襲われたことがあった。ぼくがソンの姿を見るのは、指導部の代表者たちも出席する地域の大規模な集会に、たくさんの警備部隊が必要とされるときのみだった。そういうとき、ぼくは毎回、無理やりにでもソンから目をそらさず、ソンのにんまりした笑いを受け止めた。

政治指導員としてのタオの新しい任務は、大きなコミューンや労働収容所で集会を催すことだった。タオは人々に、オンカーの言葉をこんこんと繰り返し教え込んだ。犠牲的精神で仕える人民ひとりひとりをオンカーがいかに愛しているか、オンカーを敬うことがどれほど大切か。タオはこんな言葉を本当にまだ信じているんだろうか？　ぼくは心のなかでそう考えたが、本人に直接訊いてみる勇気はなかった。決して自分の考えを口に出してはならなかったからだ。けれど、タオの熱意が消えかかっているのは、見ればわかった。ぼくたちがふたりきりでいるときのタオは、疲れて歳を取って見えた。

一九七七年のある日、ぼくは一度、オンカーというものの背後にいるのはいったいどういう男たちなのかと訊いてみた。するとタオはこう答えた。「いつか責任を追及されるべき男たちだ。そうなってほしい」

ぼくは驚いて、誰かが聞いてはいなかったかと、あたりを見回した。いたるところに不信感が満ちていた。誰が誰を密告しても不思議ではなかった。間違った表情ひとつで処刑されることもしょっちゅうだった。仲間内でもそういうことが増えていた。集会でぼくたちの目の前に座る人々は、あまりにやせ細り、まるで骸骨のようだった。彼らがまだ生きていることを示すただひとつの印は、憎しみに満ちた瞳だった。タオは何度も何度も、米を一杯に詰めた袋をコミューンから持ち出すことを——中国へ輸出するためだ——やめさせようとし、人々に厳しい罰を与えないよう兵士たちを諭した。

「人民には働いてもらわねばならないんだ」とタオは言った。「死んで穴に落ちるんじゃなく!」

ほぼ一か月に一度、ぼくは短い休暇をもらって、弟たちを訪ねることを許された。末の弟はいまだにひとことも話さず、やせこけ、真っ青な顔でぼくの前に座り、大きな瞳で見つめてきた。上の弟は器用で頭がよかったので、兵士としての教育を受けることになり、労働の後の晩に、武器の使い方を習うようになっていた。ぼくはやめさせたかったけれど、新しい所長は聞く耳を持たなかった。以前の所長は、ある日突然どこかへ連れていかれ、それ以来誰ひとり姿を見ていなかった。上の弟はぼくに対して沈黙を保ち、よそよそしかった。ぼくが来ても、決して喜んでいるようには見えなかった。一度、突然泣き出したことがあった。

「どうしてぼくたちのそばにいてくれないの？　どうしてぼくたちの面倒を見てくれないの？　それが兄ちゃんの役目じゃないか！」言葉が溢れ出てきて止まらないようだった。「ここはひどいんだ。一日中働かされるし、食べ物はほとんどもらえない。それに叩かれて、いじめられるんだ」

弟は立ち上がり、駆け出していった。

ぼくは母のことを思い出した。弟たちの面倒を見ると母に約束したことを。もうとても耐えられなかった。必死に涙をこらえながら、ぼくは子供収容所をよろめき出た。

二〇一六年六月十八日　土曜日

なんらかの驚きがあると予測してはいたものの、庭に足を踏み入れたキムは、本当に驚いた。これほど多くの人がいるとは、さすがに予想していなかった。おそらく五十人以上だろう。全員が目の前に並んで、キムに笑いかけていた。リンツで働いていたころの同僚たちも来ていたし、大学時代の同居人、アンドレアスとミヒャエルまでいた。こまめな友人付き合いはキムの得意分野ではなかったせいもあって、このふたりとも、もう何年も会っていなかった。皆の顔を見て、一瞬自分が気圧されたことを、認めないわけにはいかなかった。人生の一時期をともに歩んだ仲間たち。自分の人生が満ち足りたものになったのは、いろいろな意味で彼らのおかげだ。

一瞬キムはテヴィのことも、今日の午前中のテヴィの話に心をかき乱され、不愉快になったことも忘れた。だが気づけば、テヴィの姿を探していた。テヴィはどこにもいなかった。庭は雰囲気たっぷりに飾り付けられ、ビュッフェは豪華だった。イネスは本当にかなりの準備をやってのけたのだ。それでも、感謝の気持ちは湧いてこなかった。イネスに対して感謝の気持ちを持てたらよかったのにと思った。すべてがうまく行っている、自分の人生は本当に満たされた素晴らしいもので、外からそう見えるだけではない――そう思えたらよかったのにと。誕生日を祝うために来てくれた人は皆、キムが好意を持ち、大切に思う人たちでもあった。それでも、一晩中こんなにも大勢の人たちと話して過ごさねばならないのは、荷が重かった。

キムは、皆のおめでとうという言葉を受け流し、イネスとともにビュッフェの開始を告げる挨拶をした後、しばらく事務所のパートナーのトーマス、その妻アネッテ、元建築家のアルトゥールと会話をした。やがてテヴィが姿を現して、イネスと並んで客たちのあいだを練り歩きながら、感じよく言葉を交わし始めた。キムはビュッフェから料理を少しと、普段は酒を飲まないにもかかわらず、ビールを取ってきて、アンドレアスとミヒャエルのいるテーブルに加わった。三人で互いの仕事の話をしたが、キムは会話に集中するのが難しかった。目の端でテヴィを追っていたからだ。テヴィが客たちとどんな話をしているのか、できれば知りたかった。

テヴィの後ろ姿があまりに細くはかなげなことに、キムは驚いた。難民キャンプでの、とある場面を思い出した。病院に入院させられたテヴィを、キムは毎日のように見舞って、何時間もベッドの脇に座っていたものだった。最初のうちテヴィはなんの感情も見せず、ぼんやりとしていて、話しかけてもほとんど反応がなかった。六日目に病室に入ると、ベッドの端に看護師が座っていて、幼い少年のやせた背中と首とを洗っていた。キムの全身が熱くなり、それから氷のように冷たくなった。テヴィのベッドに別の患者がいるということは、テヴィは死んだということだ。何週間もテヴィを背負ってジャングルを抜けたのも、すべて無駄だった。やはり自分は、この世界でひとりぼっちなのだ。テヴィが死ぬ間際に自分が呼んでもらえなかったことで、キムは息が詰まるほどの怒りを覚えた。

「妹はどこ?」キムは看護師に怒鳴った。

するとそのとき、ベッドの上の少年が振り返って、キムに笑いかけた。それはテヴィだった。シラミのせいで髪を短く切られていたのだ。キムは喜びと安堵のあまり心臓が飛び跳ねるのを感じた。そしてテヴィのベッドの脇に腰を下ろした。

看護師が出ていくと、テヴィは言った。「じゃあ、私、キムの妹なのね」キムはうなずいた。「ぼくたちには両親と、三人のきょうだいと、おばあちゃんがいるんだ」キムは言った。「みんな一緒に亡命申請するんだ。オーストラリアはどうかな？」

「いいじゃない。オーストラリアに着くまで、まだ長くかかるのかな？」

「たぶんね。それまでにサッカーを教えてあげるよ。それに、学校にも行けるよ」

テヴィは疲れていて、眠りこんだ。キムはまだしばらくベッド脇に座っていたが、それから宿泊先の小屋に戻って、英語の教科書を取り出すと、勉強の続きを始めた。ナート家の三人の子供たちが加わったので、キムはちょうど読んだばかりの箇所を彼らに説明し始めた。

バンドが演奏を始め、娘のレアがキムのところへやってきて、ダンスに誘った。

「踊っていただけませんか、今日の主役の方？」娘はそう言って、軽く腰をかがめてみせた。

キムはバンドのほうを見て、言った。「でも、まだ誰も踊ってないじゃないか」

「それなら私たちが最初に踊ればいい」レアはそう言って、笑いながら付け加えた。「ママが来て、パパと最初のタンゴを踊ろうって言い出す前に」

キムも思わず笑いだした。二年前にイネスとともに通ったタンゴ教室の思い出は、決して美しいものではなかったとはいえ。

レアがバンドの歌手になにかを囁きかけると、スローな曲が始まった。キムが娘と踊るのを、テヴィがひとりで、立食用のテーブルにもたれて見つめていた。テヴィの検分するような視線が不愉快だった。

いったいテヴィはなぜ子供たちの招待を受けたりしたのだろう、と、キムは考えた。断ることだってできたはずなのに。どうしてテヴィはやってきたのだろう？　いったいここでなにがしたいんだろう？　過去のこと、あり得たかもしれない未来のことを、キムに思い出させたいのだろうか？

テヴィがここにいるという事実は、キムにとって挑発であり、侮辱だった。キムの誕生日パーティーに現れるなんて。まるで古き良き知人かなにかのように。まるで、思春期にテヴィがフランスの親戚のもとへ引っ越して以来、連絡が徐々に途絶え、誰の人生にもままあるように、いつしか疎遠になっていただけであるかのように。まるで、ともに過ごした二十三年前のあの九か月間など、なかったかのように。

その後キムはイネスと踊り、ほかのカップルも加わった。それから、ずっとしつこくせがんでいたヨナスを喜ばせるために、キムはテヴィとも踊った。踊っているあいだじゅう、テヴィにじっと見つめられて、キムは際限のない怒りが湧いてくるのを感じた。

「どうして来た？」キムはそう尋ねた。自分の声が脅すような攻撃的な響きを持っているのに気づいた。自分を抑えなければ。皆に見られているのだから。

「あなたとイネスがどんな生活を送ってるのか、興味があったの。それにあなたの子供たちにも」

「興味があった？　最低限の礼儀をわきまえてるんなら、子供たちの招待を断るべきだったんじゃないのか。来るのは無理だって返事を書くべきだったんじゃないのか」

「どうして断らなきゃならなかったのよ？」テヴィが訊いた。「私は来たかったの。あなたがどう思おうが関係ない」

「ああ、そうだったな。思い出したよ。君はいつでも自分のしたいようにしてきたんだった、テヴィ。わがままで甘やかされた人間だからな」キムは言った。ほかの人たちの注意を引かないよう、小声で、笑顔を保ったまま。「まずは両親に甘やかされて、それからフランスの伯母さんに甘やかされて。その合間には、まずはぼくが面倒を見て、それからモニカとイネス。君はいつもぬくぬく生きてきた。そうだろ？　実は全然違うのに、かわいそうな少女を演じてきた。どうやったら人を味方につけて、自分の目的のために利用できるか、いつでもわかってたからだ。君は周りの人間を操ってきた。昔ウィーンのぼくのところに来たのも、いろいろうまく行ってなかったっていう、それだけの理由だろ。あの高慢ちきな写真家にもてあそばれたから。違うのか？　で、ちょっと調子が上向いてきたと思ったら、すぐにまた出て行った。なんにも言わずに！　仕事から戻ってみたら、君はいなくなってた。ぼくがどんな気持ちになったかわかるか？　いったいぼくは君にとってなんだったんだ？」

キムは、自分が酔っていて、憤激に駆られるままに話しているのに気づいた。おまけに、一度にこれほどたくさん話すことに慣れていなかった。幸いなことに曲はそこで終わり、キムは「ビールがいる」と言って、テヴィをそこに残して立ち去った。

パーティーが終わって、あの女がやっと帰ってくれたら、喜びのダンスをしてやる。キムはそう決意した。

一九九四年―二〇〇四年

レアが生まれたのは一九九六年三月だった。

　イネスが妊娠三か月のとき、ふたりは役場で婚姻届を出し、Ｐ村の教会で式を挙げた。それはイネスの希望だった。キムにとっては式にはなんの意味もなかったが、イネスの願いをかなえてやりたかった。祭壇の前で、いささかきついスーツ姿で、汗をかきながら立っていると、オルガンの音楽が鳴り響き、感動の面持ちの父親のエスコートで、花嫁がゆっくりと歩いてきた。モニカは母のマルタと恋人のアレクサンダーに挟まれて、最前列に座っていた。通路を挟んで反対側には、イネスの父ローベルトの妻、ふたりの息子とその恋人たち、そして歳の離れた末っ子――イネスの十三歳になる異母妹――が座っていた。

　教会は、Ｐ村の人々や新郎新婦の友人たちでいっぱいだった。イネスのかつての教師仲間もふたり、結婚式への列席のついでにヨーロッパ旅行をするつもりで、はるばるオーストラリアからやってきていた。キムのウィーン大学時代の友人たちも、皆来ていた。披露宴は、何年も昔にマルタが経営していた料理店で行われた。そして夜には、モニカの家の庭で、祝宴のしめくくりをした。ＤＪが音楽をかけ、皆が踊り、真夜中ごろにウェディングケーキにナイフが入れられた。

　その二か月前、キムはウィーン大学を卒業した。イネスが側にいて励ましてくれていなければ、決して実現しなかったであろう偉業だった。イネスはオーストラリアに滞在した後――キムにとって非常に幸運なことに――ウィーンに常勤教師の職を見つけた。そのために、キムとイネスはよく会うようになり、気が付くと、特にこれといった劇的なきっかけもなしに、付き合うようになっていた。そこには、キムの同居人ミヒャエルの貢献もあった。ある晩キムに、ミヒャエルはこう言ったのだ。「イネスは素晴らしい人だ。しかもお前にべた惚れじゃないか。放っておく手はないだろう?」

キムはミヒャエルの忠告を心にとめて、イネスを食事に誘い、その後自分の部屋へ連れていって、初めてセックスをした。ことの最中にキムは、いま自分が寝ているのは若いころのモニカなのだと想像した。

一九九四年のイースターに、ふたりはP村へ帰って、モニカに報告をした。

「まさか、嘘でしょ」モニカはそう言って、ふたりをかわるがわる見つめた。「私をからかってるんでしょ」

「嘘じゃないよ、モニカ」キムはそう言って、イネスの肩に腕を回した。「三月に付き合い始めたんだ」

三人は互いにキスを交わし、モニカは喜びのあまり泣き始めた。結局なにもかも筋が通ってるじゃないか、カンボジアでは母親が娘の夫になる男を選ぶんだから――キムの頭を、ふとそんな考えがよぎった。

その夏を、キムとイネスはP村で過ごし、キムは建築家のアルトゥール・ベルクミュラーのもとで働いた。ある日、家族一緒に庭で朝食を取っているとき、モニカが言った。「ねえ、P村に戻ってきたらどう? もちろん、キムが大学を卒業した後の話だけど。うちには場所ならたっぷりあるし、敷地も広いから、ふたりの家を新しく建てたらいいじゃない」

そこまで言うとモニカは赤くなり、こう付け加えた。「私が、どうしても戻ってきてほしがってるなんて思わないでね。重荷に感じたりしないで。それに、こんな話をするにはまだ早すぎるしね」

イネスがキムを見て、言った。「私は悪くないと思うな」

キムは、家と広い庭とに視線を漂わせて、思った――確かに、悪くないんじゃないか。モニカが持ち出したのは、要するに家庭を築くという話だ。足場を固める話だ。そのための場所が、自分が十四年前に新たな家庭を得たこの地であってならない理由などあるだろうか。

キムが卒業試験を終えると、ふたりはP村へ引っ越し、モニカは家の二階をふたりに明け渡した。キムはすぐにリンツの大手建築事務所に就職し、自由時間には熱心に、敷地の奥に建てるふたりの家の設計をした。イネスは、家に関してはすべてをキムに任せてくれた。ふたりはときどき一緒にハイキングやサイクリングに行ったり、リンツへ出て映画を見たりした。大学生活最後の数年に猛勉強した後だけに、キムは穏やかな日々を楽しんだ。

テヴィとともに過ごした九か月間の思い出は、次第に薄れていった。短い同棲生活のあいだに自分がテヴィをすっかり美化して見ていたことに、キムは気づいた。テヴィに激しい恋をしていたし、彼女の身体に夢中だったからだ。精神的に安定していて、自分がなにを望むのか、どんな人生を送りたいのかをはっきり定めているイネスと違って、テヴィは傷つきやすいばかりでなく、気まぐれで首尾一貫性がなかった。テヴィとともに過ごす人生は、おそらく破滅的なものになっただろう。テヴィはときに、何日も鬱状態で、家族のことしか話さず、何時間も泣き続けた。子供時代の体験を、家族の死を、乗り越えていなかったのだ。ぼくの隣にいてほしいのは強い女性だ、ぼく自身を強いと感じられるように――キムは自分にそう言い聞かせた。

金がなかったので、ふたりは新婚旅行には行かなかった。あったのは、建築予定の家のための巨額のローンのみだった。結婚式の一週間後、地下室を造るための基礎溝を掘る作業が始まり、一年後の夏、レアが五か月になったとき、家が完成し、一家はそこに移り住んだ。やがてイネスが二度目の妊娠をした。イネスはまだ早すぎると思ったが、キムは喜んだ。

キムは、妊娠中と出産後数か月間のイネスの身体を愛した。イネスの大きな腹、豊かな胸、黒い乳首がキムには謎めいて見え、イネスのまとうオーラには、たくさんの秘密が潜んでいるような気がした。イネスの穏やかな動きが、物思いに沈んだような柔らかな視線が好きだった。イネスが乳飲み子と一緒にベッドに横たわり、授乳をしているとき、時間は止まっていた。存在しているのはイネスと子供だけだった。そんな母子の姿を、キムはいくら眺めても飽きなかった。確かに疎外感を覚えはしたが、キムは一方で、その疎外感を楽しんでもおり、喜んで傍観者の立場に立った。母子の宇宙に闖入(ちんにゅう)しようなどとは、夢にも思わなかった。

仕事以外の時間は自宅で過ごし、いまだに完成していない庭造りに精を出した。こちらでは穴を掘って土の山を積み上げ、あちらでは穴を埋め、小屋とカーポートと、鴨の池をふたつ作った。家族のためになにかを作るのが好きだった。幼い娘はいつもキムにまとわりついていたが、仕事の邪魔だとは思わなかった。娘が近くにいてくれるのが嬉しかった。

ジモンが生まれた。腸内のガスで腹が膨らんだ赤ん坊で、泣いてばかりいた。イネスはジモンの世話にかかりきりになり、キムがそれまで通り娘のレアの世話をした。朝にはキムがレアを幼稚園に送っていき、昼にはモニカが迎えにいった。夕方、仕事から帰ると、レアは両手を伸ばしてキムに駆け寄ってきた。そしてキムはレアを高く抱き上げて、ぐるぐると回った後、一緒に鴨に餌をやりに行くのだった。

若い家族に、モニカはできる限り手を貸してくれた。相変わらず医院の助手として働いており、徐々に認知症の症状が出始めている母マルタの面倒も見ていた。レアが生まれたとき、キムはこんな冗談を言ったものだった――これでぼくは、四人の女性に囲まれることになったな。

素晴らしい歳月だった。キムはもっと子供が欲しかった。だがイネスが拒否して、子供はふたりが完璧だと言った。子供がふたりなら、女性は働きにも出られる、つまり、仕事で自己実現もできるし、夫婦の時間も楽しめる、というのがイネスの言葉だった。イネスは常に、人生をどう進めていくべきかについて、明確なヴィジョンを持っていた。

ところが、ジモンが五歳になったとき、イネスが再び妊娠したことがわかった。キムは二人目の娘が欲しいと思った。イネスは当初、あまり喜んでいなかったが、遅くに生まれた末っ子は、結局彼女の最愛の子になった。上のふたりの子供のときには、出産後一年で子守に預けて教職に戻ったイネスが、ヨナスの出産後は、まるまる三年も家庭で過ごした。

ヨナスが生まれてからいくらもしないうちに、マルタが心不全でこの世を去った。庭のベンチに座っていたマルタを見つけたのは、モニカだった。暖かな秋の午後を、マルタはよくそこで過ごしていた。マルタは顎が胸につくほど首を垂れて座っており、寝ているのではなく死んでいるのだとモニカが気づくまでに、しばらくかかった。その後も長いあいだ、モニカは母の死を悲しみ続けた。

一九九六年夏

もとの家から新居への引っ越し作業の際に、イネスは偶然、母の古い日記帳を何冊も見つけた。子供のころ、母がたまに自室の窓際に置いた小さな机の前に座って、なにかの上にかがみこんでいるのを目にしたことがあったのは確かだ。だが当時は、本を読んでいるのだと思っていたので、詳しく訊いてみたこともなかった。イネスは日記帳をこっそりと持ち出し、赤ん坊が寝ている時間に読んでみた。そこには、それまでイネスがまったく知らなかったさまざまなことが書いてあった。

たとえば、モニカが一九八〇年の十月初旬にカンボジア人の子供ふたりを引き取った理由が、イネスにあったこと。モニカは何ページにもわたって、娘に関する深刻な憂慮と、モニカ自身の罪悪感とを綴っていた。イネスは意思に反してウィーンのなじんだ環境を去らねばならず、孤独で憂鬱で、ひたすら食べてばかりいた。モニカは、イネスに自殺の恐れがあるのではないかと心配していた。イネス自身には、母が自分を心配している、罪悪感を抱いていると感じた記憶がなかった。逆に当時は、自分はすっかりないがしろにされ、愛されていないと感じていた。

モニカは、家庭にほかの子供たちがいれば、イネスにいい影響を与えるのではないかと期待したのだった。その箇所を読んだイネスの頭に最初に浮かんだのは、「難民の子供セラピー」という言葉だった。子供を引き取るというアイディアは、モニカがしばらく前から働いていた医院のヴィマー先生のものだった。つまりキムとテヴィがやってきたのは、イネスのためだったということだ。また、モニカはふたりのカンボジア人の子供と過ごした初期の出来事を、正確に、愛情込めて綴っており、イネスのなかにさまざまな思い出がよみがえってきた。とうに忘れてしまっていたことを、いくつも思い出した。振り返って考えれば、母が正しかったと認めざるを得なかった。ふたりの子供は、本当にイネスの救いになってくれたのだから。イネスにとってだけではない。祖母のマルタにとってもそうだったし、特にモニカは、鬱を完全に克服して、養子を取るという挑戦に成功したことで自信をつけ、生き生きと花開いた。イネスは、十歳か十一歳の自分が、そのせいで少しばかり嫉妬したことを思い出した――母が幸せになるために、ふたりのよそから来た子供を必要としたことに。実の娘であるイネスひとりでは足りなかったことに。母は、特にキムのことをかわいがっていた。イネスは、母はもしかして、娘ではなく、息子がほしかったのだろうかと考えたものだった。

日記を時系列を逆にたどりながら読み進めたイネスは、どんどん母の過去へと遡っていった。キムとテヴィを引き取るというアイディアに母が最初から乗り気だったふたつめの理由は、イネスにとって衝撃だった。自分がいかに母のことを知らなかったか、母がいかに娘のためを思って、いろいろなことを打ち明けずにいたかに、ようやく気づいた。「イネスには絶対に知られたくない。無意識のうちに罪悪感を抱くかもしれないから」と、日記には書かれていた。イネスを出産した後――胎児の頭が平均以上に大きかったせいで、帝王切開になった――に起きた合併症のせいで、モニカの子宮は摘出されてしまったのだ。二十三歳でそれ以上子供を産めなくなったモニカは、不幸な結婚生活のなかで、身動きが取れなくなった。イネスの父のローベルトとは、あまりに性急に一緒になり、結婚生活は最初から幸運な星のもとにあるとはとても言い難かった。ローベルトはパイロットで、ほとんど家にいなかったのだ。

モニカがどれほど苦しんだかを、イネスは日記から知った。モニカはずっと大家族を夢見ていたのだ。モニカが子供を産めないことは、母子の人生から突然姿を消した法学部生にとっても、やはり大きな問題だった。彼にとってモニカは大恋愛の相手だったとはいえ、彼もまた自分の子を持ちたいと思っていたのだ。日記には法学部生の別れの手紙が挟んであり、それを読んだイネスは、心を揺さぶられて涙した。母がすっかりまいってしまったことを、当時の自分がどれほど責めたかを、思い出した。去っていった男を探し出して罵るのではなく、すべてを黙って受け入れる母をどれほど軽蔑したかを。親戚が、「あなたの男運は、お母さんやお祖母さんに似ないといいわねえ」と言って高笑いした場面が、脳裏によみがえってきた。あのとき、男に捨てられた母を、どれほど恥ずかしく思ったことだろう。

日記を読んで初めて、イネスは母が伴侶(はんりょ)に去られた本当の理由を知った。これまではずっと、母には自分というものがなく、あまりに弱くて優しすぎ、人に合わせてばかりだと思ってきた。そういう性質の女は男から一生かけて愛されることはないのだ、利用されて捨てられるだけなのだ、と。おまけに母は間違った相手を選んできた、というのが、イネスのそれまでの意見だった。キムとなら自分はあんな目には遭わない、と確信していた。一九九四年のイースターに、テラスで向かい合って食事をしながら、キムと恋人どうしになったのだと母に告げたとき、イネスの頭を一瞬、こんな思いがよぎった――この人を手に入れたのは私。あなたじゃなくて。あなたはこれから歳を取っていくだけ。そしてすぐに、そんなふうに思ったことを恥じたのだった。

日記からイネスは、祖母のマルタがモニカをひとりで育てたことも知った。マルタの夫はソ連抑留から帰ってはきたものの、二年後にウクライナへと戻っていった。残してきた女性がいて、彼女のことを忘れられなかったからだ。だがイネスはずっと、祖父は終戦後の捕虜生活がもとで亡くなったのだと聞かされてきた。確かにそんなふうに言えないこともない、と、真実を知ったイネスは思った。

マルタは夫が経営していた料理店をひとりで切り盛りした。娘のモニカとの絆は深かった。学校の成績がとてもよかったモニカを、マルタは大学へ行かせたいと思っていた。だがモニカはそうしようとはせず、P村に残りたい、母のそばにいたいと言った。高校を卒業すると、モニカはマルタの料理店で働き始めた。料理をし、給仕をし、掃除をした。だがそれは、マルタの意見では、モニカの才能のこれ以上ない無駄遣いだった。だがモニカ本人には、料理店〈菩提樹〉を経営し続け、さらに拡張して小さなホテルにすること以上の職業的野心はなかった。モニカは、店を拡張しようと母親を説得した。モニカが諦めずに懇々と説き続けるので、マルタもついにその熱意に折れた。マルタは高額のローンを組み、贅沢な改築のために建築家を雇った。その直後、若くて魅力的なローベルトが、ツーリングの途中で料理店に立ち寄った。モニカはそのとき、バーカウンターで給仕をしていた。

起こるべきことが起こった。互いに一目ぼれだった。それからほんの一、二週間後、モニカは恋人のローベルトを追ってウィーンへと旅立ち、母を借金とともに置き去りにした。母子は完全に断絶した。ウィーンでモニカは、マルタがずっと望んでいたように、大学でドイツ語圏文学と美術史を勉強し始めた。だが二か月後に妊娠し、それからさらに一年後には、人生をまるまるふいにしたと感じていた。

　モニカが勇気を出して母親に電話をかけたのは、イネスがすでに一歳になった後だった。マルタは、すでに始まっていた改築工事をもはや止めることができず、ローンを返済するために料理店を売らざるを得なかった。日記を読んだイネスは、重い鬱だったモニカをマルタがいかに愛情こめて世話していたかを思い出した。モニカを責めているところなど、一度も見たことがなかった。

　どんなことにも勘違いや誤解はあるものなんだな――イネスはそう思いながら、日記をもとの場所に戻した。

カンボジア　七〇年代　メイ家

一九七七年、すべてが変わり始めた。もともと救いのなかったコミューンや村や収容所の状態は、さらにおぞましさを増していった。人々はまるで家畜のように働かされ、晩にお玉一杯の薄い米粥をもらうだけで、飢えと疲労と病気で蠅のように死んでいった。

子供収容所の雰囲気も変わった。幼い子供たちまでもが、大人と同じように水田で重労働をさせられ、食事の量はどんどん減っていった。ぼくの弟たちは、怯えているように見えた。下の弟は、いまや骨と皮だった。

「ぼくたちも一緒に連れていってよ！」上の弟は、ぼくが面会を終えて帰ろうとするたびに、そう懇願した。

八月、ぼくは小屋で首を吊ったタオを発見した。自殺だった。ぼくはタオに見捨てられたと感じ、打ちのめされた。怒りも感じた。聞くところによると、タオは死ぬ前にオンカーの指導層に宛てて厳しい批判の手紙を書いたということだった。

ぼくは再び昔の班に配属された。裏切り者となったタオの側近だったぼくの運命は、班長のソンの手に委ねられることになった。ソンはぼくを、とある労働収容所に配置した。班員たちはその収容所に、リーダー格の看守として配属されていた。そこでは千人の収容者が、巨大なダムを造っていた。宿舎、厨房、食堂、医務棟の背後には牢獄があり、収容者のみならず、看守たちもが、なんらかの罪を犯したとされると、そこに入れられた。牢獄では、収容者も看守も区別なく飢え死にするか、死ぬまで拷問された。看守どうしの関係はおぞましく、誰もが誰もをスパイしていた。収容所を統率する三人の所長は並外れて残酷な男たちで、地域中にその名をとどろかせていた。

ソンはぼくを牢獄に入れるのはやめて、一番下っ端の仕事に就かせた。竹で作った監視用の背の高い櫓に、ぼくは何時間も立ち続けた。運んでくるのを忘れたと言われて、水なしで過ごすこともしょっちゅうだった。それに、穴を掘って、処刑前に囚人の服を集める仕事もさせられた。殴り殺された人たちを穴に落とす仕事も。落とした人がまだ生きていて、穴の底からぼくに呪いの言葉を投げかけることも、珍しくなかった。最初の年と同じように、ソンはぼくが間違いを犯すのを待ち構えていた。そして、そうやってぼくをつけ狙うのを楽しんでいた。そうすればぼくが怖がると思っていたのだ。ぼくは、ほんのささいなきっかけで自分が牢獄に入れられること、そうなれば、たとえ拷問で死ななかったとしても、結局は穴の前に跪くことになることを、はっきりと自覚していた。

すべてが以前の繰り返しのようだった。

ただひとつ、以前とは違う点があった。ぼくは年齢を重ね、もはやびくびく怯える世間知らずな子供ではなかった。そして、ずる賢くもなっていた。自分と弟たちの身を救うためなら、人を殺すこともいとわなかった。弟たちが生き延びることが、ぼくにとってはなによりも重要だった。ふたりの面倒を見ると、母に約束したのだ。この正気の沙汰とは思えない非道な時代も、遅かれ早かれ終わるだろう。そうなったら、ぼくたち兄弟は新しい人生を始めるのだ。ぼくはその日を待ち焦がれた。弟たちを救うために、ぼくは生きねばならなかった。

労働収容所に配属されてほんの数日で、ぼくは、生き延びようと思うならば、班員たちと看守たちに一目置かれる存在になる必要があることを悟った。皆を恐怖に陥れる存在にならねばならない。それはつまり、ソンに先んじるということだ。ぼく自身が自発的に行動せねばならない。ソンの命令を遂行するだけでは足りない。それだけなら、看守は皆していることだからだ。

ぼくは計画を練り、ためらうことなく実行に移した。

とある処刑の際に、囚人たちが跪くのを待たず、彼らが服を脱ぐのも、ソンが看守の誰かにうなずいて命令を与えるのも待たずに、ぼくはまっさきに行動した。斧は使わなかった。囚人の顔を見ずに済むように後ろから歩み寄ったりもしなかった。ぼくは落ち着き払って、囚人たちの目をまっすぐに見たまま、彼らの喉を掻き切った。それどころか、ひとりの女の股ぐらをつかみさえした。さらに、ひとりの男には、恥知らずな顔でにやりと笑いかけてみせた。ぼくの両手は血まみれになった。

「いつも長くかかりすぎだと思ってたんだ」ぼくはそう言って、両手をズボンで拭い、ナイフをしまった。同志たちは、まるで幽霊に会ったかのような顔で、ぼくを茫然と見つめた。

それからの数日間、ぼくは、いずれにせよ殺される運命にある人たちを探し出した。ぼくが手を下さなくても、誰かが殺すであろう人たちだ。殺せと命令を下したのは、ぼくではなかった。彼らは、体が弱ったり病気になったりして、働けなくなった人たちだった。「生かしておいてもなんの得もない、殺してもなんの損もない」というモットーの犠牲になった人たち。このおぞましいモットーは、ソンの大のお気に入りだった。ソンは、櫓からだとダムを這う蟻のように見える労働者の隊列のなかを歩き、彼の意見によれば「生産性の低い人間」を杖で指し示し、この言葉を言い放つのだった。指し示された者は、日没前にソンのもとに出頭しなければならない。その数は、毎日十人から二十人ほどだった。そして、ぼくたち看守も小さなグループを作って、収容所の端の林へ行く。処刑を言い渡された人たちは、日没には殴り殺されることを知りながら、それからまだ何時間も働くのだった。

一九七七年十一月のあの時期の自分の行いを、すべて語ろうとは思わない。それはあまりにおぞましく、あれから何年も、夜に夢の中でぼくを追ってきた。あの時期については、こう言うに留めたい――ぼくはまるで虐殺者のように暴れまわった、と。ぼくは、いわば血の海のなかで泳いでいた。鉄くさい血の匂いは、ぼくの手から抜けることがなかった。父のナイフがいい仕事をしてくれた。かつて魚を正確に切りさばいたナイフが、今度は人間を正確に切りさばいた。良心の呵責など感じなかった。なにひとつ感じなかった。怒りも感じなかった。ただ、一度だけ、溜飲が下がったことがある。ソンの目に戦慄を見た瞬間のことだ。

厨房で、料理係がつまずいた。ひどく衰弱した少年で、鍋を両手で持ったまま、収容所長の足元でふらついたのだ。鍋に入っていた魚のスープが所長の足と脛(すね)を濡らし、所長は怒りのあまり真っ赤になった。そして、困ったことだ、という目つきでソンのほうを見て、指をパチンと鳴らした。指を鳴らすという行為は死刑宣告で、その場ですぐに執行しろという意味だった。ソンと同志たちはため息をついた。ちょうど食事のために席につくところだったからだ。ぼくはナイフを手にして、背後から少年に近づき、首を掻き切った。少年は驚いたようにぼくを見上げたまま、床に倒れた。ぼくは少年の上にかがみこみ、その腹にナイフを当てて、三人の収容所長に尋ねた。「スープの代わりに新鮮なレバーはどうです？」周囲の皆が、おののいて後ずさった。ただひとり、モックという名の所長──ぼくたちは皆、彼のことをこっそり「ハゲ」というあだ名で呼んでいた──が、ヒステリックに笑い始めた。

それ以来、ぼくは誰からも放っておいてもらえるようになり、自由を得た。看守たちのヒエラルキーで上位に昇り、〈同志・ハゲ〉から、新しく収容所に到着した人たちの登録と配属決めの任務をもらった。そして、ダムでも、宿舎でも、厨房でも、好きな場所をパトロールする権利を手に入れた。ぼくは〈同志・ナイフ職人〉と呼ばれるようになった。〈同志・タコ〉という昔の呼び名は、ソンがときどきぼくを貶めようとして使うのみになった。この〈同志・タコ〉という呼び名は、政権最初期の一九七五年四月、ぼくたちが都会の住民を家から追い出していた日々に付けられたものだった。ホテル〈フランジパニ〉の厨房で、ぼくたちはいろいろな海の幸を見つけた。なかにはタコもあった。ぼくはつい調子に乗って、同志たちに、この封建的な厨房で料理をしてやろうと申し出た。皆が歓声を上げて賛同した。だが、ぼくには厨房にある複雑な機械の使い方がわからなかったので、皆でとっさに思いついて、家具を打ち壊し、床に積み上げて、火をつけた。その火でぼくはタコを焼いたのだった。同志たちは、役に立ちそうな物を探してホテル中を漁った。そしてバーから酒を持ってきた。ぼくたちは一晩中、厨房の床に座り込んで、ケップの町を帝国主義的な豚どもの手から解放したことを祝った。

いまでは、ソンがいくら頑張っても、ぼくを貶めることはできなかった。ぼくは看守たちにとって「ナイフ職人」であり、誰もがぼくを避けた。収容所長の三人までもが。三週間後、ぼくは暴れまわるのをやめた。それからは、長いナイフを常にベルトに挿しておき、たまにマンゴーを切るために手に取るだけで十分だった。ぼくは人に対してそっけなく、近寄りがたい雰囲気を作った。けれど、誰のことも苦しめたりはしなかった。誰にも手を出さなかった。むしろ逆だ。弱っている人がいれば、医務棟へ行かせたり、数日間、厨房での仕事にまわしたりした。共同便所にいる人を急かさず、じゅうぶんな時間を与えた。それでも、ぼくの呼び名のほうが、実像の前を走っていた。ソンはぼくを放っておいてくれただけではない。ぼくを避けるようにさえなった。ソンが処刑を手伝わせるために、ぼくを日没時の林に呼び出すことも、二度となかった。

二〇〇四年―二〇一六年

末の弟ヨナスをかわいがり、まるで大きな人形のようにどこへでも連れまわすレアとは逆に、ジモンはヨナスに嫉妬した。その時期、キムは特に力を入れてジモンの面倒を見た。だが、それまでママのお気に入りだったジモンは、父親を寄せ付けようとしなかった。強情で難しい子供だった。ジモンの外見はキムと瓜二つで、キムの浅黒い肌、黒い髪、平たい鼻を受け継ぐばかりか、体型まではそっくりだった。父親に一番似た子供が、父親を近寄らせないのだった。もちろんキムは、まさにそこにこそジモンの拒絶の理由があることをわかってもいた。ジモンはよく学校でからかわれたのだ。「おーい、そこの中国人」といった言葉を浴びせられ、新しく赴任した教師たちからは、どこの国の出身なのかと訊かれた。

十七歳になると、ジモンは腕にタトゥーを入れた。まだ成人に達していなかったので、保護者の許可が必要だったが、ジモンは署名を偽造した。左腕には大天使ガブリエルを、右腕には後ろ脚で立ち上がった野生の黒馬を彫らせた。タトゥーが家庭にもたらした衝撃は大きかった。醜悪な絵が描かれた息子の腕を見ることに、自分でも耐えがたかったキムだが、それよりも、すっかり取り乱し、何日も泣き続けるイネスに同情した。そして、その点でジモンを非難した。「せめてママのことを考えてあげるべきだったんじゃないのか」

「ママのことを考えるべきなのはそっちだろ！」ジモンはすぐさま鋭くそう言い返した。
ジモンは、妻を幸せにできていないと父親を非難した。キムは、そのとおりだと認めざるを得なかった。イネスが幸せでいてくれること以上の望みはなかったというのに、彼女を幸せにすることには、惨めに失敗していた。人生は——ふたりの結婚生活は——歳月とともに変わってしまった。それとも、変わってしまったのはキム自身なのだろうか？

有能な妻のことを誇らしく思うべきなのはわかっていた。妻が美しいのもわかっていた。妻は服装のセンスがよく、歳を重ねるにつれてお洒落になっていった。緑の目とたっぷりした唇を強調する控えめなメイクも施し始めた。豊かな金髪は、もとの色より明るく染めて、肩の長さで切りそろえるようになってから、より人目を引くようになった。肌は白くて艶がある。太陽に焼かれた肌よりも、キムはこちらのほうが好きだった。おそらく、白い肌が理想の美だとされる故郷の価値観から来るものだろう。それに、妻が体重を維持するために自分に課す規律には、いくら感心しても足りなかった。妻はその活動的なところ、付き合いやすい性格、社交性で、女友達からも好かれていた。男たちは、彼女とすれ違うと振り向いた。彼らは彼女の動き、丸みを帯びた女性らしいプロポーション、彼女が話を聞くときの注意深い微笑みに惹かれる。なにもかも、キムにはわかっていた。なにより、妻なしでは自分が決してここまで来られなかったことも、よく自覚していた。

妻のたったひとつの欠点は、声だった。少しばかり甲高（かんだか）すぎ、少しばかりけたたましすぎた。皆がたいていは、そこには目をつぶった。イネスと話すのが好きだったからだ。イネスは会話の相手として申し分なく、聞き上手で、話し手の身になってくれた。だがキムは逆に、年月を経るにつれて、イネスの声がますます耳につくようになった。いつしか、もうその声しか聞こえなくなり、イネスのほかの点はすべて知覚できなくなっていった。とても耐えられなかった。スピーカーから大音量で流れていた、延々とオンカーへの奉仕を説く女性の金切り声の記憶が蘇った。だが同時にキムは、そんな比較をすること自体、イネスに対してフェアでないとわかっていた。イネスが長々と話すときには、頭のスイッチを切るか、その場を去るしかなかった。献身的で、まめまめしく世話を焼きたがるイネスに、次第に怒りが募るようになった。彼女がこっそり涙を流し、隠れて悲しんでいる姿に胸を痛めることもあったが、それがキムの魂を冬眠から目覚めさせることはなかった。

イネスは、自分がなにかを望むと、たとえキムのほうはそれを望んでいなくても、決して諦めようとしなかった。愛情こめて、キムのやる気を引き出そうと、説得を続けた。穏やかに「嫌だ」と言うだけでは、たいていの場合、受け入れてもらえなかった。そんなときキムは、そもそもなぜ意思疎通など必要なのだろうと自問した。キムの望みや欲求をわかろうとしないイネスの頑なさが、キムを怒らせた。そんなときキムは激昂して、イネスにわからせるために、怒鳴りつけるしかなかった。そんなことをするのは、嫌でしかたがなかった。誰のことも怒鳴りたくなどなかった。嫌悪感のあまり、怒鳴った後のキムは汗びっしょりで、空気を求めてあえぐのだった。そんな事態に陥らないように、キムはイネスを避けた。イネスの隣では黙りこくっていた。そんなキムをイネスは、自分ひとりの殻にこもっていると言って非難した。

一度——これも数多くあるなかのほんの一例に過ぎないのだが——、イネスはどうしてもタンゴのレッスンに通いたいと言い出した。レアのギムナジウムの卒業ダンスパーティーで、情熱的なアルゼンチンタンゴを見て、魅せられたのだ。キムは、イネスがレッスンを受けるのはまったく構わない、友達とでもいいし、新しい知り合いを作るためにひとりで受けたっていい、けれど自分はタンゴを踊りたいとはこれっぽっちも思わない、とはっきり告げた。キムは踊るのが好きではなかったし、大音量の音楽には、数分以上は耐えられなかった。それはイネスも知っていた。だがイネスはそれでも、どうしてもキムと一緒にレッスンを受けたい、それ以外の選択肢はない、と言い張った。人生のこれからの時期、夫婦で一緒にできることを見つけるのが大事なのだ、それがふたり一緒の老後を豊かなものにするのだ、と言った。学校を卒業し、家を建て、子育てもうまく行き、大変な時期は乗り越えた。職業上のキャリアも築いた。これからは、夫婦そろって自分たちのことを考える時期が来る、というのがイネスの言葉だった。キムは、イネスがいかに計画的に、熱意と粘り強さをもって、人生のそれぞれの時期を、まるでリストにチェックを入れるかのようにひとつひとつこなしていくか、そしてその際いかにありきたりのステレオタイプを追いかけているかを目の当たりにして、改めて驚いた。

タンゴのレッスンなど自分には絶対に考えられないことをイネスにわかってもらおうと、キムは説明を続けた。けれど、キムの言葉はイネスに当たって跳ね返されるばかりに見えた。ジモンがキッチンから出ていきざま、少し見下すような顔で「ほら、いいからさ、そんな退屈なこと言うなよ。ママを喜ばせてあげろよ、どうせいつも鴨を眺める以外になんにもしてないんだからさ」とささやいたとき、キムは諦めて、抵抗をやめた。イネスは早速オンラインで申し込みをした。数日後にレアが、母のほうを向いてあきれたように首を振り、一連のいきさつを「かわいそうなパパ」という言葉で総括した。するとイネスは、父親に対して自分のほうが理解のある妻であるかのような態度はやめなさいと、レアを怒鳴りつけた。

こうしてキムは、家庭の平和を保つために、嫌々タンゴのレッスンに通ったのだった。一回一回が拷問そのものだった。

子供たちのことはとても愛していた。だが、彼らが成長するにつれて、なにを話していいものか、わからなくなった。子供たちからの期待を感じてはいた——特にふたりの息子たちからの。父親に世界の成り立ちを説明してほしい、ある種のものごとに対して明確な立ち位置を示してほしいという期待だ。だが、キムにはできなかった。理由は簡単で、キムには立ち位置などなかったからだ。自分が空っぽのような気がした。キムは信念のない男だった。信じるものもなければ、世界をよりよい場所にするために自分になにができるかという思想もなかった。見聞きするものすべてに対して自分の意見を持てる人たち、最初からなにが「善」でなにが「忌まわしい」かの基準をはっきり持っている人たちを、キムは感嘆の目で眺めた。キムにはできなかった。かつて、ひとつの世界では、生き延びようともがいた。もうひとつの世界では、居場所を見つけよう、適応しよう、なにかを成し遂げようともがいた。まさにこのとおりの順番でもがき続け、気が付けば、結局いまもまた、毎日生き延びようともがいているのだった。

キムには、自分の子供たちが見知らぬ生き物のように思われた。子供たちが生きている世界は、さらに見知らぬものだった。子供たちが友達と一緒にいるところを見ると、少年少女たちが皆似ていることに気づかされた。皆が同じ服を着て、同じ髪型をして、皆が携帯電話を見つめ、同じアメリカのテレビドラマを見て、多かれ少なかれ同じものを人生に求めていた。なにひとつトレンドから外れてはならない。誰ひとり、友人たちのなかで異質の存在になろうとはしない。異質であることとは最悪の過ちだった。その一方で、キムの目には、子供たちは、自分がどこへ向かっていいのかわからずにいるように見えた。彼らの均一性と、方向性の欠如を、キムは残念に思った。だが、だからといってそれに対抗する術など持たなかった。自分に子供たちのなにを非難できるだろう？　革命の意志を持たないこと？　けれど子供たちは、キムの家系の伝統に沿って生きているに過ぎない。キム自身、革命に惹かれたことなど一度もなかったし、キムの父もそうだった。抵抗ひとつせず、おとなしく木に縛り付けられた父。

一方で、ケーラー農場のヨハネスとアンナ夫妻の子供たちを見ると、彼らが農場での暮らし、自然との結びつき、信仰、さまざまな伝統の継承などのおかげで、キムの子供たちとは違っていることに気づかされた。ケーラー家の子供たちは、ほかの子供たちほど方向性に迷っているようには見えなかったし、自分の役割というものを見つけるのに、それほど困難を感じてもいないようだった。キムは、自分と家族は間違いなく「新人民」に属すると思っていたが、ヨハネスとアンナのような「旧人民」に感嘆していた。ときどき奇妙なことを考えた――たとえば、将来、息子たちには旧人民のなかから妻を見つけてほしいと思ったが、逆に娘が旧人民から夫を見つけることには抵抗があった。

混乱したイメージが意識のなかに入り込んできて、心をざわめかせ、打ちのめす日が、どんどん頻繁になっていった。家族と食事をしていると、突然、若くて美しいカンボジア人女性がドアから入ってきて、テーブルをぐるりと一周し、レアとジモンのあいだ、キムの向かい側に腰かける。そしてキムをひたと見据えて、こう言うのだ。「お前の先祖の霊と神々が、お前を追ってくる。もういっときも放してはもらえない。お前は惨めな人生を送るんだ。誰にも愛されず、病気になって、体が腐っていくんだ。お前の家族も同じ目に遭う」

そうかと思うと、耐えがたいほどの疲労と空虚を感じる日もあった。

二〇一六年六月十八日　土曜日

キムがテラスを歩いていると、テヴィの声が聞こえた。「ねえ、私の両親の家に住んで孤児院を運営してるのがリャンセイだって、どうしてあのときプノンペンで話してくれなかったの？」

振り向いたキムは、テヴィが暗闇のなか、ロッキングチェアに座って、背もたれに体を預けているのを見た。靴を脱いで、両足を座面の上に持ち上げている。キムはそちらへ歩いていって、ロッキングチェアの前に立ち、テヴィを見下ろした。とっさになにを言っていいかわからなかった。彼女の質問に、あまりに意表を衝かれたからだ。とにかく考えをまとめようとした。

「ということは、あそこへ行ったのか？」キムは訊いた。

テヴィはうなずいた。

では、ふたりは本当に顔を合わせてしまったのだ。テヴィはリャンセイのことをすべて知っているのだろうか、と、キムは考えた。だがふいに、すべてがどうでもよくなった。テヴィがなにをどれだけ知っているかなど、自分には関係がない。この女のことは、もうなにひとつ自分には関係ない。この女は二十三年前に、キムの子供を妊娠していながら、卑劣にもキムの人生からこっそり逃げ出したのだ。

「リャンセイだってこと、どうして言ってくれなかったの？」テヴィはそう繰り返した。

「君に知られたくなかったからだ」

「どうして？」

「どうでもいいことだったからだよ」

「どうでもよかったなら、教えてくれてもよかったんじゃないの。私たち、恋人どうしだったのよ。どうして私に秘密にしようとしたの？　なにか特別な理由でもあったの？」

キムは、本当にテヴィに理由を教えてやろうかと、しばらく考えた。もうテヴィを真実から守ってやる必要はない。もうテヴィに対する責任など、自分にはないのだ。それでもキムは、結局こう答えた。「別に」リャンセイの姿が目に浮かんだ。苦し気な表情で、硬直した痛む脚を椅子から突き出して座っているリャンセイ。

テヴィは真剣な顔でキムを見つめていた。「あなたは、あれから一度もリャンセイに会いにいってない」

「ああ」キムは言った。「でも、それが君になんの関係がある」

「リャンセイは素晴らしい人ね。あなたと違って、祖国を再建するために自分にできることを立派にやった。あの人は責任を引き受けた」

怒りが湧き上がってくるのを感じた。きびすを返して、家のなかに入ってしまいたかった。そもそも最初から、バスルームを使うためにここまで来たのだ。だが同時に、好奇心が首をもたげもした。テヴィはいつリャンセイと知り合ったのだろう？　ふたりの出会いはどんなふうだったのだろう？　その後もしょっちゅう会っているのだろうか？　リャンセイとその家族は元気だろうか？

キムは椅子を引き寄せると、テヴィに向き合って腰を下ろした。

「聞かせてくれ！」回りくどいことは言わず、キムはそう要求した。

「なにを？」

「全部」

「両親の家に初めて行ったのは八年前。結婚した直後よ。家はそのときもまだ孤児院で、ケップの町が支援していた。運営していたのはリャンセイ・メイと妻のチェンダー。メイっていう苗字を聞いても、最初はなにも思わなかった。よくある名前だし。そのときはカンボジアに何週間か滞在することになってたから、何度か彼らを訪ねた。役に立ちたかった。だから、支援を申し出た。アメリカで寄付金を集めて、それからは訪ねていくたびに、お金をリャンセイに渡した。リャンセイは孤児だけじゃなくて、いろんな理由で子供を育てられない家庭の子もたくさん引き取ってた。あそこでリャンセイがどれだけのことを成し遂げたか、信じられないくらいよ」

「どうして〈成し遂げた〉なんだよ？」キムは訊いた。「いまはもうあそこを運営してないってことか？」

テヴィは首を振った。

「なにがあったんだ？」

テヴィは話を続けた。リャンセイ一家のことが、テヴィは大好きだった。特に四人の子供たちのことが。長女は偶然にも、テヴィの姉と同じソピエップという名前だった。リャンセイ一家の住む家がかつて自分の家だったことは、決して話さなかった。自分が訪ねてくることで、一家に気づまりな思いをしてほしくなかったからだ。テヴィは子供たちにプレゼントを持っていき、リャンセイの妻のチェンダーと友達になり、長女のソピエップに、大人になったらアメリカへ招待すると約束した。ところがある晩、家のことでうっかり口を滑らせてしまった。昔はこの家の外観は違っていた、というようなことを言ってしまったのだ。それがきっかけで、リャンセイはテヴィの過去を根掘り葉掘り尋ね始め、結局テヴィは真実を話すしかなくなった。結婚前の名前はテヴィ・チャンだったと告げて、子供のころこの家に住んでいたと話した。リャンセイの反応は、理解しがたいものだった。本当に衝撃で打ちのめされたように見えたのだ。しばらくして、ようやく少しばかり落ち着きを取り戻したリャンセイが最初に尋ねたのは、どうしてキムと一緒ではないのか、だった。キムになにかあったのか、キムは元気でいるのか、なぜ一度も連絡してこないのか。それを聞いて、テヴィのほうもすっかり言葉を失った。

「ずっと、あなたの家族はみんな亡くなったんだと思ってた」テヴィは言った。「なのに突然、一九九三年の五月にあなたとリャンセイが、私の親の家で再会したって聞かされたんだから！　どうして私に黙ってたの？」

キムはその問いには答えず、こう訊いた。「それからどうなった？」

「私たちはもう何年も前に別れたって、リャンセイに話した」テヴィは言った。

「別れた、ね」キムは鼻で笑った。「君がある日勝手に出て行った、の間違いだろ！」

「で、それ以来あなたとは一度も会っていないって言った」テヴィは続けた。「リャンセイは、どうして別れたのかってしつこく尋ねた。いつまでも訊くのをやめなかった」

「で、なんて答えたんだ？」

テヴィは射るような目でキムを見据えた。「リャンセイに、真実を言うべきだった？」

「真実っていうのは、ぼくに飽きて、あの写真家のところに戻りたかったってことか？」

テヴィは嘲るように笑い声をあげた。「へえ！　そんなふうに自分を納得させてたんだ」そして身を乗り出すと、小声で訊いた。「それとも、リャンセイはもともと真実を知ってたの？　だからリャンセイと私とを会わせたくなかったの？」

キムは口をぽかんと開けたまま、テヴィを見つめた。いったいなんの話をしているのだろう？一瞬、テヴィに手を撫でられそうな気がして、反射的に胸へ引き寄せた。テヴィは再び背もたれに体を預けると、キムを眺めた。

「次に訪ねてみたら、メイ一家は大慌てで引っ越していったって聞かされた。どこへ行ったのかは、誰も知らなかった」テヴィは続けた。「つまり、リャンセイはあなたを裏切らなかったってわけよ、キム。その代わり、一家全員で姿を消した。友達も、すでに故郷になっていた家も捨てて。私のことで心の葛藤に耐えられなかったから。リャンセイは素晴らしい人間よ。もちろん、みんなすごくがっかりしてた。リャンセイ・メイは、あの孤児院を二十年以上運営してきたんだから。私だって、リャンセイを見つけようとした。つてを使ってあちこち探した。でも駄目だった。リャンセイはまるで煙のように消えてしまったの。結局、孤児院を代わりに運営する人を見つけるしかなかった」

キムは呆然と座り込んでいた。自分の耳が信じられなかった。テヴィは、自分には関わりのないことがらに慈善家面で首を突っ込んだ挙句、善よりもずっと多くの被害をもたらしてしまったのだ。

「役に立ちたかった。だから、支援を申し出た。アメリカで寄付金を集めて、それからは訪ねていくたびに、お金をリャンセイに渡した……」怒りが湧き上がってくるのを感じた。テヴィに平手打ちしたい衝動を、必死に抑えねばならなかった。これまでずっと、リャンセイと家族はあの海辺の黄色い家に暮らしているのだと思ってきた。リャンセイの人生に足場と意味とを与えてくれる孤児たちに囲まれて。そう想像して、自分を慰めてきた。なにより、自分の罪悪感をなだめてきた。というのも、約束したにもかかわらず、キムはあれから一通の手紙も、ひとつの贈り物も送らなかったからだ。どうしてもできなかった。あの夜の告白でリャンセイが肩から降ろした荷が、今度はキムの肩にあまりに重くのしかかっていた。リャンセイをひとり残して逃げたことを、後ろめたく思っていた。だが同時に、自分に罪はないとも思っていた。自分は子供だったのだ。なにも知らないナイーブな子供だった。毎回、便箋を前にして座るたびに、文章や言い回しにさんざん苦労した挙句、結局諦めて、便箋をくしゃくしゃに丸めることになった。どちらにしても、自分たちは互いのことをほとんど知らない、あんな時代のせいであまりに早く引き裂かれたのだ、と、キムは自分に言い聞かせてきた。

いま、テヴィの前で、キムは立ち上がった。急いでこの場を離れなければ。テヴィの口からこれ以上一言でも聞くのは耐えられなかった。

カンボジア　七〇年代　メイ家

労働収容所に配属されてから一か月後、ぼくは鴨農場のことを耳にした。

それは収容所の西、徒歩で一時間ほどの距離にある農場で、周りを森に囲まれており、あたりには人っ子ひとりいないということだった。かつてはとある農民のものだったという。小さな水田と野菜畑、トウモロコシ畑、それに一、二羽の鶏と百羽ほどの鴨を所有していたそうだ。クメール・ルージュが農場に監視役を送りこみ、農場主は追い払われた。この監視役は、オンカーの名のもとに農場運営を続け、収容所の東にあるコミューンとともに、収容所の厨房に食料を供給することになっていた。ところが、監視役が怠惰だったせいで、水田と野菜畑はすぐに荒れ果ててしまった。残ったのは鴨のみだったが、その鴨が定期的にさばかれ、供給されることもなく、周囲は不満を募らせた。監視役は、次々に交代しては処刑されていった。どの監視役も役に立たなかった。誰ひとり鴨のことに詳しくなかったのだ。鴨の肉が好物だった収容所の所長〈同志・ハゲ〉は、これに激怒した。ぼくは、農場の件は自分に任せてほしいと、彼を説得した。

〈同志・ハゲ〉はぼくに、収容者のなかから農場の監視役に適任の新たな人間を選び出し、現在の監視役を追い払う任務を与えた。ぼくは、周囲の村の少年か少女のほうが家畜の扱いに慣れているので適任だと主張した。〈同志・ハゲ〉はぼくにすべてを任せてくれた。とにかくすぐに誰か見つけろ、仕事をちゃんとやれて、機会を見つけ次第逃げ出すようなやつじゃないのを、と言って。そしてぼくに、委任状をくれた。ぼくはこの絶好の機会をとらえて、三時間歩いて子供収容所へ行き、女性看守に弟たちを探してきてほしいと頼んだ。

三十分たって――その日のうちに弟たちを連れて元来た道を戻らなければならないので、ぼくはすでに苛立っていた――看守は上の弟を連れて戻ってくると、そのままどこかへ行ってしまった。

「ムニーはどこにいる？」ぼくは怒鳴り声で上の弟に尋ねた。

ぼくが最後に訪ねた日からいくらもしないうちにムニーが死んだことを、上の弟の口から聞き出すまでに、しばらくかかった。ムニーはある日突然、上の弟と並んで水田で働いているときに倒れ、気がついたときにはもはや息をしていなかったのだという。

「最初は、寝ちゃったんだと思ったんだ」弟はそういった。「看守に見つかって罰を受けるんじゃないかって、怖かった。だから抱き起こそうとしたんだ。そのうち看守が来て、ムニーをどこかへ連れていった。ぼくは一緒に行かせてもらえなかった。ムニーは畑のいい肥やしになるって、看守は言った。夜中にいつも、死んだ子たちを畑に運んで肥やしにしてる」

ぼくは打ちのめされ、膝からくずおれた。髪をかきむしり、叫び、うめいた。

「ムニーがいなくて、すごく寂しい」上の弟はそう言って、虚空を見つめた。「でも、いまムニーは幸せだってことはわかる。ぼくもムニーのところに行きたいよ」

自分を落ち着かせるのに、長い時間がかかった。弟はそのあいだ、隣に黙って立ったまま、ぼくを見下ろしていた。ぼくはどうにか気力を奮い起こして立ち上がった。とにかく出発しなければ。これから長い道のりを歩かねばならないのだ。それにぼくは、暗くなる前に労働収容所に戻らなければならない。めまいがした。できることなら、ただただ眠りたかった。母のことを考えた。母に許してもらえる日が来るだろうか？

子供収容所の所長に、ぼくは〈同志・ハゲ〉にもらった委任状を見せた。だが所長は特段の興味も示さなかった。口減らしができて喜んでいた。

鴨農場までは、四時間かかった。歩きながらぼくは弟に、誰かに尋ねられた場合になにを話せばいいかを教え込んだ。

「お前はトラエン・トロユンの近くの村の出身で、貧乏な家禽（かきん）農場の息子だってことにするんだ」ぼくは言った。「ぼくは農場でお前を見つけて、連れてきた。弟と妹が三人いる。父親は死んだ。母親は、養わなきゃならない子供が減って喜んだ。もし名前を訊かれたら、〈同志・鴨〉だって言うんだ。そうしたらみんな笑ってくれるから。本当の名前は絶対に言うんじゃないぞ！」

ぼくはこの偽の経歴を、何度も弟に復唱させた。

ふたりとも、へとへとに疲れ切って農場にたどり着いた。弟はさっそく鴨池のほとりにしゃがみこんで、嬉しそうに鴨を眺め始めた。かつて家で鶏を何羽か飼っていて、その世話は弟の仕事だった。ぼくもしばらくのあいだ、弟の隣で休憩し、彼の姿を横から眺めた。弟は歳の割には小柄で、痩せていた。そして、年齢にそぐわないあまりに思いつめた顔つきをしていた。かつて村の学校で、赤ん坊を寝かせた籠を挟んでぼくの隣に座り、まだまだそんな歳ではないにもかかわらず、熱心に読み書きを習っていた幼い弟の姿が、脳裏によみがえってきた。学ぶことへの意欲は、ぼくたち兄弟が母から受け継いだものだった。文字を書くことに集中しているときの弟は、没頭するあまり、舌先を口の端から突き出していることにも気づいていなかった。そのことでよく弟をからかったものだ。

お前まで失いたくない――ぼくはそう思った。失ってたまるか、絶対に。

別れ際にぼくは、常に顔にクロマーを巻き付けておくこと、鴨にきちんと餌をやり、野菜畑の世話をすることを、厳しく言って聞かせた。

「あそこの小屋には、食料がじゅうぶんある。それでしばらくは生きていける」ぼくはそう言った。

「次に来たときに、鴨のさばきかたを教えてやるからな」

「さばきかたなら知ってるよ。父さんが教えてくれた。よく一緒にやったんだ」弟はそう答え、それから嘲るようにこう付け加えた。「そのときには、兄ちゃんはもうクメール・ルージュだったから、知らないだろうけど」

「できるだけ来るから」そう言って、ぼくは立ち去った。

最初のうちは、週に何度も弟を訪ねた。そのための時間は、仕事の後の食事を抜いて作った。だがやがて、訪問の回数を減らすようになった。弟が有能で、農場をうまく切り盛りしているのがわかって、誇らしかった。

一年以上、すべてがうまく行っていた。

一九七八年の後半、ベトナム軍が侵攻してくるという噂が、どんどん広がり始めた。ベトナム軍はクメール・ルージュと戦争をしており、残虐な政権に終止符を打とうとしていた。収容所長たちは徹底抗戦を主張した。看守たちは次々に招集され、前線へと送られた。ぼくはただひたすら解放の日を待っていた。アメリカのラジオ「ヴォイス・オブ・アメリカ」をこっそり聴いていたため、それがそう先のことではないとわかっていた。

遠くで銃声が聞こえるのを、なんらかの動きがあるのを、絶望的な思いで待ち構えていたが、何度も何度も失望を味わうばかりだった。看守たちの多くも同様だった。この地獄が終わるのを彼らが待ち焦がれているのが、ひしひしと感じられた。誰もがもう、人を殺すことにうんざりしていた。家に帰って、家族を――または家族のなかの生き残りを――探したいと思っていた。タイへ向かいたいと思っている者たちもいた。国境地帯に難民収容所ができたという噂があったのだ。多くの者が、ベトナムの支配のもとではひどい扱いを受けるだろうと恐れており、手遅れになる前に逃げる計画を立てていた。ベトナム軍は俺たちの耳と鼻を切り落としてから、喉を掻き切るだろう、と言われていた。だが、実際に思い切って逃亡する者はほとんどいなかった。誰もが適切な時を待っていた――つまり、混乱を。いたるところでこんなことが囁き交わされてばかりだった。「タイに逃げるならあっちのほうへ行くんだ、ジャングルを何日も歩いて、川を渡れば、もう安全だ」だが収容所の上層部は、こう主張していた。「ベトナム軍が攻めてきたら、息絶えるまで戦い抜かねばならない。我々の民主カンプチアを守るために。従わない者は誰であろうが裏切り者と見なす」夜中にこっそりと逃げ出そうとした看守ふたりは、つかまって、全員の目の前で処刑された。収容所上層部の気まぐれと残虐さは、最高潮に達していた。彼らからは緊張の匂いがした。

ぼくは、ベトナム軍が労働収容所のすぐ前まで迫ってきて、混乱が起きるときまで待とうと決めていた。ぼくの計画は、そうなったらできる限り素早く逃げて、鴨農場へと向かうことだった。ぼくと弟は、鴨たちの小屋の地下に穴を掘り、木切れをかぶせてあった。最悪の事態が終わるまで、ふたりでそこに隠れて、それからタイへと出発するつもりだった。

ぼくは希望をつなぎ続けた。

ところが、一九七八年十月、すべてが変わってしまった。

自分の目が信じられなかった。週に一度労働者を補給しにくるトラックの荷台から、フランスさんが降りてきたのだ。

二〇一六年六月十九日　日曜日

キムは暗いキッチンに立って、庭を眺めていた。頭痛がした。パーティーは日付が変わっても盛り上がっており、打ち解けた雰囲気のなかで、たくさんの人が踊っていた。レアが友人たちと、ヨナスがモニカと踊っている。アレクサンダーがイネスをぐるぐると回している。

　誰かが背後に立つ気配に、キムは振り向いた。テヴィが戸口にもたれて立っていた。

「さっきのテラスでのあれは、逃亡？」テヴィはそう訊いて、近寄ってきた。「ずっと訊きたいと思ってたことがあるんだけど。ねえキム、いま幸せ？　それとも、ときにはあの音が追ってくる？頭蓋骨が割れるときの、コン、コン、コンって音が。ねえ、夜はよく眠れる？」

　キムはまた向き直って、窓から外を眺めた。

「なあ、六か月の胎児にはもう味覚があるって知ってるか？」苦々しく、そう尋ねる。「羊水が甘ければ甘いほど、喜んで飲むんだ。それにもう平衡器官もあって、どんな姿勢も取れる。宙返りも始める。腕と足の筋肉がちゃんと発達してるから。涙腺ももう機能し始めてる」キムはテヴィを振り返った。「君はぼくたちの子供を殺した。六か月の終わりに中絶した。いわゆる部分出産中絶（パーシャル・バース・アボーション）ってやつだ。アメリカではそう言うんじゃなかったっけ？」

「どうして知ってるの？」テヴィは訊いた。

「あの写真家だよ。ジェイク・エドワーズ。あいつが話してくれた。ぼくがあいつに百回は電話をかけた挙句に、ニューヨークのスタジオまで会いに行ったこと、聞いてないのか?」

テヴィは首を振った。本当に驚いているのがわかる。

「ジェイクは、あなたが何度かスタジオに電話してきたとは言ってたけど、直接来たなんて教えてくれなかった。私を守ろうとしてくれたのかもしれない。あのころはどん底だったから」

「へえ、君もか?」キムは嘲るように言った。

「やめて!」テヴィが鋭く言った。

「ああ、君がどん底だったのは知ってるよ。心療内科から診断書をもらったんだろ。鬱と不安定な心理状態。だからこそ、あんなに遅くなってからの中絶が認められたんだ。子供が君の心理的健康にとっての深刻な脅威であるって、診断書には書いてあった。そうだ、ジェイク・エドワーズがほかになんて言ったか、知ってるか? 君が何か月間も子供を産むかどうかさんざん迷って、結局中絶っていう苦渋の決断をしたんだって。それに、子供が女の子だったことも話してくれたよ。ぼくたちの子供が君の腹のなかから掻き出されるあいだ、あいつがそばにいて、君の手を握ってたことも。それ以上はなにも話してくれなかった。すごくなにか言いたそうに見えたけど。あいつ、態度が妙で、唐突にぼくをスタジオから追い出したんだ。ぼくは、君の家の住所か電話番号を教えてほしいって泣きついた。膝をついて頼んだんだぞ! もう一度だけ君に会って、君の口から直接、あの写真家のほうをぼくより愛してるんだって聞きたかった。でもあいつは、警察を呼ぶぞって脅した。

後から医者に行って、部分出産中絶っていうのがなにかを教えてもらったよ。医者が胎児を鉗子(かんし)で挟んで向きを変えて、足を持って、広げた産道から引きずり出すんだってな。胎内に残ってるのが頭だけになるまで。その手術のあいだ、胎児は手足を動かし続けるんだ。それから医者は、先の尖ったハサミで胎児の後頭部に穴を開ける。そしてその穴から脳みそを吸い取って殺すんだ。そうすると、鉗子でむりやり引っ張らなくても、胎児の頭は簡単に母体から出てくる。胎児が死ぬときには頭がまだ母体のなかにあるから、法律的に見れば流産ということになって、後期の中絶として認められた方法なんだそうだ。それを聞いたとき、ぼくはもう君には会いたくないと思った。二度と再び会いたくなかったよ。君を忘れようと全力を尽くした。

というわけで、さっきの質問に答えるよ——ぼくはここ何年も、よく眠れない。でも誰かの頭蓋骨が砕けるのを想像するせいでも、心のなかでそのコン、コンとかいう音が聞こえるせいでもない」キムはことさら大袈裟に発音しながら、軽蔑のしるしに、両手を胸の前でぐるぐる回してみせた。「ぼくたちの子供が手足をばたばた動かしながら、鋭いハサミで頭に穴を開けられる姿が目に浮かぶからだよ。子供の脳みそを吸い取る機械の音が聞こえるからだよ」

キムは椅子にどさりと身を沈めた。

「ぼくたちの娘は、生きてればいま二十二歳だ。いいか、あのことは、子供時代のあれこれよりもずっとぼくをズタズタにした。何年も頭から離れなかった。いまでもときどき考えるよ。ここ最近は、またよく考えるようになったくらいだ。あれに比べたら、悲惨な子供時代もクメール・ルージュも、ずっと簡単に過去の話にできた。なあ、どうしてかわかるか？　子供のことは、防ぐこともできたはずだからだよ。子供のことでは、ぼくたちは被害者じゃないからだ。君はなにもかもはっきりわかったうえで、ぼくの人生を壊した。あっという間にぼくに飽きて、あの写真家のところへ戻りたくなった。邪魔な子供抜きで。真面目な大学生は、君には退屈すぎたか？　そりゃあ、セレブの写真家と世界中を飛び回って、服を脱いでいろんな有名雑誌に燦然と載って、スターたちとお友達付き合いしたほうが、ずっと楽しかっただろうよ！　子供のころに家族を目の前で殺されてトラウマを抱えたかわいそうなテヴィ・チャンは、きっと世間の注目を浴びたんだろ？　その女が実は自分自身の子供を殺したなんて、きっと誰も知らないんだ。そうだろ？」

「やめて！」テヴィが鋭く言った。「やめて、やめて、やめて！」

背後で誰かが咳ばらいをした。キムが振り向くと、そこにはイネスがいた。

「レアがあなたのために、ギターを弾くんですって」イネスはキムにそう言った。「来てくれる？」

カンボジア　七〇年代　メイ家

トラックの荷台から飛び降りたのがフランスさんであることは、一目でわかった。最初に思ったのは、よく生きていたな、だった。背中は丸まり、痩せこけて、髪は薄く脂じみていたし、顔色は灰色だった。けれどそれは、まぎれもなくケップで〈フランジパニ〉を経営していたフランスさんだった。フランスさんはひとりの女性に手を差し伸べ、その女性が慎重に地面に降り立った。フランスさんの妻だった。彼女のことも、一目でわかった。それから三人の娘たちが続いた。ただひとり、末の男の子だけがいなかった。ぼくは一番上の娘をじっと見つめた。ソピエップだ。痩せて蒼白な顔をしていたが、彼女は若く美しい女性だった。一番下の女の子のことは、フランスさんが抱きかかえて降ろした。かつて、顔をしかめながらぼくに「魚臭い」と言った子だ。

よくまだ生きていたな――それ以外には、なにひとつ考えられなかった。欧米人は、クメール・ルージュにまっさきに殺された。ということは、フランスさんは本当に出自を隠すことに成功したのだ。ぼくにとって彼はずっと「フランスさん」でしかなかったとはいえ、確かに彼はあまりヨーロッパ人には見えなかった。いくつかのささいな点を除けば、クメール人そのものだった。

心臓が早鐘のように打ち始めた。一家が荷物をトラックから降ろして、登録のために並ぶあいだ、ぼくはずっと近くにいた。一家が名前と年齢を告げるのを聞いた。それから指示が出た。男は右、女は中央、子供は左。どうやら一家はこれまで離れ離れにされることなく暮らしてきたようで、この指示に戸惑っているように見えた。末っ子が父親にしがみついて、泣き出した。看守のひとりが竹の棒を持って一家に駆け寄り、彼らをばらばらに引き離そうとした。怒りっぽい男で、そのせいで冗談半分に〈同志・湯沸かし器〉と呼ばれていた男だ。

ぼくは顎で彼に「離れていろ」と合図を送り、到着した全家族に、宿舎が性別で分けられていること、けれど食事は皆同じ場所で取ることを説明した。フランスさんもソピエップも、ぼくの正体に気づかなかった。気づくわけなどあるだろうか？　最後に顔を合わせたのは三年半前で、あのときのぼくはまだ子供だった。それに、クメール・ルージュで活動を始めた半年後からはずっと、ぼくは顔にクロマーを巻き付けていて、今も外から見えるのは目だけだったのだ。

心を落ち着かせるのに、まる一日かかった。フランスさん一家の姿を再び目にして、心がざわめいた。まだなにもかもがうまく行っていたころの思い出が蘇ってきた。ホテルの厨房でぼくと向き合って座り、カンボジアの歴史について議論をしてくれたフランスさんのことを思い出した。白いドレスを着たソピエップの姿を思い出した。彼女の部屋でぼくの髪をとかしてくれたソピエップ、父親と踊っていたソピエップ、ぼくにツイストを教えてくれたソピエップのことを。ソピエップがぼくと並んで庭のロッキングベンチに座ったまま眠り込み、頭がぼくの肩にずり落ちてきたことを。ふたり一緒に学校から〈フランジパニ〉へ向かう道の途中まで歩いたことを。ソピエップに恋をしていたことを、思い出した。

ぼくは、一家に気を配ろうと決意した。どうしてそんな決意をしたのか、自分でもわからなかった。ただ、ぼくと弟同様、一家にもこの地獄を生き延びてほしいと、自分が心の底から願っていることだけは、はっきりとわかっていた。

夜になると、理由はそれだけではないことに気づいた。

ベトナム軍が近づいてきていた。収容所長の三人がどれだけ否定しようと、まもなくすべてが終わるだろう。おそらくは一、二週間のうちに。もう二か月にわたって、不穏な空気が流れていた。看守たちの多くはすでにパニックに陥っており、それゆえに以前よりさらに残酷で気まぐれになっていた。看守どうしでも、それぞれがなにをしているのか、まったくわからなくなっていた。

ぼくは、すべてが終わったあとの自分の人生はどうなるのだろうと、頻繁に考えるようになっていた。これまで犯してきた数々の罪を背負って、これからどうやって生きていけばいいのだろうと。もう長いあいだ、自分と弟とが確実に生き延びられるよう、昼間はずっと残酷で粗暴な人間を装ってきた。おかげで一目置かれる存在になった。皆が〈同志・ナイフ職人〉を怖がっていた。だが夜には、自分が幼い子供になったような気がした。生き延びる術を学びはしたものの、この先どうしていいのかわからない子供、絶望があまりに大きく、すすり泣きを止められない子供に。

とりわけ、ひとりの若い女の姿が、夜中に夢のなかまでぼくを追ってきた。それは、同志たちが金属製の椅子に縛り付けて、血を抜いた女だった。わずかばかりの血ではない。全身のすべての血を抜き取ったのだ。当時、子供収容所にいた弟たちを訪ねていくときに、ぼくは近くの施設で重要な荷物を受け取ってくるよう指示された。その荷物がなんなのかは、教えられなかった。ただ、急いで持ち帰るようにと言われただけだった。ぼくは弟たちとできるだけ長い時間を過ごそうと、ふたりを指定された場所へ連れていった。その場所というのが刑務所で、荷物というのが血液を入れた袋だとわかったときには、もう遅かった。弟たちは、ぼくのすぐ後ろに立っていた。

「この血は負傷した兵士たちに必要なものだ」医者だと名乗る男がそう言って、縛り付けられた女の両腕に針を突き立てた。血は負傷した高官たちのために使われるのだと、ぼくは知っていた。下っ端の兵士のことなど、誰も考えてはいなかった。血液が管を通って袋へと流れ込み始めた。その場にいた同志たちは笑いながら、終わるまでここにいろとぼくに命じて、部屋を出ていった。ぼくは、背後にいるふたりの弟に、「後ろを向くんだ」と言った。だが従ったのは下の弟だけで、上の弟は身じろぎもせずに立ち尽くしていた。

女はまだとても若く、美しかった。自分が失血死させられるのだと悟ったとき、女はぼくの目をじっと見据えた。

「クメール・ルージュども、どれだけ憎んでも憎み切れない！」女はぼくに向かって言った。

一瞬ぼくは、ほかの兵士たちのことを言っているのだろうと思った。女をとらえて、椅子に縛り付けた兵士たちのことを。ところが女は、ぼくに向かって唾を吐き、さらに言った。「お前だ！ クメール・ルージュ！」

女がぼくのことを言っているのだとわかって、驚いた。ぼくはそれまで、自分をクメール・ルージュだと思ったことがなかったのだ。ほんの数年前まで、ぼくは、祖国に正義と平和をもたらすために勝利に輝く革命に参加したいと思っている、リセの生徒だったのだ。

「お前の先祖の霊と神々が、お前とお前の家族を追ってくる。もういっときも放してはもらえない。お前たちは惨めな人生を送るんだ。誰にも愛されず、病気になって、体が腐っていくんだ」女はぼくにそう言った。

ぼくがフランスさんとその家族とを救うために全力を尽くせば、先祖の霊と神々は、ぼくと弟たちに慈悲を示してくれるのではないか――その夜、ぼくはそんなふうに考えながら、悶々と寝返りを打った。もしかしたら、これは天命かもしれない。そうでなければ、どうしてあの人たちが、よりによってぼくが看守を務める労働収容所へやってきたりしたんだろう。死んだ母が、死んだ先祖たちが、あの人たちを救うために、ぼくのところへ送り込んだのだと、ぼくは確信した。この使命を果たすことで、ぼくは自分の罪を贖うべきなのだ、と。それにもうひとつ、なにより強い思いがあった。ソピエップへの思い、ソピエップの笑顔の記憶だ。彼女に生きてほしかった。彼女の隣に横たわり、その柔らかい肌に触れ、彼女にキスをする自分の姿を思い浮かべた。ぼくのキスに応えてくれる彼女の姿を。

　翌朝ぼくは、フランスさんの三人の娘を厨房に配属した。両親にはなにもしてやれなかった。彼らにまで楽な仕事を割り当てたら、人の注意を引いてしまったことだろう。両親はダムで働かされることになった。ぼくはふたりをダムの東側に行かせた。西側の看守たちを統率するソンから、彼らを離しておくためだ。もしソンが彼らを見つけて、フランスさん一家だと気づいたら、なにをしでかすか見当もつかなかった。なにしろ一家は以前、海辺でソンが屈辱を味わったときに、その場にいたのだ。それが怖かったせいで、ぼくは数日後、フランスさんに警告することに決めた。フランスさんが便所に行くときに、ぼくは目の前に立ちふさがった。そして、その場にほかに誰もいないことを確認すると、クロマーを取って顔を見せた。

「ぼくのこと、憶えていますか?」ぼくはフランスさんにそう訊いた。

　フランスさんは、まるで幽霊でも見るかのような目をぼくに注いだまま、口もきけずにいた。ぼくは、この三年半のあいだ一家がどこで暮らしていたのかを尋ね、フランスさんは、つい最近まであのとき忠告してくれたのは君だ。人里離れた山奥の村を探すようにと、山奥のとある村で暮らし、働いていたと答えた。

「沿岸部に留まらずに、人里離れた山奥の村を探すようにと。そこが一番安全だからと」


ぼくはそのときのことを憶えていた。

「で、君たちは、自分たちで作り上げた国に満足かい？」フランスさんはそう訊いた。

ぼくはその皮肉な問いには答えず、誰も近づいてこないか、あたりを見回した。そして、クロマーで常に顔を覆っておくように、家族もそうするように、と忠告した。ソンに気づかれる危険を減らすために。

「ソンがここにいるのか？」フランスさんがそう訊き、ぼくはうなずいた。

「もうひとつ」足音が近づいてくるのが聞こえて、ぼくは慌てて言った。「ラジオの〈ヴォイス・オブ・アメリカ〉を聴いて知ったんですけど、もうすぐベトナム軍がカンボジア全土を制圧します。つまり、もう間もなくこの地獄も終わります。もしかしたらあと数日かもしれないし、数週間かもしれない。そこはわかりません。でも、どうか頑張って生き延びてください！　ベトナム軍が来て混乱が起きたら、どさくさに紛れて、ご家族を連れてタイへ向かうんです」


ぼくはきびすを返すと、急いで立ち去った。

それから数週間は、すべてうまく行った。それまでぼくの全身を覆っていた無気力と鈍感さがはがれ落ちていくのが感じられた。感覚は研ぎ澄まされ、思考と行動のすべてが、五人の人間に集中した。幸いにも、収容所内のあらゆる場所をパトロールする許可をもらっていたため、ぼくはフランスさん一家の両親を見守ると同時に、娘たちの様子にも目を配った。食事の時間にさえ、ぼくは一家から目を離さなかった。けれど、彼らとは一言たりとも言葉を交わしはしなかった。上のふたりの娘は、すでに看守たちの目に留まっていた。看守たちは互いに、誰がどちらを最初にものにするかについて、卑猥な冗談を交わしていた。警戒が必要だった。

ある日ぼくは、〈同志・湯沸かし器〉が若い女を厨房から引きずり出すのを見た。それがフランスさんの娘かどうか、遠目ではわからなかったが、きっとそうに違いないと思った。厨房で働くほかの女たちはもっと年上で、器量もよくなかったからだ。〈同志・湯沸かし器〉が女を、森のなかの、普段強姦が行われている場所へと機関銃で追い立てていくのを見て、ぼくは走って追いかけた。ふたりのいる場所へ着くと、女はすでに地面に倒れていて、〈同志・湯沸かし器〉は彼女のズボンを下ろそうとしていた。ぼくは同志に駆け寄って、突き飛ばした。

「うせろ、こいつは俺がもらう」ぼくは鋭くそう言った。

〈同志・湯沸かし器〉はなんとか立ち上がると、嘲るような顔でぼくに笑いかけ、去っていった。ぼくはソピエップとふたりきりになった。ソピエップは恐怖に目を見開き、泣きながら、ぼくの目の前に倒れていた。むき出しの太ももが目に入って、彼女にむりやり襲い掛からないよう、自制しなければならなかった。ぼくは手でそっとソピエップの腹に触れ、それから立ち上がると、ソピエップに背を向けて言った。「服を着ろ」ソピエップは震えながら服を着て、ぼくのあとからついてきた。

そのとき突然、木の陰からソンともうひとりの看守が現れた。ぼくのあとをつけていたに違いない。ぼくは、自分が大きな間違いを犯したことに気づいた。自分の欲望に忠実に、ソピエップを強姦するべきだったのだ。その瞬間ぼくは、フランスさん一家を守る使命が失敗に終わったのだと悟った。そして、ソピエップが命でその代償を払う羽目になるだろうことも。ソピエップの家族も同様だ。それに、ぼく自身もかもしれない。

「なんとも泣かせるじゃないか」ソンが言った。「俺にはわかってたよ、お前が初恋の相手を傷つけたりしないってな」

ぼくはソンの張った罠にはまったのだ。慢心して、注意を怠っていた。ソピエップは驚いたようにぼくを見つめたが、すぐにまたうつむいた。

「後の楽しみに取っておくんだ。今日はその気になれないから」ぼくはことさらそっけなく言った。

「へえ、そうか」ソンはにやにや笑っていた。

ぼくは立ち止まり、ソンともうひとりに訊いた。「この女が欲しいのか？」

ソンは目をぎらつかせながら、小声で言った。「今日はいらない。後の楽しみに取っておくんだ」

それからソンは、ぼくに語って聞かせた。数日前に、ぼくがある一家から目を離さず、いろいろなことを彼らに有利に取り計らっているのに気づいたこと。そして、すぐに登録簿を見て、その一家の正体を知ったこと。

「お前は外国人とその家族を庇護した。外国人は誰でもオンカーの最悪の敵だぞ。同志モック殿がお前に会いたいそうだ」ソンはそう言って、ナイフを渡すよう、ぼくに命じた。そのあいだもずっとソピエップに銃を向けたまま。

ぼくはナイフをソンに渡した。ソンはぼくの腕をつかむと、ソピエップに「お前のことは後から考える」と言って、仕事に戻らせた。

ソピエップはぼくにちらりと視線を投げると、足早に収容所へと戻っていった。

二〇一六年六月十九日　日曜日

「お願い、レア、ギターを取ってきて、なにか弾いて」レアの母イネスが、切羽詰まった様子で言った。「パパとテヴィが、すごい喧嘩してるみたいなの」

ギターはしばらく弾いていなかったので自信がなかったが、レアは、自分の声が悪くないことはわかっていた。そのせいで、母に子供合唱団に入れられて、しばらく歌っていたことがあるくらいだ。それに、ほとんどの客は、程度の差はあれ、レア同様酔っぱらっているから、少しくらい不協和音が響いても、目くじらを立てたりはしないだろう。先ほど友人のベアから、アダムが急にパーティーを抜けた、アダムの元彼女の姿も見えない、というヴォイスメッセージが来た。それ以来、レアは白ワインからジントニックに切り替えていた。

ビートルズの「レット・イット・ビー」を弾くことに決めた。レアがギターで初めて覚えた曲のひとつだ。昔、この曲を部屋で練習していると——十二歳のときだった——父が入ってきて、耳を傾け、少しだけ口ずさんだことがある。レアはそれをよく憶えていた。父は普段、音楽にはまったく関心がなく、それだけに、そんなふうに興味を示してくれたことがとても嬉しかったからだ。あのとき父は、レアのベッドに腰かけて、ぼんやりと宙を見つめていた。

「昔、みんなでよく聴いたよ」曲が終わると、父はそう言った。

「みんなでって？」レアは訊いた。

「兄弟三人で。小さなトランジスタラジオが家にあって、ビートルズの曲が聞こえてくるとすごく嬉しかったな。一番好きなグループだったんだ」

いま、パーティー会場では、バンドが演奏をやめた。レアはギターを持って椅子に腰かけた。酔っているにもかかわらず、少し緊張している自分に気づいた。皆がレアの周りに集まってきた。

父もテラスのドアを開けて、外に出てきた。それからしばらくして、テヴィ・ガーディナーも出てきた。なにやら怒っているように見える。

「ビートルズの曲がちょっと演奏されすぎなのはわかってるけど、やっぱり私も一曲ビートルズを弾きたいと思います」レアは照れながらそう言った。「パパ、この曲はパパのために弾きます。お誕生日おめでとう。大好き」

レアは父に投げキスをすると、演奏を始めた。

あらかじめ打ち合わせをしたわけではなかったが、ジモンがドラムを合わせ、ヨナスがレアの隣に立って、サビの部分を一緒に歌ってくれた。三人の姉弟がささやかな――即興の――出し物を披露することになって、母はもちろん、祖母もまた喜んでいるのがわかった。父がとても感動しているのもわかった。テヴィ・ガーディナーがなにかの錠剤を飲み込んで、父の背後に立ち、再び怒ったようになにやら言うのが見えた。

二〇一六年六月十九日　日曜日

「あなたの子供たちからの招待を私が断らなかった理由はね……」娘がキムのために歌ってくれているとき、テヴィが肩越しにささやきかけてきた。

「興味がない」キムは吐き捨てるように言った。できれば振り向いて、テヴィの肩をつかんで揺さぶってやりたかった。だがテヴィは意に介さず、つづけた。「理由はね、あなたのことを赦(ゆる)したって言ってあげたかったからよ」

キムは苛立ちのあまり首を振った。「ぼくのなにを赦すっていうんだ?」

テヴィは再びキムの耳元に顔を近づけてきて、こうささやいた。「私がなんの話をしてるのかは、あなた自身がよく知ってるはずよ、キム」

いったいテヴィはなにを言ってるのだろう?　すっかりおかしくなってしまったのだろうか?　酒のせいではあり得ない。キムが目にした限りでは、テヴィはずっと一杯のグラスの水をちびちび飲んでいるだけだった。頭痛がひどくなってきた。テヴィはかつて、ふたりの人生からひとことの説明もなしにこっそり逃げ出した。説明することもできない卑怯な女だったからだ。テヴィはキムの子供を殺した。そのうえで、赦してやるとはどういうことだ?

「ねえ、〈同志・タコ〉さん?　それとも〈同志・ナイフ職人〉って呼んだほうがいいのかしら?」

テヴィが言った。

キムは振り向き、唖然としてテヴィを見つめた。この女は、すっかり理性を失ってしまったに違いない。

テヴィはキムから離れて、立食用テーブルのところにいるイネスとモニカとアレクサンダーに加わった。イネスが不安げにキムのほうを見た。突然キムは、すべてが現実ではないような気がした。一瞬、客たちの姿が消えて、キムは再び収容所で集会に参加していた。クメール・ルージュたちが周りをうろつき、落ちくぼんだ頬と熱っぽい目の骸骨のような人間たちが座って、キムをじっと見つめている。下を向くと、自分もやはり黒い服を着ていることに気づいた。ベルトには革製の鞘に入ったナイフがぶら下がっていた。キムは驚愕で思わず飛びのいた。ほんの数メートル先に、若い男がいるのが見えた。男はキムが持っているのと同じナイフを手に持って、爪の掃除をしていた。爪からは蟻がうじゃうじゃと湧いていた。男は顔を上げると、キムににやりと笑いかけた。キムは、無理やり呼吸を整えようとした。あれはお前の息子だ、と、キムは自分に言い聞かせた。お前は飲みすぎたんだ、それだけだ、落ち着け、落ち着くんだ。

レアの演奏が終わり、皆が拍手を始めたとき、キムは全身汗まみれだった。それでも娘を長いあいだきつく抱きしめた。それからキムはテヴィのところへ行き、彼女の手首をつかんで、引っ張っていった。

「テヴィがどうしても鴨池を見たいって言うから、ちょっと行ってくる。すぐ戻るよ」笑顔でイネスとモニカにそう言う。「ぼくたちのことは気にせずにパーティーを続けててくれ。踊って、飲んで、食べて！　盛り上がってくれ！」

バンドのリーダーがマイクを取って、女性が男性をダンスに誘う番だと告げた。キムは親指を立てて、肩越しに振り返ると、大声で言った。「いい考えだ！　ジモン、ママと踊れ！」

「パパ、完全に酔ってるな」ジモンがイネスにそう言うのが聞こえた。

鴨の作業小屋の前まで来てようやく、キムはテヴィを放した。テヴィは手首をさすった。

「なあ、ぼくがいましたいことがなにか、わかるか？　タクシーを呼んで、君を放り込むことだよ！」

テヴィはハンドバッグをかき回して、もどかしげに煙草の箱とライターを取り出すと、一本に火をつけた。

「どうしてあんなことを言ったんだ？」キムはテヴィを怒鳴りつけた。「どうしてぼくをあんなふうに呼んだ？」

「ごまかすのはやめなさい！」テヴィが言った。「もうやめなさい！　いい加減に真実を直視しなさい」

「真実って？」

テヴィは頬に流れる涙をぬぐった。キムはその光景に吐き気を覚えた。この情感たっぷりの芝居が、子供たちに身の上話をしたときに成功したからといって、今度はそれをキムにまで使おうというのだろうか？

「私に対して真実を認めないなんて、信じられない！　家族に対してならわかる。知り合いに対してもわかる。でも私に対して否定するなんて！　子供を殺したって私を非難しておいて、自分のことになると、これまでずっと抑圧してきたことを認める勇気さえないなんて！」

テヴィはまるで、いったいどうなっているのか信じられないとでも言いたげに、激しく首を振り続けた。

「君がなにを言っているのか、さっぱりわからない」キムは疲れ切っていた。

「私は地獄を潜り抜けてきたの。地獄だった。あなたにはとても想像できない。眠れなかったし、ほとんどなにも食べられなかった。泣いて泣いて、憎しみと嫌悪感でいっぱいだった。ひたすら体をこすり続けた。あなたに触れられた記憶を頭から消し去りたくて。子供が流れてくれればいいと思った。でも流れなかった。しばらくのあいだは、あなたと一緒にいなくていいなら、子供を産んで育てていけると思った。でも、もし産んでたら、きっとその子を見るたびにあなたのことを思い出したでしょうね」

「私は、私は」キムは軽蔑をこめてテヴィの口真似をした。「自分の話ばっかりだ」テヴィの姿をこれ以上見るのには、もう我慢できなかった。皆のところへ戻って、レアにもう一曲弾いてくれと頼みたかった。この女の相手をするのはもうまっぴらだった。テヴィはまるで絞め殺したいというような憎しみに満ちた目でキムを見つめていたが、やがて慌ただしく煙草を一口吸った。

「最初は、直接怒鳴りつけてやりたいと思った。あなたを真実と向き合わせてやりたいって。次には、公にしてやろうと思った。法廷に引きずり出してやろうって。なんとも馬鹿なことを考えたものね。この話はオーストリア司法の管轄じゃないし、カンボジアでは、ポル・ポトとその一味さえ法の裁きを受けていなかったっていうのに！　あいつらは当時まだのうのうと国の北部で暮らしてた。それに、法廷に持っていったって、私はとても事実と向き合える状態じゃなかった。ＵＮＯＶの心理学者が、放っておいたほうがいいって助言をくれた。周りにあなたの正体をばらしたりしないほうがいいって。どんな過去があろうと、あなたにも新しい人生を築くチャンスは与えられるべきだって。その心理学者は私に、オーストリアを出て、もう二度とあなたに会わないほうがいいって言った。心配しないで、彼女にあなたの名前は教えてないから。ニューヨーク行きの飛行機のチケットを取るのも、荷造りも、彼女が手伝ってくれた。私はもう完全に恐慌状態だったから。キム、あなたのことをすごく愛してた。欲しかったのは、あなたと、あなたとの子供だけ。将来もっと子供が生まれるかもしれないって思ってた。あなたと一緒に生きていきたかった。だからあのことを知ったとき、私のなかでなにかが死んだの。あれは私の人生で、家族が殺されたことの次に辛い出来事だった」

「いったいさっきからなんの話をしてるんだ？」

この女は病んでる、とキムは思った。そうだ、病気なんだ。どうしてもっと早く気がつかなかったんだろう？

「あなたはまだすごく若かった。子供だったたし、親がいなかった。たぶん自分が生き延びるためだけに必死だった。私、何度も何度も自分にそう言い聞かせなきゃならなかった。でないと、たぶんおかしくなってた。でも、年月がたつにつれて、少しずつ気持ちも収まってきたのよ。クメール・ルージュの兵士がほとんどみんな未成年だったことは知ってたし。みんな目をくらまされて、操られてただけだって。自分自身の命の心配をしなきゃならない子も多かった。だからほかにどうしようもなかったのよね。権力をふるって残酷なことをするのを楽しんでた粗暴な若者もたくさんいた。でもほとんどはそうじゃなかった。ほかにどうしようもなかっただけ。加害者だけど、同時に被害者でもあった。私、あなたのことは、そっちのグループに入れたの」

テヴィはここでしばらく言葉を切った。

「もし自分だったら、あんな状況でどうしただろうって、よく考えたわ」小声で、テヴィは再び話し出した。「でも確信をもって言える——誰かを苦しめたり殺したりするくらいなら、私は殺されるほうを選ぶ」

キムは笑い声をあげた。「独善的な人間はみんなそう言うよ。実際にそんな状況に陥ったことのない連中は」

「いま、私たちの故郷では、みんなが隣人どうしとして暮らしてる。自分の意思だろうがそうでなかろうが加害者になった人間と、被害者とがね。どちらの側も、過去には触れないでおこうとしてる。実際、そうする以外に道はないんだし。じゃなきゃ、国民の三分の一を刑務所に送らなきゃならなくなるんだから。欧米に渡った人もいる。もちろん、ポル・ポト政権下でなにをしたのか、正確には申告せずにね。たとえばあなたみたいに」

「ぼく？」キムは驚愕した。

「ここ数年で、私はあなたのことを赦せるようにさえなった。心の平安を見つけたの。そうしたら、息子さんからメールが来た。そのとき思ったのよ——行ってみようかって。あなたがいまどんなふうに暮らしているのか見て、あなたの子供たちに会ってみることが、どうしていけないんだろうって」

「頼む、なんの話をしてるのか教えてくれ！」

「キム、あなただったのよ。私の家族を殺したクメール・ルージュは、あなただった」そう言ったテヴィの声は、悲鳴に近かった。

キムはただ茫然と首を振ることしかできなかった。

「違う」

「あなたが私の家族を殺した」テヴィはゆっくりと、一語一語を強調して言った。「あなたがそこまで事実を抑圧してこられたなんて信じられない。あなたのなかで、嘘が真実になってしまうまで」

キムは支えになるものを探したが、つかめるものはなにもなかった。なにひとつまともに考えられなかった。ああ、なんてことだ——頭のなかにはそれしかなかった。ああ、なんてことだ。

「ぼくが君の家族を殺したっていうのか」キムはゆっくりと言った。「でも、それならなぜ君のことも殺さなかった？　どうしてタイへ逃げるときに君を連れていった？」

「憶えているかどうか知らないけど、私はあのとき重い病気だった。だから、もう私は死んだんだと思って、あそこに置き去りにしたんでしょ。後から、たぶん逃げる途中に戻ってきて、私がまだ生きているのを目にして、連れていったのよ」

「だから、どうしてなんだ？」

テヴィは二本目の煙草に火をつけた。

「あのときは、もうベトナム軍がいたるところにいた。重病の妹と一緒に逃げる少年っていう設定は、あの混乱のなかでは信憑性が増すし、同情も買えた。違う？　敵軍には見逃してもらえて、まさかクメール・ルージュだなんて疑われもしなかった。カンボジア人の避難民たちだって、ひとりでいる少年よりも、妹連れのほうを助けるんじゃない？　こいつは自分たちとは違う側の人間かもしれないって疑われる恐れも減る。単なる作戦だったのよ。あなたは馬鹿じゃなかった」

テヴィはそんなふうに考えていたのか。

実際、テヴィの推理もあながち間違ってはいなかった。キムは、タイ国境を目前にしたジャングルのなかで偶然出会い、行動をともにしたナート一家のことを思い出した。彼らは、まだひとりで歩けないほど弱っている妹の世話をする献身的なキムの姿に心を打たれたのだ。ぼんやりと宙を見つめていたかと思うと急に泣き叫び始め、わけのわからないことを話していたテヴィの口に、鴨のスープを運んでやるキムの姿に。大きな川に行き当たったときのことだ。タイへたどり着くにはその川を渡らねばならず、一行は、誰がどういう順番で渡るのが一番いいかと、あれこれ考えた。そのとき一家の父親が、テヴィを置いていくべきだ、どうせもう死にかけているのだから、と言った。それを聞いたキムは激怒して、テヴィを背負うと、なにも考えずに川へと入っていった。泥混じりの水にバランスを崩されないよう、集中しなければならなかった。水はキムの胸より上まで届いた。一度、なにかに触れて、キムは飛び上がりそうになった。蛇ではないかと思って怖かった。だがよく見ると、それは人間の骸骨だった。向こう岸にたどり着いたキムは、一家に手を振って、渡ってくるようにと合図した。一家には子供が三人と祖母とがいたので、キムは祖母に手を貸すために、もう一度川を渡って戻った。その二日後、一行は難民収容所にたどり着き、家族として登録した。キムとテヴィも家族の一員として扱うことは、暗黙の了解となっていた。そして、テヴィが退院すると、一家は全員で亡命申請を出したのだった。

「後になってから、いろんなことに気づいた」テヴィは言った。「あなたが私を連れてタイへ出発する前、鴨農場で、私、一時的に意識を取り戻したみたいなの。そのときあなたが隣にいた。収容所にいたときと同じように、クロマーで顔を覆って、私を見下ろしてた。あの後ずっと、熱のせいで見た幻覚だったんだって思ってた。でもあれは本当にあなただったのよ！　あなたのお父さんがよく作ってくれたっていう焼いたタコの話――あれ、あなたの仲間たちも聞いたんでしょ。だからあなたに〈同志・タコ〉っていうあだ名をつけた」

「テヴィ、信じてくれ」キムは懇願した。テヴィの肩に触れようとしたが、テヴィは飛びのいた。

「ぼくはクメール・ルージュの兵士じゃなかった。君の家族を殺してなんていない。君はまったく見当違いの話に迷いこんじまったんだよ。全部思い込みだ」

「ふたりでカンボジアに行ったとき――プノンペンのホテルで、あなた、夜中になんて言ってた？　バスルームで顔を洗って、なにかぶつぶつ呟いてた。何度も何度も」

キムは首を振った。なにもかもが、だんだんバカバカしく思われてきて、肩をすくめた。「知らないよ」

「あれは、あなたが故郷の村から戻ってきた後のことだった。あなた、すごく落ち込んでた。もうボロボロだった！　過去を思い出したからでしょ。自分がどれだけのことをしたのか、初めて自覚したからでしょ！　あなたは自分自身に向かって話してたのよ。鏡に映った自分と話してた。あのとき、〈同志・ナイフ職人〉みたいな言葉が聞こえた。あのときは、私も寝ぼけてたし、聞き間違いだと思った。特に深く考えたりしなかった。でもその後、真実を知った日に、目からうろこが落ちたの」

「ぼくは誰も殺していない」キムは言った。

「わかってる。私がご家族に真実を話すんじゃないかって怖いんでしょ。でも心配しないで。あなたの神聖な家庭を壊すつもりなんてないから」テヴィは皮肉な口調でそう言った。「復讐したいなんて思ってない。もうとっくにそんな気持ちはないの。悪いことはなにも起きないから、安心して。私は朝には帰る。そして、私たちは二度と会うことはない。でもね、あなたに私の前で告白してほしいの。私にとっては、それが大切なことなの」

「やめろ！　君は病気だ！」

そう言った声は、自分で思ったよりも大きかった。気づくと息遣いが荒くなっていた。誰かが近づいてくるのが見えた。

「テヴィ、これで最後だ。君の非難は馬鹿げてる」

ふたりの前に、モニカが立った。

「あら、ふたりとも、こんなところに隠れてたのね」モニカは微笑んでそう言った。そしてキムに向かって、懇願するような表情でこう付け加えた。「あなたの誕生日パーティーなのよ。みんなが待ってる。アンドレアスとミヒャエルが、あなたのためになにか準備したんですって。さ、行きましょ」

カンボジア　七〇年代　メイ家

ぼくは敵との内通の罪を着せられて、牢獄へ放り込まれた。そしてフランスさんとともに、ちっぽけな獄房に閉じ込められた。ふたりとも裸で、食べ物も飲み物も与えられなかった。規則的に、ふたりのうち片方が通路へと引きずり出されて、拷問された。そしてもうひとりは、扉の鉄格子越しに、それを目にする羽目になった。ぼくは籐(とう)の鞭で打たれた。フランスさんはぼくよりずっとひどいことをされた。ソンはいつもその場にいて、眺めていた。ぼくのナイフで爪の掃除をしながら。フランスさんは、ベトナムのスパイとして何年間も秘密情報をベトナムにある基地に送っていたと責められた。つまらない言いがかりだとフランスさんは一蹴したが、国家の敵、裏切り者と罵られ、また拷問が始まるのだった。けれど彼らは、フランスさんから自白を引き出すことはできなかった。

ぼくとフランスさんは、ふたりきりでいるときにも、あまり話をしなかった。話すことなどなにもなかった。ぼくは、彼らを守るつもりでいながら、あまりに不注意だったことで、自分をとことん責めていた。一方フランスさんのほうには、まだぼくを慰める気力さえ残っていた。「君が私たちに気を配っていなかったとしても、いや、それどころか、たとえ君がこの収容所にいなかったとしたって、ソンはどうせ私たちを狙ったよ」

一番辛いのは、外でなにが起きているのかわからないことだ、と、フランスさんはぼくに言った。

家族がどんな目に遭わされているのか、まだ生きているのか、わからないことだ、と。ソンはなにも教えようとしなかった。ぼくとフランスさんとは互いに、もしどちらかが生き延びたら、相手の家族を救うために全力を尽くそうと約束した。ぼくは囁き声で、鴨農場にいる弟のことを話した。もっとも実際には、そんな話し合いは、自分たちをごまかす手段に過ぎなかった。ぼくたちはふたりとも、生き延びることなどないだろうと確信していたからだ。ときどき、遠くで銃声が聞こえた。そんなときは、ベトナム軍がこの収容所になだれこんできて、ぼくたちを解放してくれないかという期待が膨らんだ。

幾日、幾夜が過ぎたのかわからない。あるとき、ソンが告げたたった一言が、ぼくの血を凍りつかせた。「鴨農場にいるの、お前の弟だろ?」それまでぼくは、弟のことより、むしろソピエップのほうを心配していたくらいだった。鴨農場で暮らしているのがぼくの弟だということは、収容所の誰も知らなかったし、誰ひとり関心を示したこともなかったからだ。ぼくはありったけの勇気を振り絞って、答えた。「なにを馬鹿なことを言ってる?」

ソンは悪意のこもった笑いを残して、去っていった。ぼくはめまいに襲われた。息が吸えず、全身のすべてがざわめき始めた。やがて、ソンがふたりの兵士を連れて戻ってきた。ひとりがぼくたちに、取り上げられていた服を投げてよこした。

「服を着ろ。これから遠足に行く。きっと楽しいぞ」ソンはそう言った。

ぼくたちは後ろ手に縛られ、銃口を向けられた。そして、よろめきながら、収容所の宿舎、厨房、食堂の前を通り過ぎ、森へと歩かされた。普段処刑が行われている空き地には、フランスさんの妻と娘たちが、三人の兵士に囲まれて立っていた。父親のひどい有様を見て、娘たちは押し殺した悲鳴を上げ、泣き始めた。闘うチャンスも逃げるチャンスもないことは、一見してわかった。兵士たちは三人とも銃を肩からぶら下げていた。処刑にしては珍しいことだった。普通、死刑執行人が処刑場に持ってくるのは斧だけだ。銃はぼくのためのものに違いない。つまり、彼らはまだぼくのことを恐れているのだ。

ソンの晴れ舞台だった。彼の目に、復讐を果たせる喜びが見えた。遅かれ早かれベトナム軍がやってきて、すべてが終わるだろうことは、ソンも知っていた。自分が死ぬかもしれないことも。だがその前に、ささやかな個人的復讐を果たしたいと、ソンは思っていた。闘って勝ち取るに値するものなど、ソンにはもう、ほかになにひとつ残っていなかったのだ。

「見てのとおり、お前の家族は無事だ」ソンはフランスさんにそう言った。「全部とっておいてやったんだ。お前がよく見られるようにな」

それからソンは、ぼくのほうを向いた。「親父のことを思い出せ！」そう言って、二十メートルほど離れたところにある木を指す。「お前が命令に従うなら、あいつは助かる。なにもされない」その木には、弟が縛り付けられていた。隣には看守がひとり、手にマンゴーを持って立っている。ぼくをソンの言いなりにするには、その光景だけでじゅうぶんだった。

兵士たちが次々に、フランスさんの妻と上のふたりの娘たちとを強姦していった。彼らは末の娘にも手を出そうとした。まだほとんど子供だったというのに。末娘の命を救ったのは、彼女の病だった。どうやら赤痢にかかっていたようで、すさまじい悪臭を放っていたのだ。抵抗を始めたフランスさんをひとりの兵士が殴り倒し、ソンがソピエップに襲い掛かったとき、末の娘は意識を失って、草の上に倒れた。

ソンはぼくに、一家を殺すよう命じた。ぼくは地面に置いてあった斧を手に取った。ところがソンは笑って、ベルトに差してあったぼくのナイフを手渡した。そして、以前やっていたように、一家に正面から歩み寄って、喉を掻き切るようにと命じた。ひとりひとりの目をまっすぐに見ながら。意識を失っている少女のほうにかがみこんだぼくは、この子はもう死んでいると言った。

ソンと手下たちは、引き上げるとき、ぼくを脅した。「お前のことは生かしておいてやる。民主カンプチアを最後まで守り抜くのがお前の義務だからな。逃げようなんて思うなよ！　絶対に見つけ出すからな。お前のことも、弟のことも」

ソンが銃の台尻でぼくの頭を殴りつけ、ぼくはしばらくのあいだ意識を失った。目が覚めると、全員がその場を立ち去ったのを確かめた。両手が血まみれだったので、間に合わせにシャツで拭きとり、フランスさんの末の娘を抱き上げた。

彼女を抱いたまま弟のところへ行って、縄を切った。そしてぼくたちは三人で、鴨農場へと出発した。

弟はぼくの隣を黙々と歩いた。ひとことも話さず、ぼくの目を見ることもなかった。

二〇一六年六月十九日　日曜日

アンドレアスとミヒャエルが「天国のキム」というタイトルのユーモアあふれるテキストを朗読するあいだ、テヴィはキムから離れてどこかへ姿を消していた。「天国のキム」は、ウィーン大学時代に同じアパートに暮らしていたアンドレアスとミヒャエルとキムの共同生活をテーマにしたものだった。三人が政治や社会について交わした議論、一緒に参加した学生パーティー、酒に弱かったキムの間抜けなエピソードなどだ。いくつかの段落には、芝居仕立てのパフォーマンスもついていた。若かりしキムが、ありとあらゆることに対して、とても理解できないといった顔で首を振り、こう言うのだ。「ぼくにはここは天国だけどな」何時間にもわたる議論の末に、酔っぱらったキムが「ぼくたちには自分のケツを拭くものだってなかったんだぞ。なのにお前らにはトイレブラシなんてものまである！　トイレブラシだぞ！」と叫ぶシーンをミヒャエルが熱演し、自由の女神像のように手に持ったトイレブラシを掲げて見せると、客たちは体を折り曲げて笑い転げた。

リンツの元同僚たちからの共同プレゼントとして、夫婦ふたり分のコペンハーゲンへの旅行券――いったいどうしてコペンハーゲンなんだ、とキムは思った――を手渡されたときにも、テヴィの姿はどこにも見えなかった。テヴィが再び現れたのは、ようやく一時間後、イネスとキムに別れを告げて帰宅する客がちらほら出始め、バンドが演奏を再開したころだった。それまでは、ケーラー農場のヨハネスがゲームを催していたため、バンドは休憩していたのだ。ゲームはいわゆる綱引きで、イネスとキムが綱の一端を、もう一端を三人の子供たちが引っぱり、客たちが声援を送った。イネスとキムは、もちろん子供たちに勝たせた。ヨナスが「僕たちのほうが強い！」と叫んで跳ね回った。

テヴィはひとりで立食用テーブルに寄りかかり、いまごろになって水をやめて白ワインを飲みつつ、踊る人々を眺めていたが、スローな曲が始まると、キムに歩み寄ってきた。ちょうどイネスの友人ふたりと話をしていたキムは、途方に暮れた。頼む、やめてくれ、いまは君とは踊りたくない、と思ったが、そうはっきり口に出すのもはばかられた。そんなことを言えば、噂になっただろう。変に人目を引きたくなかった。おそらくイネスもそんなことは望んでいなかったのだろう、こちらをちらちらと見ていた。キムはただただこのパーティーが終わって、ベッドに入る瞬間だけを待ち望んでいた。テヴィはキムの手を取ると、会話相手のふたりから引き離し、キムと踊り始めた。キムに体を押し付け、一言も話さないまま。キムの戸惑いは頂点に達した。

「もう寝ようと思って」曲が終わると、テヴィは言った。そして顔を上げて、キムを見つめた。テヴィの顔は蒼白で、急に何年も歳を取ったように見えた。「おやすみなさい」

テヴィへの同情心が湧いてきた。テヴィの精神状態は、キムが考えていたよりもずっと悪いようだ。キムがテヴィにうなずきかけると、テヴィは庭を横切って、モニカの暮らす旧宅に姿を消した。

午前三時、最後の客たちが帰っていった。何人かは〈菩提樹〉に部屋を取っていたので、モニカとアレクサンダーとイネスとキムは、彼らをそこまで送っていった。戻ってくると、モニカが、これからみんなで最後の一杯を飲みましょうと提案した。四人はテラスに腰を下ろし、互いにグラスを合わせた。
しばらく後、キムは死ぬほど疲れ切ってベッドに倒れ込んだ。

二〇一六年六月十九日　日曜日

朝七時、レアの携帯電話にメッセージが届いた。友人ベアからのさらなるメッセージを待っていたため、夜のあいだも電源を切っておかなかったのだ。

メッセージは恋人のアダムからだった。

寝ぼけまなこで、レアはアダムから送られてきた写真を開いた。どこかの庭で撮った自撮り写真だ。それがこの家の庭らしいと気づくまでに、しばらくかかった。レアはベッドから飛び降りると、靴につまずきながら窓際へ駆け寄って、窓を開けた。アダムが庭の小屋の前で、バンドの装備一式を眺めていた。そしてレアのほうを見上げて、手を振った。レアはバスルームで慌ただしく歯を磨き、顔に水を叩きつけた。そして、誰も起こさないように忍び足で階段を下り、裸足でパジャマ姿のまま庭を横切って、アダムに駆け寄ると、彼の腕に飛び込んだ。

「ここでなにしてるの?」レアは訊いた。

「お宅のパーティーを覗いてみようかと思って。俺が行ったパーティーのほうは、レアがいなくて全然つまんなくてさ」アダムはレアにキスをした。

「パーティーには遅かったわね。でも十一時に、宿に泊まってる人たちと一緒にブランチすることになってるの」

「ということは、俺はこれからその宿に行かなきゃならないわけ？」

「まさか」レアは笑った。「これから私の部屋へ行くのよ」

「親父さんに殴られなきゃいいけど」

ふたりは腕を組んでテラスへ向かった。アダムの肩に頭を載せたレアは、幸せだった。部屋へ戻って、窓を閉めようと窓際に立ったとき、テヴィ・ガーディナーがトランクを持って旧宅から出てくるのが見えた。アダムがレアの隣に来た。

「あれが、例の人？」アダムは訊いた。

「そう」レアは答えた。

父の誕生日パーティーのびっくりゲストのことを、もちろんレアはアダムに話してあった。その後興味を持ったアダムは、グーグルでテヴィのことを調べていたのだ。

タクシーがやってきた。運転手が降りてきて、テヴィの荷物を車のトランクに積むと、運転席に戻った。テヴィ・ガーディナーは振り向いて、二軒の家と庭とに目を向けた後、タクシーに乗り込んだ。車はゆっくりと遠ざかっていった。

「残念」アダムが言った。「知り合いになりたかったのにな」

まあいいわ、とレアは思った。帰ったんなら帰ったでいい。挨拶もせずに。もしかしたら、そのほうがよかったのかもしれない。テヴィの訪問を、両親は明らかに喜んでいなかったのだから。ふたりとも、とてもぴりぴりしていた。いずれにせよ、テヴィがいなくなったことを、レアが残念に思うことはないだろう。テヴィのことは、彼女が空港に到着したときから好きになれなかった。自分のことしか話さず、いつでもどこでも主役だった。けれど、今日の主役はアダムとレアだ。それは間違いない。

寛いだ日曜日になりそうな予感に、レアは嬉しくなり、勢いよくベッドに倒れ込んだ。アダムがズボンを脱いだ。

二〇一六年六月十九日　日曜日

　モニカがブランチの準備をするあいだ、キムは鴨に餌をやっていた。すでにふたりで庭の片づけを済ませていた。イネスは頭痛がすると言ってまだ寝ていた。起きてきたのは、十一時ごろ、宿から友人たちがのんびりとやってきたときだった。

　レアが若い男と手をつないでキッチンからテラスに出てきて、皆に大騒ぎで迎えられた。レアが男を紹介した。男は全員と握手をして、キムに礼儀正しく誕生日のお祝いを言った。少なくとも第一印象は悪くない、とキムは思った。

「テヴィを起こしたほうがいいんじゃない？」と、ヨナスが言った。

「あ、そういえば」レアが言った。「テヴィは今日の朝早くに、タクシーで帰っていったわよ」

「ほんとに？」イネスが驚いた。

「お別れも言わないで？」モニカが訊いた。

　こっそり姿を消すのが得意技らしいな、とキムは思った。

　テヴィは行ってしまった。キムは、自分が安堵していることに気づいた。それに、テーブルに安堵が広がっていることにも。ヨナスでさえ、あまりがっかりしているようには見えなかった――それとも、キムの思い込みだろうか？　テヴィのことで皆がそれほど思い煩っていないのは、もしかしたら、突然現れたレアの彼氏のせいかもしれなかった。アダムは、大学のこと、両親のこと、兄弟姉妹のことを皆に根掘り葉掘り訊かれて、素直に情報提供に応じている。ヨナスの質問は、どんな車に乗っているのか、だった。

アンドレアスとミヒャエルとほかの面々が帰っていった後、イネス、モニカ、アレクサンダー、そしてキムは、しばらくテーブルに残っていた。子供たちは庭に出ていた。

「いったいなにを喧嘩してたの？　テヴィと」モニカがそう訊いた。

キムは、テヴィがどんな状態でいるか、精神的にどれほど深い問題を抱えているかを話すべきだろうかと考えた。話してなにが悪い、と思った。もうここに他人はいない。家族だけだ。それに、モニカとテヴィは、昔はとても親しかったのだ。

「どういうわけかテヴィは、ぼくのことを、テヴィの家族を殺したクメール・ルージュだと思ってるみたいなんだ」

「なんてこと」イネスが言った。「なんてひどい」

「テヴィは子供のころから精神的に不安定だったものね」モニカが言った。「ご家族の悲劇を乗り越えられなかったのね」

「妄想と現実を区別できないんなら、統合失調症の可能性があるな」アレクサンダーが言った。

「医者にはかかってるんだろうか？」

「私が知ってる限りでは、かかってるはず」イネスが答えた。「セラピストのことを話してたから」

しばらく後、キムはテラスで新聞を読んでいた。イネスはロッキングチェアで本を読んでいたが、そのうち眠り込んでしまった。ときどきキムは、レアとその恋人アダム、それにジモンとヨナスのほうへ目をやった。四人は庭に毛布を敷いて寝そべっていた。すっかり意気投合したようで、互いに携帯電話を見せ合っては笑っている。キッチンで飲み物を取ってきたヨナスが側を通りかかり、キムに尋ねた。「パパ、僕のプレゼント、嬉しかった?」

キムは驚いて息子を見つめ、言った。「うん、ヨナス、嬉しかったよ。すごく嬉しかった」

キムは、ほかの三人のところへ戻っていくヨナスの姿を目で追った。腰を下ろす際に、ジュースを少しこぼしている。そのとき突然、キムは悟った。テヴィが誕生日パーティーに来たことを、自分が本当に喜んでいることを。もしテヴィに再会しなければ、きっといつまでも問い続けていただろう――テヴィとともに生きていたら、どんな人生になっていただろう、自分はそのほうが幸せになっていただろうか、と。

いまのキムは、これでよかったのだと確信していた。

カンボジア　七〇年代　メイ家

鴨農場に着くと、兄弟は一緒に、意識を失った少女を穴に横たえた。リャンセイの指示で、キムが小屋の下に掘った穴だ。激しい雨が降るときには、鴨たちのねぐらになっている。掘るのに何週間もかかった。

「少なくとも、やることには困らないってことだ」穴を掘る前、リャンセイはそう言った。「ベトナム軍が来たら、この穴に隠れて、上に板をかぶせるんだ。すべてが終わったら、ふたりで一緒にタイに逃げよう」

リャンセイは少女を仰向けにした。少女は一瞬目を開けたが、すぐにまた閉じた。リャンセイは、古い毛布で少女をくるんだ。以前、モンスーンの季節に、夜の寒さのことでキムが文句を言ったため、リャンセイが収容所から持ち出した毛布だ。しばらくのあいだ、リャンセイは少女の隣に座っていた。少女がうわごとのように水が欲しいと言うので、リャンセイはその口に数滴、流し込んだ。

「お前が責任もってこの子の世話をするんだ」リャンセイはキムに言った。「これから、この子はお前の妹だ、いいな？　この子が生き延びられるように、やれることは全部やれ。よく体を洗ってやるんだ。それにたくさん水分を取らせろ。でも、沸かした水だけだぞ！　鴨のスープを作って、一匙ずつ口に入れてやるんだ。何度でも。吐き出しても、諦めるな。誰かが来る足音が聞こえたら、お前も穴に入って、この子の隣に隠れろ。ぼくは戻らなきゃならない。でないと連中が探し回るだろう。そうなったら、ぼくたちは全員おしまいだ」

立ち去る前に、リャンセイは言った。「いいか、もうすぐすべて終わる。すぐにわかる。昨日の夜にも、また銃声が聞こえたからな。ベトナム軍は、もうそんなに遠くないところまで来てる。もうすぐぼくたちはタイに行けるんだ。そうなったら、ここであったことは二度と口に出さずに、新しい人生を始めよう」

キムは兄を見つめた。この三年半で見知らぬ人になってしまった兄を。兄は恐ろしいことをたくさんした。これから兄の姿を見るたびに、それを思い出すだろうと、キムにはわかっていた。

「それから、絶対にひとりでここを出ていくな、わかったか？」リャンセイは厳しい声で言った。「ぼくを待つんだ。ベトナム軍が収容所に攻めてきて、混乱が起きたら、ぼくはここへ来る。ただ、ぼくが二週間のあいだ姿を見せなかったら、そのときはひとりで出発するんだ。そのときには、ぼくはたぶんもう死んでいるから」

リャンセイは、キムと少女を置いて去っていった。リャンセイがいなくなって、キムは嬉しかった。リャンセイのことが怖くてしかたがなかったのだ。

先ほどリャンセイは、ひとりの兵士を使いによこして、キムを呼びよせた。「兄さんが、処刑に立ち会えって言ってるぞ。強い男になれるように」兵士はにやにや笑いながらそう言って、キムに銃をつきつけ、一緒に来るよう強いたのだった。穴——様子をうかがうために、よく森を歩いていたので、その穴のことは知っていた——の近くにある木の前で、兵士は立ち止まった。キムはそこに座らされ、木に縛り付けられた。たとえ縛られなくても、逃げようなどとは考えもしなかったというのに。あの瞬間、キムは兄を心の底から憎んだ。兵士がおいしそうにマンゴーを食べているあいだ、目の前で、キムがそれまで目にしたなかで最もおぞましいことが起こったのだった。

少女はまるで死んだように横たわっている。キムは少女の口元に耳を近づけて、まだ呼吸しているかどうか、確かめようとした。なにも聞こえなかったので、今度は心臓があると思われる場所に手を置いてみた。少女の鼓動を感じて、嬉しくなった。ついにひとりではなくなった。

キムはもう一年以上、鴨たちとともに暮らしていた。最初のうちは、収容所で周りにいたたくさんの人間たちから離れられて、嬉しかった。それに、誰かになにか告げ口をされて罰を受けたり、跪かねばならなくなる恐怖から解放されたのも、嬉しかった。弟のムニーはそんな目に遭った。ひとりの年上の少年が、集会で、ムニーがトウモロコシを盗んだと言ったので、ムニーは全員の前で叩かれたのだ。キムはとても見ていられなくなって、弟に駆け寄り、自分も何発か叩かれた。その二日後、ムニーは死んだ。水田で働いているとき、キムの隣で倒れ、気づいたらもう息をしていなかった。弟はもともと小柄でひ弱だった。

それなのに、リャンセイがその場にいて助けてくれたことは、一度もなかった。

だが、鴨農場でのひとり暮らしが何か月も続くと、キムは孤独を感じ、正気を保てなくなりそうな気がした。キムは鴨たちと話し始めた。自分自身と話し始めた。夜になって、孤独に不安までが加わると、とりわけつらかった。兄は最初のうち、よく訪ねてきた。そんなとき、ふたりは直火で鴨を焼き、兄はキムに煙草をくれた。だが兄の訪問はどんどん間遠になり、たまに来ても、決して長くは留まらなかった。いつも険しい顔で、厳しいことしか言わず、一緒に遊んでくれることもなければ、ほとんど話もしてくれず、ただじっと座って、虚空を見つめているばかりだった。毎回、帰り際にはキムに、なにをするべきか、どう暮らすべきかと指示を与えて、さばいた鴨を一羽持っていくのだった。兄はすっかり変わってしまった。キムのことをまったく気にかけてくれなくなった。キムがそばに置いてくれと懇願しても、兄はいつも拒絶した。

「そんなことをしたら、お前は終わりだ」と言って。

ときどきキムは、終わりになったほうがいいのではないかと思った。

キムはしょっちゅう鴨農場を出て、労働収容所の近くをうろついた。兄には決して知られてはならないことだった。森の端に身を伏せて、キムは収容所の様子を眺めた。巨大なダムの上や巨大なクレーターのなかで働く労働者たちを。一度、労働者たちのあいだを行ったり来たりする兄の姿を見つけたこともある。そんなふうに森をうろついていたときに、あの空き地にある、死んだ人間でいっぱいの穴を見つけたのだった。キムにとっては、新しい発見でもなんでもなかった。ああいった穴なら、子供収容所の近くでも見たことがあった。そのときはムニーが横にいたので、キムはすぐさま彼の目を覆って、きびすを返した。耐えがたい悪臭だった。

キムは鴨を一羽さばくと、羽根をむしり、内臓を取り出した。この一羽の肉で、少女とふたり、長いあいだ食べていけるだろう。キムは節約の術を身につけていた。兄が一度、鴨をさばいて見せてくれた。その後はキムが自分で、一週間に一羽、鴨をさばくようになった。最初から、ためらいも嫌悪感もなかった。家では鶏を飼っていて、父が鶏の頭を切り落とすのをよく見ていたからだ。鴨の数はすぐに減っていったが、どうやら収容所の看守はなんの関心も持っていないようだった。だがキムは、鴨たちが減っていくことに心を痛めた。鴨たちのことが好きだった。いつの間にか、鴨をさばくのも名人芸の域に達していた。鴨を眠りから直接死の国へと送り込むのだ。それも、鴨がなにも気づかないほど、素早く、穏やかに。鴨たちは、はっきり目を覚ましさえしなかった。

キムは一日中、少女に向かって話しかけた。ありとあらゆることを語って聞かせた。少女はときどき目を開けてキムを見たが、すぐにまた眠り込んだ。凄まじい悪臭を放っていたので、キムは少女の服を脱がせて、洗濯をすると、日にあてて乾かし、また着せた。少女の身体を起こし、水やスープや、あらかじめ嚙んで柔らかくした肉を口に入れてやった。少女が食べ物を吐き出さなかったときには、心の中で勝利の歓声をあげた。夜には穴のなかで、少女と並んで眠った。頭上の板の上を、鴨たちがよちよちと歩く音が聞こえた。キムは少女の身体を温めるために、自分の身体を横からぎゅっと押し付け、少女をきつく抱きしめた。あるとき少女が、私は死んだの、と訊いた。キムは、死んでないよ、と答えた。またあるときキムは、少女の名前を尋ねた。少女は囁いた――テヴィ。

二日目の朝、キムは鴨をもう一羽さばき、スープを作り、じゅうぶんな携行食を袋に詰めた。そして鴨たちに別れを告げると、少女を抱えて穴から出し、出発した。リャンセイから聞いていたので、どの方向へ行けばいいかはわかっていた。

兄のことを待つつもりはなかった。もう二度と兄には会いたくなかったし、ましてや――もし生きてタイにたどり着けたとして――新しい人生を、兄のそばで送りたくなどなかった。兄のことは二度と考えたくなかったし、二度と兄のことを口にしたくもなかった。キムにとって、兄は死んだ人間だった。それに、テヴィの家族を殺したのがキムの兄であることを、彼女には決して知られてはならない。キムはテヴィを背負い、食料の入った袋を腹に巻き付けた。

最初のうちは、テヴィも袋も軽く感じられた。だがやがて、どんどん重くなっていった。少しずつしか前進できず、しょっちゅう休憩せねばならなかった。そんなときキムは、重い息をあえがせながら、地面に寝かせたテヴィの隣に横たわり、テヴィをきつく抱きしめた。

二〇一六年六月十九日　日曜日

テヴィは旧宅の裏に立っていた。混乱し、同時に怒りを感じていた。どんな言葉をぶつけても、キムには当たって跳ね返るばかりだったからだ。けれど、自分はそもそもなにを期待していたのだろう？

キムがたちどころに打ちひしがれて、こう言うことを？――ああ、ぼくはクメール・ルージュだった、ぼくが君の家族を殺した、ああ、申し訳なかった。戦争中、犯罪者たちに同調して罪を犯した人間――テヴィは操られた少年兵たちを「戦争犯罪者」と呼ぶつもりはなかった――、何十年にもわたって嘘を構築してきた人間は、ほんの数分で打ちひしがれて罪を認めたりはしない。そうするには何週間、何か月、何年という歳月がかかる。それも、そもそも罪を認めるとしての話だ。テヴィはＵＮＯＶでそんな例をいくつも見てきた。だがそれほど長い時間は、テヴィにはない。キムが罪を認めることが、自分にとって重要だろうか？　重要なんかじゃない、と、三日前の自分なら言っただろう。テヴィはただ単に、興味を持っただけだった。キムの人生を少し覗いてみたかった。だからキムの息子からの招待を、とっさに受ける気になったのだ。だが、キッチンでのキムとのやり取りの後、テヴィはもう自分を抑えられなくなった。あのときのことを思い出して、テヴィは怒りに震えた。

煙草に火をつける。そもそもここに来たのが間違いだったのかもしれない。いったい自分はなにを考えていたのだろう？　心が軽くなるとでも？　この数年、夫のベンと、カンボジアでのプロジェクトと、アメリカでの講演活動とで、テヴィの心は平穏だった。ベンと、彼の穏やかなたたずまいが恋しかった。

そのとき、イネスが近づいてきた。

「ここにいたのね」イネスは言った。

「素敵な誕生日パーティーね。ご主人のために頑張って準備したのね」テヴィは言った。「あなたみたいな奥さんがいて、キムは本当に幸せね」

イネスはうなずいた。体の前で腕を組み、絶望に沈んだ顔をしている。

「あなたが妊娠していたなんて知らなかったの、テヴィ」唐突に、イネスはそう言った。「今日初めて知ったの。あなたたちがキッチンで話してるのを聞いて」

テヴィが驚いてイネスのほうを見ると、イネスはわっと泣き出した。

「ごめんなさい！　私、まだ若くて、キムのことがすごく好きだった。あんな馬鹿なことを言って、後に引けなくなっちゃった。あのとき、空港にはキムが来てくれると思ってた。そうしたら、あなたがいて。私、オーストラリアにいたあいだ、キムとの関係を勝手にいろいろ思い描いてたの。それが突然……あなた、輝いてた。すごく幸せそうだった。自分があんまりにも惨めで。それに時差ぼけもあって、おかしくなっちゃってたの」イネスは手で口を覆った。

テヴィの目に、あのときのイネスの姿が蘇ってきた。ウィーンの空港のカフェで、テヴィの目の前に座っていた、日焼けしたイネスの顔が。あの日、モニカがガソリンスタンドからテヴィに電話をかけてきて、空港ゲートでイネスを出迎えて、そのまま空港で朝食を食べながら待っていてくれないか、と頼んできた。モニカとマルタの乗った車が、途中で故障したのだという。そこでテヴィは、ミヒャエルの車で家を出て、一時間後、子供時代の友人イネスを抱きしめたのだった。

カフェでのイネスはなんだか無愛想で、カリカリしてもいた。もぞもぞと体を動かしては、何度も「もう、早くシャワーを浴びて、清潔な服を着て、なによりベッドに行きたいのに。すごく気持ち悪いんだから」と繰り返した。

テヴィの目に、イネスはまるで駄々をこねる子供のように映った。テヴィがカンボジア旅行のことを話し始め、財布に入れていた写真を見せると、イネスの態度も少し落ち着いてきた。ぼんやりとカフェオレをかきまわしながら、そっけなく、キムとテヴィが一緒に故郷へ行ったと聞いて嬉しい、と言った。

「ふたりにとって、きっといい体験だったでしょうね。過去のことを整理して、自分たちのルーツを探す旅なんて」イネスはそう言って、ヌスシュネッケ（ナッツ入りのシナモンロール）をかじった。そして、笑いながら「でもテヴィ、キムの隣で眠れたの？」と言った。

「どういう意味？」テヴィは訊いた。

「ううん、別に」イネスは手をひらひらと振った。「去年の夏、私とキムとでチロルに何日かキャンプに行ったんだけどね、キムの隣ではほとんど眠れなかったから」

キムがイネスとひとつのテントで眠ったこと、それを一言も話さなかったことが、テヴィを苛立たせた。

「寝言がひどいのよね」イネスが続ける。呆れたように宙を仰ぐと、共犯者めいた笑みをテヴィに送ってきた。「あれ、気にならない？　子供のころも、しょっちゅう寝言で叫んでたじゃない。あのころはまだクメール語だった。なにか心に重くのしかかることがあったんだと思うけど」

　ヌスシュネッケを口いっぱいに頰張ったまま、イネスはまるでついでのように、キャンプ中の特にひどかったという一夜のことを語った。その夜、キムとイネスはビールを何本か飲んだ。そしてキムはうなされて何度も叫び声をあげ、「同志」「ナイフ職人」「殴り殺す」といった言葉をつぶやいて、汗びっしょりになったという。イネスはキムを起こして、どんな夢を見たのかと尋ねた。するとキムは——寝ぼけて、朦朧としたままで——収容所にいたころの夢を見た、いまでも悪夢のなかで追ってくる、とつぶやいた。自分は恐ろしいことをしてきた、けれど誰にも話せない、と。イネスはキムに、昔〈同志・ナイフ職人〉と呼ばれていたのか、と尋ねた。するとキムはうなずき、底知れぬほど悲しい顔をした。そして再び眠り込んだ。

「昔、学校でもずっとノートに、跪いて頭を垂れた人たちと、手に斧を持った男たちの絵を描いてたのよ。ねえ、キムってクメール・ルージュだったんだと思う？」イネスはそう問いかけると、落ち着き払ってカフェオレのお代わりを注文した。

　テヴィは呆然と座り込んだままだった。一瞬、いまの話をどう考えていいのかわからなかった。家族を殺した男のあの恐ろしい通り名のことは、誰にも話したことがない。とても口に出せなかったからだ。迷信深い子供だったテヴィは、その名を口にすれば不幸が訪れると信じていた。それに、忘れてしまいたくもあった。

　ところが、よりによってこの客で溢れかえったカフェで、十五年ぶりにその名前を耳にすることになろうとは。それも、テヴィが後にしてきたあの恐ろしい世界とはなにひとつ共通点のない、この金髪の若い女性の口から。イネスの口から出たその言葉は、不条理で異質な響きを帯びていた。そしてもうひとつ、テヴィの頭に閃いたことがあった――自分は、キムがどちらの側にいたのかと、一度も考えたことがなかった。自分自身の過去を咀嚼するのに必死で、それどころではなかったのだ。プノンペンで、沿岸部から戻ってきたキムがどれほど悶々とし、混乱していたか、それまでのキムとどれほど印象が変わってしまっていたかを思い出して、テヴィの全身がかっと熱くなった。あの夜、キムは眠りから飛び起きて、なにかつぶやいていた。テヴィが思わず耳をそばだてたなにかを。

あの瞬間にテヴィの脳裏をかすめた恐ろしい想像を、イネスのいまの話は裏付けていた。それに、もうひとつ。子供のころ、テヴィはたくさんの悪夢を見た。そのひとつに、家族を殺した男が出てくるものがあった。家族を殺した男、顔にきつくクロマーを巻き付けたあの男が、テヴィを引きずって森を歩いていく夢。テヴィの隣に座って、テヴィを見下ろしている夢。

マルタとモニカが空港に到着して、大騒ぎでイネスを歓迎し始めると、テヴィは、すぐに仕事に行かなければならない、皆が待っているから、と言って、別れを告げた。全身が震えていた。

「あなたたちふたりが真剣な関係だなんて思わなかったの」イネスは続けた。「母は、春に一度、あなたたちふたりの写真を送ってきただけだった。手紙にはあなたがＵＮＯＶで働いているって書いてあった。キムは以前よく、あなたはオージェ家に行ってから変わってしまった、あなたの態度には我慢がならないって言ってたし。だからあのとき、あなたからカンボジアで撮った写真を見せられて、傷ついたの。急に、もう耐えられなくなった。私、もうずっと前からキムのことが好きだったから、あなたに嫉妬したの。それで、うっかりあんなことを口走ってしまった。愚かで、意地悪だった。でもほんとは、あなたにちょっとショックを与えてやるだけのつもりだったのよ。きっとあなたは家に帰って、キムを問い詰めるだろうと思ったの。そうすれば誤解も解けて、それで一件落着だって。あの瞬間には、あんなことを言ってどうしたいのか、自分でもわかってなかった。ただショックを与えたかっただけなのか、それとも、本当にあなたをキムの人生から永遠に追い払って、キムを自分のものにしたかったのか。あれはとっさの、考えなしの言葉だった。動揺してついうっかり口から出ちゃったの。まさかあの後、あなたがあんなに急にニューヨークへ行っちゃって、キムと二度と会おうとしなくなるなんて、夢にも思わなかった！」

テヴィは言葉を探してあえいだ。「とっさの、考えなしの、うっかり？」ようやく、そう言葉を絞り出した。「自分の言葉がどんな結果を引き起こしたか知ったときに、すぐに誤解を解いてくれればよかったじゃない」

「最初のうちは、キムに本当のことを言おうとしたのよ。でもそんなことをしたらキムに軽蔑されるんじゃないかって、怖かったの。キムのことが好きでたまらなかったから。で、その後あっという間に、私たち、すごくいい関係になって。だから絶対にキムを失いたくなかった。キムなしの人生なんて想像できなかった」イネスは激しくしゃくりあげ始めた。「ごめんなさい。本当にごめんなさい。信じて、テヴィ、お願い、信じて、あなたたちふたりが真剣に付き合ってたなんて、本当に知らなかったの。あなたが妊娠してたことも」

しばらく泣いた後、イネスは落ち着きを取り戻した。

「でも、どうして知ってたの？」テヴィは訊いた。まずは咳ばらいをしなければ、声さえ出なかった。「私の家族を殺した男がなんて呼ばれてたか、私は子供のころ、一度も話したことがない。絶対に」

「夜中に悪夢を見て、寝言を言ってたのはあなただったのよ。キムじゃなくて。あなたが何度も繰り返す言葉があった。それで一度キムに、どういう意味なのか訊いてみたの。あなたたちがうちに来て、ちょうど二か月たったころ。最初キムは、教えてくれようとしなかった。でも私は諦めなかった。場合によってはすごくしつこいでしょ、私。それで、キムが訳してくれた——同志・ナイフ職人。キムが辞書を引かなきゃならなかったの、いまでもまだ憶えてる。クメール語から英語、英語からドイツ語。残りは、私が自分で推理した。ちっとも難しくなかった。あなたがご家族を殺した男の悪夢を見てるのは、明らかだったから」

「キムが寝言を言ったことはなかったの？」テヴィは尋ねた。イネスは首を振った。

いま耳にした話が、ゆっくりとテヴィの意識に染みこんでいった。足もとの地面が消えたような気がした。

「でもテヴィ、本当にキムを愛してたなら」しばらくたって、イネスが言った。「キムと話し合ったはずよ。なにも言わずに姿を消すんじゃなくて。あなたはとんでもないエゴイストだった。いつでも自分のことしか考えてなかった。あなたはキムを信じなかった。へとへとで頭もまわってない小娘のたわ言のほうが、キムとの関係よりも重要だったのよ。キム本人よりも重要だったのよ」胸の前で組んでいた腕をほどいて、両腕をだらりと垂らすと、イネスは続けた。「やってしまったことを、いまさら元に戻すことはできない。あなたがこれからどうするかは、任せるわ。でもお願い、テヴィ、本当にお願い——私たちには子供がいるし……」イネスはそこで言いよどんだ。「いまさら全部ばらして、あなたになんの得がある？　キムがいまさら本当のことを知って、どんな意味がある？」

「モニカは知ってたの？」テヴィは訊いた。

「ううん」イネスは小声で答えた。「母が知ってたかどうかが関係あるの？」そう言って、イネスはきびすを返した。

ゆっくりと庭の暗がりを通り抜け、子供たちと夫が待つ明るく照らされた場所へ出ていくイネスの後ろ姿を、テヴィは見つめていた。誰かが——アルトゥール・ベルクミュラーだろうか、それともヨハネス・ケーラー？——太い綱を手に、一家になにかを説明し、客たちが場所を開けて、一家五人に声援を送り始めた。

すぐ横で物音がして、テヴィは地面を見た。

そこにいたのは、どうやら道に迷ったらしい一羽の鴨だった。

エピローグ

２０１６年8月12日
親愛なるテヴィ

長いあいだ迷ったんだけど、やっぱりこのメールを書くことにします。メールアドレスはヨナスに教えてもらいました。（あなたにメールを書くようにイネスに勧めたんだけど、即座に拒否されました。）

実は、三週間前からキムが行方不明なのです。手紙を残していったので、お兄さんとその家族を探しにカンボジアへ行ったことはわかっています。（「それに自分自身のことも探したい」と手紙には書いてありました。なんだか全然キムらしくない言葉でしょう。）それまで、キムの兄弟のひとりがまだ生きていたなんて、私たちはまったく知りませんでした。キムがいつまでカンボジアにいるつもりなのか、具体的にカンボジアのどこにいるのかは、わかりません。いつ帰ってくるのか、そもそも帰ってくるのかもわかりません。キムからはなんの便りもないんです。イネスがメールを送ったのですが、返事はありませんでした。子供たちからのメールにも返事がありません。私たちみんな、とても心配しています。とはいえ、子供たちは父親が祖国へ旅に出たことを喜んでいて、自分たちも訪ねていきたいと思っています。少なくとも短期の旅行がしたいと。ジモンまでもが興味を持っています。

ねえテヴィ、あなたとキムのあいだになにがあったのかは知りませんが、パーティーのときに喧嘩をしていたのは、傍から見ても明らかでした。（もちろん、私には関係のないことですけど。）それに、キムとイネスのあいだになにがあったのかもわかりません。パーティーのあと、イネスはすごく悩んでいるようでした。どうも、なんらかの理由で自分を責めているように見えました。あんなふうに悶々と悩む憂鬱そうなイネスは、見たことがありません。私に打ち明けてほしいと言ったら、イネスはこう言いました――まずはキムと話さなくちゃ。ほかの誰でもなく。話すしかない、そうしないと気が変になってしまう。（正直に言うと、私は興味津々で、必死で我慢しないと、根掘り葉掘り尋ねてしまいそうでした。）その三日後にキムは家を出ていき、それ以来、なんの連絡もありません。

テヴィ、私たちの助けになってもらえないでしょうか？　キムがどこにいるのか、元気でいるのかがわかりさえすれば、それでいいんです。

心をこめて
モニカ

２０１６年8月13日
親愛なるモニカ
残念ながらご期待には沿えません。キムがどこにいるのか知りませんし、私たちは連絡を取り合ってもいません。でも、たったいま、ボストン発プノンペン行きの飛行機を予約しました。明日の早朝に発ちます。夫のベンも同行します。モニカも、お孫さんたちを連れてプノンペンに来たらどうでしょう？　お孫さんたちはいま、夏休みですよね？（イネスが一緒に来ても、私は構いません。そう伝えてください。）モニカはきっと、ベンが気に入ると思います。プノンペンに来てくれるなら、一緒に探偵ごっこをして、キムを探しましょう。昔ルーアンでやったみたいに。まだ憶えていますか？

私たちはいつもどおり〈フランジパニ・ロイヤル・パレス〉に泊まっています。何年か前にこのホテルを見つけたとき、名前のせいで、泊まらないわけにはいきませんでした。

テヴィより

２０１６年８月13日

親愛なるテヴィ

もちろん、憶えていますとも！　忘れられるはずがありません！　あの探偵ごっこのせいで、娘をひとり失ったんですからね。二度目の探偵ごっこで、今度は義理の息子を失うようなことにならないといいのですが☺！（ごめんなさい、趣味の悪い冗談でした。）ちょうどいま、アレクサンダーとワインを一本開けて、お祝いしたところです！　飛行機を取りました！　八月十七日の夜にプノンペンに到着して、やはり〈フランジパニ〉に泊まります。とってもわくわくしています。私にとってはすごい冒険です！　これほど遠いところへ行くのは初めてですから。アレクサンダーも、レアの彼氏のアダムも一緒に来ます。イネスは留守番です。二軒の家と庭の世話がありますので。自分のことは心配しないでほしいと、イネス本人が言っています。本当です——実際、イネスは元気になったのです。穏やかで、いつもよりどこか余裕があるように見えます。昨日、私にこう言いました。「もしかして、再出発のときかもね」そしてウィンクをすると、こう付け加えたのです。「ねえ、シリア難民の子供をふたり引き取るなんてどうかな?」

まったくね、テヴィ、やれやれです。

愛をこめて

モニカ

２０１６年8月15日

親愛なるモニカ!

いい知らせです。〈バイヨン〉ラジオで呼びかけてみたら、大成功でした! キムが連絡してきたんです。ちょうど一時間前に、〈フランジパニ・ロイヤル・パレス〉に電話してきました。元気でやっているそうです。キムもやっぱりラジオで呼びかけることを思いついて、その結果お兄さんを見つけたそうです。お兄さんのリャンセイは、家族と一緒にシハヌークヴィル近郊に暮らしていて、キムはその近所にアパートを借りています。明日プノンペンに来て、明後日は空港にあなた方を迎えに行くそうです。みんなに会えるのを楽しみにしていると言っていました。

テヴィより

２０１６年8月23日

大好きなママへ

僕たちはみんな元気だよ。ここはすごくあつくて、オーストリアよりもよく雨がふるけど、それ以外はぜんぜん悪くない。ご飯もぜんぜん大丈夫。僕が一番好きなのは、ココナッツの実に入ったココナッツミルク。でも最初の二日だけは、ちょっとおなかをこわしたんだけどね。僕たちは、三日間プノンペンに泊まったんだけど、本当にすっごい町だよ。すごくたくさんの人がいて、にぎやかなんだ。とくにすごいのは道！　ここを自転車で走るなんて、僕にはぜったいに無理。死ぬほどこわいよ、きっと！　みんなモペットに四人とか五人乗りをして、すごいスピードで走りながら、遊びでクラクションをならしまくってるんだ。なんか音楽をかけるみたいに。ヘルメットをかぶってない人もたくさんいるんだよ！　僕たちは、ほとんどいつもトゥクトゥクに乗ってる。とくに一番最初のときがおもしろかった。いまのところ、トゥクトゥクの運転手さんは全員、オーストリアとオーストラリアをまちがえてた。「オーストラリア？　カンガルー？」って、みんなにきかれるんだ。もしかしたら、僕たちを笑わせて、チップをたくさんもらおうと思って、そんなことを言っているのかもしれないけど。

いま僕たちは、シハヌークヴィルという名前の町にいるんだよ。ジモンと僕は、パパが町はずれに借りたアパートに泊まってる。海が目の前にあって、朝おきたら海に行って、少しシュノーケリングをするんだ。ほかのみんなはホテルに泊まってる。僕たちのアパートの近くにあるホテルで、やっぱり海辺にあるんだよ。レアは一日目にさっそく、めちゃくちゃ日焼けをしてしまって、背中がいまでもまっ赤。急いで焼きたいからって、クリームをぬらなかったんだ。ここの海はすごくきれい！　どんなにきれいか、きっとママには想像もできないよ。青緑色なんだ。それに砂はまっ白！

テヴィとだんなさんのベンは、最初の二日だけシハヌークヴィルでいっしょにいたけど、昨日帰っちゃった。テヴィは、バッタンバンに作った児童養護施設のようすを見にいかないといけないんだって。そのあと、すぐにアメリカに帰るって。ちなみに、テヴィのだんなさんのベンはとってもいい人だよ。僕にアメフトと野球のルールを教えてくれた。来年ボストンにおいでって、招待してくれたよ。ママのことも。クールだよね？　これからも、もっと旅行がしたいな。それも、いつもケルンテンばっかりじゃなくて。

リャンセイおじさんは病院に入院してる。足の具合がすごく悪くて、もしかしたら切断することになるかも。これからの何か月かで決まるんだって。でもおじさんは、ずっと痛いのにはもううんざりだから、いい義足を付けられれば、そのほうがいいって。おじさんは、戦争のあとに、地雷にやられたんだ。本当はもう何年も前に手術しないといけなかったんだけど、お金がなかったんだって。いまの治りょう費は、パパが払ってる。チェンダーおばさんは、シハヌークヴィルの大きなホテルのちゅう房ではたらいてる。キムとムニーっていうふたりの息子がいるんだけど、ふたりとももう大人で、キムはオーストラリアに移住したんだ。スカイプで話したよ。ムニーはケップで小さい電気屋さんをやってる。町で最先端のお店なんだって。でも正直いうと、オーストリアだったら、がらくたの店って呼ばれるような感じなんだよね……ムニーのお店では、アリを殺すスプレーも買える。（ここの家族は、アリのことを死ぬほどこわがってる。）国が変われば習慣も変わるって、おばあちゃんは言ってる。旅してるときは心を開いてないと（ホエン・ユー・アー・トラヴェリング、ユー・ハフ・トゥー・ビー・オープン）！　って、ベンなら言うだろうな。ベンの大好きな言葉なんだ。いとこのソピエップとサヴァンは十九歳と十七歳で、まだおじさんとおばさんといっしょに暮らしてる。ふたりとも、小学校の先生になりたいんだって。僕は、このふたりのことがすごく好き！　めちゃくちゃきれいなんだ！　それに英語がすごくうまい！　僕たち三人でとった写真を送るよ。ふたりがジモンに、カンボジアの典型的な料理の作りかたを教えてる。ママ、楽しみにしててって、ジモンが言ってるよ。家に帰ったら、ママに作ってあげるんだって。

パパは九月七日に僕たちといっしょに帰らないんだって。もう少しここに残りたいって言ってる。どれくらいになるかはわからないけど、たぶんあと何か月か。パパにはちょっとお休みが必要なのよって、おばあちゃんは言ってる。ずっと仕事ばっかりしてきたからだって。でもパパは、もうちょっとお兄さんといっしょにいて、手術のあと、元気になれるようにいろいろ助けてあげたいって言ってる。レアは、クリスマスには絶対に家に帰ってきてほしいって言いはってる。

あと一週間したら、シェムリアップに行って、アンコール・ワットを見るんだ。すっごく楽しみ！　絵はがき送るね。

みんなからもよろしくって。

ヨナスより

追伸

おばあちゃんがつづりのまちがいを直してくれたよ。ママに怒られないように。

9月1日

親愛なるイネス

あと二時間で、ベンと私が乗るボストン行きの飛行機が出発します。私の荷物には、モニカの一番好きな詩人リルケの詩集が入っています。昨日、バッタンバンの市場で見つけたんです。読み古されたたくさんの本と一緒に、箱に入っていました。フランス語、英語、ドイツ語——たぶん観光客が置いていった本なんでしょう。詩集を開いてみて、この詩を見つけました。

夜空と流れ星

空、広大な、素晴らしき様相に満ちた
果てしない空間、豊饒な世界
けれど我らが置かれた場所は、空と交わるには遠すぎ、
けれど空から逃れるには近すぎる。

あそこに流れ星が！　星への我らの願いは、
驚愕の視線に乗せて、すぐさま届けられる——
なにが始まり、なにが過ぎ去った？
どんな罪が犯された？　そしてなにが許された？

愛をこめて、抱擁を。
テヴィより

カンボジアについて

初期の歴史

九世紀、東南アジアにクメール人による強大で平和的な王朝が誕生した。始祖とされるジャヤーヴァルマン二世は、八〇二年から八五〇年まで王朝を統治し、さまざまな部族の統一と外敵の一掃を成し遂げた。また、現在のシェムリアップの近くに新たな首都アンコールの礎を築いた。その場所には現在も、比類なき寺院の遺跡が残っている。

首都にちなんでアンコール王朝と呼ばれた王朝は、およそ六百年にわたって存続した。歴史家の推測によれば、首都とその周辺の約一千平方キロメートルの土地に、最盛期には百万人が暮らしていた。アンコール王朝は、生活のあらゆる分野において非常に高度な文明を誇った。無数の灌漑施設や貯水池が建設され、一年に複数回の米の収穫が可能になった。国王は「神王」として崇拝された。王朝が最も領土を広げたのは、一一八一年から一二一八年まで王位にあったジャヤーヴァルマン七世の時代である。ジャヤーヴァルマン七世は病院を建設し、道路体系を完成させた。また熱心な仏教徒でもあり、民衆に信仰を広めた。今日でもカンボジア人の大多数が上座部仏教の信者である。

十三世紀以降、クメール王朝の西に位置する、強大になりつつあったタイとの争いが頻繁になった。続く二世紀のあいだ、タイはアンコール王朝への攻撃を繰り返した。一四三一年、ついにタイのアユタヤ王朝が首都アンコールを征服し、灌漑システムを破壊した。弱小化したアンコール王朝は、メコン川のほとり、今日のプノンペンに遷都を余儀なくされた。続くいくつかの弱小王朝は、タイの意向に依存することとなった。何世紀にもわたって、カンボジアは強大な近隣諸国との果てなき競合と紛争に明け暮れる。十七世紀にはいると、東の広南朝（中部ベトナム）からの圧力も増した。

十九世紀と二十世紀

タイまたはベトナムに完全に併合されることを避けるため、カンボジア国王ノロドム一世は、一八六三年、フランスの保護国となる条約を締結した。この条約とともに、ちょうど九十年後の一九五三年まで続くカンボジアの植民地時代が始まった。国の統治権はフランスに移譲され、フランス人移民が綿花やゴムの巨大プランテーションを建設し始めた。労働力として、中国人とベトナム人がカンボジアへ流入してきた。王国は存続したとはいえ、国王にはほとんど実権がなかった。フランスはカンボジアの地下資源と森林資源を利用する権利を持つ一方、カンボジア国内の発展のためには必要最小限のことしかしなかった。一八八七年、インドシナ（カンボジアのほか、南部ベトナム／コーチシナ、中部ベトナム／アンナン、北部ベトナム／トンキン一帯を指す）内のフランス保護国が「インドシナ総督府」のもとに統一された（フランス領インドシナ）。一八九九年にはラオスも組み入れられた。

カンボジアの人民のほとんどは地方部に暮らしており、都市住民は人口の十五パーセントにすぎなかった。農民の多くは自給自足生活を送るか、米を作って地元の市場で売っていた。大多数のカンボジア人にとって厳しい経済状況が続いたにもかかわらず、一九三〇年代末になるまで、フランス植民地支配に対する抵抗はほとんど見られなかった。

第二次世界大戦中、カンボジアは日本に占領された。一九四五年三月、国王ノロドム・シハヌークは日本の承認のもとにカンボジアの独立を宣言し、フランスとのあらゆる条約を無効とした。だが、同年八月の日本の敗戦によって、カンボジアはフランス領に戻る。一九四九年、フランスはカンボジアに制限付きの主権を認め、その後一九五四年のジュネーブ協定によってカンボジアの独立を承認した。ついに独立を果たしたものの、カンボジアの政治的安定が続いたのは、わずかな期間だった。同時期にパリで、カンボジア人留学生たちによるマルクス主義サークルが設立された。メンバーには、後のクメール・ルージュの指導者層が含まれていた。

一九五〇年代と六〇年代、カンボジアは繁栄期を迎える。欧米からは「東南アジアの真珠」と呼ばれ、資本主義経済が花開いた。とはいえ、繁栄を享受したのは、首都およびわずかな州都に限られていた。ごく一部の企業家が膨大な利益を得る一方、国民の大多数は非常に貧しいままで、教育や医療の機会にも恵まれなかった。

しかし、危険な起爆剤となったのは、それだけではなかった。ベトナム戦争が勃発し、当初カンボジアは中立を保とうとしたが、次第にそれが困難になっていった。アメリカ合衆国は、有名なホーチミン・ルートによって北ベトナムから補給を受けていた共産主義組織である南ベトナム解放民族戦線（通称ベトコン）の基地を破壊するため、カンボジア北東部の広範な地域を爆撃した。ベトナム戦争中にカンボジアに落とされた爆弾の数は、第二次世界大戦中にヨーロッパ全土に落とされた爆弾の数よりも多かった。ワシントンは、カンボジアからベトコンへの秘密の補給ルートがあると推測しており、カンボジアの中立を信じようとはしなかった。何千人ものカンボジア人が、爆撃を逃れて首都へと流入した。そのためノロドム・シハヌーク国王は、一九六〇年代半ば、アメリカ合衆国との外交関係を断絶した。

内戦

カンボジアの反米的姿勢をワシントンは許容せず、一九七〇年、外遊中のノロドム・シハヌークは、ロン・ノル首相によって追放される。シハヌークはカンボジアに帰国できないまま、北京で亡命生活を送ることになった。アメリカ合衆国軍はロン・ノル政権を支援するためにカンボジアへ侵攻する。その際合衆国は、新政権から対ベトコン戦における自由裁量を手に入れることを期待していた。ロン・ノルは王制を廃止して、「クメール共和国」を樹立した。政権は都市部の中流および上流層の多くには受け入れられたが、地方では追放されたシハヌーク国王がいまだに絶大な支持を得ていた。親米で腐敗したロン・ノル政権は、地方部の問題を解決できず、地方住民の不満はますます募っていった。

一方、すでに五〇年代に大学生としてパリに集結していた国粋主義的で過激な共産主義者の小グループは、地下で着実に支持者を増やしていた。彼らは自身を「カンプチア共産党」と名付けた。カンボジア人民は、党員のことを「クメール・ルージュ」と呼んだ。党を率いていたのはサロット・サル。コンポントム州の教養ある富裕な家庭出身のこのサロット・サルこそ、後にポル・ポト（一の同志）の名前でクメール・ルージュの恐怖政治を率いた人物である。アメリカ合衆国の爆撃は、クメール・ルージュへの地方住民の支持を増やしたのみならず、無数の戦争孤児をも生み出し、彼らの多くが少年兵になる訓練を受けた。

クメール・ルージュのロン・ノル軍に対するゲリラ戦争は、一九七〇年から一九七五年まで続いた。

クメール・ルージュの残忍な政権

一九七五年四月十七日、ポル・ポトの軍はついに首都を制圧。大多数の住民は内戦の終結を喜び、軍を歓声で迎えた。少年兵の平均年齢は十三歳。民主カンプチアが樹立され、ノロドム・シハヌークが国家元首、ペン・ヌートが首相となる。だがシハヌークは早くも一年後、新政権の路線を批判したことから、国家元首の地位を追われることになった。一九七六年、ポル・ポトが首相に就任。カンボジア史上最悪の時代が始まった。

ポル・ポトの構想は、かつての強大な帝国「アンコール」の再建であり、模範としたのは中華人民共和国の革命指導者である毛沢東だった。過激な共産主義的農民国家が建設されることとなった。外国との関係を一切持たず、農業がすべての基盤となる国だ。党は秘密の存在であり続け、指導者層は表に姿を現さず、「オンカー」（オンカー・パデワット――「革命組織」――の略語）の背後に隠れて活動した。工業の発展、技術の進歩、革命の担い手としてのプロレタリアートといった共産主義に不可欠の要素はなく、代わりに農業が礼賛された。そのため、後にクメール・ルージュ政権は「原始共産主義」とも呼ばれることになる。

人民の共産主義者化を目指す再教育と鎖国を背景に、史上例を見ない残虐な時代が始まった。特に都市から住民が追放され（プノンペンの人口は一九七四年には二百四十万人、一九七八年には二万人）、国民はできる限り原始的な生活様式によって西欧の有害な影響から遠ざけられるべきとされた。知識人や反体制派が何千人という単位で連行され、処刑された。家族は引き離され、別々の労働収容所へ移送された。子供たちは政治学校に通い、自身の両親も含む大人の監視役として使われた。私有財産制度は廃止され、感情を表に出すことも禁じられた。強制結婚制度が導入されたが、クメール・ルージュの兵士は自身が適切と考える結婚相手を選んだ。無数の巨大な労働収容所ができ、計画も機械もなしにダムが建設された。ダムは乾季には水田の灌漑に使われ、モンスーンの季節には洪水をせき止める目的を持っていた。

少なくとも百七十万人が、拷問や処刑によって直接的に、または飢餓や過労や病気によって間接的に、政権の犠牲となったと考えられている。

その後

一九七八年末、再び統一を果たしたベトナムが、民主カンプチア政権を打倒するためにカンボジア領内へと侵攻する。ベトナム軍の支援を受け、一九七九年一月、「カンプチア救国民族統一戦線」がポル・ポト政権を打倒。クメール・ルージュ軍はカンボジア北西部に逃れ、ベトナムの影響を強く受けたヘン・サムリン政権に対して再びゲリラ戦を始めた。一九八二年、マレーシアでノロドム・シハヌーク主導のもと、クメール・ルージュと親欧米派のカンボジア抵抗運動とを加えた亡命政府が結成され、国際連合の承認を得た。一九八九年、ベトナム軍はカンボジアから完全撤退する。

一九九一年、内戦の当事者すべてが国際連合によってお膳立てされた停戦協定に調印。シハヌークが、暫定的な統治組織であるカンボジア最高国民評議会の議長となる。一九九三年五月、国際連合平和維持軍の監視のもと、自由選挙が行われた。新たな憲法が制定され、カンボジアは立憲君主制国家となり、ノロドム・シハヌークが国王に再即位した。

クメール・ルージュは国際連合平和維持軍による非武装化に抵抗し、一九九三年の選挙をボイコット、再びカンボジア政府に対する抵抗戦を始める。一九九四年、議会の決議によってクメール・ルージュは非合法化される。この時点で、依然として約一万人の戦闘員がいた。一九九六年、クメール・ルージュの大多数が武装闘争を放棄し、プノンペンの政府と和平協定を結んだ。その見返りとして、恩赦が約束された。残ったクメール・ルージュの兵士は推定約二千人で、武装闘争を続けた。

一九九八年にようやく、最後のクメール・ルージュ部隊が投降。これによって、ほぼ三十年間続いた内戦に終止符が打たれた。政治状況が落ち着いた後、カンボジアは東南アジア諸国連合（ASEAN）の十番目の加盟国となり、再び国際連合に議席を得た。

ポル・ポトは一九九八年に死亡。二〇〇七年と二〇〇八年にようやく、クメール・ルージュの幹部多数が逮捕、告発された。逮捕された者のなかには、イデオロギー唱道者のヌオン・チア、民主カンプチアの元首を務めたキュー・サムファン、プノンペンの政治犯収容所S21の所長だったカン・ケク・イウ、別名ドッチがいる。

謝辞

この小説はフィクションですが、ンガエット、ユー、リ・サン、ソパール、マリアとともに過ごした子供時代の思い出から着想を得ました。というのも、私の両親は一九八〇年の秋、カンボジアからの難民一家を引き取ったのです。一家の母ロン・ヒエンと父キム・スレンはどちらも三十代前半で、息子のユーと娘のリ・サン——末娘は亡くなったそうです——とともに残忍なクメール・ルージュ政権下を生き延びました。一九八〇年九月、タイの難民キャンプに一年間滞在した後、一家は里子の息子ンガエットとともにオーストリアへ亡命を果たしました。その後オーストリアのミュールフィアテル地方で、息子のソパールと娘のマリアが生まれました。（彼らと一緒に素晴らしく美味なカンボジア料理を食べたこと、子供たちが生まれて初めてお弁当のサンドウィッチを作ったときのこと——二枚のパンのあいだに大量の砂糖が挟んであり、フォイルにくるみもせずに、そのまま通学鞄に突っ込んでありました——、彼らが生まれて初めて雪を見たときのことなど、数々の忘れがたい瞬間があります。）このチア一家（およびその友人たち）の体験をお借りした部分もあるとはいえ、ここで私が描いた物語は、まったく別のものです。

本書を書くための調査には、多くの方がお力を貸してくださいました。ロン・ヒエンとキム・スレンとマリアが、それぞれの人生を語ってくれたこと、私がリンツを訪れた際にいつも温かくもてなしてくれたことに感謝します。感動的なドキュメント映画『ザ・ファースト・ジェネレーション――オーストリアとカンボジアのはざまで――』を作り、また私の数々の質問に答えてくれたアブラハム・ポル、クメール・ルージュ後のカンボジアについて私と何度も長い時間話し合ってくださったソック＝チア・ウン氏に感謝します。

また、カンボジアの歴史と政治についての私の数多くの問いに答えてくれたソック＝チュ・ウン博士にも、特別な感謝をささげます。（チュ、あなたとご一緒した三週間のカンボジア旅行は素晴らしいものでした！）

さらに、昼夜を問わず私の質問攻勢を快く受け止めてくれ、いろいろなことの詳細をよく憶えていたユーにも多大な感謝を。（親愛なるユー、あなたの記憶力が私にもあれば！）

ナディアとブルーノのバルディッセラ夫妻は、建築に関してさまざまな助言をくれました。心からの感謝を。

それに、ドレーマー出版のチームにも多大な感謝を捧げます。特に私の編集者アンドレア・ハルトマンとレギーネ・ヴァイスブロートに――忍耐強さと的確な視点をありがとう。

最後に、私の人生にあらゆる善きことをもたらしてくれた夫のペーターと三人の子供たち、ゾフィア、ヘレーナ、フィリップに感謝します。

二〇一八年十二月

訳者あとがき

物語は、オーストリアの小学生ヨナスが、父の五十歳の誕生日を祝うパーティーに、サプライズゲストとして両親の幼馴染テヴィを招待するところから始まる。

ただの幼馴染ではない。ヨナスの父キムはカンボジア出身で、少年のころポル・ポト政権の大虐殺を生き延びた経験の持ち主だ。政権最末期、ジャングルを抜けてタイを目指したキムは、瀕死の少女を背負っていた。それがテヴィだ。ふたりはその後、難民として一緒にオーストリアへ来て、田舎の家庭に引き取られた。やがてテヴィは家を離れ、フランスの伯母のもとで暮らすようになる。オーストリアに残ったキムは、後に受け入れ家庭の娘イネスと結婚し、ヨナスを含めて三人の子供が生まれた。

キムは家族に対して、カンボジアでの子供時代をなにも語ってこなかった。テヴィについても、子供たちはほとんど知らない。だが末っ子のヨナスは、いまは音信不通になっているものの、テヴィは両親にとって家族同然のはずだと考え、再会をお膳立てしてやろうと思いついたのだった。

キムの誕生日の当日、子供たちに伴われて、テヴィがキムとイネス夫妻の前に現れる。現在はアメリカに暮らすテヴィは、富裕な都会人であることが一目でわかる洗練された女性だった。ところが、子供たちの期待どおりの驚きと喜びはなく、両親とも戸惑いをあらわにする。しかもテヴィは唐突に、今日はキムの本当の誕生日ではないと言い出す――

本書『誕生日パーティー』は、二〇一九年に刊行されたユーディト・W・タシュラーの最新作だ。二〇一九年に日本に紹介され、大きな反響を得た『国語教師』同様、時代も舞台もばらばらの場面が、次々に入れ替わる。キムの五十歳の誕生日パーティーが催される週末。キムの妻イネスの子供時代。イネスの母モニカの日記。そして圧巻なのが、七〇年代のカンボジアを舞台にした場面だ。向学心に溢れた貧しい漁師の息子が、貧富の差のない理想の社会を夢見てクメール・ルージュの一員となり、やがて残虐な行為に手を染めざるを得なくなっていく過程が、息詰まる筆致で描かれる。

全編を通して、ミステリらしい事件が起きるわけでもないのに、なにかがおかしい、なにかこちらの知らないことがある、という感覚を抱かせて、読者をぐいぐい引っ張っていくタシュラー得意のストーリーテリングは、本書でも健在だ。キムとテヴィは互いの過去をどこまで知っているのか。テヴィはキムに対してどんな感情を抱いているのか。命がけでともにジャングルを抜け、兄妹だと偽って一緒にオーストリアへ来るほどの固い絆がありながら、なぜ大人になったふたりは何年も音信不通だったのか——小さな違和感から大きな疑問まで、パズルのピースが足りない、というもどかしさが募り、読者は次から次へとページをめくることになる。パズルの全景が一気に目の前に現れる瞬間には、上質なミステリの謎解きを読むようなカタルシスがある。

とはいえ、吸引力のある構成にばかり目が行きがちだが、作家タシュラーの真骨頂は、丁寧に描かれる人間ドラマにこそある。カンボジアからの難民であるキムとテヴィを里子として受け入れたのは、オーストリアの田舎に暮らす、祖母、母、娘の三世代母子家庭だった。家族それぞれの人生と、彼らを互いに縛りつけ、傷つけ合うことになった軋轢（あつれき）や誤解、それでも切れない家族の絆。本書はなによりもまず家族の物語だ。

そしてもちろん、小説の核となるのはカンボジアがクメール・ルージュに支配された時代だ。本書の謝辞にもあるとおり、著者の両親は、著者が子供のころにカンボジアからの難民一家を受け入れた。（つまり著者は本書のイネスの立場だったということだ。）それゆえ著者はカンボジアの文化と歴史に強い関心を抱いており、カンボジアという国との付き合いも深い。著者が詳細なリサーチを経て本書を執筆したことは、この謝辞からもうかがえる。

クメール・ルージュがカンボジアを支配していたのは、たったの四年足らずだった。人がいかにたやすくイデオロギーに呑み込まれるものか。そして、いったんそうなれば、社会がいかにあっけなく崩壊し、地獄と化すものか。遠い国で起きた過去の話だと突き放してしまうことはできない、現代を生きる私たちにとってもとても切実なテーマだ。

ちなみに、カンボジアでは人名は日本と同様、姓・名の順で記すのだそうで、本書でも実在のカンボジア人の名前はこの順番で表記してある。だが、本書のストーリーはカンボジアとオーストリアの二国にまたがるので、ドイツ語圏の読者の混乱を避けるためにも、原書では架空の人物の名前は名・姓の順に統一してあり、日本語訳の際もこれを踏襲したことをお断りしておく。

本書のクメール・ルージュ時代の描写は、そのあまりの凄惨さに、ときに読むのがつらくなるほどだが、決して歴史的事実の説明や残酷な出来事の羅列では終わっていない。どんな時代を背景にしようと、タシュラーが描き出すのは人間の葛藤であり、人と人との軋轢、愛情と信頼だ。正義感に溢れた純粋な人間が、その正義感ゆえに悪へと引きずり込まれていく過程。自分が生き延びるため、なにより家族を守るために、他者を犠牲にせざるを得ないことの葛藤。時代と運命に翻弄（ほんろう）される人間の苦悩と悲劇に、読者は圧倒されることだろう。

だが、悲惨な運命を描きながらも、この物語がなお美しいのは、最後に救いがあるからだ。残酷な時代も、誤解や臆病から発したさまざまな悲劇も、なかったことにはできない。取り返しのつかないことはあまりに多い。けれど、誰もがやりきれない思いを抱えながらも、最後には少しずつ前に向かって進んでいくことが示唆される。本書に限らず、タシュラーの小説にはいつも、最後には人の強さ、人と人との絆を信じたくなるエンディングが待っている。切なさはあっても、後味の悪さは残らない。タシュラー作品に共通する得難い美点だ。

著者ユーディト・W・タシュラーは一九七〇年生まれのオーストリア人。二〇一一年に小説『Sommer wie Winter（夏も冬も）』でデビュー。この作品の成功によって、翌年には専業作家となった。そして二〇一四年、『国語教師』（二〇一三年、邦訳二〇一九年）でフリードリヒ・グラウザー賞を受賞した。これはドイツ語圏における権威あるミステリ賞なのだが、私の個人的な印象では、受賞作にはいわゆる本格ミステリよりも、ミステリ要素のある文芸作品が多い気がする。『国語教師』を含むタシュラーのすべての小説もやはり、愛、家族、生と死をめぐる人間の葛藤を主題にした文芸作品であり、オーソドックスなミステリのくくりには入らない。タシュラー本人も、自分の小説がミステリに分類されることには抵抗があるという。

タシュラーはその後も短編集『Apanies Perlen（アパニーの真珠）』（二〇一四年）、長編小説『Roman ohne U（Uのない小説）』（二〇一四年）、『Bleiben（留まる）』（二〇一六年）、『David（ダーヴィト）』（二〇一七年）と、次々に作品を発表。人気作家としての地位を不動のものにしている。現在は、夫と子供たちとともにチロル州の州都インスブルックに暮らしている。

最後に、日本とはだいぶ異なるヨーロッパでの「誕生日パーティー」について少しだけ。誕生日は非常に重要な日で、一概にヨーロッパといっても広いが、少なくともドイツ語圏では、特に四十歳、五十歳、といった節目の誕生日には、それまでの人生で関わりのあった人たちを招いて盛大なパーティーが開かれることが多い。誕生日当日より前に祝うのはタブーだが、遅れるのは構わない。だから、キムのパーティーのように、誕生日の次の週末に催されることが多い。

日本とのなによりの違いは、パーティーを催すのが誕生日を迎えた本人であるということだ。自分の周りの人たちに感謝を表す会というニュアンスなのだろう。会場は自宅の場合もあれば、レストランやホテルの宴会場などを借り切ることもあり、何か月も前から準備する。招待されたほうも、プレゼントを用意して、場合によっては遠方から泊まりがけで駆けつける。日本での結婚式を想像してもらえれば、イメージが湧くだろうか。本人（と親）が催すという点では日本の子供の誕生日パーティーも同じだ。

誕生日に限らず、ドイツ人（おそらくオーストリア人も）は、結婚、金銀婚式、引っ越しなど、なにか祝い事があると本人がパーティーを開く。特別な日なので、ヨナスのような子供でも、夜中まで起きていることを許されたりする。使用目的を結婚式に特化した「結婚式場」というものがないのは、結婚披露宴もこういった一連の祝い事のひとつだからだろう。真夜中過ぎまで音楽をかけて騒いでも、近所の人たちもたいていは黙認する。私の住むベルリンのアパートには、「近所の皆さん、来週土曜日は私の○○歳の誕生日パーティーで、うるさくなります。ごめんなさい。よければ顔を出して一杯飲んでいってね」といった「予告」が貼られることもあり、そういうときは住民も騒音を覚悟して、それぞれの対策を練る。（諦めるというのが最も一般的な対策だ。）

本書では、誕生日を迎えるキムはパーティーを望まず、代わりに妻イネスが強引に開催まで持っていく。妻は「理想の家族」を周囲にアピールしたいのだとキムは推測しているが、おそらくイネスにとってはそれだけではなく、パーティーは夫との絆を取り戻そうとする必死の試みでもあったのではないか。パーティーがもたらした結末を思うと、少し切ない。

本書が刊行にこぎつけるまでには、さまざまな方のご尽力があった。私の数々の質問に、ときにはカンボジア出身の家族や友人に質問をして、熱心に迅速に対応してくれた著者のユーディト・W・タシュラーさん（約一年前にインスブルックのお宅にお邪魔したのは楽しい思い出だ）、物語のなかの事実関係や時系列のみならず、カンボジアの歴史や風俗習慣についても徹底的に調べてくださった集英社校閲室の方々、『国語教師』に続いて今回も素敵な装丁を手掛けてくださった藤田知子さん、やはり『国語教師』に続いて雰囲気たっぷりの装画を描いてくださった牧野千穂さん、そして本書の刊行を快諾くださり、編集者として力強く支えてくださった集英社の佐藤香さんに、心よりお礼を申し上げたい。

二〇二一年二月

浅井晶子

ユーディト・W・タシュラー　Judith W. Taschler

1970年、オーストリアのリンツに生まれ、同ミュールフィアテルに育つ。

外国での滞在やさまざまな職を経て大学に進学、ドイツ語圏文学と歴史を専攻する。

2011年『Sommer wie Winter（夏も冬も）』で小説家デビューし、現在は専業作家として家族とともにインスブルック在住。2014年に『国語教師』がフリードリヒ・グラウザー賞（ドイツ推理作家協会賞）を受賞した。

その後も精力的に執筆を続けており、本書は邦訳2作目にあたる。

浅井 晶子（あさい・しょうこ）

1973年大阪府生まれ。京都大学大学院人間・環境学研究科博士課程単位認定退学。2003年マックス・ダウテンダイ翻訳賞受賞。

主な訳書にパスカル・メルシエ『リスボンへの夜行列車』、イリヤ・トロヤノフ『世界収集家』（以上早川書房）、トーマス・マン『トニオ・クレーガー』（光文社古典新訳文庫）、エマヌエル・ベルクマン『トリック』、ローベルト・ゼーターラー『ある一生』（以上新潮クレスト・ブックス）、ユーディト・W・タシュラー『国語教師』（集英社）ほか多数。

装画　牧野千穂
装丁　藤田知子

Original title: Das Geburtstagsfest by Judith W. Taschler
Copyright © 2019 by Droemer Verlag.
An imprint of Verlagsgruppe Droemer-Knaur GmbH & Co. KG, Munich
Published by arrangement through Meike Marx Literary Agency, Japan

誕生日（たんじょうび）パーティー

2021年5月30日　第1刷発行

著　者　ユーディト・W（ヴエー）・タシュラー

訳　者　浅井晶子（あさいしょうこ）

発行者　徳永 真
発行所　株式会社集英社
〒101-8050　東京都千代田区一ツ橋2-5-10
電話　03-3230-6100（編集部）
03-3230-6080（読者係）
03-3230-6393（販売部）書店専用

印刷所　大日本印刷株式会社
製本所　ナショナル製本協同組合

ISBN978-4-08-773514-7　C0097

集英社

ユーディト・W・タシュラーの本

『国語教師』

浅井晶子 訳

16年ぶりに偶然再開した元恋人同士の男女。ふたりはかつてのように、物語を創作して披露し合う。作家の男は語る、自らの祖父をモデルにした一代記を。国語教師の女は語る、若い男を軟禁する「私」の物語を。しかしこの戯れが、過去の忌まわしい事件へふたりを誘っていく……。物語に魅了された彼らの人生を問う、ドイツ推理作家協会賞受賞作。(四六判)